GEORGINA MOORE

Die Garnett Girls

GEORGINA MOORE

Die Garnett Girls

Roman

Aus dem Englischen
von Pauline Kurbasik

Kiepenheuer & Witsch

1. Auflage 2025

Titel der Originalausgabe The Garnett Girls
© der Originalausgabe: 2023 by Plum Enterprises Limited
Aus dem Englischen von Pauline Kurbasik
© 2025, Verlag Kiepenheuer & Witsch GmbH & Co. KG,
Bahnhofsvorplatz 1, 50667 Köln
Alle Rechte vorbehalten
Die Nutzung unserer Werke für Text- und Data-Mining
im Sinne von §44b UrhG behalten wir uns explizit vor.
Covergestaltung FAVORITBUERO, München
Covermotiv © Ken Welsh / Bridgeman Images
Gesetzt aus der Scala
Satz Buch-Werkstatt GmbH, Bad Aibling
Druck und Bindung GGP Media GmbH, Pößneck
ISBN 978-3-462-00630-8

Kontaktadresse nach EU-Produktsicherheitsverordnung:
produktsicherheit@kiwi-verlag.de

*Für meine Großmutter,
die mir das Schreiben
beigebracht hat*

For you I know I'd even try to turn the tide

JOHNNY CASH, »I WALK THE LINE«

PROLOG

Margos Hand lag noch auf dem kühlen Messingknauf, als sie die massive Tür hinter sich zuschlagen ließ. Sie spürte, wie die Hitze sie umfing, die Luft war stickig und schwül, keine Meeresbrise, die Erleichterung brachte. Über dem Ozean flirrte die Hitze sogar. Sashas kleine klebrige Hand rutschte aus ihrer und sie flitzte davon, sprang und hüpfte die steilen Treppen von Sandcove hinab. »Da!«, rief sie wieder und wieder. Sie lief ihrem Vater immer hinterher. Margo beobachtete, wie die weißblonden Locken auf der Ufermauer über dem Meer entlangschossen, die Wangen dick mit Sonnencreme eingeschmiert.

Margo rief: »Nicht bis an die Kante!«, und hörte die Echos der etlichen Male, die es ihr beim Aufwachsen entgegengerufen worden war. »Imi, geh zu ihr, damit ihr nichts passiert! Euer Vater ist zu weit weg.«

Gehorsam lief Imogen die Treppe hinab, ein Buch in der Hand. Sie bewegte sich langsam, träumerisch. Margo entdeckte, wie verfilzt ihr langes Haar war, am Hinterkopf hing ein riesiges Vogelnest. Wenn die Leute das sahen, würden sie denken, sie hätte ihr Leben nicht im Griff.

»Schneller! Sie ist schon beim Steg.«

Margo spürte, dass Rachel neben ihr lauerte, zwei riesige Picknicktaschen standen zu ihren Füßen. Margo schaute ihrer ältesten Tochter ins Gesicht, das in letzter Zeit immer etwas grimmig wirkte. Sie war reifer, als sie mit neun sein sollte, clever und sarkastisch. Mit ihren scharfsinnigen Beobachtungen verbesserte sie die Stimmung im Haus nicht gerade.

»Was ist denn los mit dir?«

»Hast du es nicht gesehen? Dad ist gerade abgehauen, er hat nichts für das Picknick mitgenommen.«

Margo hatte Richards blasse Beine über den Horestone Point verschwinden sehen. Er hatte etwas getragen, wahrscheinlich eine Kühltasche. Bestimmt war er schon am weißen Sandstrand von Priory, hielt ein Glas in der Hand und plauderte mit allen, die dort waren. An einem solchen Tag kamen die Leute mit dem Boot in die Bucht, um zu grillen und zu picknicken.

»Er konnte es kaum erwarten, von uns wegzukommen.«

Margo wollte allein ins kühle und ruhige Haus zurückkehren. Aber sie konnte Richard nicht die Verantwortung für die Kinder überlassen, sie würde Richard niemals die Verantwortung überlassen können. Sie musste irgendetwas Ermutigendes zu Rachel sagen.

»Ach Unsinn, er wollte nur vorgehen, um einen guten Platz am Strand zu reservieren.«

Margo ignorierte das weltverdrossene Seufzen neben ihr. Sie hob die beiden Taschen hoch. »Ist es in Ordnung, wenn du die Decken nimmst, Darling?« Sie blickte auf die hufeisenförmige Bucht. Das Licht war gleißend hell und das auflaufende Wasser hatte nur ein sichelförmiges Stück Sand übrig gelassen. »Schau mal, Rach, einfach perfekt zum Schwimmen.«

Später reichte Richard ihr auf der gestreiften Decke ein Glas kalten Weißweins. Er grinste, hatte einen ramponierten Strohhut auf dem Kopf und einen Klecks Sonnencreme auf dem Nasenrücken. Margo hob einen Finger, um sie zu verteilen, und er nahm ihre Hand und küsste sie. Beide stützten sich auf die Arme und beobachteten, wie die Mädchen im Meer spielten. Geduldig hüpfte Imogen mit einer kreischenden Sasha nah am Ufer durch die Wellen. Rachel schwamm allein an der Küste, stark und selbstbewusst.

»Wenn ich doch nur so schwimmen könnte.« Richard klang neidisch, er war ein erbärmlicher Schwimmer. Margo hatte versucht, es ihm beizubringen, aber er war zu stolz und ungeduldig.

»Ich will, dass sie in Sichtweite bleibt.«

»Mach dir nicht so viele Sorgen und trink deinen Wein.«

Margo blickte zu den dürren Bäumchen auf, die schief über die Bucht ragten und bei Sonnenuntergang lange Schatten warfen. Im Winter hatte sie manchmal das Gefühl, dieser Strand gehörte ihr allein; heute hätten sie genauso gut am Mittelmeer sein können, bei all den schicken Schlauch- und Schnellbooten, die sich im Wasser tummelten, nicht weit entfernt von der Küste. Gebräunte Körper überall. Sie musste sich keine Sorgen machen, dass Richard anderen Frauen hinterherschaute; er hatte nur Augen für sie. Sie beobachtete ihn, wie er sich nach vorn beugte und sich nachlässig den letzten Schluck Wein einschenkte. Sie wusste, dass sie sich einen Kommentar dazu besser verkniff.

»Mir ist heiß, sollen wir schwimmen gehen?«

Alles in allem war es ein schöner Tag. Richard war erst nach einigen Stunden betrunken, vorher spielte er mit seinen Töchtern Kricket, warf Sasha hoch in die Luft und brachte alle mit seinen schiefen Handständen im Meer zum Lachen. Dann schlief er seinen Rausch im Schatten der Bäume aus. Der Strand leerte sich langsam, während Margo völlig darin vertieft war, ein riesiges Dorf aus Sand zu bauen, mit Gräben und Muschelhäusern. Rachel hatte sie alle zu mehr Ehrgeiz angestachelt, saß immer noch neben ihr und fügte ein weiteres Türmchen hinzu. Imogen hatte sich davongestohlen, um ihr Buch zu lesen. Sasha vergrub die Füße ihres Dads im Sand, während er schlief. Als Margo aufblickte, war der Himmel mit leuchtend pinken Streifen durchwebt, das Wasser hatte sich weit zurückgezogen und die Hälfte des Strandes lag im Schatten.

»Ich will ein Bild von euch dreien mit unserem Werk machen. Kommt schon!«

Gehorsam knieten sich Rachel und Imogen neben Sasha, das Sanddorf lag hinter ihnen. Margo entdeckte bei ihnen neue Sommersprossen, ihr Strandhaar, die roten Flecke auf Sashas Oberschenkeln mit den Grübchen, wo sie die Sonnencreme vergessen hatte.

»Kommt schon, Mädels, lächeln!«

1
Versinken

Venedig

Imogen sah, wie sich die Tür hinter William schloss, und ließ sich wieder in die Kissen fallen. William hatte für das Frühstücksbüfett im Hotel bezahlt und musste es deswegen ausgiebig nutzen, Imogen hatte morgens jedoch nicht genug Geduld für Touristen, die ihre Köpfe wie zum Gebet über Stadtkarten beugten. Das feierliche Schweigen, die unauffälligen, verstohlenen Blicke auf die Gäste, wenn sie den Speisesaal betraten. Touristen in Venedig waren so seriös. Um William zu gefallen, hatte Imogen das Frühstück im *La Calcina* ausprobiert, aber dieses ganze Hin- und Hergerenne für harte Käsestücke und kaltes Fleisch, ein trockenes Croissant und einen Butterwürfel auf Eis hatte sie nicht überzeugt. Zudem war der Frühstücksraum düster gehalten, in venezianischem Burgunderrot, und überall waren Brokatschnörkel. Es gab eine gewisse Art opulenter italienischer Inneneinrichtung, die nachts gut aussah, Imogen bei Tageslicht aber an ein tristes und abgeranztes viktorianisches Theater erinnerte.

Margo hatte immer dafür gesorgt, dass sie im Urlaub opulent frühstückten, damit sie das Mittagessen zugunsten von Kirchenbesuchen ausfallen lassen konnten. Bei Kulturreisen hatte Margo sie den ganzen Tag über rumlaufen lassen, sie marschierte vorneweg – und nach ihren lautstarken »Girls!«-Rufen wandten sich allerlei Köpfe zu ihnen um. Imogen erinnerte sich daran, wie peinlich es ihr gewesen war, weil sich »Margo« so englisch anhörte, sie war so unverkennbar sie selbst. Die Blicke, die sie auf sich zog, schienen sie nicht zu kümmern. Ermutigt von dem Gedanken, dass Margo jetzt nicht bei ihr war, sprang Imogen aus den Laken und wirbelte wie eine Spukgestalt durch das Hotelzimmer, öffnete lautstark die Fensterläden. Sie machte so viel Lärm, dass Passanten unten am Kanal hinaufschauten; die Kellner, die Besteck im schwimmenden Restaurant auslegten, drehten sich um. Wenn sie einen Blick auf sie erhascht hätten, hätten sie sie nackt gesehen. Aber noch ehe jemand Haut aufblitzen sah, war Imogen schnell wieder unter die Laken geschlüpft und badete im Sonnenlicht, das nun jede Ecke des Raumes wärmte.

Imogen sorgte sich, ihr Hotelzimmer könnte so imposant sein, dass es jegliche romantische Regung im Keim erstickte. Es verfügte nicht nur über »Kanalblick«, sondern auch über eine Privatterrasse, die nach drei Seiten hin den Blick auf die turbulente Zattere freigab. Alles schimmerte in der Frühlingssonne. Zunächst hatte Venedig wie ein unmögliches Trugbild gewirkt, das aus dem Wasser emporstieg, und dann hatte es Imogen mit einem Farbfeuerwerk überwältigt. Der kobaltblaue Himmel, die warmroten Steine, das Gold des Markusdoms, das Orange der Apéros, die sie tranken. Imogen hatte nicht damit gerechnet, dass sie sich von alldem so eingeschüchtert fühlen oder derart rebellische Emotionen entwickeln würde. Zuweilen reichte die türkisgrüne Reglosigkeit der Kanäle aus, um ihr die Tränen in die Augen zu treiben. Sie hatte immer schon gewusst, dass Venedig für sie eine Bedeutung haben würde, weil ihre Eltern dort die Flitterwochen verbracht hatten. Margo war mit ihren Töchtern nie dorthin gefahren, hatte nicht einmal darüber gesprochen, obwohl doch alle wussten, dass Italien ihr Lieblingsland war. Dieses Thema durfte man auf keinen Fall anschneiden.

Als Kind hatte Imogen einmal im Nachttisch der Mutter ein Bild in einem Umschlag gefunden. Es zeigte eine junge Margo mit einem Heiligenschein aus dicken Locken. Sie hatte runde Wangen und endlose Beine. Sie lächelte auf eine Weise, die Imogen nie zuvor gesehen hatte. Ihr Vater war unscharf, doch er grinste auch, hatte einen Arm besitzergreifend um Margos Schulter gelegt. Er hatte schmale Hüften und eine Löwenmähne. Sie standen neben einer Skulptur im Garten des Guggenheim Museums. Selbst in diesem Alter hatte Imogen gewusst, dass sie dieses Bild nicht erwähnen sollte. Sie sollte sich hinsetzen und den Zauber in sich aufnehmen, stattdessen steckte sie es zurück in den Umschlag und legte ihn wieder in die Schublade.

Der erste Ort in Venedig, den sie William vorgeschlagen hatte, war das Guggenheim. Sie erzählte ihm nicht, warum sie ein Bild von sich Arm in Arm neben einer gewissen Statue haben wollte. Und als sie den blassen Abklatsch sah, den ein Passant auf ihrem Handy gemacht hatte, wusste sie: Es war hoffnungslos, Richard und Margo nachzueifern. Imogen hasste ihr Mondgesicht und die Tatsache, dass sie rein gar nicht wie eine elegante junge Margo aussah. Imogen hatte das Bild von ihrem Telefon gelöscht. Sie fragte sich, warum sie William nichts davon erzählte, als das altmodische Telefon auf dem Nachttisch mit Marmorplatte klingelte und sie hochfahren ließ. Sie nahm den Hörer ab und lehnte sich aufrechter gegen die Kissen.

Die Stimme am anderen Ende klang hastig und schrill. »Hat er es schon getan?«

Imogen war einer der wenigen Menschen, die Margo und Rachel am Telefon auseinanderhalten konnte. Sie war erleichtert, dass ihre Schwester am Apparat war. Selbst wenn es sich manchmal so anfühlte, als hätte sie zwei Mütter, war der Umgang mit Rachel auf jeden Fall einfacher. »Nein. Bitte ruf nicht mehr an und frag danach. Was soll ich denn antworten, wenn William bei mir ist? Und warum rufst du im Hotel an? Ich habe doch ein Handy.«

»Du gehst doch nie dran. Du hast eine Telefonphobie. Er ist beim Frühstück und brütet über Karten, plant euren Tag und ich wette, du fläzt dich im Bett herum. Wahrscheinlich nackt. Einige von uns sind schon seit sechs Uhr wach, weißt du – ich bin gerade mit dem Kajak nach Priory und zurück gefahren.«

»Ich darf faulenzen, ich bin im Urlaub. Wie geht es meinen Nichten? Was ist bei euch los?« Imogen hoffte, sie könnte ihre Schwester ablenken.

»Gibt nichts Neues ... außer, dass Margo eine Osterparty in Sandcove plant. Du weißt schon, dem Haus, das eigentlich mir gehört. Tom hat die Idee, mit seinem Bootsanhänger Bierkisten über die Helling zu transportieren. Lizzie ist zum ersten Mal auf einem Pony von Gemma geritten, ich schick dir ein Bild. Margo fragt mich immer wieder, ob ich was von dir gehört habe. Sie ist wie die Katze auf dem heißen Blechdach.«

Imogen hasste es, dass sie alle zu Hause waren und über sie redeten, auf das Unvermeidliche warteten. Sie hatte außerdem Heimweh nach Sandcove. Sie hatte ein Bild von ihrer Schwester im Kopf, die in der Küche steht, barfuß auf den Steinplatten, mit offenem Fenster, durch das man die Geräusche des Strandes hört. Ihre kleinen Nichten Lizzie und Hannah tobten um die Kücheninsel, so wie Imogen und ihre Schwestern als Kinder. »Sie wird versuchen, die Goughs zu übertrumpfen.«

»Ich habe sie gebeten, es etwas gesitteter angehen zu lassen als letztes Jahr, aber ich bezweifele, dass sie sich daran halten wird. Hör zu, ich muss los, ich habe um elf einen Kunden am Telefon.«

Imogen hörte William auf der Hoteltreppe pfeifen. Sie freute sich, dass er glücklich war, doch das Pfeifen ging ihr auf die Nerven. »Will kommt. Ich höre ihn auf der Treppe pfeifen.«

»Wenn Gabriel ständig pfeifen würde, würde ich mich von ihm scheiden lassen.«

»Rach! Sei doch nicht so gemein.«

»Wie ist es denn so in Venedig?«

»Ich weiß nicht. Furchterregend?«

»Du bist Schriftstellerin, Imi.«

»Es ist schwer zu erklären. Umwerfend, ein wenig unwirklich...«

»Margo spricht nicht darüber, dass du da bist. Wegen ihrer Flitterwochen mit Richard.«

William kam herein, wirbelte mit einem riesigen Messingschlüssel an einer Brokatquaste herum. »*Buongiorno Principessa!*« Schwungvoll reichte er Imogen ein Croissant, das in eine Papierserviette eingeschlagen war. »Frühstück ist fertig.«

»Ich telefoniere. Rachel ist dran.«

William verdrehte die Augen zur Decke. »Ihr täglicher Kontrollanruf.«

»Will ist da.«

»Sag ihm viele Grüße. Ruf an, wenn es etwas Neues gibt.« Und Rachel legte einfach so auf.

Imogen versuchte, das Croissant möglichst enthusiastisch zu essen. Wie so häufig verstärkte die Ungeduld ihrer Schwester mit William ihre eigene Zuneigung für ihn. Sie beschloss, doch nicht vorzuschlagen, sie würde die Basilica dei Frari allein besichtigen und sich später mit ihm zum Mittagessen treffen. Sie sollten gemeinsam gehen. William teilte ihre Leidenschaft für Kirchen nicht, aber warum hatte sie den Versuch aufgegeben, ihn zu bekehren? Margo versuchte es bei Sasha immer noch hartnäckig weiter, auch zwanzig Jahre nachdem sie probiert hatte, sie als Achtjährige in Florenz zu indoktrinieren. Sasha verachtete Kunst. Ihre Berufung war die Medizin und sie bereiste die ganze Welt für eine NGO, die medizinische Krisenzentren aufbaute. Das war Sashas Lebensaufgabe und sie achtete darauf, dass alle wussten, wie wichtig eine sinnvolle Beschäftigung war, was Imogen manchmal das Gefühl gab, ihr Schreiben sei eine selbstgefällige Art der Selbstverwirklichung.

Imogen dachte daran, wie lang ihr letztes Treffen mit Sasha her war, wie lang Sasha nicht mehr nach Hause nach Sandcove gekommen war. War Sasha nicht da, vermisste Imogen sie, und wenn sie endlich zusammenkamen, fragte sie sich, wie sie Sashas Sarkasmus und Spitzzüngigkeit ertragen sollte. Sasha war das jüngste Kind der Familie und vermutlich diejenige, die Margos Erwartungen am weitesten hinter sich gelassen und Imogen dem gesamten Rest der Mutterliebe ausgesetzt hatte. Sie versuchte, es Sasha nicht übel zu nehmen, aber sie konnte nicht immer die gute Schwester in Gedanken und Taten sein. Imogen schob die Gedanken an ihre Familie beiseite und versuchte, sich mehr in der Gegenwart zu verankern. Sie wand sich aus den Laken, wischte Krümel auf den Boden und freute sich schuldbewusst über den Umstand, dass jemand anderes sie auffegen würde. Sie wickelte sich in ein Handtuch, folgte William auf die Terrasse, wo er saß und ein vorbeiziehendes Kreuzfahrtschiff betrachtete, das so riesig war, als würde es die Sonne ausmerzen – und damit den ganzen Himmel.

»Grundgütiger. Das ist so seltsam. So fehl am Platz.« Sie sah winkende Passagiere auf den Decks, zu Tausenden standen sie da.

»Sie können dich sehen, Imi! Zieh dir was an!«

»Mir egal! Ein paar Kellner haben mich entdeckt, als ich die Fensterläden aufgemacht habe – sie haben ganz schön was zu sehen bekommen.« Williams Prüderie erweckte in Imogen den Wunsch, ihn zu necken. Doch William lächelte sie nur an. Als Antwort legte sie ihm den Arm um die Schulter.

»Sollen wir ein Familientreffen einberufen und unseren Tag planen?«

Doch Imogen konnte sich nicht entspannen, obwohl die folgenden Tage im Sonnenschein vordergründig unbeschwert und friedlich erschienen. Sie besuchten Damien Hirsts *Schätze aus dem Wrack der Unglaublichen* und William verglich Imogen mit dem grünen Kopf mit dem Schlangenhaar. Er kaufte eine Postkarte, damit er Margo die Ähnlichkeit zeigen konnte. Imogen sagte ihm nicht, dass sie dachte, Margo wäre bestimmt zu beschäftigt, um sich ihre Märchen aus Venedig anzuhören. Sie aßen einige denkwürdige Gerichte, zum Mittagessen ein köstliches *risotto al nero* auf der Terrasse des Palazzo Gritti, das sie mit einigen Gläsern Gavi de Gavi runterspülten. William sorgte sich wegen der Ausgaben. Manchmal wollte Imogen die Karte wegpacken und einfach an den etwas entlegeneren Kanälen entlangflanieren und William gab nach und schaute nur ab und zu auf Google Maps. Es gab Eis, Pistazie für ihn und Kirsche für sie, von einem Stand, zu dem sie immer wieder hingingen. Sie verbrachten Nachmittage in ihrem Hotelzimmer, wo sie sich zu einer Siesta hinlegten oder zu »Nachmittagskuscheleien«, wie William es nannte. Und um William zu besänftigen, nahm Imogen keine Anrufe mehr von ihrer Mutter, ihrer Schwester und auch nicht von ihrer Agentin entgegen.

Als das Ende ihrer Reise näher rückte, wurde Williams Verhalten seltsam. Es war Samstag, am Montagmorgen ging der Rückflug. William hatte sie letzten Freitag mehrmals gefragt, was sie am Samstagabend essen wollte oder, wie er es ausdrückte, worauf sie »Gelüste hätte«. Imogen hatte das Gefühl, es würde »der« Abend werden. Verkompliziert wurde die Angelegenheit dadurch, dass sie immer noch nicht wusste, was sie von einer Verlobung halten sollte. Manchmal wollte sie nicht einmal Ja sagen und dann erinnerte sie sich an alle zu Hause, die warteten und etwas erwarteten, und daran, wie sie den Leuten vorgespielt hatte, sie würde William eines Tages heiraten wollen. Nur das Schreiben gab ihr Sicherheit und Überzeugung. Ansonsten graute es ihr vor der vehement vertretenen Meinung der Garnetts.

»Warum suchst du nichts aus? Mir ist es egal. Es war bisher alles so köstlich.«

Wie auch Imogen fand William es stressig, Entscheidungen treffen zu müssen, vor allem angesichts des Drucks, den er sich selbst auferlegte. Er blieb noch länger allein beim Frühstück – Imogen vermutete, er recherchierte romantische Restaurants. Sie versuchte, nicht snobby zu sein, aber sie hörte Margos Stimme, die Reiseführer als »zum Großteil unsinnig« abtat. Margo hatte immer laut gesungen. »Kommt, wir verlassen die ausgetretenen Pfade!«

»Wir haben das klassische venezianische Tiramisu noch nicht probiert, weißt du? Vielleicht gehen wir in ein Restaurant, das für seine traditionellen venezianischen Puddings berühmt ist?«, fragte William besorgt.

Imogen fauchte unvermittelt. »Ihh! Du weißt doch, dass ich Puddings nicht mag.« Viel zu häufig führte Williams Zaghaftigkeit dazu, dass sie sich untypisch verhielt, wie eine nachdrückliche Margo oder Rachel.

William sah entmutigt aus. »Sorry, das weiß ich doch. Du nimmst immer die Käseplatte.«

»Und die teile ich auch nur sehr selten!«, sagte Imogen, um ihn aufzuheitern.

William lächelte sie an. »Nun, der Eigentümer des *La Calcina* hat ein Restaurant am Kanal empfohlen, das berühmt ist für *sepia al nero* ... und Thunfischcarpaccio, von dem ich weiß, dass du es magst...«

»Wunderbar! Lass uns dahin gehen.«

Die Bellinis im *L'Academia* waren so köstlich, dass Imogen schon vor dem Bestellen plötzlich drei getrunken hatte. Sie wurden von einem Kellner gebracht, der gelangweilt aussah, bis er Imogen entdeckt hatte, dann hellte sich sein Gesicht auf und seine dunklen Augen leuchteten. Imogen wusste, dass sie einen ihrer seltenen schönen Tage hatte, und fragte sich, wie es wäre, mit diesem Privileg jeden Tag gesegnet zu sein, so wie Sasha. Zu sehen, wie sich die Leute auf der Straße nach ihr umdrehten, in Bars als Erste bedient zu werden. Sasha hatte es nie anders erlebt und es verlieh ihr eine Arroganz, die sie manchmal unausstehlich machte. An dem Abend hatte Imogen schließlich die junge Margo in ihrem Gesicht entdeckt. Ihre Haut war hell und voller Sommersprossen, ihre Augen funkelten im schönsten Blaugrau. Sie hatte sich ein dunkles pinkfarbenes Oberteil aus Rachels Schrank stibitzt und es stand ihr. William schaute sie immer wieder nervös an; und er wurde noch nervöser, als sie bei allem kicherte, was er sagte. Sie wusste, dass sie zu schnell trank, alles tat, um ihre Angst zu lindern. Es dauerte nicht lange, bis drei Drinks auf leeren Magen dazu führten, dass sie Sachen auf die gepflasterte Straße fallen ließ. Erst ihre Sonnenbrille, dann ihre Serviette; schließlich flog ihr die Speisekarte weg und landete auf dem Schoß eines Nachbarn, der sehr nah neben ihnen saß. William entschuldigte sich für sie und ihr Kichern verstärkte sich. Williams Nerven wurden noch mehr durch die Tatsache strapaziert, dass ihr Kellner Davide – jedes Mal, wenn sie etwas fallen ließ – zu ihr geeilt kam, um zu helfen.

»Danke schön, vielen lieben Dank, Davide. Ja, mir geht es gut, oh, danke schön ... eine saubere Serviette.« Sie versuchte, nicht zu kichern, als Davide ihr weitere Schichten steifes Leinen auf den Schoß legte.

Ein Hauch Ungeduld lag in der Luft, als William anschließend etwas sagte, den Kopf tief in die Speisekarte gesteckt. »Hast du dich entschieden? Ich würde sagen, Alkohol sollten wir erst einmal sein lassen?«

»Ja, gute Idee, echt. Will ja nicht in den Kanal fallen!«

Ihr Tisch war ein winziges Stahlkonstrukt, das unsicher auf den Pflastersteinen platziert war, obwohl Davide versucht hatte, es mit gefalteten Streichholzpackungen zu stabilisieren. Der fehlende Platz sorgte dafür, dass ihr Windlicht auf der Kanalwand stand, ebenso das Salz, der Pfeffer und bald auch die Weinflasche.

Als sich der Himmel über ihnen pink verfärbte und sich im Wasser spiegelte, versuchte Imogen, sich auf die Speisekarte zu konzentrieren. Sie hatte nicht sonderlich Hunger, war eher in Trinklaune. Ihr war ein wenig schlecht, ihre Nerven waren zum Zerreißen gespannt, aber sie wusste, dass sie nicht mit weniger als drei Gängen davonkommen würde, wenn wenn dies »der Abend« sein sollte. Sie wählte Thunfischcarpaccio als Vorspeise aus und ein paar Ravioli, um den Alkohol aufzusaugen. Nachdem Davide alle Spezialitäten vorlesen durfte, von denen weder Imogen noch William sich etwas aussuchten, und sie bestellt hatten, wurden sie wieder allein gelassen, in der von einer peinlichen Stille geprägten Abenddämmerung, nahmen die Unterhaltungen wahr, die von den Pflastersteinen zu ihnen herüberschallten. Hilflos blickte sich Imogen nach Zerstreuung um.

»Ganz schön laut, oder?«, meinte William, ehe sie etwas sagen konnte. Sie sah, dass auch er ängstlich wirkte, was ihr Mitgefühl weckte.

»Was für eine Atmosphäre! Das zeigt nur, wie beliebt das Restaurant ist. Und heute ist Samstagabend.«

»Ich freue mich, dass du deinen Thunfisch bekommst.«

»Ja, ich mich auch. Der Wein ist köstlich.«

William sah, wie sie ihr Glas leer trank; er setzte sich etwas aufrechter hin und räusperte sich. Er hörte sich steif und förmlich an. »Es war so eine schöne Reise. Ich bin wahnsinnig froh, dass du mich überredet hast.« Genau in dem Augenblick tauchte Davide auf, um Imogen gewissenhaft Wein nachzuschenken. William seufzte und schnalzte mit der Zunge, als Davide wieder ging. »Ich glaube, er findet dich gut, Imi. Du siehst heute Abend so schön aus, deswegen...«

»Ich glaube, diese Farbe steht mir einfach gut ... Danke, wollte ich sagen.«

William räusperte sich und schob langsam ein kleines Samtkästchen über den Tisch, als würde er eine Figur auf einem Schachbrett ziehen. Imogen beobachtete, wie er das Kästchen öffnete und aufmerksam den Ring im Inneren anschaute, dann zu ihr aufblickte. »Der war von meiner Mutter, Imi. Ich hoffe, du wirst ihn tragen und meine Frau sein. So etwas will doch jeder und ich hoffe, du willst es auch.«

Imogen errötete, ihr wurde erst heiß, dann kalt. Sie wollte sich ihr Tuch um die Schultern legen, bemerkte jedoch, dass es sich unter einem Tischbein verfangen hatte. Tränen stiegen ihr in die Augen, sie verstand nicht, warum sie weinte, wenn dies doch der glücklichste Moment ihres Lebens sein sollte. Sie wusste, dass sie zu lange geschwiegen hatte, dass William wartete. Beim Versuch, das Tuch hervorzuziehen, begann der Tisch zu wackeln und Wein spritzte aufs Tischtuch. Sie konnte William nicht anschauen.

»Alles in Ordnung mit dir? Weinst du? Oh, Liebes, ich freue mich so, dass du glücklich bist.«

»Ich versuche nur, das hier loszubekommen.« Imogen ruckelte heftig am Tisch, der auf William kippte. Dieser sprang auf und stieß das Windlicht von der Kanalwand, das mit einem lauten Platschen ins Wasser fiel.

Von den anderen Außentischen ertönte Applaus und Gelächter, »*Felicitazioni!*« und »*Bravo!*« wurde gerufen. Imogen und William lächelten die anderen verlegen an und setzten sich wieder ruhig hin, während Davide um sie herumwuselte. Dann erhob sich William mit hochrotem Kopf und voller Mut wieder und erklärte dem Publikum, sie seien nun verlobt. Auf seine Bitte hin stand Imogen ebenfalls auf, woraufhin noch mehr Gejubel und Geklatsche durch die Kanäle hallte, die Melodie einer weiteren venezianischen Verlobung. Als sie Platz genommen hatten, entschuldigten sie sich wieder und wieder, boten an, das zerstörte Windlicht zu ersetzen, während Davide, der ein freundliches Lächeln aufgesetzt hatte, ständig wiederholte: »*Non è niente.*« Eine Flasche Champagner ging aufs Haus, die sie schweigend mit kleinen Schlucken tranken, plötzlich wieder schüchtern. Der Ring lag immer noch zwischen ihnen auf dem Tisch, immer noch in seinem samtenen Kästchen, bis William eine Kopfbewegung in die Richtung machte und sagte: »Los, dann, zieh ihn doch an, Dummchen. Ich habe den Moment verpasst, ihn dir anzustecken.«

Imogen tat, wie ihr befohlen, streifte sich den Ring unterm Tisch über, war sich der ganzen Blicke um sich herum bewusst – sie wollte nicht noch mehr Applaus und Glückwünsche. Als sie nach Hause gingen, fühlte sie sich seltsam nüchtern, und als sie auf dem Ponte dell'Accademia stand, mit dem Canal Grande zu ihren Füßen, fragte sie sich, was da gerade passiert war. Sie hatte nicht Ja gesagt. Sie hatte gar nichts gesagt.

»Eigentlich wollte ich dir den Antrag hier machen, ich weiß, dass du diesen Ausblick liebst. Gott sei Dank habe ich es nicht riskiert, vielleicht wäre Mums Ring über das Geländer der Academia gefallen.« William hielt Imogens Hand, drehte sie, sodass das Licht der Straßenlaterne im Ring funkelte. Imogen sah viele Diamanten, die um eine dunkle Mitte funkelten, aber viel mehr konnte sie nicht erkennen. Sie würde viel Zeit haben, es sich vernünftig anzuschauen. Ein Leben lang. Sie fragte sich, warum William nicht wissen wollte, warum sie so ruhig war.

»Sei mir nicht böse, dass ich ein wenig angeschickert bin und das ganze Drama im Restaurant verursacht habe.« Sie wollte sich entschuldigen, weil sie nicht angemessen reagiert hatte, er schien es jedoch gar nicht bemerkt zu haben und sie bekam die Worte nicht heraus.

»Ich werde mich dran gewöhnen müssen, dass du Mrs Bradbury sein wirst«, William schenkte ihr ein liebenswürdiges Lächeln.

Bradbury wäre ihr dritter Nachname. Erst O'Leary, dann Garnett und jetzt Bradbury. Imogen betrachtete die verblüffende Geschichte und Kultur, die vor ihr lag, und die Schönheit, die sie ruhelos und unzufrieden machte. Es wäre so seltsam, keine Garnett mehr zu sein. Vielleicht war es besser so. Sie machte sich andauernd Sorgen, dem Namen Garnett nicht gerecht zu werden. Sie war sich sicher, dass keine andere Garnett sich so zufällig verlobte.

»Ist die Vorstellung nicht seltsam, dass dies alles eines Tages unter Wasser stehen wird?« William starrte in den dunklen Kanal unter ihnen, das Gesicht im Schatten.

Imogen drehte sich langsam zu ihm. Nicht zum ersten Mal fragte sie sich, warum zwischen ihrer beider Gedanken Welten lagen. »Ich versuche, nicht darüber nachzudenken.« Imogen hatte kein Interesse mehr an der Aussicht, die jetzt wie eine über ihnen schwebende Tragödie wirkte. »Komm, wir gehen zurück ins Hotel.«

2

Limoncello

Es war ihr letzter Abend in Venedig und Imogen war nervös, immer noch hungrig auf alles, was die Stadt nachts zu bieten hatte, die Energie und das Drama der erleuchteten Schönheit. Es war diese Art Ruhelosigkeit, die sie auch beim ersten blauen Himmel überkam, wenn die Frühlingsblüten sprossen, das Verlangen, die Welt auszukosten. William hatte ein solides Abendessen im Hotel und frühes Zubettgehen vorgeschlagen und Imogen musste ihn davon überzeugen, dass es immer noch viel zu entdecken und zu unternehmen gab. Sie flehte William an, sich mit ihr auf die Jagd nach *cicchetti* am Ufer des Rio San Trovaso zu machen. Nach einigen Aperol Spritz fand er langsam Gefallen an der Sache.

Sie setzten sich hin und aßen Brothäppchen auf einer Kanalmauer, dieses Mal achteten sie darauf, dass sie nichts ins Wasser werfen konnten. Imogens Blick tanzte über alles hinweg, sie wollte alles fest in ihrer Erinnerung behalten. Sie beobachtete William, der mit seinem Strohhalm spielte. Sie sah, dass er sich auf zu Hause freute, nachdem er getan hatte, was getan werden musste. Imogen überkam Traurigkeit beim Gedanken an die Heimkehr, sie verspürte Wehmut, obwohl die Reise noch gar nicht beendet war. »Wir haben kaum an der Oberfläche gekratzt ... stört dich das gar nicht?«

William lächelte sie nachsichtig an. »Wir haben doch noch das ganze Leben Zeit, um wieder herzukommen.

Und das machen wir bestimmt. Wenn die Stadt noch da ist.«

Imogen machte sich Sorgen, dass William es nicht ernst meinte. Venedig war für ihn *eine* Stadt und nicht *die* Stadt. Es war für ihn der angemessene Ort für einen Antrag gewesen, um ihre Familie zufriedenzustellen. Es würde sich gut anhören, wenn er Familie und Freunden die Verlobungsgeschichte erzählte. Sie konnte in der Nacht nicht schlafen, weil sie nicht wusste, warum sie nichts gesagt hatte, und sich fragte, was dahintersteckte, warum es keine Rolle gespielt hatte, warum darüber hinweggesehen worden war.

William sah ihr Stirnrunzeln und griff nach ihrer Hand. »Komm, wir gehen zurück ins Hotel...«

Im Hotel überließ Imogen William seiner Abendroutine. Sie fühlte sich von ihrer Terrasse und dem wuseligen Treiben auf der Zattere angezogen. Draußen umfing sie der Zauber Venedigs. Es gab so viel zu hören und zu sehen, das italienische Geplapper auf den schwimmenden Restaurants und das Kommen und Gehen der Kellner, die Getränke auf Tabletts aus dem Hotel hinaus- und hereintrugen. Glamouröse Paare spazierten am Kanal entlang, venezianische Frauen mit eindrucksvollem Knochenbau, trotz der Hitze eingewickelt in Stolas. Kurz stellte sich Imogen vor, dass ihre Mutter und ihr Vater dort unter ihr entlanggingen. Sie würden Händchen halten, Passanten warfen ihnen verstohlen bewundernde Blicke zu. Margo würde zu Richard hinauflächeln, ihn zutiefst glücklich anstrahlen. Sie beobachtete ein *vaporetto*, das zur Haltestelle Zattere tuckerte, wo viele Touristen auf der Suche nach der venezianischen Unmöglichkeit ausstiegen: eine Pizzeria mit moderaten Preisen. Imogen zündete sich eine ihrer »bösen« Zigaretten an, setzte sich hin und beobachtete, verspürte den Trubel, der in ihr widerhallte, sie zum Teil des Ganzen machte.

Auf dem Stuhl neben ihr vibrierte plötzlich ihr Handy, und ohne nachzudenken ging sie dran. »Hallo?«

»Imogen, endlich! Ich habe es schon den ganzen Tag versucht.«

Imogen setzte sich aufrechter hin und blickte sich schuldbewusst um, als würde sie beobachtet. Ihre Agentin Claire war altmodisch und hielt sich nicht an Bürozeiten oder Urlaube. Sie sorgte häufig dafür, dass Imogen sich wie ein atemloser Teenager fühlte.

»Hier läuft alles rasant. Wann wolltest du noch mal zurück sein? Die Proben fangen am Fünften an. Der Regisseur will dich bei der Leseprobe dabeihaben, wenn sich die Schauspieler treffen und das ganze Brimborium. Wir haben wahnsinniges Glück, dass er dich einbinden will. Viele lassen die Dramatiker einfach außen vor. Und verfickt noch mal, diese Neuigkeiten aus dem Casting sind Next Level. Der Casting Director macht sich in die Hose. Setz dich am besten hin!«

Imogen wusste, dass sie ihren Aufenthaltsort und was sie gerade tat, am besten für sich behalten sollte. Claire scherte sich nicht um persönliche Details. »Aufregend ... Ich sitze.«

»Sie haben Rowan Melrose als Alexandra verpflichten können! Gott, das wird für viele Kartenverkäufe sorgen. Sie ist ein wenig jung für die Alexandra und hat nicht viel Bühnenerfahrung, aber sie ist gerade total hot.«

Sofort dachte Imogen an Margos Reaktion – sie würde darauf hinweisen, dass Rowan Melrose keine Theaterschauspielerin wäre, würde bissige Kommentare abgeben. Aber zehn Millionen Menschen hatten innerhalb der ersten Woche *Anna Karenina* in der BBC gesehen, mit Rowan in der Hauptrolle, und es schien so, als hätte sich die Hälfte in sie verliebt. Imogen wusste, dass Claire auf eine Reaktion von ihr wartete. »Das sind ja großartige Nachrichten!«

Claire klang selbstzufrieden: »Ich habe dir gesagt, dass wir damit groß rauskommen. Das Theater will wirklich groß rauskommen. Rowan ist schwierig, sie hat einen gewissen Ruf, aber Fred hat sie im Griff. Sie will anscheinend nicht wegen ihres Aussehens für die Rolle gecastet werden, ihr gefällt die Idee, die Romanov-Mutter zu spielen, um sich etwas Seriosität zu erarbeiten.«

»Hat sie etwas zu dem Stück gesagt?« Imogen klang nicht gern bedürftig, aber es tat ihr weh, ihre Alexandra aus der Hand zu geben. An ein halb verhungertes Schauspielsternchen, das höchst wahrscheinlich nichts über die Romanovs wusste.

»Nein, nicht dass ich wüsste. Das kannst du sie fragen, wenn du sie kennenlernst. Du bist im Urli, oder? Dann geh aus und feier das. Das sind großartige Neuigkeiten – Meganeuigkeiten! Wir treffen uns im *Groucho Club*, wenn du wieder da bist. Muss auflegen, Kussi.«

Imogen setzte sich hin und schaute auf ihr Telefon, fragte sich, ob sie Margo oder Rachel oder beiden schreiben sollte. Aber sie hatte noch keiner von beiden von ihrer Verlobung erzählt. Sie wusste, dass Margo nach Neuigkeiten lechzte. Doch sobald sie ihnen von der Verlobung erzählt hätte, wäre sie real und sie würde akzeptieren müssen, dass sie einfach alles über sich zu ergehen lassen hatte. Es war nicht perfekt oder romantisch gewesen, es war Venedig unwürdig gewesen. Und jetzt, mit Rowan Melrose, wollte sie sich ihre eigene Meinung bilden, bevor ihr Mutter und Schwester erzählten, was sie zu fühlen hatte.

Als sie wieder hineinging, um William die Neuigkeiten zu erzählen, schlief er auf der Bettdecke in seinem Pyjama, lag dort ausgestreckt wie ein Seestern. Er schnarchte, wie immer, wenn er auf dem Rücken lag. Imogen legte die seidige Decke über ihn und ging rasch aus dem Raum, sie witterte Freiheit. Sie ging an der Hotelbar vorbei, die tiefrot und mit Kerzen erleuchtet war, und ließ sich davon anlocken. Sie bestellte ein Glas Prosecco und bemerkte, dass sich ein junger Mann vor ihr aufbaute, der ungefähr wie zwanzig aussah.

»Ich bin Angelo. Warum bist du ganz allein, *signora*?«

Imogen versuchte, nicht zu verblüfft auszusehen. Er war Italiener, aber sein Englisch war gut, wenn auch ein wenig gekünstelt. Er wirkte so selbstsicher, arrogant in seiner Schönheit. Seine Augen hatten die Farbe von Guinness, wurden von langen Wimpern eingerahmt, für die die meisten Frauen viel Geld bezahlt hätten. Etwas an der Art und Weise, wie er sie anblickte, erweckte in ihr das Verlangen, ihm die Wahrheit zu erzählen. Er erinnerte sie an ihren Schwager Gabriel, einen Psychotherapeuten. »Mein Freund schläft.«

»Das ist sehr stupide von ihm und nicht sehr ... *romantica*?«

Imogen lächelte ihn an, beobachtete überrascht, wie er einen Barhocker aus Leder und Holz sehr nah zu ihrem eigenen zog. Er starrte sie an, als wäre sie die Mona Lisa und in ihrem Gesicht wären Geheimnisse verborgen. Um die Fassung zu wahren, nahm sie einen riesigen Schluck Prosecco. »Nicht alles muss romantisch sein.« Sie fühlte sich gehemmt, als wäre sie plötzlich in das Set eines Kitschfilms transportiert worden.

»Ich glaube, für jemanden wie dich sollte alles romantisch sein«, erklärte Angelo herrisch.

»Gestern Abend hat er mir einen Antrag gemacht. Also ist er jetzt mein Verlobter«, sagte Imogen, damit Angelo nicht dachte, sie wäre eine traurige ältere Frau, die in einer Hotelbar herumlungerte.

»Du bist sehr schön. *Bellissima.*« Er sagte es, als wäre es die absolute Wahrheit. Sie lachte und dieses Mal wirbelte sie dabei ein wenig ihr Haar durch die Luft. Sie war froh, dass sie es offen trug. »Ich geb dir noch einen Drink aus. Weil du von deinem Verlobten verlassen wurdest.« Er stand über ihr und bestellte in sehr schnellem Italienisch weitere Getränke. Als ein frisches Glas Prosecco vor ihr auf der polierten Mahagonibar stand und vor ihm ein Glas Rotwein, blickte er sie wieder unverwandt an. »Und sein Antrag, war er romantisch?«

»Wir sind ein wenig zu alt, um romantisch zu sein.«

»So alt kannst du doch gar nicht sein, du bist ungefähr sechsundzwanzig, oder?«

Imogen grinste, wusste aber nicht, warum sie ihn nicht korrigierte. In der Bar war es dunkel. Sie hatte diese Woche viel geschlafen, die Schatten unter ihren Augen waren verschwunden. Wahrscheinlich ging sie tatsächlich als fünf Jahre jünger durch. »Etwas um den Dreh, Angelo«, sagte sie und realisierte, dass sie ein wenig flirtete und dass sie ihr Glas schon wieder halb ausgetrunken hatte. Die Bar leerte sich. Das Schiffsrestaurant draußen packte geräuschvoll für die Nacht zusammen. Bald schon waren sie die beiden einzigen Gäste in der Bar. Normalerweise hätte Imogen die Kellner nur widerstrebend um ihren Feierabend gebracht, doch heute Abend war es ihr egal. Vielleicht lag es an Angelo, der sich so aufführte, als gehörte ihm der Laden. Sie ignorierte das Gefühl, dass die beiden Kellner in der Türöffnung zur Küche sie beobachteten und über sie redeten und ließ Angelo eine Flasche Wein bestellen. Er hatte ihr gesagt, dass er noch nie im Leben jemanden so dringend küssen wollte wie sie. »Aber du lebst ja auch noch gar nicht so lang«, neckte Imogen ihn. »Es wird noch viele Menschen geben, die du küssen willst.«

»Waren es bei dir auch viele?«

Imogen war ein wenig verblüfft, als ihr klar wurde, dass es nicht viele waren. »Eigentlich nicht. Aber ich bin anders als du.«

»Wie denn? Musst du nicht lieben oder geliebt werden? Du siehst so aus, als müsstest du.«

»Ja, muss ich auch – natürlich muss ich das. Du wirkst nur so selbstsicher. Manchmal habe ich das Gefühl, dass ich Dinge nicht stark genug will.«

»Verspürst du nie Sehnsucht?«

»Nicht nach Küssen. Nach Arbeit und dem Schreiben, das schon.« Sie war überrascht von den Worten, die aus ihrem Mund kamen.

»Also ich sehne mich jetzt nach dir.«

Bald schon war sie sehr betrunken, genauso wie er. Inzwischen langweilte sie der Wein, weshalb sie winzige

Shots eiskalten Limoncellos tranken, wie Sorbets im Glas. Sie plauderte mit ihm über ihr Stück, über die TV-Stars, die darin mitspielen würden. Sie hörte sich selbst reden: eine großspurige Theaterautorin, die Namedropping betrieb. Angelo besaß allerdings nicht die Garnett'sche Angewohnheit, über sie hinwegzureden; er bewunderte sie einfach. Er ließ alle Getränke auf sein Zimmer schreiben, wogegen sie nicht protestierte, weil sie wusste, dass William auf diese Weise die Rechnung nicht zu Gesicht bekommen würde. Sie fühlte sich wackelig auf den Beinen und begriff, dass sie besser auf ihr Zimmer gehen sollte. Sie riskierte, dass William aufwachte und nach ihr suchte. Doch sie war so glücklich dort, wo sie war, sie lachte und fühlte sich ungewöhnlich witzig und charmant. Als sich Angelo tollpatschig zu ihr hinüberbeugte und versuchte, sie mit rotweinbefleckten Lippen zu küssen, war sie schockiert, wusste jedoch, dass sie ihn dazu gebracht hatte. Es war, als wären die Lichter im Theater angegangen und die Vorstellung beendet. Sie legte die Hand flach auf seine Brust und drückte ihn weg.

»Geh nicht, schöne Imogen.«

»Ich muss. Mein Verlobter wartet oben.« Sie spürte, wie stark er war, wie ungeduldig. Sie schaffte es, Raum und etwas kalte Luft zwischen sie zu bringen, dieser Triumph ließ sie aufspringen, wobei sie fast ihren Stuhl umwarf. Sie versuchte, sich zu sammeln. Sie war zu alt, um Männer in Bars zu küssen, zu alt, um irgendwen zu küssen. Sie war verlobt. Sie hatte ausnahmsweise einmal einen Plan und musste sich daran halten. Sie konnte sich nicht mehr treiben lassen, die Dinge waren entschieden. Und etwas, das sie sich immer erträumt hatte, würde passieren: Ihr Stück würde aufgeführt werden. Sie war eine Erwachsene mit einem Beruf – zum ersten Mal in ihrem Leben.

»Du musst so etwas mit einem Mädchen in deinem Alter machen, Angelo.« Sie klang so prüde. War keine Lucy Honeychurch in *Zimmer mit Aussicht*, sondern stattdessen die Charlotte Bartlett. »Es tut mir leid, ich muss los. Danke für die Drinks.« Und damit drehte sie sich schwerfällig um, war vorübergehend desorientiert in der dunklen Hotelbar – und von dem ganzen Alkohol. »Sorry – wo geht es raus?« Angelo zeigte wortlos in eine Richtung, sein Gesicht vor Wut verzerrt. Imogen ging, ohne sich umzuschauen.

Am nächsten Morgen wollte sich Imogen im Bett vor dem venezianischen Sonnenlicht verstecken wie ein neugeborener Vampir. Das Innere ihres Mundes fühle sich an wie Sandpapier, ihre Wangen brannten und ihre Haut wirkte feucht. Sie wagte nicht, den Kopf zu heben und nachzuschauen, wo William war, weil sie seinen sanften, forschenden Blick nicht ertrug. Es war nur gerecht, dass ihre Bestrafung ein Morgen war, den sie mit übereiltem Packen verbrachte, mit Rechnungenbegleichen und mit dem Zwang, mit Menschen zu sprechen. Von ihr wurde erwartet, dass sie lächelte und charmant war und sich um das Wassertaxi kümmerte – diese ganzen ermüdenden Angelegenheiten. Angst krabbelte ihr ins Gehirn wie eine Spinnenarmee. Was wäre, wenn die Kellner, die sie und Angelo bedient hatten, immer noch arbeiteten? Sie würden vielleicht auf sie zeigen und lachen. Angelo könnte unten sein und würde vielleicht zu ihr kommen und versuchen, mit ihr zu reden, womöglich noch einmal versuchen, sie zu küssen. Und was, wenn Angelo diese ganzen Drinks auf ihr Zimmer geschrieben hätte und das alles nur ein gut getarnter Betrug gewesen war? Imogen stöhnte auf, stellte sich vor, wie William beim Anblick der Abschlussrechnung erblasste und sie mit gequälter Stimme fragte: »Was hast du gestern Abend gemacht, Darling?«

Stattdessen hörte sie seine echte Stimme aus dem Bad, die auf ihr nur zum Teil gedämpftes Seufzen antwortete.

»Alles okay, Imi?«

Imogen zwang sich in eine aufrechtere Position und spürte den Schmerz in ihren Armmuskeln. »Ich fühle mich wirklich krank – ich habe schreckliche Kopfschmerzen. Vielleicht habe ich gestern Abend etwas Falsches gegessen?« Sie konnte nur hoffen und beten, dass er nicht den Alkohol roch, den sie ausdünstete.

William kam aus dem Bad und runzelte leicht die Stirn, er umklammerte seinen Kulturbeutel. Er sah forsch aus. »O nein, du Arme. Wir haben zum Großteil dieselben kleinen Tapasdinger gegessen, oder? Ich bin quietschfidel.«

»*Cicchetti*.« Imogen hörte, wie sie ihn korrigierte, so wie Margo es getan hätte. Ihre Entschuldigung für ihre Reizbarkeit war, dass ihr Hirn versuchte, aus dem Schädel auszubrechen.

»Genau, *cicchetti*. Ruh dich ein bisschen aus, ich hole uns was zum Frühstücken und bezahle die Rechnung. Du solltest gucken, dass du gegen elf alles gepackt hast. Willst du, dass ich mich um das Wassertaxi kümmere, oder hast du das schon erledigt?«

Außer William körperlich zurückzuhalten und ihn im Zimmer einzusperren, wusste Imogen nicht, welche anderen Optionen sie noch hatte, damit er nicht nach unten ging. »Danke. Ich versuche mal, bis elf alles gepackt zu haben. Im Moment fühle ich mich nicht gut genug, um jemandem unter die Augen zu treten, also wenn du dich vielleicht ums Wassertaxi kümmern könntest...«

»Bist du sicher, dass wir uns nicht einfach eins mit einem Paar aus den anderen Hotels teilen sollen? Ich will kein Spaßverderber sein, aber es ist ganz schön teuer. Ich weiß, dass dein Herz daran hängt, weil Margo es auch gemacht hat...«

»Ich kann mir heute kein Taxi teilen. Mir ist schlecht, Will. Ich zahle die Hälfte, wie schon gesagt.« Imogen wusste, dass sie giftig war, aber sie wollte nur, dass William abhaute und sie allein ließ, damit sie laut seufzen konnte. »Ich will heute Morgen kein Croissant, danke, aber Kaffee, Saft und viel kaltes stilles Wasser wäre gut.« Imogen richtete ihre Forderungen gehetzt an Williams Rücken, hoffte, er würde sich nicht umdrehen und sie beschuldigen, sie würde etwas gegen ihren Kater benötigen.

Stattdessen zuckte er die Schultern. »Ich kann nichts davon aus dem Frühstücksraum schmuggeln. Ich muss extra etwas aufs Zimmer bestellen. Ist es okay, wenn sie es raufbringen?«

Sie wusste, dass er sich wegen der Kosten sorgte, und bemühte sich, möglichst charmant zu klingen. »Ja, bitte.«

»Okay, ich bin jetzt weg. Um elf muss alles gepackt sein, Imi, denk dran.«

Sie legte sich wieder hin und lauschte eine Zeit lang nur ihrem Atem, versuchte, jeden Gedanken aus ihrem Kopf zu verdrängen. Sie wollte mit Rachel sprechen, so wie immer in Krisenmomenten. Rachel war ihre Gezeitenuhr, sie wusste, wann Flut und Ebbe herrschte. Rachel lieferte

Lösungen, konnte Entscheidungen treffen. Sie hatte für sie alle sämtlichen Entscheidungen getroffen, seitdem sie elf war – damals hatte sie als Ersatzmutter fungieren müssen. Mit ihrem Anwaltsgehirn würde sie untersuchen wollen, was forensisch passiert war. Doch genau deswegen konnte Imogen sie nicht anrufen, genau das durfte Rachel nicht wissen. Rachel würde sich fragen, warum sie ihr nichts von ihrer Verlobung erzählt hatte, warum sie niemanden angerufen hatte. Dann würde sie unverblümt darauf hinweisen, dass Imogens Verhalten implizierte, sie wollte gar nicht verlobt sein.

Imogen musste einfach hoffen, dass sie Angelo nie wiedersehen würde. Sie musste Venedig verlassen, ohne dass William von ihrem Besäufnis mit dem Fremden erfuhr, bei dem sie sich fast von ihm hatte küssen lassen. Zumindest hatte sie rechtzeitig die Notbremse gezogen. Sie war nicht so rücksichtslos wie ihre Mutter und küsste, wen immer sie gerade wollte. Imogen wusste von Margos Ruf; Andeutungen und abfällige Anmerkungen waren bis zu ihr durchgedrungen. Und sie hatte vage Erinnerungen an einen Mann nach dem anderen, nachdem ihr Vater gegangen war. Aber sie war anders. Niemand musste das wissen. Genauso wie niemand wissen musste, dass sie beim Antrag geschwiegen hatte. Sie hatte immer Ja sagen wollen.

Wie ein widerwilliges Kind an einem Schulmorgen quälte Imogen sich aus dem Bett unter eine heiße Dusche. Sie wusch ihr langes, dickes Haar, was sie hasste, weil es immer so aufwendig war. Dann, in zwei Handtücher gewickelt, bewegte sie sich wie eine Schnecke durch das Schlafzimmer und sammelte ihre Habseligkeiten ein, schmiss sie wahllos in den Koffer auf dem Boden. Es klopfte an der

Tür. Zimmerservice, vermutete Imogen. Doch stattdessen stand dort eine imposante Frau, die etwa zehn Jahre älter war als sie. Imogen wusste gleich, dass sie Italienerin war, weil sie in ihrem nicht zerknitterten Leinenanzug elegant aussah. Sie war nicht schön, doch ihre Gesichtszüge waren markant, wie bei den Modigliani-Frauen. Sie hatte bernsteinfarbene Augen und ihr Schmuck bestand aus schwerem antikem Gold. Imogen wurde sich plötzlich ihres Handtuchs bewusst, dem Turban auf ihrem Kopf. Diese Frau sah belustigt aus.

»*Signora*, ich habe etwas, das Ihnen gehört.« Ihr Englisch war nicht leicht zu verstehen, sie sprach mit schwerem Akzent. Die Frau streckte ihr eine hohle Hand entgegen, lange Finger, die Nägel feigenblau lackiert. Diese Art Nagellack würde Margo tragen. Einer von Imogens Ohrringen lag in ihrer gewölbten Handfläche. Imogen fühlte sich ganz taumelig, wie in einem Traum.

»Oh. Danke schön – wo war er?« Sie nahm den Ohrring, Goldglocken, besetzt mit winzigen Türkissplittern, er gehörte zu einem Paar, das Margo ihr mal zum Geburtstag geschenkt hatte. Sie passten nicht zu Imogen, viel eher zu Margo, das war bei Margos Geschenken häufig der Fall.

»*Bellissimo*«, sagte die Frau und neigte den Kopf leicht zum Ohrring. Imogen hatte ihn am Abend zuvor getragen. Sie spürte, wie ihr langsam das Blut aus dem Kopf wich. War das womöglich Angelos Frau? O Gott. Plötzlich dachte sie, sie würde William auf der Treppe pfeifen hören. Kalte Angst übermannte sie. Die Frau blickte sie immer noch neugierig an. »Es war ... wie sagt man ... gehängt an ... Pullover von Angelo.«

Imogen erinnerte sich an den Pullover, ein kurzer

Flashback. Die Art Pullover, die Italiener an einem Frühlingsabend tragen. Enteneiblau, weich unter ihren Händen. Sie errötete, während die Frau sie weiterhin gründlich musterte. Sie wusste nicht, was sie sagen sollte. Die Frau musste verschwinden, bevor William zurückkam. Sie versuchte, an ihr vorbeizuschauen, ins Zimmer hinter ihr zu spähen, zweifelsohne wollte sie wissen, ob dort noch jemand war, ein gehörnter Ehemann. »Es tut mir leid«, stammelte Imogen und schloss langsam die Tür. »Danke, dass Sie ihn mir zurückgebracht haben.«

»Ich bin Angelos Mutter.« Die Frau bewegte sich nicht, lächelte bloß, während Imogen nur noch verwirrter aussah. »Er ist erst sechzehn. Ich dachte, Sie sollten das wissen. Es ist egal. Er wirkt älter. *Uomo.* Ich weiß das. Aber er ist ein Junge. Ich glaube, er *inamorato* mit Sie.«

Er war sechzehn. Typisch. Sie bekam nicht einmal einen italienischen Flirt richtig hin. Stattdessen war sie nun eine Frau, die von minderjährigen Trinkern in Bars aufgerissen wurde. Imogen starrte wieder die Frau an, die sich an der Tür festhielt und an ihr abstützte, die Worte purzelten nur so aus ihr heraus. »Es tut mir so leid. Ich wusste wirklich nicht, dass er so jung ist. Ich habe nur ein paar Gläser mit ihm getrunken, er war eine angenehme Gesellschaft. Er weiß sich zu benehmen.« Sie versuchte, die Frau anzulächeln, sie versuchte, die ganze Angelegenheit irgendwie akzeptabel abzuschließen, aber im Benimmhandbuch gab es keinen Eintrag zu einer solchen Situation. »Vielen Dank dann, auf Wiedersehen.«

Die Frau drehte sich bestimmt um, doch in ihren Augen funkelte es. »Ihr englischen Mädchen...«, sagte sie leise beim Umdrehen. »Goodbye, *signora.*«

Imogen schloss die Tür hinter ihr und atmete aus. William würde bald wieder da sein und sie mussten packen. Und dann mussten sie Venedig verlassen. Sie verstand nun, dass ihr Venedig niemals das Venedig von Margo und Richard sein würde.

3
Seniorenticket

Isle of Wight

Margo hatte einen Moralischen. Der Hoffnung zum Trotz, dass Imogen sich endlich niederlassen wollte, war dies wieder ein Tag, an dem sie sich einsam und alt fühlte. Im Kopf war sie immer noch dieselbe, sie haderte immer noch damit, erwachsen zu sein, es verblüffte sie, dass sie die Mutter von Menschen hatte sein dürfen. Eigentlich fühlte sie sich nur erwachsen, wenn ihre Mädchen bei ihr in Sandcove waren, als Mutter, die mitten im Leben stand, die gebraucht wurde. Die schlechten Tage schlichen sich verstohlen heran, ohne Fanfare, erwischten sie unvorhergesehen, führten ihr vor Augen, dass sie fast sechzig war und bald ein Seniorenticket lösen konnte. Manchmal ließ ihr Körper sie im Stich. Ein stechender Schmerz im Wadenmuskel plagte sie mitten in der Nacht. Sie erinnerte sich wehmütig daran, dass ihre Mutter ihr als Mädchen erzählt hatte, alle Stiche, die sie verspürte, wären Wachstumsschmerzen. Jetzt, in tiefster Nacht, redete sie sich ein, es müsse sich um eine Tiefvenenthrombose handeln. Hatte Ali nicht so etwas gehabt, als sie erst vierzig gewesen war?

Es gab andere Kleinigkeiten, die sie quälten. Sie betrachtete sie als Ziehfäden in einem lang herbeigesehnten neuen Pullover, ein Makel, der ins Auge fiel und das Kleidungsstück degradierte. Sie musste wegen ihres Glaukoms jeden Morgen Augentropfen nehmen. An manchen

Tagen tränten ihre Augen grundlos. Und sie musste häufiger auf die Toilette; Kaffee floss einfach durch sie hindurch. Sie hatte das Gefühl, über Nacht gut sechs Kilo zugenommen zu haben – sie wurde das Gewicht nicht mehr los, egal, was sie auch versuchte. Sie aß wie ein Vögelchen und wusste, dass es eigentlich der Alkohol war, den sie reduzieren müsste. An manchen Tagen war sie so müde, dass ihr ganz wolkig im Kopf war. Wenn sie schrieb, wollten die richtigen Worte einfach nicht kommen. Ihr Gehirn schweifte ab zu den Erinnerungen an die Zeit, als ihre Kinder klein und so liebenswert gewesen waren. Und am schlimmsten fand sie, dass ihre Gefühle ihrer Haut so nahe kamen, Nadelstiche der Sehnsucht nach der Vergangenheit, akute Schmerzen der Einsamkeit. Sie weinte bei Büchern und schlechten Filmen und alles, das ihre Enkelkinder taten, ließ ihr Herz lachhaft und zu unkontrollierbarer Größe anschwellen. Sie wusste, sie sollte froh sein, dass sie mit Anfang fünfzig eine kurze Menopause hinter sich gebracht hatte – das Schlimmste hatte eine Hormonersatztherapie verhindert – und dass ihre Libido mit aller Macht zurückgekommen war, aber es war immer noch schwer, nicht an die kommenden Demütigungen zu denken, die das Altern für sie bereithielt. Sie sah jünger aus als viele Gleichaltrige, ihr Gesicht war rund und deswegen ziemlich glatt, ihre Mädchen hielten sie *au courant* mit dem Weltgeschehen und ihre sexuellen Abenteuer ließen ihren Körper wach sein, dennoch hatte sie Angst, dass sie ihre Attraktivität bald verlieren würde.

Sie war in ihrem Arbeitszimmer am *Anderen Ort*, saß am Schreibtisch, umgeben von Papieren, alten Tagebüchern und dem aufgeklappten Laptop. Im Cottage fühlte sie sich eingeengt. Sandcove und die Bucht, der nach allen Seiten offene Horizont, all das lockte ihren rastlosen Geist, der mehr als einmal am Tag widerstehen musste. Sie wusste, dass sie prokrastinierte, und fühlte sich gereizt. Sie hatte von einem Herausgeber den Auftrag bekommen, anhand ihrer alten Zeitschriftenkolumnen und Zeitungsartikel eine Art Memoiren zusammenzustellen, doch die Arbeit war mühsam, weil so viel in ihren Texten fehlte, der Alltag mit einem Trinker verklärt wurde. Margo fühlte sich wie eine Betrügerin, als sie ihre achtzig quirligen Texte las, lustige Geschichten über die Mädchen als Kleinkinder, Rezepte, die sie liebte, Skizzen ihres Lebens in Soho. Dann, 1994, hatte sie ein komplettes »Sabbatjahr« genommen. In dem Jahr war Richard weggelaufen und sie war zerbrochen. Sie wusste, dass es gerade in Mode war, die dunkelsten Momente des eigenen Lebens offenzulegen, über psychische Gesundheit und Trauma zu sprechen. Aber Margo war nicht so erzogen worden. In den Achtzigern und Neunzigern tat man so, als könnte man alles erreichen; als Frau hielt man alles zusammen, machte gute Miene zum bösen Spiel. Nie sprach man darüber, wie unmöglich das Jonglieren wurde, wenn einem ein Objekt weggenommen wurde. Es war schon schwer genug, überhaupt an Memoiren zu denken. Zurückblicken war nicht leicht für sie, es war nicht leicht für sie, sich den Dingen zu stellen, die sie ihren Töchtern angetan hatte.

Sie dachte an ihre mittlere Tochter. Sie hatte immer schon ein seltsames Gespür für Imogen gehabt und fühlte, dass es etwas Neues gab, doch Imogen hatte sie schon seit Tagen nicht mehr angerufen. Im Augenblick sollte Imogen im Flugzeug auf dem Weg nach Hause sitzen. Wenn sie verlobt war, warum hatte sie nicht angerufen, um davon zu erzählen? Margo hatte die ganze Zeit über vermutet, dass William den Antrag am letzten Abend machen würde – jeder wusste, dass er es nicht eilig hatte. Margo fand die Ungewissheit schwer erträglich. Es war wenig hilfreich, dass sie ihre Gedanken an diesem Ort nicht zu Imogen abschweifen lassen konnte. Sie konnte nicht an Venedig denken, ohne sich an Richard und ihre Flitterwochen zu erinnern. Eine Zeit, in der sie so voller Glücksgefühle und Hoffnung gewesen war, dass die Erinnerung daran nun schmerzte. Warum musste Imogen nach Venedig fliegen und die Stadt in ihre Lebensgeschichte einschreiben, damit Margo das Wort »Venedig« immer und immer wieder hörte? Es wirkte gedankenlos und passte nicht zu Imogen. Eher zu Sasha. Margo wäre heute gern allein gewesen, doch stattdessen wurde sie von Carol gepiesackt, deren Mundwerk man nach ihrem Tod wohl extra totschlagen musste.

»Ich habe Ihre Papiere nicht angefasst, Mrs G. Ich weiß, wie Sie dann werden. Sie liegen ü-ber-all auf dem Schreibtisch herum – ich konnte nicht drum herum, Staub zu wischen. Diese Rotweinflecken, meine Güte, die schafft selbst Vanish nicht. Wie ist das passiert? Eine Schande, auf dem hellen Teppich.«

»Ich war das. Ich war angeschickert.« Margo errötete leicht bei dieser Notlüge, als sie plötzlich das Bild eines nackten Mannes vor sich sah, der lang ausgestreckt vor ihr auf dem Teppich lag und mit einer unwillkürlichen Bewegung ein volles Rotweinglas umwarf. Sie schaute nachdrücklich auf die Uhr. »Ist es nicht Zeit, nach Sandcove aufzubrechen? Gabriel erwartet dich am Mittag.«

»Rachel ist schon wieder irgendwo ›arbeiten‹? Gott, dieser Mann ist ein Engel. Gibt nicht viele, die sich das gefallen lassen, den ganzen Haushalt und die Kinderbetreuung.« Margo blickte Carol über den Rand ihrer Lesebrille an. »Er hat dich als Haushaltshilfe. Und natürlich muss er manchmal nach seinen eigenen Kindern schauen. Rachel ist die Ernährerin der Familie, sie arbeitet Vollzeit. Sie hat gerade einen wichtigen Fall und muss Akten sichten, deswegen muss sie ins Büro nach Ryde. Die Welt hat sich verändert, Carol – da musst du dich dran gewöhnen.«

»Einige Dinge sind einfach nicht richtig. Ein Vater, der das ganze Wochenende lang die Kleinchen hütet, während ihre Mutter Akten ›liest‹, zählt dazu.«

Margo sprach mit ihrer barschesten Stimme, die Blut zum Gefrieren bringen könnte. »Die Mädels sind brillant und sie brauchen Ehemänner, die sie unterstützen.«

Weil Carol schon seit der Geburt der Kinder zur Familie gehörte, war sie immun gegen Margos Ton. »Imi ist immer noch nicht verheiratet, oder? Sie hoffen auf diesen William, aber der ist ein Knilch. Ich weiß, dass Rachel das genauso sieht.«

»William ist ein guter Mann und er passt perfekt zu Imogen.« Margos Stimme klang nicht sehr überzeugend. Carol blickte sie wissend an.

Das Telefon klingelte und Margo ging rasch dran.

»Hallo Ma.«

Margo wusste es direkt. »Ma« war ein zärtlicher Begriff, der nur bei wichtigen Ereignissen verwendet wurde. Sie merkte, dass sie lächelte, Erleichterung durchströmte sie. »Imi! Bist du verlobt?«

Carol lauschte beim Abstauben, zog die Augenbrauen hoch und schüttelte den Kopf. Margo legte eine Hand auf den Hörer und blickte sie missbilligend an. »Könntest du bitte anderswo Staub wischen? Ich würde gern in Ruhe mit meiner Tochter sprechen.«

»Ma?«

»Das war nur Carol. Und?«

»Ja. William hat mir einen Antrag gemacht.«

»Wann denn? Du bist doch schon wieder zu Hause. Ich dachte, du würdest mich direkt danach anrufen? Ich habe neben dem Telefon gesessen und gewartet.«

»Entschuldige. Ich habe mein Zeitgefühl verloren.«

»Du hast es außerordentlich gut getroffen. Er wird ein guter Ehemann sein. Er vergöttert dich – und er ist vernünftig, was sein Berufsleben angeht. Nicht zu ehrgeizig. Er wird ein guter Vater sein, so wie Gabe.«

»Das weiß ich alles.«

»Du hörst dich nicht sonderlich überzeugt an, oder? Ein wenig matt.«

»Ich bin nur müde. Bin traurig, dass ich Venedig verlassen musste...«

»Wann können wir feiern? Ist es noch zu früh für einen Fizz?« Margo stand von ihrem Schreibtisch auf, war plötzlich voller Energie, wollte irgendwie Imogens Ton loswerden, der alles ruinierte. Einige Papiere flogen von ihrem Schreibtisch. »Ich wünschte, ich könnte mit dir feiern.«

Imogen lachte, sie hörte sich erleichtert an. »Ich dachte, du würdest gern den Antrag in allen Einzelheiten hören.«

»Nein, erzähl das besser deinen Schwestern.« Dann

entstand eine unangenehme Pause. »Ich bin einfach froh, dass er endlich in die Pötte gekommen ist. Anträge sind eigentlich immer gleich. Die Aussicht, das Niederknien, das Jasagen. Moment – wie ist denn der Ring?« Margo bemerkte ein Zögern. »Oh.«

»Es ist der von seiner Mum.«

»Von Ida?« Margos skeptischer Ton zeigte, was sie von Idas Geschmack hielt.

»Ein Saphir, mit Diamanten besetzt. Ganz klassisch.«

»Passt überhaupt nicht zu dir.« Margo setzte sich wieder und rief in die Küche: »Carol, mach mir bitte einen Drink, damit ich auf meine Tochter anstoßen kann? Im Kühlschrank steht eine Flasche Veuve. Ich nehme den Rest mit nach Sandcove...«

»Bitte lass es mich erst Rachel erzählen.«

»In Ordnung – hör zu, du musst diesen Ring zurückgeben und einen anderen bekommen. Du kannst nicht dein Leben lang einen Ring anschauen, der dir nicht gefällt. Bring ihn mal mit und zeig ihn mir. An welchem Wochenende kannst du kommen?«

»Will empfindet es als große Ehre, dass ich Idas Ring habe. Du weißt, wie er an ihr hängt. Ich kann seine Gefühle nicht verletzen.«

Margo erinnerte sich an den winzigen Ring, den Richard ihr geschenkt hatte. Er hatte sie so glücklich gemacht. Richard war in einer Gasse mit Kopfsteinpflaster auf die Knie gegangen und Passanten waren stehen geblieben und hatten geklatscht. Sie erinnerte sich daran, dass es zu regnen begonnen hatte, an die dunklen Flecken auf den Schultern seines Jacketts, während er zu ihr aufblickte. »Ich habe den Ring deines Vaters zurückgegeben.« Stille. Margo fing an, auf der kleinen Fläche zwischen ihrem Schreibtisch und dem Fenster hin- und herzugehen – warum um alles in der Welt erzählte sie das?

»Das wusste ich nicht. Woher sollte ich auch? – *Du* sprichst nie über ihn.«

»Wo ist der Drink...«

Carol tauchte auf und sah verärgert aus. Sie hielt ein randvoll mit kaltem Champagner gefülltes Glas am Stiel. »Schreien Sie mich nicht an, Margo O'Leary.«

»Ich schreie aber ganz bestimmt, wenn du meinen Namen weiterhin falsch aussprichst.«

Imogen am Telefon ließ nicht locker. »Was ist mit dem Ring? Mit Richards Ring?«

Margo nahm einen großen Schluck Champagner und prostete einem imaginären Publikum zu. »Auf dich, Imi. Herzlichen Glückwunsch.«

»Ma?«

Margo seufzte. »Richard hatte nicht viel Geld. Der Diamant war so winzig, den musste man mit der Lupe suchen. Ich habe so sehr geweint und gelacht, dass ich ihn mir kaum angeschaut habe – aber später, als wir ein wenig Geld hatten, habe ich um einen neuen gebeten. Da hat er mir dann das riesige Granatset in Roségold gekauft. Das hat er sicherlich mit Glücksspielgeld bezahlt.«

»Daran erinnere ich mich nicht.«

»Ich glaube, ich habe ihn weggeschmissen.« Plötzlich wollte Margo diesen Ring noch einmal sehen, er war so schön gewesen. »Und jetzt muss ich wirklich das Thema wechseln. Dein Vater hatte genug Sendezeit für dieses Jahrhundert. Wie wäre es mit einer Scheiß-auf-die-Verlobung-Party?«

»Bitte nicht. Das Letzte, was ich will, sind viele Menschen, die starren und Fragen stellen.«

Margo hörte, wie die Stimme ihrer Tochter hart wurde. Sie würde äußerst überzeugend auftreten müssen. Sie ging mit ihrem inzwischen leeren Glas zur Küchentür, wollte wissen, wo Carol war, warum sie so verdächtig ruhig war. Carol stand da, in Schürze und Wollstrümpfen, und hielt eine Ausgabe der *Vogue* in der Hand, blätterte bemüht unbekümmert durch die Hochglanzseiten und lauschte ganz eindeutig wieder. Margo zog die Nase kraus und schüttelte den Kopf in Carols Richtung, als wollte sie sagen: »Seit wann liest du denn die *Vogue*?«

»Margo, ich meine es ernst. Ich hasse Partys – und Will hasst sie sogar noch mehr.«

»Unsinn. Als Kind hast du die Sandcove-Partys geliebt. Erinnerst du dich daran, wie du in der Küche Conga getanzt hast und ich dich erst um drei ins Bett geschickt habe und...«

»Das war Sasha. Sasha ist dein echtes Partygirl. Also, war sie zumindest – bis sie diesen langweiligen Phil geheiratet hat und er ihr sämtlichen Spaß ausgetrieben und sie zu gesundem Leben überredet hat. Ich vermisse die alte Sasha. Wie oft du sie von Strandpartys abholen musstest und sie nicht mitkommen wollte.«

Margo hörte nicht richtig zu, weil sie versuchte, Carol auf ihr leeres Champagnerglas aufmerksam zu machen. »Mmmm, Champagner ist so köstlich«, sagte sie demonstrativ. Resigniert ging Carol zum Kühlschrank, um ihr nachzuschenken.

»Hörst du mir zu oder schikanierst du die arme Carol? Es ist noch etwas früh für einen Drink, oder?«

Margo merkte, dass Imogen ungeduldig wurde. »Es gibt etwas zu feiern, Darling! Du musst doch eine Verlobungsfeier ausrichten. Das würde mich glücklich machen. Ich kann mich um alles kümmern, alle einladen – ihr beiden müsst bloß kommen.«

»Ich rede mit Rachel. Hoffentlich kann sie dich zur Vernunft bringen. Oder Gabe. Er ist der Einzige, auf den du hörst.«

»Unsinn. Du rufst jetzt deine Schwestern an. Endlich so wundervolle Nachrichten. Denk dran, Sasha anzurufen, sie muss deswegen nach Hause kommen. Wir haben sie alle viel zu lange nicht mehr gesehen. Wenn du sie fragst, kommt sie vielleicht. Wir sollten bald über die Feier sprechen.«

Mit einem hastigen »Bye« hatte Imogen aufgelegt. Unbeirrt schenkte Margo Carol ein verführerisches Lächeln. »Cas, trinkst du ein Glas mit mir? Ich brauche mein Adressbuch – ich habe allerdings keinen blassen Schimmer, wo ich es hingelegt habe...« Margo hielt abrupt inne, als sie sah, wie Carol ihren Mantel anzog.

Carol blickte von ihren Knöpfen auf. »Sie haben mir gesagt, ich würde in Sandcove gebraucht, deswegen bin ich jetzt weg.« Sie schaute Margo direkt in die Augen. »Diese Familie lag mir lange am Herzen. Mein Herz bricht für Sie – dass niemand hier ist, mit dem Sie diese Neuigkeit teilen können. Ich weiß, dass Sie einsam sind, auch wenn Sie es nicht zugeben wollen. Ich kann trotzdem nicht mit Ihnen feiern. Das Mädchen strahlt nicht neben diesem Mann – das hat sie noch nie. Ich habe Sie und Richard gesehen, ich habe Rachel und Gabriel gesehen. Ich selbst habe so etwas nicht erlebt, aber ich weiß, wenn es nicht da ist.«

Margo hielt sich sehr still und aufrecht und zwang sich, Carol in die Augen zu blicken. Carol redete fast nie so direkt, meistens versuchte sie, die Illusion einer respektvollen »Angestellten« aufrechtzuerhalten. Margo sprach leise. »Da liegst du falsch. Zwischen Imogen und William besteht eine tiefe und langjährige Verbundenheit. Dies ist ein glücklicher Moment für diese Familie. Ich will nicht, dass wir uns deswegen zerstreiten.«

Carol schüttelte den Kopf und tätschelte Margos Arm. »Wenn es schon am Anfang nicht da ist, besteht dann noch Hoffnung nach zehn oder zwanzig Jahren? Das ist doch der Klebstoff.«

Eins zu null für Carol, musste Margo sich eingestehen, während sie zusah, wie diese den Rückzug antrat.

4
Tabak und Blättchen

Margo sah die Rothaarige zum ersten Mal im *The Ship*, einige Wochen nach Imogens Verlobung. Leo hatte angerufen, sie angefleht, am Dienstag eine Abendschicht zu übernehmen. Er war von einem dieser »nutzlosen jungen Leuten« im Stich gelassen worden. Leo schimpfte bei Margo gern über die Millenials, die bei ihm arbeiteten. Er hatte keinerlei Verständnis für ihre plötzlich auftretenden Krankheiten, ihre häufig thematisierte Angst und den sogenannten »Faulenzertag« – eine Art Urlaubstag ohne Vorankündigung –, den sie erwarteten, als wäre es ihr gottgegebenes Recht.

»Ein ganzer Arbeitstag, so etwas kennen die doch gar nicht.«

»Die jungen Leute sind nicht faul. Es ist nur so, dass das Aufwachsen heutzutage leicht beschissen ist – die Welt hat sie im Stich gelassen.« Margo liebte junge Leute, denn im Herzen fühlte sie sich noch, als würde sie zu ihnen gehören.

Der Tag war heiß gewesen, deswegen war für einen Wochentag viel los. Margo verstand das Bedürfnis der Menschen, die längeren Abende zu feiern, auch sie war ganz begierig auf Gesellschaft und Spaß. Einige Bootsbauer aus dem Ort und drei Handwerker von der Sanderson-Baustelle waren da. Ben, ein talentierter Sänger aus der Umgebung, schaute auf ein schnelles Pint rein, dann eilte er nach Hause, um seiner jungen Familie gute Nacht zu sagen. Er und Margo nickten sich zu, sie konnte jedoch sehen, dass er nicht in Plauderlaune war. Margos Gespür für die Stimmungen anderer Menschen hatten sie zur beliebtesten Barfrau im *The Ship* aufsteigen lassen. Sie war außerdem für fast jeden Unfug zu haben, auch für das Ignorieren der Sperrstunde berühmt – sie schloss einfach die Tür von innen ab – und nicht wenige ältere Männer fanden sie attraktiv; sowie auch einige jüngere. Sie konnte flirten und ging nachsichtiger als viele andere mit rüpelhaftem Benehmen um, man munkelte allerdings in Seaview auch, dass sie schon Leute mit bloßen Händen der Räumlichkeiten verwiesen hatte. Margo wusste nicht, woher dieses Gerücht mit den bloßen Händen kam, aber es war ihr nützlich.

»Ali und ich kommen zum Auftritt in Newport, Ben. Ich kann es kaum erwarten.« Margo liebte Livemusik und Ben sang den Blues. Seine Stimme war voller Herzschmerz und Verlangen.

»Cheers, Margo.«

Margo genoss eine Pause, lehnte sich auf die dunkle Bar aus poliertem Holz und starrte hinaus durch die großen Fenster von The Ship auf den Solent. Während der pinkfarbene Sonnenuntergang langsam verblasste, sah sie die funkelnden Lichter von Portsmouth. In dem Moment kam wie gewöhnlich Tom Barrison hereinstolziert. Er trug ein Hemd unter seiner Klubjacke, das bis zur Hälfte aufgeknöpft war und sich dann eng um den dicken Bauch spannte, außerdem trug er eine grellgelbe Cordhose. Tom hatte immer noch ordentlich Haare auf dem Kopf und Augen, die so blau waren wie Margos, und auch sein Charme war noch nicht völlig verloschen. Er war der Spross einer alteingesessenen Familie aus Seaview und gehörte im Segelklub zum Inventar. Er konnte sich in einen chauvinistischen Dinosaurier verwandeln, besaß aber einen scharfen Verstand, nahm sich selbst nicht so ernst und war einer der gebildetsten Menschen, die Margo jemals kennengelernt hatte. Margo vergab ihm fast alles, weil er sie zum Lachen brachte. Sie waren gute alte Freunde und in Seaview ging das Gerücht rum, dass Tom zu den wenigen Männern aus dem Ort gehörte, der Margo einen Antrag gemacht hatte, nachdem Richard O'Leary sie verlassen hatte.

Tom lehnte sich über die Bar und küsste sie etwas zu nah am Mund, doch Margo kannte das Spiel und wich rechtzeitig aus. »Neuer Lippenstift? Steht dir gut.«

»Du hattest immer schon eine Schwäche für dunkle Lippen. Malbec?«

»Heute nicht. Ich mache immer noch dieses verdammte Saftfasten.« Toms Stimme dröhnte durch die große Frontbar von The Ship. »Tomatensaft mit viel Tabasco. Fade.«

»Ich hätte nicht gedacht, dass du das auch nur einen Tag durchhältst.«

»Ali nörgelt immer an mir rum, sie will, dass ich etwas abnehme. Das alles hier.« Tom griff sich mit beiden Händen in den Bauch, der sich über seine Hose wölbte. Sie hat keinen Sex mit mir, bis ich drei Kilo abgenommen habe.«

Margo lachte fröhlich. Sie bewunderte Alison und ihre gerissene Art. »Armes Baby. Kommt Ali heute vorbei?«

»Ich denke schon, als ich gegangen bin, musste sie noch etwas Papierkram erledigen.«

Toms dritte Frau war eine talentierte Küchenchefin und zwanzig Jahre jünger als er. Tom hatte kürzlich das *Bayview*

Hotel gekauft, auf nicht ganz faire Weise den Küchenchef rausgeworfen, der sieben Jahre lang dort gearbeitet hatte, und stattdessen Alison eingestellt. Dann hatte er es irgendwie geschafft, sie dazu zu überreden, ihn zu heiraten.

Leo ging zu Tom und Margo. Die Bauarbeiter wurden immer lauter und liefen wie Löwen im Käfig durch die Bar. Es wurde auf Rücken geklopft und »Cheers mate« gerufen und »Geht auf mich«, während sie sich ihr viertes Pint reinschütteten. »Ich glaube, für die ist für heute Abend Schluss.«

Tom schnalzte mit der Zunge. »Das ist ein ganz schöner Abstieg, Duchess. Hier im Ort zu arbeiten. Aber wusstest du nicht, dass sie früher ihre eigene Kolumne in einer Zeitschrift hatte, Leo? Meine erste Frau war ein ergebener Fan davon.«

»Wovon handelte die Kolumne? Klamotten oder so etwas?«

Margo schlug Leo auf den Arm. »Mensch, Leo, sei doch kein sexistischer Idiot. Ich habe über alles geschrieben, was mir in den Sinn kam. Meine Mutterrolle mit kleinen Kindern, wie ich die Arbeit und das literarische London unter einen Hut bekam. Wie ich versuchte, alles zu haben…«

Tom unterbrach sie. »Wie du mit einem Ehemann umgehst, der immer im Pub verschwand. Du warst in deiner Kolumne wirklich ziemlich loyal ihm gegenüber.«

Margo dachte daran, wie mühevoll sie versucht hatte, Richards Trinkerei geheim zu halten. Sie warf Tom einen Blick zu und wandte sich an Leo. »Und, was gibt es Neues? Ich war in London, um Imi einige Tage zu besuchen.«

Leo seufzte und blickte Margo verträumt an. »Diese Garnett-Girls. Sehen alle blendend aus und sind auch noch klug. Die Entscheidung fällt schwer, welche ich am besten finde.«

Margo schlug Leo mit einem Bierdeckel auf die Hand. »Das sind keine Mädchen mehr, sondern Frauen. Starke, unabhängige Frauen.«

»Genau wie ihre Mum.« Leo griff nach dem Malbec und schenkte sich ein Glas ein. Margo legte die Hand auf ihr Glas. Er sprach nun leiser, wie ein Bühnenflüstern. »Die Millars sind immer noch stinksauer auf die Goughs wegen ihres Beibootes...«

Tom beugte sich näher zu ihnen. »Ja, das habe ich im Jachtklub gehört.«

Margo ging weg, um ein junges Paar zu bedienen, das hereingekommen war, und um den Bauarbeitern die nächste Runde zu servieren. Als sie zurückkam, sprachen die beiden Männer über Festrumpfschlauchboote, Dories und Skullen, eins ihrer Lieblingsthemen. Wer etwas Neues hatte, woher sie es hatten, was sie gern kaufen würden. Tom blickte zu ihr hoch, als sie vor ihm auftauchte, und Margo sah, dass er diesen speziellen Gesichtsausdruck hatte, der verriet, dass er eine Richard-Geschichte erzählen würde – ob sie wollte oder nicht.

»Erinnerst du dich an den Abend, als Rich total blau war und mein Beiboot in der Brandung von St Helens losgelassen hat? Wir waren beim Nachtfischen.«

»Es ist in Richtung Meer abgetrieben. Wenn er doch nur dringesessen hätte.«

Beide Männer lachten, als sie die Wut in Margos blauen Augen aufblitzen sahen. Sie hielt sich gerade und sah argwöhnisch aus.

Tom wandte sich an Leo. »Rat mal, was dann passiert

ist!« Leo hatte Richard nie kennengelernt, aber er hatte die Geschichten gehört. Er schüttelte den Kopf und blickte Tom erwartungsvoll an. »Die hier ist ins Meer getaucht. Pechschwarz. Ist dem Beiboot hinterhergeschwommen und hat es wieder zurückgeholt.«

Leo blickte Margo mit unverhohlener Bewunderung an. »Ich habe schon gehört, dass du eine gute Schwimmerin bist.«

Margo zuckte die Schultern. »Ich hatte viel Übung, im Meer abzutauchen und Dinge zu bergen. Vor allem, wenn Richard O'Leary dabei war.«

Tom war nicht leicht zu bremsen, wenn er einmal in Erinnerungen schwelgte. »Ich erinnere mich an euch, als ihr noch Wochenendausflügler wart. Ihr habt Maria gebeten, bei euch babyzusitten, und seid hierhergekommen – habt euch in diese Ecke gesetzt.« Er machte eine Kopfbewegung in eine dunkle Nische hinten im *The Ship*, wo sich ein Paar wie Efeuranken umschlang, an einem Tisch für zwei.

Margo wandte den Blick nicht von Tom, eine unlesbare Dunkelheit lag auf ihrem Gesicht. Sie hasste diesen Teil des Pubs, wo die Erinnerungen schwer in der Luft lagen. Das war einmal der Tisch von ihr und Richard gewesen. Es waren inzwischen zwanzig Jahre vergangen und sie sammelte immer noch keine leeren Gläser von diesem Tisch ein. Es reichte, den Tisch anzublicken und sie hatte Richards nikotingelbe Finger vor Augen, das Durcheinander von Tabak und Blättchen, sein Portemonnaie und vielleicht einen Bierdeckel, der beim Reden zerpflückt wurde, Rotwein, der auf dem Lack Ringe hinterließ. Sie konnte sein Raucherlachen hören, sehen, wie seine Augen tanzten, wenn er sie anblickte, wie er sie manchmal einfach nur anstarrte. Seine Augen hatten ihre Farbe so schnell gewechselt wie das Meer, von Blau zu Grün und wieder zurück. Sasha hatte seine Augen.

»Wie Pech und Schwefel wart ihr. Alle wussten, dass das euer Tisch war. Ihr habt viel Wein getrunken und geredet. Für den Rest von uns hattet ihr nicht viel Zeit.«

Leo schaute Margo an und dachte darüber nach, was Tom ihm erzählt hatte. »Es ist schwer vorstellbar ... Jetzt bist du immer mittendrin.«

Margo war froh, sich erneut verziehen zu können, um eine junge Frau zu bedienen, die an der Bar auftauchte und einen Bacardi und eine Coke bestellte. Margo kannte das Mädchen nicht, das Anfang zwanzig war und umwerfend aussah, mit rotem Haar bis zur Taille und blasser Haut voller Sommersprossen. Sie umklammerte das Kleingeld für ihren Drink fest in der Hand, wie ein Kind, und als sie die Münzen in Margos ausgestreckte Handfläche kippte, fühlten sie sich warm und klebrig an. Margo lächelte und versuchte so, sie zu beruhigen, doch die junge Frau schaute sie mürrisch an. Ihr klarer, eisiger Blick flatterte hin und her.

»Dein Rückgeld.«

»Danke.«

Margo konnte ihren Akzent nicht einordnen und fand das Verhalten des Mädchens zermürbend. Sie schien sich nicht vom Fleck bewegen zu wollen und schaute Margo ins Gesicht, als würde sie sie kennen.

»Kann ich sonst noch was für dich tun?«

Die Stimme der jungen Frau klang anklagend: »Sie wohnen mit Gabriel in Sandcove, oder?«

»Nein, das ist meine Tochter Rachel – seine Frau. Ich bin allerdings häufig dort. Wahrscheinlich häufiger, als ich sollte!« Margo fragte sich, warum sie ins Plaudern geriet. »Du kennst Gabriel also?«

Die Rothaarige blickte Margo an, als würde sie über eine Antwort nachdenken. »Ja, wir kennen uns flüchtig. War schön, Sie kennenzulernen.« Und plötzlich machte sie kehrt und ging ganz nach hinten in den Pub. Sie setzte sich allein hin, Margo zugewandt, und schaute von Zeit zu Zeit auf das iPhone in ihrem Schoß. Das beleuchtete Handydisplay ließ das Gesicht des Mädchens gespenstisch aufleuchten. Margo fragte sich, woher Gabriel sie kannte, ob sie es ihm oder Rachel gegenüber erwähnen sollte. Sie ging zu Tom und Leo zurück und versuchte, sich ihre Besorgnis nicht anmerken zu lassen.

»Wisst ihr, wer das ist?«

»Sagen wir so: Wir haben ihr Kommen zur Kenntnis genommen.« Leo stieß Tom an, der kicherte.

»Also wirklich – sie ist gerade mal Anfang zwanzig ... ihr seid dreckige alte Männer.«

»Aber das wusstest du doch schon!« Die beiden Männer lachten im Chor.

Margo verspürte das vertraute Unbehagen, das sie immer fühlte, wenn ein ihr bekannter Mann eine jüngere Frau begaffte. Ihr erster Gedanke galt immer ihren Töchtern und was diese wohl schon durchgemacht hatten. Der zweite quälende Gedanke beschämte sie: Sie betrauerte ihre eigene verlorene Jugend. Es wirkte so unfair, dass sich niemand in jungen Jahren der eigenen Macht bewusst war. Es war eine Sache, sich als junge Frau über bewundernde Pfiffe und Catcalling aufzuregen, aber etwas ganz anderes, als ältere Frau festzustellen, dass diese Zeiten für immer vorbei waren. Sie wurde von Alisons Ankunft abgelenkt.

»Ali!« Margo kam hinter der Bar hervor, um ihre Freundin zu umarmen.

»Für uns kommt sie nie hinter der Bar hervor«, murmelte Tom und ließ sich von seiner Frau auf die Wange küssen. Sogar in der weiten Kochhose und mit einem unordentlichen Dutt war Alison eine Schönheit. Margo glaubte, dass sich die Frauen dieser Welt in zwei Kategorien einteilen ließen: diejenigen, die mit Messy-Buns gut aussahen, und diejenigen, die nicht gut damit aussahen.

»Was es Neues gibt? Eine Diet Coke für mich. Die harten Sachen trinken wir nicht mehr. Ich bin mir sicher, dass Tom sich schon beschwert hat.« Sie blinzelte ihrem Mann zu, der Margo gegenüber auf einem Barhocker saß. Margo stellte ihr die Diet Coke hin und grinste sie an.

»Ich glaube, ich habe Imogen zu einer Party überredet.«

»Hurra!«

»Das war bestimmt nicht einfach für dich, Duchess, dass sie in Venedig waren. Ich erinnere mich daran, dass Rich mir von euren Flitterwochen erzählt hat und dass ihr das Hotelzimmer vierundzwanzig Stunden lang nicht verlassen habt.«

»Tom, halt den Mund.« Margos Blick war eine Warnung, dass er zu weit gegangen war.

Alison blickte vorsichtig zwischen Margo und Tom hin und her. In der darauffolgenden Stille hörten alle, dass die Rothaarige aufstand und in ihr Telefon rief: »Du Arsch!« Ihr Gesicht wurde rot vor Wut, als sie aus dem Pub stürmte. Die schwere Tür schlug hinter ihr mit einer Windböe vom Meer zu.

Tom drehte sich grinsend zu ihnen. »Ganz eindeutig eine Psycho-Alte!«

Margo ignorierte ihn und blickte intuitiv auf die Uhr. »Letzte Runde!«, rief sie.

»Ich nehme noch eine Diet Coke für den Weg.« Tom lächelte seine Frau versöhnlich an.

Margo schüttelte die Gedanken an das Mädchen ab und erlaubte sich endlich einen Blick auf ihr Telefon. Sie hatte sich den ganzen Abend lang eingeredet, dass sie keine Nachricht erwartete. Eine war angekommen. *Steht heute Abend noch?* Wenn sie die letzte Runde schnell erledigte und Leo bezirzte, damit er abschloss, könnte sie in weniger als einer Stunde zu Hause sein. Sie müsste sich noch einen Grund für ihre Eile für Leo ausdenken, sonst würde er misstrauisch werden. Sie könnte sagen, dass sie einen Anruf von einem der Mädchen erwartete. Noch eine Nachricht: *Ich will dich.*

Eine Stunde, schrieb sie zurück.

5
Echt scharf

Margo war mit Heißhunger aufgewacht, das passierte immer, wenn sie viel Sex gehabt hatte. Sie biss in eine Scheibe Toast mit Marmelade, schaute hinaus in ihren Garten und dachte an die Arbeit, die gemacht werden musste. Sie sah, dass sich in der Nacht eine ihrer Rosen vom Spalier gelöst hatte und zurückgebunden werden musste. Es hatte heftig gestürmt und geregnet und jetzt, wo das Unwetter weitergezogen war, wirkte die Welt ruhig und still. Margo stellte sich das absolut glatte Meer vor, in dem sich der Himmel perfekt spiegelte. Sie dachte an Sandcove und ob es dort Schäden geben würde, wie so häufig nach Stürmen; lockere Dachziegel oder undichte Stellen. Drake und Juno, ihre Border Terrier, tauchten hinter ihr auf. Liebevoll leckten sie ihr die nackten Füße, schoben die kalten Schnauzen unter ihr seidenes Nachthemd.

»Ab mit euch«, sagte sie und öffnete die Terrassentüren, die zum Garten führten. Die Hunde sprangen schwanzwedelnd nach draußen. Der Wind wehte den vertrauten salzigen Geruch herbei, den sie so liebte. Gierig atmete sie tief ein, während ein Möwenschwarm sich von einem Cottagedach in der Nähe erhob. Die Vögel überholten einander und kreischten, ihre Schreie am Himmel klangen nach Heimat. Sie wünschte sich nur, sie könnte das Meer von ihrem Cottage aus sehen. In Sandcove war sie jeden Morgen mit Meerblick aus ihrem Schlafzimmerfenster aufgewacht, ihrem Fenster in die Welt. Der weite Himmel über dem Meer hatte so viele Stimmungen, unerwartete oder unmerkliche Veränderungen – vor diesem Hintergrund war es einfacher, ihre eigenen absurden Launen zu verstehen.

Es war jedoch ein guter Morgen und nichts konnte ihre Stimmung trüben. Sie fühlte sich so jung wie eine Teenagerin. Vielleicht, weil ihr ganzer Körper noch wegen des Orgasmus summte, den sie eine halbe Stunde zuvor gehabt hatte. Sie staunte über die Stärke des Nachbebens. Es war die Art Orgasmus, die ihr ein Gefühl von Neuverdrahtung verlieh. Ihr Unterleib erinnerte sich noch an einige enttäuschende Orgasmen, aber dieser hier breitete sich vom Bauch bis zu ihren Nervenenden aus, den Fingerspitzen, den Zehen und sogar zu den Follikeln ihrer Haare. Jack war direkt wieder eingeschlafen, aber sie wusste, dass er sie bald verlassen müsste, und bereitete sich schon darauf vor, plante, sich den Rest des Tages abzulenken. Sie musste in Sandcove anrufen, erfahren, wie Rachels Verhandlung gelaufen war und ihr Ausgehabend mit Freunden in London.

Sie rief die Treppe hinauf: »Es ist acht Uhr. Zeit zum Duschen. Kann ich dir was zum Frühstück machen?«

Eine von der Bettdecke gedämpfte Stimme rief zurück: »Kaffee.«

Margo lächelte in sich hinein und ging in die Küche, stellte den Wasserkocher an und griff nach dem Telefon.

Gabriel ging dran: »Margo.«

»Klugscheißer.«

»Du rufst immer samstags um diese Uhrzeit an.«

»So wie du das sagst, klinge ich vorhersehbar.«

»Nur ein klein wenig.«

»Wie war die Verhandlung?«

»Der Richter hat die Missbrauchsvorwürfe anerkannt – der Ehemann ist nun vorbestraft.«

»Diese verdammten Männer ... gut. Hatte sie Spaß?«

»Cocktails in Soho, alles Mögliche – Garnett-Style. Ich weiß gar nicht, ob sie überhaupt geschlafen hat – sie hat einen ganz frühen Zug nach Portsmouth genommen. Ich habe ihr gesagt, sie solle sich hinlegen, sie sah ganz grün aus. Kommst du später zum Abendessen vorbei?«

Margo hörte Lizzie oder Hannah im Hintergrund weinen. Sie dachte mal wieder, was Gabriel für ein beispielhafter moderner Mann war. Sie wusste, dass Rachel es hasste, wenn sie Gabriel wegen der geteilten Kinderbetreuung und seiner Beteiligung im Haushalt über den grünen Klee lobte, weil das in Rachels Generation so erwartet wurde. Margos Vater war jedoch eine Schattenfigur gewesen, hatte dauernd im Büro gesessen, und Richard hatte jegliche Arbeit im Haushalt in Angst und Schrecken versetzt, weshalb er geflüchtet war, wann immer sich die Gelegenheit dazu geboten hatte. »Ich komme. Was kochen wir denn?«

Margo ging die Treppe mit einer Tasse Kaffee für Jack hinauf und stellte sie geräuschvoll auf den Nachttisch. Jack rührte sich nicht. Seine schwarzen Locken breiteten sich auf dem Kissen aus. Margo liebte seine wilde Mähne, bevor er sie mit Wachs bändigte. Sie fand, er würde zu viele Stylingprodukte verwenden, und sagte ihm das auch. Sie wartete darauf, dass er die Augen öffnete, die wie Farnkraut im Herbst gefärbt waren. Sie wollte aus ihrem Seidennachthemd schlüpfen und neben ihm ins Bett klettern, sich in ihrer ganzen Nacktheit an ihn pressen, spüren, wie er erregt und hart wurde, den ganzen Tanz noch einmal von vorn beginnen. Aber sie würde warten müssen.

»Jack – du musst nach Hause gehen. Ich habe zu tun.«

Endlich bewegte er sich, richtete sich im Bett auf, gähnte und streckte sich. »Meine Güte! Gönn einem Mann seine Erholung. Du hast mich geschafft.«

Margo fuhr ihm mit der Fingerspitze über eine Sehne im Arm. »Das bezweifele ich.«

Jack grinste sie an. »Wohin musst du? Komm lieber wieder ins Bett und fick mich.«

Margo musste schnell ausweichen, weil er sie packen wollte. »Solltest du nicht auch gehen?« Margo fragte nie direkt, aber sie vermutete, dass Jacks Frau am Wochenende Familie auf dem Festland besuchte. Er blieb fast nie über Nacht. Sie sah, wie er bei der Frage kurz wegschaute. Er schob die Decken zur Seite und sie drehte den Kopf weg, damit er nicht sah, welche Wirkung er auf sie hatte. Sie wollte nicht, dass er wusste, wie sehr sie ihn in ihrem Bett behalten wollte.

»Okay, okay, ich gehe ja. Zu einem Bacon-Sandwich würde ich nicht Nein sagen.«

Als Margo an dem Abend in Sandcove ankam, trat sie durch die schwarze Tür, die immer offen war. Sie blieb in der Stiefelkammer stehen, ihr Blick fiel auf die teure Barbourjacke, die Richard kaum getragen hatte und die an einem Eisenhaken an der Wand hing. Irgendwie hatte sie ihre radikale Ausmistaktion überlebt. Sie setzte sich eine Minute lang auf die Eichenbank, die dort abgestellt worden war, so wie auch andere Möbelstücke, die Rachel nicht wollte. Margo hatte die Jacke in einem piekfeinen Laden auf der Jermyn Street gekauft – in so ein Geschäft wäre er ums Verrecken nicht gegangen. Es war einer ihrer Versuche gewesen, ihm das Inselleben schmackhaft zu machen, einmal etwas anderes als das mottenzerfressene Samtjackett oder diese grässliche, spröde Lederhose zu tragen, die nach Pub stank. Er hatte sie wie eine Verrückte angeschaut, als sie ihm die Jacke gezeigt hatte, und sie dann einige Male getragen, um sie glücklich zu machen. Sie schloss die Augen und der vertraute Geruch des Raumes erinnerte sie an glücklichere Zeiten, aufgeregte Kinder, die nach draußen in den Schnee wollten, Schwimmflossen und Tauchermasken, die hingeworfen wurden, Gekreische, wenn nasses Badezeug ausgezogen wurde. Im Sommer lag immer Sand auf dem Boden und im Winter roch es nach dem Feuerholz, das in der Ecke gestapelt lag. Langsam stand sie auf und kehrte der Jacke den Rücken zu.

Gabriel blieb mitten in der Küche stehen, er trug eine Schürze und hielt eine Tranchiergabel in der Hand, als würde er damit dirigieren. Er lächelte Margo an und dieses Lächeln spiegelte sich auch in seinen Augen. Er war einer der wenigen Männer, die eine Schürze tragen konnten, fand Margo. Auf seiner stand »Echt scharf« und darunter war eine Chilischote abgebildet. Es war ihr Weihnachtsgeschenk für ihn gewesen; im selben Jahr hatte er ihr eine Schürze mit der Aufschrift »Queen Bee« geschenkt. Sie neckten sich und sie stritten, Gabriel stellte ihr persönliche Fragen über die Vergangenheit, das trauten sich sonst nicht viele. Sie verstanden sich und jeder wusste, dass Rachel und die Kinder das wichtigste Element ihrer Freundschaft bildeten. Nachdem Gabriel sie in der Küche begrüßt hatte, tanzten sie mit ihrer perfekten Choreografie umeinander herum. Rachel bezeichnete die beiden spöttisch als »altes Ehepaar«, doch im Grunde kam ihr diese Symbiose entgegen, weil sie Kochen hasste. Diese Eingespieltheit mit Gabriel in Sachen Hausarbeit beruhigte und besänftigte Margo. Sie war in Hochform, gelassen und witzig. Rachel und Imogen liebten es, Barhocker an die Kücheninsel aus Eiche zu schieben und der Zauberei zuzuschauen. Bunte Schalen aus dem Keramikladen in Bonchurch füllten sich vor ihren Augen langsam mit edlen Köstlichkeiten. Margo und Gabriel waren sich einig, dass das Auge mitaß, allerdings überließ Gabriel das Tischdecken Margo, die ihre Kinder mit Vorliebe Platzkarten ausmalen oder sogar Blütenblätter verstreuen ließ. Die Kinder durften sich aus Margos Sammlung aus Untersetzern und Tischdecken, die immer noch in der blauen walisischen Kommode in Sandcove lagen, etwas aussuchen. Weil ihre Töchter vom Faible der Mutter für Tischdekoration wussten, schenkten sie ihr jedes Jahr zu Weihnachten Gläser – goldene Kelche, kristallene Sektflöten mit eingeätzten Blumen, Wassergläser in leuchtenden Farben, Schnapsgläser mit Goldrand.

An jenem Abend waren sie beim Essen nur zu dritt. Gabriel hatte Lizzie und Hannah etwas zu essen gemacht und sie gebadet und weil es Samstag war, durften sie einen Film gucken. Rachel war in ihrem Homeoffice und versuchte, Dinge nachzuarbeiten. Gabriel hatte mit einem Gericht von Ottolenghi begonnen, das zu seinem Standardrepertoire gehörte; er und Margo verliehen ihm gerade den letzten Schliff und teilten sich dabei eine Flasche Rosé.

»Imogen ist ja jetzt verlobt, da kannst du dich doch mal ein bisschen entspannen, oder? Einen Schritt zurücktreten – die Mädels ihr Ding machen lassen?«

Margo sah, dass Gabriel diese Frage halb zum Spaß stellte, und versuchte, sie zu ignorieren. Sie nahm eine ramponierte orange Kasserolle von Le Creuset aus ihren Tagen in Sandcove und drohte ihm damit. »Was hast du mit diesem Kürbis vor? Du solltest dir neues Kochgeschirr zulegen, das hier ist uralt.« Margo stellte die Auflaufform klappernd ab, als hätte sie sie beleidigt. »Sie passt auch gar nicht hierher.« Margo deutete mit einem Arm auf die moderne Küche aus Edelstahl, deren Zustand ihr missfiel. Sie hatte nicht verbergen können, wie sehr sie die moderne Küche verabscheute – das Einzige, was Gabriel und Rachel in Sandcove geändert hatten.

»Sie muss eingebrannt werden – in einem konventionellen Backofen. Du weißt, dass deine Töchter die Vergangenheit nicht hinter sich lassen können. Sie halten aus sentimentalen Gründen daran fest. Zum Beispiel an alten Le Creusets. Ich stolpere hier im Haus immer über die Vergangenheit. Vielleicht könnten wir Veränderungen einführen, wenn...«

»Kann man sich mit dir auch einfach unterhalten, ohne dass eine Therapiestunde daraus wird? Wenn ich eine Therapie wollte, würde ich dafür zahlen.«

Mit einem wissenden Lächeln nahm Gabriel Margo die Auflaufform ab und stellte sie in den Ofen. »Als Richard abgehauen ist, hättest du mit jemandem reden sollen. Die Mädchen hätten nicht so sehr gelitten, wenn du das getan hättest. Den Vater zu verlieren war eine Sache gewesen, aber auch dich noch zu verlieren ... Es ist auch jetzt noch nicht zu spät, mit jemandem zu sprechen.«

»Alles ist gut in dieser Familie.« Margo drehte sich um und ging weg, das Glas immer noch in der Hand. »Ich schaue mal nach meinen Enkelkindern.«

Gabriel hörte Freudenquieken aus dem Versteck. Margos Stimme klang höher, weicher und sie lachte schallend. »Du kommst schon wieder, wenn dein Glas leer ist!«, rief er ihr hinterher.

Es dauerte nicht lang und sie war wieder in der Küche. »Dieses neue *Dschungelbuch* ist zu gruselig für Lizzie.« Sie hielt ihm herrisch ihr Glas hin.

»Sie schaut eigentlich nicht hin, aber sie will alles tun, was Hannah macht.«

»Imogen war mit Rachel auch so.« Margo konnte sich noch genau an Imogen mit zehn oder elf erinnern, die sich nicht die Haare schneiden lassen wollte, weil sie so lang werden sollten wie Rachels. Gabriel ging zum Kühlschrank, um die Flasche zu holen. Er hörte, wie sein Telefon vibrierte, und schaute drauf, wischte sich das dunkle Haar aus der Stirn. Margo beobachtete ihn und wartete ungeduldig auf ihren Wein. Gabriels Telefon vibrierte erneut.

»Warum macht dein Telefon das immer? Rachel ist doch oben, nicht wahr?«

Gabriel drehte das Handy um und wandte sich wieder der Soße zu, die auf dem Herd blubberte. »Wir hatten heute einige Anfragen – Sarah informiert mich nur darüber.«

»Ich dachte, die Praxis wäre voll?«

»Eigentlich schon, aber Sarah hat gehofft, ich könnte Dienstagfrüh noch einen Patienten annehmen – bei ihr ist alles voll.«

Margo stellte ihr Glas ab. »Und was ist mit dem Transport zur Schule?« Sie sah, dass er die Kiefer aufeinanderbiss, und bemerkte, dass er genervt war.

»Ich bringe die Kinder jeden Morgen – könntest du uns

vielleicht einmal die Woche aushelfen? Du wohnst doch gleich nebenan.«

»Morgens bin ich zu nichts zu gebrauchen. Und ich bin egoistisch. Als ich euch Sandcove überlassen habe, habe ich euch vorgewarnt: Auch wenn ich nur den Berg rauf wohne, heißt das nicht, dass ich immer zur Verfügung stehe...«

»Ist gut, bitte erspar mir den Vortrag.«

Margo runzelte die Stirn wegen Gabriels Ton, wanzte sich aber immer näher an ihn heran. Sein Handy vibrierte erneut. Gabriel ging hin und drückte auf den Bildschirm. Bevor er swipen konnte, erhaschte Margo einen Blick auf eine Textnachricht, die lediglich aus drei Feuer-Emojis in einer Reihe bestand. »Wer zum Teufel sagt dir denn, dass du heiß bist?«

Gabriel lachte laut. »Das ist Jonny. Er erzählt mir von einer Frau, die er kennengelernt hat – er findet sie sexy.«

»Jonny ist sexy«, sagte Margo feierlich, weil sie Gabriel zum Lachen bringen wollte.

»Margo!« Gabriel klang nun unbeschwerter, er tat so, als wäre er schockiert. Margos Schwäche für Jonny war allerdings ein offenes Familiengeheimnis. Jonny war Gabriels ältester Freund. Im Alter von sechs Jahren waren beide ins Internat gekommen – beide waren noch viel zu jung, um ihr Zuhause zu verlassen. Gabriel war schüchtern und traurig über die Trennung von der Mutter, die er vergötterte, und wurde sogleich von Jonnys grenzenlosem Enthusiasmus und Draufgängertum angezogen. Beide Jungs waren hübsch, einer brünett, der andere blond. Jonny konkurrierte für gewöhnlich mit jedem, der ihm über den Weg lief, mit Gabriel jedoch verspürte er fast umgehend eine brüderliche Verbundenheit, sodass sie eine unzertrennliche Einheit bildeten. Jonny hatte Margo anvertraut, wie er als Einzelkind unter der Diktatur eines Vaters gelitten hatte, der ihn sabotiert und ständig zu mehr »Männlichkeit« gedrängt hatte. Margo dachte, Jonnys Mutter hätte ihm mehr helfen können; stattdessen war ihr die Rolle der ergebenen Ehefrau anscheinend wichtiger, als Jonny eine gute Mutter zu sein. Jonny war witzig, schlau, aber verloren und war zu den Garnetts gestoßen, als Gabriel seine Liebesbeziehung mit Rachel begonnen hatte. Jonny hatte seinen Platz im Chaos einer großen Familie gefunden.

Jonny war weiterhin häufig in Sandcove zu Besuch und flirtete mit jeder Frau, am schamlosesten allerdings mit Margo. Sie hatte während seiner Besuche erotische Träume von ihm gehabt und manchmal fiel es ihr anschließend einige Tage lang schwer, ihm in die Augen zu blicken. Mühsam verbarg sie ihre Lust, indem sie ihn neckte, und manchmal saßen sie am Küchentisch, nachdem die anderen im Bett waren, schwelgten in einem Pingpongspiel aus Witz und Whisky. Jonny sagte häufig, dass er, hätte er ein so glückliches Zuhause wie Sandcove gehabt, es niemals verlassen hätte. Alle wussten, dass Margo einen großen Teil der Anziehungskraft ausmachte, die Sandcove für Jonny besaß, ebenso wie Imogen, die für ihn wie eine kleine Schwester war, während Sasha, die er argwöhnisch als ebenbürtig ansah, der einzige Mensch war, der ihn reizen konnte.

Kurz hatte Margo befürchtet, dass Sasha und Jonny sich ineinander verliebten; es hatte einen Sommer gegeben, als niemandem die Blicke zwischen den beiden verborgen geblieben waren, die langen Spaziergänge, die sie unternahmen. Es war jedoch nichts passiert und Sasha hatte Phil kennengelernt und ihn schnell geheiratet. Jetzt mussten sie alle die Hungerhaken mit den weit aufgerissenen Augen ertragen, die Jonny anschleppte. Die Mädchen wirkten ebenso überrascht wie Jonny, dass sie in Sandcove aufschlugen, wo sie dann allein zurechtkommen mussten. Margo bezeichnete sie als »hoffnungslose Fälle«, zu fade und zu gefallsüchtig, außerdem konnten sie nicht mehr als ein halbes Glas Weißwein trinken oder mehr als ein Salatblatt verspeisen. Natürlich wollte sie unbedingt, dass Jonny die richtige Frau fand, während sie insgeheim erleichtert war, dass das noch nicht geschehen und dass keine ihrer Töchter seinem Bann erlegen war.

»Für mich ist es in Ordnung, ihn toll zu finden«, hatte sie einmal zu Rachel gesagt. »Aber stell dir mal vor, du hättest dich in ihn verliebt. Du hättest ihn vielleicht Gabe vorgezogen.«

»Du hast mir beigebracht, vernünftig zu sein, was Männer betrifft«, hatte Rachel trocken entgegnet. »Der arme Jonny, er hält sich für eine Art Playboy, aber alle wissen, dass er, sobald er die richtige Frau findet, ein ergebener Knecht sein wird.«

Margo riss sich aus ihren Jonny-Träumen, als sie ihre älteste Tochter die Holztreppe hinuntergaloppieren hörte, die sich wie eine Hauptschlagader durch Sandcove zog. Rachel machte alles mit Schwung, was Margo mit einem stechenden Schmerz an die ganze Energie erinnerte, die sie früher mal hatte. Rachel kam reingefegt, das lange dunkle Haar auf dem Kopf hochgesteckt, wobei ihre Blässe und die dunklen Ringe unter den Augen nicht von ihrem symmetrischen Gesicht und ihrer Unerschütterlichkeit ablenkten. Sie schlang die Arme um ihre Mutter. Margo selbst mied Umarmungen, akzeptierte sie aber notgedrungen von Zeit zu Zeit.

»So, Ma. Wir können dich nicht mehr ärgern oder Mrs Bennett nennen! Alle Garnett-Girls werden bald verheiratet sein, keine alte Jungfer mehr unter uns.«

»Sehr witzig, Tochter. Trink ein wenig Wein. Ich hatte schon ein Glas. Lizzie hat dich vorhin gesucht, sie meinte, sie wollte nur zu dir. Ich habe gesagt, du würdest arbeiten und dürftest nicht gestört werden, würdest sie aber knuddeln und ihr ganz viele Geschichten vorlesen, wenn du sie ins Bett bringst.«

Rachel zog einen der Barhocker zu sich heran. »Die armen Mädels, ich habe sie heute vernachlässigt. Lizzie ist gerade sehr anhänglich. Ich muss es morgen wiedergutmachen.« Sie trank einen großen Schluck Wein, den Gabriel ihr eingeschenkt hatte, und nahm allen Mut zusammen: »Imogen will keine Party.«

»William will keine Party – das weiß ich. Er und seine Mutter wissen nicht, wie man feiert. Sie stehen nur in der Ecke, das macht mich verrückt.«

Margo sah, wie Gabriel und Rachel Blicke austauschten und Rachel den Kopf schüttelte. »Du kannst nicht schlecht über William reden – du bist schließlich diejenige, die sie zusammengebracht hat.«

Margo nahm sich einen Barhocker und setzte sich neben Rachel. »Ich habe nur vorgeschlagen, dass sie einen Schritt weiter gehen – komm schon, er hat vorher ewig auf der Stelle getreten. Er wird ein guter Ehemann sein. Nur auf Partys ist er nutzlos.«

»Und wenn sie einen sehr schlimmen Ehemann will?«, fragte Gabriel grinsend und schob die Schüsseln zu ihnen hinüber.

Margo stand auf, um sich nachzuschenken, und ging auf und ab. »Ich hatte einen schlimmen Ehemann – das kann ich nicht empfehlen. Imogen war immer die Sensible – ihr wisst, dass sie jemand Liebevollen braucht. Sie bekommt endlich ein wenig Aufmerksamkeit für ihre Stücke ... William wird sie unterstützen – er wird zu Hause sein, wenn sie spät von den Proben heimkehrt. Ich glaube nicht, dass er eifersüchtig sein oder sich grämen wird, wenn er sich selbst etwas zu essen machen muss, oder...«

Rachel unterbrach sie: »Machst du dir keine Sorgen, dass Imogen ihn heiratet, nur um dir zu gefallen? Um sich sicher zu fühlen?«

»Sie hat mit sechs Jahren ihren Vater verloren. Selbstverständlich will sie sich sicher fühlen.«

Beide Frauen ignorierten Gabriel. Margo warf Rachel einen bohrenden Blick aus ihren sommermeerblauen Augen zu. »Das ist nicht die schlechteste Voraussetzung für eine Heirat. Kommt schon, essen wir.«

Dann hörte sie das Getrappel von kleinen Füßen auf den Bodenfliesen und Lizzie tauchte auf, ihr langes Nachthemd schleifte über den Boden. Alle Erwachsenen drehten sich zu ihr um und sie blickte schüchtern auf den Boden, ihren Stoffhasen an die Wange gepresst. Margos Locken hatten eine Generation ausgelassen, doch auf Lizzies Kopf sprangen sie wild umher. Margo fand es zuweilen irritierend, dieses Spiegelbild ihrer Kindheit, das alte Sandcove-Erinnerungen an sie und ihre Schwester Alice hervorrief. »Mama, ich mag den Tiger nicht.«

Rachel stand auf, ging zu Lizzie und nahm sie auf den Arm. »Blöder Tiger. Komm, wir gehen ins Bett und lesen gemeinsam *Weißt du eigentlich, wie lieb ich dich hab.*«

Margo wandte sich wieder Gabriel und ihrem Essen zu. »Es gibt neuen Dorftratsch. Diese Wochenendbesucher, die Bradburys, bauen noch eine Etage auf ihr Haus – es wird monatelang gebohrt und gearbeitet werden. Die Hewitts laufen Sturm.«

Rachel, die gerade aus der Küche gehen wollte, blieb stehen und runzelte die Stirn. »Waren wir nicht auch einmal Wochenendbesucher?«

6
We Are Family

London

»Für einige ist das so in Ordnung. Ich habe nie eine Verlobungsparty gefeiert.« Sasha sprach laut und einige Menschen drehten sich zu ihr um. Die Party hatte gerade erst begonnen, es war noch ruhig, die Gäste standen unbeholfen herum und warteten auf die Neuankömmlinge, auf das, was als Nächstes passieren würde. Der Raum war ehrfurchtgebietend mit seinem polierten Parkett, der verspiegelten Bar und den niedrigen Samtsesseln in Glanzfarben. Die Erwartungen waren hoch. Margos Partys bedeuteten immer Randale.

»Du wolltest auch keine.«

Sasha sah ihr eigenes und Imogens Spiegelbild, das von mehreren Spiegeln gebrochen wurde. Sashas Hand wanderte verstohlen zu ihrem Nacken. Margo hatte nach Luft geschnappt, als sie ihren neuen Pixiecut gesehen hatte, die weißblonden, fedrigen Haare. Sasha hatte es genossen, alle zu schockieren. Die Schwestern hatten alle immer lange Haare gehabt. In ihrer Kindheit hatten sie wie Galionsfiguren von Schiffen ausgesehen, mit Haaren bis zu den Hüften. Sasha beobachtete, wie Imogen an dem eng anliegenden Stoff ihres Kleides zog und dann ihrem Spiegelbild den Rücken zukehrte. Sie fühlte sich offensichtlich nicht wohl und einen flüchtigen Moment lang tat sie Sasha leid.

»Woher weißt du denn, dass ich keine wollte? Rachel

meinte, du hättest so etwas nicht gewollt, aber Margo ist einfach losgeprescht. Weil du die Lieblingstochter bist. Lass mich raten – Margo hat dein Kleid ausgesucht. Es steht dir nicht gut, oder? Es sieht irgendwie unfertig aus.« Sasha blickte wieder auf ihr eigenes Spiegelbild, den maßgeschneiderten schwarzen Jumpsuit und die spitzen schwarzen Absätze, unter denen die roten Sohlen hervorblitzten. Heute Abend war Jonny abrupt stehen geblieben, als er sie gesehen hatte, hatte sich von dem Mädchen an seinem Arm abgewendet, um Sasha anzuschauen. Phil hatte neben ihr vor Wut gebrodelt, doch sie hatte die Energie ignoriert, die er ausstrahlte, und Jonny provokant angelächelt. Phil war immer wegen irgendwas sauer, er würde immer wegen jeder Nichtigkeit eifersüchtig sein und er würde heute Abend wütend sein, egal, was sie auch tat. Er hatte nicht kommen wollen und fand die Ansprüche furchtbar, die ihre Familie an sie stellte. Als Einzelkind von geschiedenen Eltern war seine Kindheit instabil und einsam gewesen. Er verstand Geschwister nicht und fühlte sich bei den großen Feiern und Zusammenkünften der Garnetts unwohl. Er war am glücklichsten, wenn er Sasha für sich haben konnte. Zu Beginn ihrer Beziehung war die Intensität seines Verlangens schmeichelhaft gewesen, hatte sie davon überzeugt, dass seine Liebe echt war.

»Wo ist Phil? Normalerweise klebt er doch an dir?«

Sasha hatte sich auf einen Moment allein mit Imogen gefreut, doch sie waren in ihre gewohnte Schwesterndynamik verfallen und hatten sich angegriffen. Sasha wusste, dass sie netter sein sollte, doch die Last der Geheimnisse, die auf ihr lasteten, fühlte sich beklemmend an, wenn sie mit ihrer Familie zusammen war. Sie hatte schon Spannungskopfschmerzen. »Vielleicht hat er sich irgendwo vor Margo versteckt? Er ist schlecht drauf, weil wir heute hier auf der Insel schlafen. Das kostet uns ein Vermögen und wir bekommen dafür ein Zimmer in der Größe eines Sarges. Er findet es hier furchtbar, sagt, es sei überteuert und prätentiös. Du weißt ja, was er von ›Künstlertypen‹ hält?«

»Ich habe doch gesagt, dass ihr auch bei mir schlafen könnt.«

»Und dann wirst du mit Margo sentimental, weil ihr euch an früher erinnert und Whisky trinkt? Nein danke. Wenn man keinen Alkohol mehr trinkt, werden Partys nämlich nach zehn Uhr langweilig.«

»Du warst witziger, als du noch getrunken hast.«

Sasha ignorierte Imogen und spürte erneut Phils Blicke. Sie schaute sich im Raum um und entdeckte ihn mit böser Miene in der Tür. »Ich muss mich um Phil kümmern.« Eine Gruppe Gäste eilte plötzlich durchs Zimmer und bildeten einen engen Kreis um Imogen, ihre Stimmen ratterten wie ein Feuerwerk. Sasha hatte Imogens Gang von der Royal Academy of Dramatic Arts immer schon gehasst, weil sie alle so angestrengt unkonventionell sein wollten und ihre Profistimmen zu Gehör brachten.

»Wo ist denn der Glückliche? Warum versteckst du ihn?«

»Deine Mutter ist wirklich ein Original. Wir haben uns kaputtgelacht mit ihr.«

»Sie ist ein echtes Partygirl.«

»Wow, du siehst sensationell aus.«

»Ich glaube, ich habe dich noch nie im Kleid gesehen, Imi. Sieht heiß aus!«

Sasha erhaschte einen Blick von Imogen und machte eine Kopfbewegung, um ihr mitzuteilen, dass sie abhaute. Sasha fragte sich, wo William war, er sollte doch bei Imogen sein. Sasha war nicht für Imogen verantwortlich, aber trotzdem hasste sie es, ihre Schwester mit diesem gehetzten Blick zurückzulassen. Als Teenagerinnen hatten sich ihre Freundeskreise auf der Insel kurz überschnitten und sie waren gemeinsam auf Partys gegangen. Imogen hatte sich immer Sashas Klamotten leihen wollen, die ihr nicht gestanden hatten, und hatte wie eine Klette an Sasha gehangen. Sasha hatte alles in ihrer Macht Stehende getan, um Imogen loszuwerden, damit sie mit Jungs knutschen, deren Pullover tragen und ihr Weed rauchen konnte. In ihren schönsten Teenager-Erinnerungen saß sie am Strand, eingekuschelt in den Pullover eines Jungen, und schaute mit glasigem Blick in die Glut eines Feuers. Bierflaschen lagen im Sand herum, vom Meer herüber waren Rufe und Platscher zu hören, weil betrunkene Jungs nackt schwimmen gingen. Imogen hatte Sashas Ruf bei den Jungs aus dem Ort zerstört, ihre lang gezogenen Vokale erinnerten alle daran, dass die Schwestern aus dem großen Haus stammten, Teil der Garnett-Familie waren, der Familie ohne Vater. Der Familie mit der Mutter, die für Zeitschriften schrieb. Sasha blickte sich auf der Suche nach Margo im Zimmer um, Wut brannte in ihr auf. Es war einfach, Margo die Schuld für die meisten Dinge zu geben, und diese Verlobungsfeier war eine dieser typischen egoistischen Aktionen gewesen. Sasha sah William an der Bar, mit dem Rücken zur Feier. Er plauderte mit Gabriel. Als sie sich vorsichtig über den glänzenden Boden bewegte und dabei versuchte, mit ihren hohen Schuhen nicht auszurutschen, trafen sich wieder Jonnys und ihr Blick. Ärger könnte sie haben, wenn sie wollte.

»Was zum Teufel macht ihr zwei da? William, komm und hilf ihr. Du kannst dich nicht nur an der Bar verstecken.«

Gabriel mischte sich ein, weil er die Schärfe in Sashas Stimme gehört hatte. »Imi wird besser drauf sein, wenn getanzt wird. Alle Garnett-Girls tanzen gerne. William, geh schon, rette sie vor den Schauspielsternchen und dreh ein paar Runden durch den Raum – dann kann die echte Party anfangen.«

William stellte vorsichtig seinen Drink auf der Theke ab und kapitulierte. »Okay, los geht's. Auf in den Kampf.«

Sasha schnalzte missbilligend mit der Zunge in Richtung von Williams Rücken, der sich entfernte. »Er ist wie ein gehorsamer Labrador.«

Lachend warf Gabriel den Kopf zurück. »Ihr Garnetts seid alle so gemein zu William – er ist doch ein netter Typ. Warum bist du so schlecht drauf? Ich finde deine neue Frisur grandios – du siehst aus wie eine Göttin. Ich habe gesehen, dass es auch Jonny aufgefallen ist.«

Sasha schaute auf und blickte in Gabriels grüne Augen, seine Aufmerksamkeit löste in ihr ein warmes Gefühl aus. »Phil will nicht hier sein.«

»Er wird sich schon dran gewöhnen – ich heitere ihn auf. Rach meinte, du würdest zum Familienwochenende kommen? Das freut mich sehr. Wir bekommen dich nicht oft genug zu Gesicht. Rachel vermisst dich. Bitte versuch einfach nur, dich nicht mit Margo zu streiten, okay?«

Sasha schaute weg. »Warum tut sie das? Diese großen

Gesten. Sie zwingt uns alle zusammenzukommen und hält komische Reden.«

»Das weiß nur Gott allein. Sie versucht, es wiedergutzumachen, dass ihr keinen Vater habt?«

»Das kann sie niemals wiedergutmachen.«

Einige Stunden später verzogen sich die Margo-Schmarotzer und Anhängsel wieder in die Nacht in Soho. Sasha hatte sich an dem Abend unter sie gemischt, diejenigen begrüßt, an die sie sich erinnerte, und in der illustren Menge von Dichtern und alternden Schreiberlingen einen Eindruck davon erhalten, wie ihr Vater vielleicht gewesen war. Sie sahen alle älter aus als Margo; das Trinken und Rauchen bis spät in die Nacht hatte sich in ihre Gesichter gegraben. Die Knitterfalten in ihren angejahrten maßgeschneiderten Anzügen verrieten mangelnde Sorgfalt. Sasha hatte dem Literaturbetrieb den Rücken zugewandt, spürte jedoch immer noch die Anziehungskraft dieses Volkes, die Zwielichtigkeit. Viele hatten Margo und Richard gekannt, weil man sich früher um ihren Tisch im French House geschart hatte. In ihrer Kindheit hatte es nicht viele Geschichten über ihren abwesenden Vater gegeben; ihre Mutter weigerte sich, über ihn zu reden, und Sasha saugte begierig jede Einzelheit auf, die sie zufällig mitbekam. Heute Abend blieb sie wachsam, erpicht auf die Krümel, die manchmal hinunterfielen, wenn Margo außer Hörweite war.

An ihrem achtzehnten Geburtstag hatte sie gehört, wie jemand einer Gruppe Zuhörer erzählt hatte, dass einmal ein betrunkener Richard auf einen Baum geklettert war, um Margo ein Ständchen zu singen – er war runtergefallen und hatte sich ein Bein gebrochen. Bei einer Weihnachtsfeier in Sandcove hatte Tom erzählt, dass Richard an seinem und Margos Hochzeitstag allen im Pub ein Getränk ausgegeben hatte. Diese Geschichten waren ein kostbarer Teil von Sashas Identität. Sie lechzte nach immer mehr und wollte gemeinsam mit den Soho-Leuten aus dem Schatten hervorkriechen und eine Million Fragen zu Richard stellen. Wenn sie verstehen konnte, wie er früher gewesen war, verstand sie vielleicht auch, warum sie sich nie zugehörig fühlte. Heute Abend schnappte sie nur eine Sache auf, ein bloßes Flüstern. Ein kleiner, krummer alter Mann, der die seltsame Kombination von Krawatte und Lederjacke trug, sagte: »Er ist einfach verschwunden. Und mit den Gedichten war dann auch Schluss. Sie hatten alle von Margo gehandelt, deswegen meinten die Leute, dass er nicht mehr schreiben konnte, nachdem er sie verlassen hatte. So eine Verschwendung.« Sasha verschloss dieses Flüstern sicher, um es später zu würdigen.

Auf der Party wurde es erneut leerer und plötzlich gab es Raum zum Atmen. Nur noch die Garnetts und ihre engsten Freunde waren da. Sasha lungerte neben der Tanzfläche herum, Phil stand Wache und lächelte, während sie ihre Tante Alice beobachtete, die ihr Haar öffnete und einige Cocktails genoss. Alice war eine der wenigen Personen, deren Rat Sasha angenommen hätte. Sie liebte diese neue Inkarnation von Margos Schwester, die endlich Uncle Seb losgeworden war. Alice war früher eine tyrannisierte Ehefrau gewesen – verglichen mit Margo stets die graue Maus. Ihre Ehe mit Seb war lang, langsam und zum Großteil einsam gewesen; dann war er vom Richterstuhl in den Ruhestand getreten und hatte keinen Vorwand mehr gehabt, sich in London aufzuhalten. Die Risse hatten sich immer weiter vergrößert und Alice musste sich eingestehen, dass sie einen Tyrannen geheiratet hatte. Schließlich hatten Sasha und Margo – ausnahmsweise einmal einer Meinung, Alice zur Scheidung überredet; sie hatte ihr Haus in Bembridge verloren, jedoch ein neues Leben gewonnen, in dem sie einen Buchladen im Grünen führte – davon hatte sie immer schon geträumt. Als Singles hatten sich Margo und Alice wieder angenähert, es war wieder so wie früher, bevor die sechzehnjährige Margo von zu Hause weggelaufen war.

Sasha hatte bei der Party eine Weile mit Alices Zwillingen Evie und Lucas rumgehangen, die in ihren Zwanzigern waren, bis sie im Hauptteil des Klubs verschwunden waren, um die berühmte Raucherterrasse zu suchen. Jonny hatte ihnen erzählt, dass sich dort eine ganze Gruppe »wunderschöner« Modestudenten befand, die aneinanderklebten, und eine Band aus Manchester, die kurz vor dem Durchbruch stand. Jonny schien permanent zu kommen und wieder zu gehen und jedes Mal, wenn sie ihn sah, trafen sich ihre Blicke mit der unausgesprochenen Einladung von seiner Seite, in eine wildere Nacht zu verschwinden, nur sie beide allein. Sie ging ihm aus dem Weg, er hatte die Feier verlassen und kehrte dann mit zwei neuen Mädchen zurück, die ihm hinterliefen. Sie kicherten wegen der Promis, die sie unten an der Bar entdeckt hatten. Jonny hatte vor Sashas Augen angefangen zu tanzen, er bewegte sich unbeholfen mit beiden Mädchen zugleich. Sasha hatte versucht, nicht zu lächeln, weil Phil da war und seinen Arm besitzergreifend um ihre Schultern gelegt hatte, sie beobachtete.

»Warum trägst du so viel roten Lippenstift?«
»Gefällt dir das nicht?«

»Es sieht ein bisschen schlampig aus. Warum kannst du dich nicht so anziehen wie alle anderen – ein Kleid wie das deiner Schwester zum Beispiel?« Er betrachtete sie von oben bis unten.

Sasha schluckte alles runter, was sie sagen wollte. »Tanzt du mit mir?« Sie sah, wie Phil den Kopf schüttelte. Er tanzte nie, seitdem er mit dem Trinken aufgehört hatte. Gabriel hatte den DJ gebeten, die Lautstärke hochzudrehen, und Sasha spürte, wie der Bass in ihr wummerte, der Rhythmus sie mitriss. Ihre Hüften wiegten sich, während sie sah, wie Rachel auf die Tanzfläche glitt und überall Jubelrufe ertönten. Imogen folgte ihr und hielt dabei Margo an den Händen, deren Kleid majestätisch über den Boden schwang. Auf Margos Gesicht spiegelte sich pure Freude. Die Garnett-Frauen waren zwar alle grundverschieden, doch sie liebten alle das Tanzen. In ihrer Kindheit hatten sie in Sandcove oft Küchendiscos veranstaltet, wo alle gemeinsam umhersprangen und -wirbelten. Sasha erinnerte sich nur an Liebe und Gelächter in diesen Momenten. Auf Wunsch von Gabriel wurde »We Are Family« gespielt, Sasha zuckte die Schulter in Phils Richtung und folgte ihren Schwestern mit einem Freudenschrei in die Mitte der Tanzfläche. Sie spürte wilde Geister in ihrem Inneren, die Erinnerungen an so viele Nächte, die Raves und die Drogen, verloren sein und doch frei. Sie grinste ihre Familie offen an, zum ersten Mal glücklich, ihre Hände griffen nach Rachels. Sie waren wieder ein Rudel, die vier Frauen. Jede hatte ihren ganz eigenen Tanzstil. Sasha wusste, dass sie wie eine Marionette war, die sich ruckartig bewegte. Aber sie gab sich ganz der Musik hin. Imogen war gehemmt und lächelte schüchtern. Margo wiegte sich elegant zur Musik, während sie aufmerksam ihre Umgebung musterte. Rachel war als Kind Turnerin gewesen, die Einzige, die Rad schlagen und Spagat machen konnte. Ihre Tanzbewegungen erregten Aufsehen und waren sexy und Sasha lächelte in sich hinein, als sie Gabriel erwischte, wie er seine Frau betrachtete. Sie bewegten sich gemeinsam, vereint in diesem Moment, wanden sich vor Lachen, ließen sich von den Zuschauern in all ihrer Pracht beobachten.

Dann endete das Lied – und der Moment. Rachel und Gabriel begannen einen langsamen Tanz und hatten bald schon die Tanzfläche für sich. Sie wirkten wie ein Paar in einem Hollywoodfilm. In den Anfangstagen hatte Sasha das Gefühl gehabt, ihre und Phils Ehe könnten der perfekten Partnerschaft ihrer älteren Schwester Konkurrenz machen. Sie hatten Spaß und teilten die Liebe zum Reisen und zu Abenteuern. Er glaubte an ihre Arbeit und fing sogar bei derselben NGO an, damit er ihr um die Welt hinterherreisen konnte. Er hatte klargestellt, dass seine Stelle – in der Hierarchie unter ihrer Führungsposition angesiedelt – unter seiner Würde war, er den Job aber annehmen würde, damit sie keine Fernbeziehung führen mussten. Aber jetzt war etwas in ihrer Beziehung erodiert. Sie wusste, dass es ihre Schuld sein musste; nach Phils Überzeugung hatte sie so viel zerstört und Menschen verschreckt. Sie musste ihren Ehemann finden und versuchen, ihn zu beschwichtigen, sonst würde eine ganze Nacht mit ihm in einem winzigen Zimmer zur Tortur werden. Das Schweigen war eine erstickende Decke, die ständigen abfälligen Bemerkungen über ihren Egoismus und ihr unmögliches Verhalten. Wenn sie getrunken hätte, würde sie sich in eine böse Fee verwandeln und wie der schlimmste Albtraum aller Gäste auf der Party umherstolzieren und Phil blamieren. Sie hatten vereinbart, gemeinsam mit dem Trinken aufzuhören; er hielt sie auf dem Pfad der Tugend, erinnerte sie an all die unsinnigen Dinge, die sie in betrunkenem Zustand angestellt hatte. Er hatte sich verzogen, während sie getanzt hatte, und so seine Missbilligung gezeigt. Sasha ging zu Alice, die sich kurz in einen tiefen mit Samt bezogenen Stuhl gesetzt und ihre Stöckelschuhe ausgezogen hatte. Sasha kniete sich neben sie.

»Zu viel getanzt und dann noch diese blöden Schuhe. Margo hat mich dazu überredet, sie zu tragen, Gott weiß, wie ihr euch damit so elegant bewegen könnt, sie bringen mich um.«

»Tanz einfach barfuß.«

»Wir sind hier nicht am Strand, Sasha. Ist alles in Ordnung mit dir? Du siehst müde aus, schön, aber müde.« Alice streckte eine Hand aus, um Sashas Haar zu berühren. »Das ist so schick, was hat Margo dazu gesagt?«

»Ich habe ihr nicht die Gelegenheit gegeben, etwas dazu zu sagen.«

Alice legte einen Arm um Sashas Schulter. »Oh, ihr beiden. Ich wünschte, ihr würdet miteinander reden. Margo vermisst dich so sehr, Süße. Dieses Schweigen und der Starrsinn zwischen euch muss aufhören, das belastet die ganze Familie.«

Sasha tätschelte Alices Hand und stand auf. »Heute geht es nur um Imi. Ich muss lieb und ruhig sein und wissen, wo ich hingehöre. Und ich muss Phil finden, hast du ihn gesehen?«

Alice schüttelte den Kopf, eine Sorgenfalte zerfurchte ihre Stirn. »Ist mit dir und Phil alles in Ordnung? Er sah schon vorher aus wie drei Tage Regenwetter, er hätte nicht noch deutlicher zeigen können, dass er nicht hier sein will, und du wirkst sehr gestresst.«

»Phil geht es gut, er ist nur mürrisch, er hasst Menschenmengen.« Sasha lächelte ihre Tante verhalten an, während sie sich wegbewegte. Als sie durch den Raum ging und nach Phil schaute, hörte sie Geräusche von der Feuertreppe, wo sich die Raucher alle versammelt hatten. Sasha trat nach draußen und nahm eine Zigarette aus der Packung, die Jonny ihr wortlos entgegenstreckte – nachdem er sich vergewissert hatte, dass Phil nirgends in Sichtweite war.

Jonny lächelte sie an, während sie nervös mit seinem Zippo herumfummelte. »Uh, eine Zigarette? Du böses Mädchen!«

»Ich brauche irgendwas. Nicht trinken ist verdammt hart.«

Jonny sprach rau und tief, direkt neben ihrem Ohr. »Dann trink doch einfach wieder. Ich vermisse die betrunkene Sasha. So sehr.«

»Das glaube ich dir aufs Wort.« Sie blickte ihn durch ihre Wimpern an, konnte seine Gedanken an seinem Gesicht ablesen, sein Verlangen. Sie hatten betrunken bei ein paar Partys rumgeknutscht – vor und nach Phil. Das wusste niemand. Soweit es Margo anbelangte, war Jonny für ihre Töchter tabu. Anfangs hatte ihn das für Sasha noch attraktiver gemacht. Jetzt ging es – wenn sie ehrlich war – um viel mehr als darum, ihre Mutter zu ärgern. Sasha war nicht stolz auf das, was sie getan hatte, aber wenn sie mit Jonny zusammen war, wollte sie unartig sein. Seine Hand streifte ihre und sie wusste, dass das nicht zufällig geschah. Sasha trat einen Schritt von Jonny zurück, weil sie nicht wollte, dass Gabriel die Spannung zwischen ihnen bemerkte. Ihr war es wichtig, was Gabriel von ihr hielt. Die Leute draußen waren rowdyhaft und aufgedreht, wollten nicht hinnehmen, dass sich der Abend dem Ende zuneigte. Jonny hatte Champagnerflaschen rausgeschmuggelt und reichte sie rum.

»Gott, Margo räumt sie gerade weg.« Gabriel schlang einen Arm um sie. »Imi wird sie bald in ein Taxi verfrachten müssen. Ich glaube nicht, dass William heute Abend mit Imi nach Hause geht, wenn sie Margo im Schlepptau hat.«

»Armer Kerl – am Abend seiner Verlobungsfeier. Sollte er nicht etwas davon haben?«

Sashas Augen hatten sich an die Dunkelheit der Feuertreppe gewöhnt und sie erkannte, dass Imogen, Phil und William leise zu dritt auf dem nächsten Treppenabsatz miteinander sprachen. Rasch ließ sie ihre Zigarette fallen.

»Pscht, Jonny. Sie sind gleich da unten.«

Vorsichtig ging sie nach unten, sie wollte nicht, dass sich ein Absatz in dem Metallgeflecht der Stufen verfing. Imogen blickte auf und ein Lächeln breitete sich auf ihrem Gesicht aus, als wollte sie unbedingt ihr Gezänk von vorhin wiedergutmachen. Sie war betrunken. Sasha schaute Phil an, der nicht zurückblickte, ging hin und legte ihm einen Arm um die Taille. Ihre Stimme klang gekünstelt fröhlich und sie lächelte alle an.

»Imi – ich freue mich so für dich. Verheiratet sein ist toll.« Sasha blickte zu Phil auf und er beugte sich zu ihr und drückte ihr einen harten Kuss auf die Lippen. Sie wusste, dass er ihr nicht vergeben hatte. Das war seine Art, zu zeigen, dass sie ihm gehörte – er wusste, dass Jonny von oben zuschaute.

»Leute, es ist einfach toll, wenn man den Partner fürs Leben findet. Selbst wenn er sich als ganz schön anstrengend herausstellt«, fügte Phil hinzu.

»Danke, wie liebreizend.« Imogen lallte leicht. »Es ist toll, dass du wegen der Party nach Hause gekommen bist. Ich kann es kaum erwarten. Nur noch zweimal schlafen.«

Phil lächelte kalt. »Ich weiß nicht, was ihr alle an diesem alten Haus findet. Es ist dort immer eisig kalt. Niemand scheint zu bemerken, dass es auseinanderfällt. Warum wohnen alte englische Familien in heruntergekommenen Häusern und verschwenden ihr ganzes Geld für Partys wie die hier – anstatt dringende Reparaturen durchzuführen? Ich dachte, Gabriel und Rachel würden ein wenig Geld reinstecken. Aber sie stecken es nur in diese Industrieküche, die komplett größenwahnsinnig ist. Wenn man in Australien gelebt hat, ist es schwierig, englische Strände noch zu mögen.«

William rückte näher zu Imogen. »Ich liebe die Strände der Insel.«

Phil ignorierte William. »Hoffen wir mal, dass Margo dieses Wochenende kein Albtraum ist.«

Sasha sah Imogens verletzten Gesichtsausdruck. »Es ist schwer, Imi. Margo gibt Phil nie das Gefühl, willkommen zu sein. Und diese ganzen sinnlosen Regeln. Frühstück um diese Uhrzeit, Drinks um sechs. Als wäre man in die Edwardianische Ära zurückversetzt.«

»Das stimmt einfach nicht. Sie hat euch beide gern zu Besuch. Wir bekommen euch so selten zu Gesicht.«

»Du wirst so sentimental, wenn du betrunken bist. Du und Margo, ihr seid genau gleich.«

»Bitte kommt zu Weihnachten.«

»Wir müssen noch schauen, wie viel Urlaub wir bekommen. Wir haben Ende des Jahres Gespräche in Palästina. Wenn wir ein paar Urlaubstage bekommen, versuchen wir es.«

William lächelte höflich. »Wir können dieses bekloppte Schwimmen nicht ohne dich machen, Sasha, du bist die Mutigste.«

Der Priory Bay Boxing Day Swim and BBQ war eine Sandcove-Tradition, die ihr Vater ins Leben gerufen hatte. Sasha konnte sich nicht mehr an ihren Vater beim Schwimmen erinnern, aber irgendwo gab es ein Foto von Richard am Strand, seine dürren weißen Beine verschwanden im Meer. Sasha hatte keine Ahnung, warum Margo diese Tradition beibehalten hatte, wenn fast alles andere, das an Richard erinnerte, aus ihren Leben gerissen worden war.

»Ihr müsst einfach damit weitermachen, sonst wird Margo triumphieren«, sagte sie und fuhr sich mit den Händen durch das kurze Haar. »Denkt mal an letztes Jahr, als wir wie die Wilden zurückgeschwommen sind und ich gewonnen habe – Margo war so sauer. Sie muss sich der Tatsache stellen, dass sie jetzt eine alte Dame ist. Es ist peinlich, dass sie weiterhin so tut, als wäre sie so jung wie wir. Und dieses ganze Rumgevögel – als würden wir das nicht merken.« Sasha spürte, wie die Stimmung kippte, und blickte auf, während William erblasste. Margo stand oben auf der Feuertreppe und schaute auf sie hinab. Imogen griff nach Sashas Arm, um sie am Weiterreden zu hindern; dann war nur noch Margos Rücken zu sehen.

»Gott – hat sie das gehört?«

Imogen kniff die Augen zusammen. »Sieht ganz so aus. Du bist so ein Miststück, Sasha.«

William drehte sich zu Imogen. »Imi, du solltest zu ihr gehen. Ich glaube, ich fahre nach Hause. Ist das okay? Margo wird noch zusammensitzen und Whisky trinken wollen. Ich bin mir sicher, dass sie am liebsten mit dir allein wäre.«

Imogens Stimme klang scharf. »Arme alte Ma. Sie kassiert von euch allen Prügel. William, geh einfach nach Hause, ich übernehme den Margo-Dienst gern. Sie hat schließlich gerade erst ein Vermögen für unsere Party ausgegeben.«

Sasha beobachtete, wie Imogen die Treppe hochtaumelte und William mit gesenktem Kopf hinterherschlich. Niemand sagte Auf Wiedersehen. Sie spürte Phils Schweigen neben sich geradezu körperlich. Sie versuchte, witzig zu klingen: »William ist in Schwierigkeiten.«

Phil sah angewidert aus. »Du bist nicht einmal betrunken und hast trotzdem alle verärgert.«

»Du hast auch Sachen über Margo gesagt...«

»Aber außerhalb ihrer Hörweite. Jetzt wird sie das ganze Wochenende schmollen. Du musst es wiedergutmachen.«

»Gut, ich versuche, in Sandcove mit ihr zu reden.«

»Du solltest ihr auch erzählen, was du weißt.«

»Das kann ich nicht. Und ich will es nicht. Sie wird mich dafür hassen.«

Phils Stimme klang spöttisch. »Du bist sowieso nicht mehr ihr Lieblingskind. Wenn du es nicht machst, erledige ich es für dich. Ich meine es ernst. Ich bin es leid – du denkst an nichts anderes, du sprichst von nichts anderem. Ich gehe jetzt. Kommst du mit?«

Sasha wusste, dass sie nicht bleiben konnte, wusste, dass es keine Option war. Sie klang kleinlaut. »Ja, ich komme.«

7
Zwei zum Preis von einem

Isle of Wight

Sasha wachte in Sandcove immer früh auf. Die Morgensonne strahlte durch die weißen Musselinvorhänge in ihr Schlafzimmer. Margo war nicht die Art Mutter gewesen, die Verdunklungsrollos und dicke Gardinen gekauft hätte, damit ihre Kinder besser schliefen. Sie fand, dass sich Kinder an ihre Umgebung anpassen mussten und nicht umgekehrt. Es hatte nie eine Treppensicherung gegeben und manchmal war ein Kind eine Treppe runtergefallen, aber vor allen Dingen hatten sie gelernt, langsam zu gehen. Richard war diese Stufen häufiger runtergestürzt als die Kinder. Auch die häusliche Krachsinfonie weckte Sasha zeitig. Alte Rohre klopften, als sie die Augen aufschlug. In jedem Sommer nahm man sich vor, den Boiler auszutauschen, bevor er im Winter den Geist aufgab, doch im nächsten Winter hing er immer noch da. Draußen ertönte das Surren eines Motors und das Tuckern eines Bootes. Die unterschiedlichen Rufe der Möwen, die abgehackten Ausbrüche und dann das lange »Kieh-oh«, schrill und klagend. Kabel von Segelbooten schlugen klatschend gegen die Masten, Fangleinen flogen umher. Das alles erfüllte Sasha mit Nostalgie, diesem erwartungsvollen Gefühl, was der Tag wohl bringen mochte, die dringende Notwendigkeit, außerhalb von Sandcove zu einem Stück Strand zu gehen. Sie vermisste das Mädchen, das sie einst gewesen war, als sie sich noch gemocht hatte und ohne die Last der Enttäuschung aufgewacht war, ohne die Last des Geheimnisses, das für sie keins mehr war, und der Mauer, die dies zwischen ihr und ihrer Familie errichtet hatte.

Als sie ins Bett gegangen war, hatte ihre Mutter sich als Gastgeberin aufgespielt, ganz so, als sei Sandcove nach wie vor ihr Eigentum. Sie war um die Barrisons, Leo und Alice herumscharwenzelt. Rachel sah verkniffen und müde aus und konnte Margo kaum anschauen. Sasha fragte sich, wie lange ihre Mutter wach geblieben war und Rachels Andeutungen ignoriert hatte. Einmal hatte Sasha Ärger bekommen, weil sie Margo animiert hatte, bis spät in die Nacht aufzubleiben, zu trinken und zu diskutieren. Rachel hatte Margo gebeten, die Party in ihrem eigenen Haus fortzusetzen, doch Margo hörte nie, wenn sie einen im Tee hatte. Imogen hatte geweint, sie wurde immer traurig, wenn Rachel und Margo aneinandergerieten. Und Phil war beim Dinner ruppig und abweisend gewesen und früh ins Bett verschwunden.

Sasha hörte eine Stimme am Strand, stützte sich auf die Ellbogen und versuchte, Phil nicht zu stören, der auf dem Einzelbett lag, das neben ihrs geschoben worden war. Sie zog den Vorhang zur Seite und blickte auf das Meer, das im hellen Sonnenlicht glitzerte. Langsam zog sie die Decke zurück, als ihr Telefon vibrierte, sie hatte eine Nachricht: *No. 47 15 Min?* Sie schrieb zurück: *Ja.* Sie glitt aus dem Bett, schlüpfte in Skinny Jeans und ein altes Streifenshirt von Rachel, das sie sich mal ausgeliehen und nie zurückgegeben hatte. Die zerschlissene Weichheit der Baumwolle war tröstlich. Sie schob sich eine riesige dunkle Sonnenbrille auf den Kopf und öffnete die Tür, sie wusste genau, ab wann sie quietschte, und stoppte vorher, um sicherzugehen, dass Phil weiterschlief, dann zog sie sie sanft hinter sich zu. Einige Stunden Freiheit lockten sie, die Gelegenheit, Phils düstere Präsenz abzuschütteln. Sie widerstand dem Drang, zwei Stufen auf einmal zu nehmen, doch sobald ihre Füße die roten Bodenfliesen berührt hatten, rannte sie aus der Haustür – so machte sie es seit ihrer Kindheit.

Von der Ufermauer lief sie über die Helling auf den Sand, zog ihre Flipflops aus, fühlte es kalt und nass zwischen ihren Zehen platschen und seufzte laut vor Vergnügen. Sie blickte zum hinter ihr aufragenden Sandcove, dessen edwardianische Fassade an den Ecken zu bröckeln und von dessen weißen Fensterbänken die Farbe abzublättern begann. Es war kein schönes Haus, aber es hatte ein freundliches Gesicht – die untere Hälfte war mit rotem Backstein verkleidet, während die obere Hälfte gekreuzte Schrägbalken aus Holzimitat und Fenster mit Dreifachverglasung besaß, in denen sich Himmel und Meer spiegelten. Das Haus stand frei und beeindruckend da, in seiner ganzen vollkommenen Symmetrie und mit dem majestätischen Kamin. Es war das Haus in der Bucht, das den Priory Woods am nächsten lag. Manchmal dachte Sasha, es sehe aus wie ein Stadthaus, das von einem Tornado hochgewirbelt und an einem wilderen Ort niedergesetzt wurde, als es gewohnt war. Hinter dem Haus lag ein verwunschener Garten, ein Paradies für Kinder, mit einer Schaukel in der alten Eiche, die Grundstücksgrenze markiert von edlen Silberbirken, hinter denen Hügel emporragten. Vorne befand sich eine Terrasse mit Holzboden, die über ein offenes Bootslager gebaut war, wo ein Durcheinander aus Kajaks, Schlauchbooten und Fischernetzen dem Haus das ganze Jahr über ein Gefühl von Urlaub verlieh. Sie hatte gehört, wie Rachel und Gabriel über das Mauerwerk sprachen, das repariert werden musste, die fehlenden Dachziegel, darüber, wie lange das Haus wohl eingerüstet bleiben musste. Aber nichts passierte.

Sasha war lange Zeit vor Sandcove und der Insel weggelaufen, hatte die Enge dort gehasst, immer dieselben weißen Mittelklassemenschen, die ständig über Jachten und Gezeiten sprachen. Sandcove würde jedoch immer einen Platz in ihrem Herzen haben und jetzt verspürte sie Trauer, weil es mehr und mehr verfiel. Als sie klein waren, hatte Margo ihnen immer erzählt, dass die spitzen Dachfenster die Augen von Sandcove wären, und als Kind hatte Sasha sich vorgestellt, dass sie ihr zublinzeln, weise und wissend, ihre Geheimisse hütend. Als Teenager hatte sich Sasha häufig gewünscht, dass Sandcove ihr erzählen könnte, was wirklich zwischen ihrer Mutter und dem Vater passiert war, warum ihr Vater weggegangen war. Jetzt wusste sie, dass es kindisch war, sich Sandcove als Ort mit Herz und Seele vorzustellen. Es war bloß ein zugiges altes Haus. Sie war diejenige mit Geheimnissen.

Sasha setzte zu einem kleinen Spaziergang über den weißen Sand an, schlängelte sich durch den Gezeitenstrudel, versuchte, sich vom Geräusch der Brandung beruhigen zu lassen. Sie war sich ihrer Gefühle für Phil früher so sicher gewesen. Er war so unbeschwert gewesen, als sie ihn in Australien kennengelernt hatte, ein muskulöser Surferboy, der mit seiner braunen Haut und den Dreadlocks so gut aussah wie später nie wieder. Er hatte ein Tattoo von einem Reiher auf der Schulter und spielte am Lagerfeuer am Strand Gitarre. Er hatte ihr Verlangen nach einem Bad Boy gestillt, jemandem, mit dem sie Margo schockieren konnte. Aber als sie wieder in England waren, hatte er sich in eine ödere Version seiner selbst verwandelt, sich das lange Haar abrasiert. Seine Liebe und sein Fokus auf sie fühlten sich mit der Zeit klaustrophobisch an, und als er nicht mehr die ganze Zeit über high war, meckerte er an allem herum. Die Gefühle, die Sasha früher für ihn gehabt hatte, lagen unter ihrer Angst vor seiner kurzen Zündschnur, seinen Verhören und der permanenten Betonung ihrer Unzulänglichkeiten begraben. In letzter Zeit fand sie kaum aus den dunklen Gedanken über ihre Ehe heraus, ihr Gehirn schwirrte ständig, ihre Ängste waren manchmal überwältigend.

Sie ging über den Strand und versuchte, ihren Geist zu beruhigen und ihre Atmung zu verlangsamen. Einfach einen Fuß vor den anderen setzen. Bald schon rannte sie über das Geröll, die Grenzmauer zwischen Seagrove Bay und der steilen Straße nach Seaview. Sie ging mit großen Schritten und schwingenden Armen die Pier Road hinauf ins Dorf, vorbei an den Hintertoren zu den schicken Häusern, die an der Ufermauer standen. Sasha überquerte die Hauptstraße am oberen Ende, wobei sie wie immer über die steilen Abhänge mit den hübschen viktorianischen Villen hinweg aufs Meer blickte. Das untere Ende dieser Straße erweckte so viele Kindheitserinnerungen in ihr. Rechts waren steile Stufen in die Ufermauer gehauen, die zu dem kleinen Strand mit Buchten führten, welche sich in perfekte Gezeitentümpel zum Krebsfangen verwandelten, links endeten sie auf einer Promenade hoch über dem Meer, am Pub The Porthole vorbei zum Segelklub, wo alle drei Mädchen Segeln gelernt hatten, und geradeaus ging es zu der offenen Weite von Springvale Beach.

Sasha atmete noch einmal tief das Ozon und die salzige Luft ein, ehe sie die Tür zur Hausnummer 47 aufdrückte und ihr der Dunst von gebratenem Frühstück und Dampf vom Milchaufschäumer entgegenschlug. Sie warf Jane, der Inhaberin, die hinter der Kaffeemaschine stand, einen Luftkuss zu, und verschwand hinten im Café. Rachel saß auf ihrem Stammplatz, einem in die Ecke gequetschten Sofa, Margos Hunde lagen zu ihren Füßen. Der Tisch war mit Zeitungen übersät.

Rachel blickte auf. »Sag bitte, dass du dir ein Bacon-Sandwich mit mir teilst? Ich sitze hier schon die ganze Zeit und versuche, es mir zu verkneifen. Der Duft ist einfach zu viel für mich.«

Sasha regte sich über die Hunde auf. »Hat *sie* dir jetzt auch noch die Hunde ans Bein gebunden – das Haus allein hat wohl nicht gereicht?«

»Sehr witzig. Aber es stimmt. Als sie gestern Abend endlich ausgehfertig war, konnten wir Drake nicht finden. Deswegen ist sie ohne sie gegangen. Ich weiß nicht so genau, wie ich es heute früh aus dem Haus geschafft habe, ohne die Kinder aufzuwecken, aber ich werde diese Ruhe auskosten.«

»Ich hole mir einen Cappuccino und bestelle ein Sandwich, wenn du magst.«

»Ja bitte.«

Sie bissen in das riesige Sandwich, tranken ihren Kaffee und wehrten die bettelnden Hunde liebevoll ab. Pflichtbewusst winkte und lächelte Rachel Passanten zurück. Sie wirkte ein wenig angespannt, ihre Augen waren müde, schmerzten vielleicht noch nach ihrem Streit mit Margo am Abend zuvor. Sasha hatte Rachel fast nie für sich allein, sie musste jetzt versuchen, mit ihr zu reden.

»Was glaubst du, wo Dad – also Richard – jetzt ist? Fragst du dich das manchmal?«

Rachel stellte ihre Tasse ab. »Gott, du bist genauso schlimm wie Imogen. Wen kümmert das?«

»Wie meinst du das?«

»Sie nervt mich ständig mit ihm – sie versucht, die Puzzlestücke zusammenzufügen.«

»Ich glaube, Margo hat ihn rausgeschmissen.«

»Du musst es damit wirklich mal gut sein lassen, Sasha. Er war ein nutzloser Alki. Ich erinnere mich noch an das Zusammenleben mit ihm.«

»Aber was ist, wenn er uns gern sehen würde? Eine Rolle in unseren Leben spielen möchte? Was würdest du jetzt machen, wenn er uns kontaktieren würde?« Da Rachel stets wütend wurde, wenn von Richard die Rede war, zögerte Sasha, sich ihr anzuvertrauen.

»Er wollte uns nicht sehen. Der Privatermittler hat ihn aufgespürt, aber selbst dann wollte er nichts mit uns zu tun haben.«

»Und was, wenn er sich seitdem geändert hat?«

»Uns geht es ohne ihn besser. Ich würde ihn nie sehen wollen. Ich weiß, dass du denkst, irgendwas fehlt – du willst einen Vater. Aber er hat es nicht mal für wichtig erachtet, bei deiner Geburt aufzutauchen.«

Tante Alice hatte Sasha nach viel Überzeugungsarbeit die Geschichte ihrer Geburt erzählt. Es gab keine Fotos, auf denen Richard sie als Baby auf dem Arm hielt. Er war auf einer zweitägigen Sauftour gewesen; Margo hatte nur mit Alice an der Seite in den Wehen gelegen. Er war einmal sehr betrunken im Krankenhaus aufgetaucht und durfte Margo nicht sehen, die Stationsschwester hatte ihn fortgeschickt. Er hatte ein in Weihnachtspapier eingepacktes Geschenk dagelassen, einen einzelnen Strampler in einer Packung, auf der »Zwei zum Preis von einem« stand. Es hatte Sasha tief im Herzen geschmerzt, das so viele Jahre später zu erfahren. Ihre Geburt hatte für Margo und Richard anscheinend den Anfang vom Ende markiert. Kurz nachdem sie aus dem Krankenhaus nach Hause gebracht worden war, war Richard aus dem Haus gerauscht und hatte einen Schuppen im Garten von Sandcove zu seinem Schreibzimmer gemacht. Er hatte sich über den Lärm im Haus beschwert, darüber, dass das Gekreische und Geschrei der Kinder sogar bis nach ganz oben ins Haus drang und seine Konzentration zunichtemachte. Er war einmal ein Poet gewesen, aber er schrieb weniger und trank mehr und hielt sich seit Sashas Geburt hauptsächlich im Schuppen auf – wenn er überhaupt zu Hause war. Alice hatte Sasha erzählt, dass Saufkumpanen ihn dort besuchten und er nach solchen Nächten häufig seinen Rausch ausschlief, auf einem zusammenklappbaren Campingbett, das in einer Ecke aufgestellt wurde, oder einfach auf dem Boden. Die Schlussfolgerung, dass ihre Geburt für ihren Vater der berühmte Tropfen gewesen war und dass sie ihn aus dem häuslichen Leben vertrieben hatte, fiel Sasha nicht schwer.

Sashas Stimme bebte. »Wir kennen seine Sicht der Dinge nicht, wir wissen nicht, wie er sich gefühlt hat. Was er durchgemacht hat.« In dem Moment wurde die Seitentür von No. 47 aufgestoßen und jemand flötete laut: »Mädels!« Es war eine von Margos Busenfreundinnen, eine aus dem elitären Segelklub. Irritation breitete sich auf Rachels Gesicht aus; Sashas Gelegenheit, mit ihrer Schwester zu sprechen, war dahin. Die Frau war ein Outdoormensch mit einem zerzausten grauen Bob und vom Wind aufgerauter Haut. »Großartige Neuigkeiten, das mit Imogen! Endlich verlobt. Margo ist bestimmt begeistert.«

Sasha neigte den Kopf über ihren Kaffee, sie wollte nicht an dem Gespräch teilnehmen, das überließ sie Rachel.

»Wir freuen uns alle sehr.«

»Jede Gelegenheit für eine Party wird genutzt! Sasha, bist du das? Ich habe dich mit deiner neuen Frisur kaum erkannt.«

Sasha musste jetzt aufblicken. »Ja, ich bin's. Hallo.«

»Wie mutig, das alles abzuschneiden. Und wie schön für Margo, dass ihr alle zu Hause seid. So, ich muss los, sagt Margo, dass wir uns beim Bücherklub sehen.«

Sie flitzte von dannen und Sasha schüttelte den Kopf. »Wie erträgst du das nur? Diese ganzen aufdringlichen Menschen, die sich in deine Angelegenheiten einmischen. Du fandest das doch früher ganz schrecklich.«

»Finde ich immer noch.« Rachel zuckte die Schultern. »Aber Hannah und Lizzie lieben es hier. Sie mögen genau die Dinge, die wir als Kind toll fanden. In einem großen alten Haus Verstecken spielen, das Spielhaus, die Nachmittage in der Strandhütte. Sie können am Strand reiten und segeln lernen. Hier ist ein guter Ort, Pixiecut um Kinder großzuziehen.«

»Wäre es für mich nicht.«

»Komm, lassen wir dieses Thema. Wir sollten wieder zurückgehen. Wir werden beide Ärger bekommen. Ist mit dir alles okay?«

»Warum?«

»Die Party war nicht gerade deine Sternstunde. Margo

ist böse, Imogen ist böse. Zwischen dir und Phil wirkt alles angespannt.«

Sasha vermied es, ihrer Schwester in die Augen zu blicken. »Und was ist daran neu? Ich bin immer diejenige mit den Problemen. Das schwarze Schaf. Ich hätte dieses Wochenende gar nicht kommen sollen.«

»Entschuldige dich einfach bei Margo.«

»Was ist denn mit dir und Margo? Ihr seid euch gestern Abend an die Gurgel gegangen.«

»Wir sehen uns fast jeden Tag. Unser Streit hat sich in Luft aufgelöst. Dich sieht sie nie und vermisst dich. Sie versteht nicht, warum du so sauer auf sie bist – warum du derart hasserfüllte Dinge sagst. Es gibt in Margos Welt nicht viel Schlimmeres, als alt genannt zu werden.«

Sasha spürte, wie sich ihr Magen kurz vor Angst zusammenzog beim Gedanken an ein Gespräch mit Margo, beim Versuch, die Risse zu kitten, mal wieder. Die Schuldgefühle, dass sie es offenbar nicht schaffte, eine vernünftige Beziehung zu ihrer Mutter zu pflegen, so wie Rachel und Imogen es taten. Rachel blickte sie an, sie erwartete eine Antwort. »Okay. Gut.«

Auf dem Nachhauseweg hakten sie sich ein und schleiften ein wenig mit den Füßen, die Hunde sprangen um sie herum und holten Stöckchen aus dem Meer. Als sie sich Sandcove näherten, sorgte sich Sasha, dass Phil wohl sehr böse sein würde, weil sie einfach weggegangen war.

»Phil wird sauer sein, dass ich ohne ihn weggegangen bin.«

Da Rachel stehen blieb, hielt auch Sasha an. »Er ist vielleicht ein wenig genervt, aber viel mehr auch nicht, oder?«

Sasha wollte ihrer Schwester das Herz ausschütten, aber sie wusste nicht, was sie sagen sollte. Alle hielten sie für stark, sie würden nicht verstehen, wie sie es so weit hatte kommen lassen. »Ich mache ihn ganz schön oft wütend.«

»Warum denn?«

»Ach, wegen blöder Dinge – dummer Dinge. Sachen, die ich tue.«

Plötzlich sah Rachel ernst aus. »Das ist nicht gut. Willst du damit sagen, dass du Angst vor ihm hast?«

»Ich bin nur kaputt ... erschöpft.«

»Red mit ihm und sag ihm, dass das so nicht geht. Sag, du würdest dir das nicht mehr gefallen lassen. Darf ich mit ihm sprechen?«

»Nein, nein – alles gut. Bitte mach das nicht, Rach. Ich kümmere mich drum.«

Sobald sie den Fliesenboden des Hauses betraten, spürte Sasha das Eisige in der Luft, das untypische Schweigen. Margo, Gabriel, Imogen und Phil waren alle in der Küche versammelt und warteten auf sie.

»Morgen«, sagte Sasha, so fröhlich sie konnte. Sie fragte sich, wo die Kinder waren, hatte gehofft, sie würden rumrennen und wären eine willkommene Ablenkung. »Wo sind Hannah und Lizzie?« Ihr Blick traf Phils, der nicht lächelte. Er stand unbeholfen neben der Tür, als würde er einen Ausbruch planen.

»Sie haben nach ihrer Mutter verlangt, deswegen haben wir sie im Versteck Cartoons gucken lassen, um sie abzulenken. Wollt ihr noch Kaffee oder hattet ihr bei No. 47 schon genug?« Gabriel stand am Herd; er war der Einzige im Raum, der sie anlächelte.

Margo drehte sich mit gerunzelter Stirn zu Sasha um. »Phil hat sich gefragt, wo du bist. Der Ärmste hat noch gar nichts gefrühstückt – er hat auf dich gewartet.«

Phil trat von einem Fuß auf den anderen, während sie sich alle umwandten, um ihn anzuschauen. Gabriel und Imogen trugen noch ihre Bademäntel, Phil hatte jedoch schon geduscht und war komplett angezogen, sogar mit Wanderschuhen an den Füßen. Seitdem Sasha und Phil zusammen waren, war er in Sandcove immer nur vollständig bekleidet beim Frühstück erschienen.

»Ist schon in Ordnung, Margo, wirklich. Ich frühstücke gar nicht so gern.« Phil klang höflich, aber eiskalt.

Rachel schlich zur Kaffeekanne und schenkte sich ein. »Meine Güte, Phil ist ein erwachsener Mann. Wenn er Frühstück will, kann er es auch ohne Sasha bekommen. Warum bist du überhaupt so früh hier? Du hast uns gefühlt doch erst vor wenigen Stunden verlassen.«

Margo schaute Rachel vielsagend an. »Ich bin wegen meiner Hunde hier.«

Sasha betrachtete ihre Familie in der Küche und wünschte sich in diesem Moment an einen anderen Ort auf der Welt. Der Cappuccino und das Bacon-Sandwich schwappten in ihrem Magen herum und ihr war schlecht. Imogen lächelte sie solidarisch an.

Imogen stand auf. »Kommt, wir planen, was wir heute machen wollen. Dann schaue ich mal, wo William abgeblieben ist. Er meinte, er wollte nur einen kurzen Spaziergang machen...«

Sasha nutzte Imogens Ablenkung, um zu Phil zu gehen, der stocksteif dastand. »Tut mir leid, dass du nicht wusstest, wo ich war.«

Er schaute sie nicht an. »Ich wusste, dass du einen Morgenausflug mit Rachel machst.«

»Ich wollte dich nicht aufwecken.«

»Komm schon.« Phil zischte nun so leise, dass die anderen ihn nicht hören konnten. »Und das soll ich glauben? Du machst immer nur das, was du willst, an andere denkst du nicht. Genauso egoistisch wie der Rest deiner hochnäsigen Familie.«

Sasha spürte, wie seine Wut hochkochte, und drehte sich weg, bevor sie noch mehr Öl ins Feuer goss.

»Familienbesprechung! Wohin sollen wir gehen?« Imogen zog einen der Stühle neben Margo zu sich. »Ich fange an – Bembridge Windmill, Spaziergang und Picknick?«

Margo machte ein finsteres Gesicht. »Wollen wir William wirklich noch einmal die Windmühle antun? Wie oft soll man sich diese kreisenden Blätter anschauen? Gabe stößt sich da immer den Kopf.«

Gabriel lachte. »Das stimmt.«

»Und was ist mit Newport – Kino und Pizza? Die Kinder würden sich freuen und ich kann im Dunkeln ein Nickerchen machen. Nachdem ich so lange wach gehalten wurde.« Rachel blickte Margo beim Sprechen nicht an, doch ihre Stimme klang scharf.

Margo ignorierte den Seitenhieb. »Newport ist weit weg. Der Tag ist wunderschön, warum im Dunkeln sitzen? Wir sollten William und Imi ein typisches Inselwochenende bieten, ins Kino kann man immer gehen. Ich bin für Carisbrooke. Die Kinder klettern gern auf den Festungsmauern rum. Kaiser Karl I. wurde dort eingesperrt, es ist historisch sehr interessant, das wird William gefallen. Seine arme Tochter Elizabeth wurde dort ebenfalls weggesperrt –

sie wurde tot aufgefunden, ihr Kopf lag auf der Bibel, die ihr Vater ihr geschenkt hatte. Sie war erst vierzehn.«

Sasha sah, wie Imogen Margo beim Reden den Arm um die Schultern legte, als wäre das das Einfachste und Natürlichste der Welt. »Diese Geschichte hat dich doch schon immer fasziniert. Erinnerst du dich an das schreckliche Stück, das ich über sie geschrieben habe?«

Sasha erinnerte sich daran, dass Imogen erst zwölf Jahre alt gewesen war, als sie ihrer Mutter stolz das Stück überreicht hatte, und wie Margo es ihr voller roter Markierungen zurückgegeben hatte. Erst hatte Imogen geweint, doch dann hatte sie sich mit Margo im großen Wohnzimmer in Sandcove vor dem Kamin zusammengesetzt und Sasha hatte neidisch gelauscht, wie Margo mit Imogen wie mit einer Erwachsenen darüber gesprochen hatte, wie man das Stück verbessern konnte. Margo hatte Imogen solch ungeteilte Aufmerksamkeit geschenkt. Damals hatte Sasha verstanden, dass in dieser Familie manche Talente und Interessen mehr wert waren als andere. Sie hatte beschlossen, nicht mit ihrer Schwester zu konkurrieren. Margo war perplex, als sich Sasha – scheinbar aus heiterem Himmel – den Naturwissenschaften zugewendet hatte.

Margo wirkte, als wäre sie meilenweit entfernt. »Ich weiß, wie sich Eingesperrtsein anfühlt. Eure Großmutter hat mich mal in Sandcove gefangen gehalten – einen ganzen Sommer lang.« Die Familie tauschte amüsierte Blicke aus, Margos Hang zur Dramatik vereinte sie.

Imogen stieß Margo mit dem Ellbogen an. »Ma, das ist kaum mit Elizabeth Stuart zu vergleichen. Dein Hausarrest als Teenager. Wir könnten den Romanov-Pfad in Cowes gehen.«

Rachel wandte sich an Imogen. »Ich bin die Romanovs so leid. Wir haben sie auf Schritt und Tritt verfolgt, als du dieses Stück geschrieben hast. Jetzt habe ich keine Lust mehr. Wie wär's mit der Strandhütte? Tische und Stühle raus auf dem Duver Beach, die Kinder können am Strand spielen, während ich Wein trinke.«

Imogen überspielte ihre Kränkung und sagte zu Sasha in einem Bühnenflüstern: »Es wäre ein Wunder, wenn wir uns auf etwas einigen.«

»Zur Hütte können wir immer. Sollen wir nicht nach Carisbrooke in den Mottistone Garden? Die Gärten sind bestimmt herrlich – überall Rosen. Wir können zum Leuchtturm St Catherines Oratory hochlaufen.«

Alle ignorierten Margo, die als einzige Gärtnerin der Familie immer stundenlang in den Gärten der Herrenhäuser verbringen konnte.

»William ist ja nicht da, also fragen wir Phil. Worauf hättest *du* denn Lust?« Rachel wandte sich gezielt an Phil.

Sasha bemerkte, dass sie zu lange ruhig gewesen war – sie sollte etwas sagen, bevor Phil dazu gezwungen wurde. Er hasste es, wenn die ganze Aufmerksamkeit der Familie auf ihn gerichtet war. »Was ist mit Jonnys Lieblingsort? Der Compton Bay und einem Picknick am Strand? Margo kann uns mit ihrem Bodyboarding alle zum Lachen bringen.«

Die Stimmung entspannte sich etwas, während sich die Familienmitglieder angrinsten. Margo war ihren Kindern früher immer peinlich gewesen, weil sie im Bikini Bodyboarding gemacht und dabei gern einmal das Ober- oder Unterteil verloren hatte, wenn sie aufs oder vom Brett sprang.

»Als Surferin in der Familie erkläre ich euch das Offen-

sichtliche: Das Meer ist so flach wie ein Pfannkuchen.«
Margo sah selbstgefällig aus, als sie auf das offene Fenster und das Meer dahinter zeigte.

»Gott, komm schon!« Rachel drehte sich zu ihrem Mann um. »Gabriel, du entscheidest! Normalerweise sind deine Entscheidungen gut.«

Sasha sah, wie Margo zustimmend den Kopf in Richtung Gabriel neigte. Margo würde Phil niemals auf dieselbe Art respektieren. Er blieb ein Außenseiter und schwächte auch ihre Position. Deswegen hasste sie es, zu Hause zu sein, es führte ihr die eigene Randexistenz vor Augen. Sie erinnerte sich nur noch an einige dieser Orte aus der Kindheit, aber es war klar, dass der Rest der Familie ständig solche Ausflüge unternahm und sich in der exklusiven Atmosphäre römischer Villen und Schlösser und Ziergärten traf. Die Insel war wie eine Art lächerliches Disneyland für Erwachsene. Dieses Mal war es sogar noch schlimmer, weil Jonny nicht da war, mit dem sie Grimassen schneiden konnte in dem Gefühl, einen Verbündeten zu haben. Jonny hasste diese Ausflugsmanie von Sandcove, er kam nur dann mit, wenn es an den Strand ging und dabei gepicknickt wurde. Aber er hatte ihr nach der Verlobungsfeier in einer SMS mitgeteilt, dass er sie kein ganzes Wochenende gemeinsam mit Phil ertrug. Seit dieser Nacht hatte sich etwas geändert, er hatte plötzlich nicht mehr so getan, als würden hinter ihrem Geflirte keine starken Gefühle stecken, es hatte ihn offenbar erwischt. In einer weiteren Nachricht hatte er ihr mitgeteilt, wie gern er derjenige gewesen wäre, der sie an diesem Abend nach Hause brachte. Sie hatte diese Nachricht archiviert.

»Yarmouth und Mittagessen im *The George*? Der neue

Küchenchef soll wirklich gut sein. Danach ein Spaziergang am Newton Creek, um die Mädels auszupowern.«

Margo sprang von ihrem Stuhl auf. »Das ist keine schlechte Idee. Wir können auf dem Rückweg in Mottistone Kaffee trinken und Kuchen essen.«

Als alle oben verschwanden, um sich fertig zu machen, griff Sasha nach Margos Arm, um sie zurückzuhalten.

»Was ist los? Die anderen warten.« Margo klang missbilligend.

Sasha blickte sich auf die sandverkrusteten Füße. »Das, was ich gesagt habe, tut mir leid. Auf der Party. Ich habe es nicht so gemeint.« Sasha spürte Margos Blick aus den blauen Augen auf sich, die Gelassenheit ihrer Mutter. Margo war nicht häufig entspannt. Sasha hatte ihre ungeteilte Aufmerksamkeit.

»Du hast es so gemeint. Und wahrscheinlich hast du recht. Ich versuche, mich jünger zu geben, als ich bin.«

Sasha blickte auf und nahm ihren Mut wieder zusammen. »Und was ist mit dem Rumvögeln?«

»Sasha! Es gab doch nur eine Handvoll Männer...«

»Nach Dad?«

Margos Augenbrauen schossen in die Höhe. »Seit wann ist er denn ›Dad‹?«

Sasha wäre gern so mutig gewesen, Margo an Ort und Stelle zu erzählen, dass sie ihn gefunden hatte, dass sie all die Dinge wusste, die ihre Mutter ihr gern vorenthalten hätte. Aber hinter Margos herausforderndem Blick sah sie Schmerz. Sie wollte ihre Mutter nicht noch mehr verletzen. Sie war nicht das abscheuliche Miststück, für das sie alle hielten. Sie korrigierte sich. »Richard.«

»Wenn ich doch nur wüsste, warum du immer noch so böse auf mich bist. Ich weiß, dass ich dich als kleines Kind im Stich gelassen habe, als du mich am meisten gebraucht hättest. Aber seitdem habe ich alles versucht, um es wiedergutzumachen. Du denkst, dass du bei deinem Vater mehr du selbst hättest sein können, dass er dich verstanden hätte. Aber es steckt ein Teil von mir in dir, Sasha. Ich habe mich nicht immer zugehörig gefühlt. Ich wollte nicht immer in diesem Haus oder Teil meiner Familie sein. Ich kann das verstehen, wenn du mich lässt.«

Sasha sah, dass ihre Mutter mit den Tränen kämpfte, hörte die Emotionen in ihrer Stimme. Ihre eigene Stimme brach beim Antworten: »Was verlangst du von mir?«

»Lass mich wieder Teil deines Lebens sein, sei ein Teil dieser Familie – komm vielleicht ab und zu nach Hause?«

»Aber du hasst Phil.«

»Nein, ich kenne ihn nur nicht. Viel wichtiger sind deine Gefühle für Phil.«

»Was bedeutet das?«

»Du willst nicht einmal in seiner Nähe stehen.«

Sasha fragte sich, wie ihre Mutter immer alles sah, wenn es so wirkte, als wäre sie stets voll und ganz mit sich selbst beschäftigt. »Ach, das ist doch völlig banal – nur ein dummer Streit. Das wird schon wieder.«

»Du musst nicht die ganze Zeit so tun, als wäre alles in Ordnung. Nicht bei deiner Familie. Darum geht es bei Familie.«

Sasha fand es gerade bei der eigenen Familie am schwersten, sie selbst zu sein, vor allem, wenn Schweigen und Geheimnisse zwischen den einzelnen Mitgliedern standen.

»Ich dachte, bei Familie ginge es darum, sich endlos darüber zu zanken, welchen Ausflug man macht.« Sie lächelte Margo süffisant an.

»Das auch. Ganz offensichtlich.«

8
Datenight

Rachel saß am Küchentisch, vor ihr stand ein Martini. Er war zu schön zum Trinken, in dem matten antiken Glas mit Goldrand, die grüne Olive auf einem Spieß. Gabriel arbeitete sich durch ein Cocktailbuch, das sie ihm geschenkt hatte, und freitags war immer Cocktailabend. Obwohl sie es kaum schafften auszugehen, versuchten sie, sich bei den Cocktails freitags abends gemeinsam hinzusetzen und über die Woche zu sprechen. Heute Abend schafften sie es sogar aus dem Haus. Rachel hatte sich schick gemacht und trug ihr dunkles Haar offen. Gabriel mochte das sehr, weshalb der heutige Abend ein Zugeständnis an ihn war. Sie trug sogar Ohrringe, goldene Kreolen, die sie von Margo geerbt hatte, und ein Seidenkleid, das beim Gehen raschelte. Sie machte sich nicht so gern schick wie Margo und Sasha, es fühlte sich ein wenig frivol an, sie wusste jedoch, wann es von ihr erwartet wurde. Alles war ruhig; Gabriel brachte oben im Haus die Kinder ins Bett. Die Schiebefenster mit Blick übers Meer waren an diesem warmen Sommerabend bis zum Anschlag geöffnet. Eins war etwas unzuverlässig und musste mit einem Keil festgestellt werden, damit es nicht einfach ab und zu wie eine Guillotine hinunterfiel. Rachel fürchtete die Ausgaben für eine Reparatur, aber es würde Protestgeschrei geben, wenn sie praktische neue Fenster vorschlug. Margo hatte die verrückte Vorstellung, die Fenster seien die Augen von Sandcove.

Natürlich hatte Rachel das als Kind geglaubt, aber genau darum ging es doch beim Erwachsenwerden: Man glaubte nicht mehr an die Seelen von Häusern.

Wie ein schockierter Schrei des Hauses ertönte das alte Wählscheibentelefon in der Küche und verstummte, dann klingelte es wieder und verstummte, gerade als Rachel danach griff. »Bitte nicht auch noch ein kaputtes Telefon«, sagte Rachel laut. Das Telefon klingelte noch einmal und Rachel schnappte sich den Hörer. »Hallo?«

»Ich habe verdammt schlechten Empfang.«

»Stimmt etwas nicht?«

Sasha hörte sich weit weg und angespannt an. »Darf ich nicht anrufen und Hallo sagen?«

»Doch, natürlich.« Rachel dachte an das schwierige Wochenende, das sie alle miteinander in Sandcove verbracht hatten und an dem Sasha derart angespannt gewesen war. Sie bemerkte, dass sie darauf gewartet hatte, dass Sasha sich ihr wieder anvertraute.

»Wir machen grade eine Pause auf Bali. Ich habe einen Strand entdeckt, der mich an den in Thailand erinnert hat – wo die Strandhütte war und wir dieses leckere Satay gegessen haben.«

Rachel wurde in die Zeit zurückkatapultiert, in der sie und Sasha gemeinsam gereist waren. Sie war einundzwanzig gewesen, Sasha siebzehn. Mit siebzehn war Sasha unerschrocken gewesen. Sie hatte sie unbekümmert in alle möglichen Schwierigkeiten gebracht. Rachel hatte sich wie eine arme Verwandte gefühlt, eine behäbige und achtsame Anstandsdame, die zusah, wie Sasha ihre Show abzog. Sie erinnerte sich an eiskalte Bierflaschen, rutschig vom Kondenswasser, Sand, so weiß wie Zucker, auf kilometerlangen einsamen Stränden. Es hatte einen Abend gegeben, an dem sie Nachtfischen gegangen waren; sie konnte sich noch an die Lichtkreise der Laternen auf dem tiefschwarzen Meer erinnern. Jede Nacht hatten sie auf den Laken ihres Doppelbetts im Hotel gelegen, während der Ventilator über ihren Köpfen surrte, der Chor der Zikaden und Geckos sie wach hielt und sie bis in die frühen Morgenstunden redeten.

»Gott, dieser Strand war toll. Ich bin neidisch – ich wünschte, ich könnte mit dir dort sein.«

»Warum hat Imogen uns nicht nach Thailand begleitet?«

»Sie wollte nie von zu Hause weg. Ich bin so neidisch, weil du wegen der Arbeit so tolle Orte kennenlernst. Wir sollten noch einmal gemeinsam wegfahren. Vielleicht komme ich einfach und besuche dich irgendwo – lasse alles hinter mir.«

»Das würdest du nie machen.« Sasha klang abweisend. »Du bist zu lieb und zu verantwortungsvoll – zu gebunden.«

»Wahrscheinlich hast du recht. Wann bist du wieder zu Hause? Wie läuft es mit Phil?«

Rachel war enttäuscht gewesen, als eine absurd junge Sasha erklärt hatte, sie würde Phil heiraten. Sie hatten alle gehofft, er wäre nur eine Affäre gewesen, die sie in Sydney aufgerissen hatte, er klebte jedoch so fest an ihr wie ein Stück Kaugummi an einem Schuh. Gabriel fand es zum Teil kindisch, dass Rachel Phil nicht mochte, sie war neidisch, dass er ihr Sasha weggenommen hatte. Rachel war wie eine Mutter für Sasha gewesen, als sich Margo ins Bett verzogen hatte – und sie wusste, dass sie sich deswegen überfürsorglich verhielt. Allerdings empfand sie zudem den Blick aus Phils kleinen Augen als hinterhältig und wachsam. Es war weder gut noch nett von ihr, aber sie dachte, dass Sasha wunderschön und eine Neun oder vielleicht sogar eine Zehn war – Phil hingegen eine durchschnittliche Sieben. Er machte keinen Hehl aus seiner Unduldsamkeit gegenüber den Garnetts und seine Stimmungsschwankungen waren extrem. In einer Minute war er charmant und entspannt und in der nächsten wie ein Tiger im Käfig und alle wussten, dass sie einen weiten Bogen um ihn machen mussten.

Und was wirklich schlimm war: Sasha schien ihr Strahlen verloren zu haben. Sie war immer noch laut und leidenschaftlich, aber inzwischen wurde sie von ihrer Wut angetrieben; ihr Selbstvertrauen war fragil. Sie blieb nie lang genug, damit die anderen erkennen konnten, wie es ihr wirklich ging, sie kam nur herangeweht und war dann wieder verschwunden wie eine Gewitterwolke – und Phil klebte die ganze Zeit über an ihrer Seite. Margo tat Phil immer als tumben Trottel ab, aber seit dem letzten Ausflug fragte sich Rachel, ob etwas Dubioseres in ihm steckte.

Sashas Stimme klang zögerlich. »Ist schon okay, ich kann gerade nicht darüber reden.«

»Komm doch her, nur du allein. Wenn die anderen nicht da sind. Dann können wir richtig reden.« Rachel spürte, wie ihr Sasha entglitt. »Lizzie hat gestern nach Tante Say Say gefragt, sie wollte, dass ich ihr auf dem Globus zeige, wo du bist.« Sasha war ihre Lieblingstante, die ebenso sehr für ihre Schönheit und Energie als auch für ihre exotischen Postkarten und Geschenke geliebt wurde.

»Gib ihr einen dicken Kuss von mir. Ich muss auflegen.«

Rachel saß immer noch neben dem Telefon und dachte über Sasha nach, als sie Carols Schlüssel in der Tür hörte, und wappnete sich für eine Überdosis Klatsch und Tratsch aus dem Ort. Carol gehörte zur Familie, aber manchmal sehnte Rachel sich nach einer Babysitterin, die nicht die ganze Familiengeschichte kannte und die Margo nichts rückmeldete. Eine Person, die nicht auch schon sie gehütet hatte. Sie stand auf und tat beschäftigt. Carols durchdringendem Blick entging fast nichts.

»Ich dachte, du meintest, ihre Ladyschaft wäre heute Abend auf einer Segelbootveranstaltung?«

»Ich glaube, das hat sie gesagt.« Rachel war vorsichtig, intuitiv wollte sie immer Margos Privatsphäre schützen.

»Ich bin am Segelklub vorbeigelaufen, dort herrscht eine Grabesstille. Und dann bin ich am Anderen Ort vorbeigegangen; die Vorhänge waren zwar zu, aber es schimmerte Licht durch und ich konnte die Oper hören, die sie immer auflegt. Eine kreischende Frau – la-la-la-la-la-la.« Carols Versuch eines Trillers endeten in einer Hustenattacke.

»Königin der Nacht – Mozarts *Zauberflöte*.« Rachel wünschte sich Gabriel herbei, um mit ihm belustigte Blicke zu wechseln. Sie beobachtete, wie Carol ihren riesigen Steppmantel über die Rückenlehne des Stuhls schmiss, und sah, wie ihre derbe braune Handtasche umgehend vom selben Stuhl auf den Boden rutschte. Carol scherte sich nicht darum, dass sich der Inhalt auf dem Boden verteilte, weil sie zu sehr damit beschäftigt war, Rachel anzuschauen.

»Mozart, ja genau. Also, ich habe Jack Walker aus dem Anderen Ort kommen gesehen. Was sagst du dazu?«

Rachel erwiderte Carols Blick und ließ sich nichts anmerken. Margo und Jack Walker. Das wäre nicht gut. Rachel wollte laut schimpfen, bemerkte aber, dass Carol sie beobachtete. »Jack ist ein Mandant von mir. Du darfst das niemandem erzählen – ich darf nicht darüber reden. Jack hat bei Margo einige Schriftstücke für mich hinterlegt. Es ist am besten, wenn er hier in Sandcove gar nicht auftaucht.« Rachel war ganz angetan von ihren schnellen Gedankengängen.

»Mein Gott! Ich weiß, dass du nichts darüber sagen darfst, aber ich hoffe, dass er nicht in Schwierigkeiten steckt. Sein Vater ist so ein guter Mann und hat ihm diese Bootswerft hinterlassen. Alle fragen sich, ob er etwas daraus macht. Du siehst gut aus – dein Haar ist so glatt, nicht wahr, ganz anders als Margos Locken. Hast du ein bisschen abgenommen? Ich weiß, dass du das wolltest.«

»Schön wär's – der Rock sitzt nur vorteilhaft.«

»Gabriel vergöttert dich, nur das zählt. Es können ja nicht alle solche Bohnenstangen wie Sasha sein. Weißt du, ich dachte, als ihr hierhergezogen seid und Margo die Straße rauf, dass sie euch etwas mehr helfen würde – etwas mehr mit anpacken würde.«

»Aber das hat sie immer schon ganz klar kommuniziert.«

»Aber was macht sie den ganzen Abend lang? Ich weiß abends gar nichts mehr mit mir anzufangen, jetzt, wo ich allein bin.«

Aus dem Nichts kam ihr eine Erinnerung an Margo in den Sinn. Rachel hatte gesehen, wie sie sich hinter Sandcove versteckte, bei den Mülltonnen. Sie küsste leidenschaftlich einen Mann, dem sie einen Arm um den Hals gelegt hatte. Sie zog ihn näher an sich heran und presste ihren Unterleib fest gegen seinen. Rachel war dreizehn gewesen – und nach dem, was ihre Familie durchgemacht hatte, nicht mehr leicht zu schockieren. Aber sie kannte den Mann, es war Mr Spencer, der Vater von Ronnie und Liza, die beide mit ihr zur Schule gingen. Und er war immer noch mit Mrs Spencer verheiratet. Rachel war wieder ins Haus gerannt. Nur eins der vielen Garnett-Geheimisse, die sie für sich behielt, um sie alle zu beschützen. Manchmal fragte sie sich, ob sie deswegen so eine Angst vor dem Trinken hatte und warum sie so streng mit sich war. Für Gabriel lag der Grund darin, dass ihr Vater Alkoholiker war und auch ihre Mutter eine Zeit lang dem Alkohol verfallen gewesen war. Aber Rachel wusste, dass diese Mechanismen auch dazu dienten, alle Geheimisse zu wahren, die sie hatte, alle Geheimisse, die eines Tages preisgegeben werden könnten, wenn sie nicht auf der Hut war. Jetzt sah es so aus, als hätte Margo mit Jack angebandelt, einem Mann, über den Rachel viel wusste.

»Sie hat immer zu tun – das weißt du doch. Sie ist Mitglied in jedem Komitee. Ist im Buchklub, verbringt Abende im *The Ship* – dem Segelklub. Sie versucht, auch noch zu schreiben, und sie ist spät dran für die Abgabe.« Rachel tat geschäftig, stellte mit dem Rücken zu Carol den Wasserkocher wieder auf die Basis und nahm Tasse und Untertasse aus der Kommode.

Carol ließ sich laut seufzend in den Hängesessel plumpsen. »Seitdem sie Sandcove verlassen hat, scheint sie nicht viel zu schreiben. Sie fühlt sich in diesem Cottage ein wenig eingesperrt – sagt immer wieder, dass sie das Meer nicht sehen kann.«

Rachel spürte, wie ihr die Röte in die Wangen stieg. »Es war ihre Entscheidung, Sandcove zu verlassen – nicht meine. Wir haben ihr das Haus nicht geklaut oder sie rausgeschmissen. Sie ist sowieso die meiste Zeit hier. Nur dann nicht, wenn ich einen Babysitter brauche.«

»Sie wollte nicht, dass ihr alle so weit weg in London seid.« Carol nahm den Tee, den Rachel ihr reichte, und schüttelte traurig den Kopf. »So wie meine Tochter. Niemand hätte gedacht, dass sie mich nur einmal im Jahr besucht. Schau dir mal Sasha an – sie hat vergessen, dass sie auf der Insel aufgewachsen ist. Es bricht Margo das Herz, also nicht, dass sie sich das anmerken lassen würde. Ich dachte immer, Imogen würde hier sesshaft werden. Sie war doch immer so heimatverbunden.«

Rachel merkte, dass ihre Nerven überstrapaziert wurden. Normalerweise konnte sie Carols Gerede an sich abperlen lassen, heute jedoch spürte sie, wie ihre Anspannung zunahm. Sie rief Gabriel etwas die Treppe hinauf und wusste, dass er zwischen den Zeilen lesen würde: »Carol ist hier, Darling. Komm, wir machen uns fertig.«

»Ich habe in demselben Stuhl gesessen und zugeschaut, wie deine Mutter mit Richard ausging. Sie war immer so elegant. Das habt ihr Mädchen von ihr.«

Rachel wusste nicht mehr, wie oft sie schon gehört hatte, dass sie etwas von Margo hatte. Woher sollte sie wissen, was noch übrig blieb, was nur ihr allein gehörte? Manchmal stellte sie sich vor, weit genug weg zu sein, wo niemand Margo kannte und sie ihr eigenes Leben führen konnte, ohne von anderen gesagt zu bekommen, sie sei wie ihre Mutter. »Hast du schon zu Abend gegessen? Im Kühlschrank ist noch Fischpie.«

»Ich erinnere mich noch an den einen Abend, als sie bei den Olivers auf eine Party gegangen sind. Du warst ungefähr zwei Jahre alt. Du wolltest nicht, dass deine Mutter weggeht, und hast dich an ihre Beine geklammert. Dein Vater konnte den Blick nicht von ihr abwenden, sie trug dieses blaue Kleid, das ziemlich viel Bein zeigte. Ich glaube, damals war es noch nicht so schlimm mit seiner Sauferei, sie hatten immer noch so viel Spaß zusammen...«

»Carol, du weißt doch, dass ich nichts von ihm hören will.«

Carol sah verärgert aus. »Du kannst nicht einfach so tun, als hätte es ihn nie gegeben. Er war so ein Charmeur – er hatte nur ein Problem. Eine Krankheit.«

»Ich kann sehr wohl so tun, als hätte es ihn nie gegeben. Genauso macht es Margo auch. Er könnte ebenso gut tot sein.«

»Sag das nicht! Als kleines Mädchen hast du ihn vergöttert.«

»Daran erinnere ich mich nicht mehr – ich erinnere mich nur noch daran, dass ich ihn gehasst habe.« Rachels Stimme klang kalt und endgültig. Sie führte sich vor Augen, dass Carol dabei geholfen hatte, sie und ihre Geschwister am Leben zu halten in dem Jahr, als Margo sich im Schlafzimmer eingeschlossen hatte. Carol hatte nach einer Teenagerschwangerschaft eine äußerst undankbare Tochter großgezogen und dann, in ihren Dreißigern, einen langweiligen Mann geheiratet, den sie gar nicht sonderlich zu mögen schien. Er war gestorben und sie war seit zehn Jahren verwitwet. Sie war einsam und hatte immer schon indirekt durch die Garnetts gelebt.

»Die Kinder sind im Bett. Lizzie braucht vielleicht

noch einen Kuss von Mummy und ich kann ihren Hasen nicht finden. Hallo Carol.« Gabriel tauchte in der Tür auf, ging zu Carol und küsste sie auf die Wange – sie errötete vor Freude. Er grinste Rachel an. »Du siehst fantastisch aus.«

»So eine Schönheit, wie ihre Mutter. Das sind sie alle drei. Und was Sasha betrifft, ich sage zu meiner Dawn immer, sie könnte mühelos Model sein. Wohin geht ihr beiden heute?«

»Ins *Two Buoys*. Drück uns die Daumen, dass heute Fish and Chips auf der Karte stehen. Das Taxi ist unterwegs. Bob kommt, er meinte, er wollte sein liebstes Garnett-Girl sehen.« Gabriel steckte sich seine Schlüssel, das Telefon und das Portemonnaie in die Taschen.

»Das sagt er zu uns allen. Hoffen wir mal, dass nicht halb Bembridge da ist. Dann haben wir die Chance, miteinander zu reden.« Rachel wusste, dass sie mürrisch war und das nicht zu einer ›Datenight‹ passte, insbesondere, seitdem diese Abende so selten geworden waren, aber sie konnte einfach nicht anders. Die mögliche Kollision ihres Arbeits- mit Margos Privatleben war etwas, worauf sie liebend gern verzichtet hätte. Sashas Anruf hatte ihr vor Augen geführt, dass sie gar nicht so recht wusste, was ihre kleine Schwester dachte oder fühlte. Und sie hatte sich von Carol wütend machen lassen. Das Leben in einer engen Gemeinschaft, in der jeder einen kannte, sämtliche Familienmitglieder und deren Geschichten, führte manchmal dazu, dass sie sich selbst fremd wurde. Sie hörte den Sirenengesang Londons. Sie hatte dort nächste Woche eine Verhandlung und der Gedanke daran beruhigte sie. Wenn sie genügend Zeit hätte, könnte sie noch ein paar Freunde treffen. Einfach anonym umherlaufen. Sich Geschäfte anschauen, die andere Dinge verkauften als Windjacken und blau-weiß gestreifte Oberteile.

Gabriel sah ihre Miene. »Die ignorieren wir einfach.«

Sie lächelte beim Gedanken daran, dass Gabriel jemanden ignorierte. Alle Ladys in einem gewissen Alter liebten ihn, und der Rest wollte ihm von den eigenen Problemen erzählen, eine Gratisanalyse abgreifen. Er schien immer Zeit für Menschen zu haben. Aber sie wusste, dass eben zum Großteil kein Mitgefühl, sondern nur Neugierde dahintersteckte, er wollte Muster durchdringen und Erkenntnisse gewinnen, die er nutzen konnte, um seinen Patienten zu helfen.

Die Datenight sollte eigentlich einmal pro Woche stattfinden, aber sie fiel immer wieder aus, und seit der letzten waren ungefähr sechs Monate vergangen. Gabriel war einmal ein so vehementer Verfechter dieses Abends gewesen, doch er hatte ewig lange vergessen, sich darum zu kümmern. Rachel hatte hart für diesen Abend gekämpft, sie fühlte sich nicht ganz auf der Höhe und hoffte, dass Gabriel ihr den Kopf wieder geraderücken würde. Er hatte in letzter Zeit abwesend gewirkt und erst auf ihr Drängen hin erzählt, dass er sich um einen instabilen Patienten sorgte – wegen der Schweigepflicht wusste Rachel, dass sie keine Fragen mehr stellen durfte. Selbst wenn er betrunken war, hielt Gabriel sich streng an die Regeln. Sie musste auch vorsichtig mit ihren Mandanten sein, aber sie war mehr auf seinen Rat angewiesen als umgekehrt.

Sobald sie sich im Restaurant hingesetzt hatten, platzte alles aus ihr heraus. »Margo trifft sich mit jemandem.

Einem komplett unmöglichen Typen. Jack Walker. Seine Ex ist eine Mandantin von mir.«

Gabriel runzelte die Stirn. »Bei unserer Datenight würde ich ungern das Sexleben deiner Mutter besprechen. Können wir über uns reden? Wie es uns geht. Möchtest du ein Glas Wein? Ich hätte sehr gern eins.«

Rachel beobachtete, wie Gabriel die Weinkarte nahm. »Seit wann brauchst du Wein, um einen Abend mit mir zu überstehen?«

Gabriel atmete langsam ein, als würde er Geduld inhalieren, und schaute Rachel an. »Die Weine hier sind einfach gut – ich würde gern einen trinken. Musst du da unbedingt etwas reininterpretieren?«

Rachel wusste, dass sie kratzbürstig war, sie fühlte sich unwohl in ihrer eigenen Haut. Vielleicht war es hormonell bedingt. Sie versuchte, sich wieder zu zentrieren, die Anwesenheit von Gabriel zu genießen, das makellose weiße Leinen zwischen ihnen. Keine Kinder. »Entschuldige – ich bin schlecht gelaunt. Carol hat mich verrückt gemacht.«

»Warum lässt du ihr Gerede so nah an dich ran? Sie ist harmlos – eine kleine Wichtigtuerin. Sie hat im Grunde ihr Leben aufgegeben, um euch allen zu dienen. Das ist traurig, wenn man darüber nachdenkt.«

Rachel wich zurück, weil Gabriel sich plötzlich so kalt anhörte. »Das ist etwas hart.«

»Es fällt mir einfach immer auf. Die Art und Weise, wie du und Margo und deine Schwestern sich auf Menschen wie Carol, Tom und vor allem Alice verlassen. Und dennoch dürfen sie nicht in den Inner Circle der Garnetts vordringen.«

Rachel merkte, dass der Abend in eine Richtung driftete, die beide verletzen würde, was sie nicht wollte. Sie sehnte sich nach Trost und Zusammenhalt mit Gabriel, nicht nach Herausforderungen und Streitigkeiten. Gabriel schaute über ihren Kopf hinweg durch den Saal und winkte den Kellner herbei. Er bestellte eine Flasche Malbec und Wasser mit Kohlensäure, ehe sie einen Ton sagen konnte. Rachel versuchte, ihm in die Augen zu schauen.

»Du bist echt unverschämt! Verdammt noch mal. Du hast mich nicht einmal gefragt, was ich nehme oder was ich trinken möchte. Ich will Seebrasse und *Weiß*wein.«

»Red nicht so laut – und nimm stattdessen das Steak. Schau mal, man muss zu Fisch nicht unbedingt Weißwein trinken, das ist Quatsch.«

»Ich mache ständig Steak zu Hause. Ich glaube es einfach nicht.« Gabriel ließ seinen Blick auf ihr ruhen und Rachel bemerkte, dass sich etwas zwischen ihnen entspannte, während sie sich anschauten, ein stilles Einverständnis, dass sie beide kindisch waren.

Nach einer Weile wollte Rachel es noch einmal versuchen. »Darf ich dich bitte etwas zu Margo und JW fragen? Ich brauche deinen Rat, wie ich damit umgehen soll.«

Gabriel streckte die Hand über den Tisch und legte sie über Rachels. Seine Gesichtszüge hatten sich nach ein paar Schlucken Wein entspannt. Er hatte sein Telefon vom Tisch genommen und in die Jackentasche gesteckt. »Ist JW der Typ aus der Band? Verheiratet mit Kind?«

»Ja. Ich habe eine Mandantin, die behauptet, er wäre der Vater ihres Kindes. JW weist jegliche Beteiligung von sich und verweigert den Vaterschaftstest. Wir haben Klage eingereicht und das Gericht wird einen DNA-Test von ihm verlangen. Wenn er sich weigert, könnte es zu einem Versäumnisurteil kommen, dann würde das Gericht Walkers Vaterschaft feststellen, ganz unabhängig vom Testergebnis.«

»Woher wissen wir, dass Margo etwas mit ihm hat?«

»Carol hat JW neulich aus Margos Haus kommen sehen. Welchen anderen Grund sollte es sonst noch geben? Er sieht blendend aus und ist erst in seinen Vierzigern. Margo steht auf jüngere Männer.«

»Vielleicht sind sie einfach nur befreundet. Oder sie ist ein Fan der Band?« Gabriel lächelte über seinen eigenen Witz.

»Das ist nicht witzig. Ich hatte erst neulich das Gefühl, dass etwas zwischen ihnen läuft. Sie war nicht mehr so needy.«

Gabriel nahm einen großen Schluck Wein. Rachel beobachtete, wie er Lydia Slaters Blick suchte und sie dann breit angrinste. »Und wenn es nur eine Affäre ist, muss Margo dann überhaupt über JW Bescheid wissen?«

»Das Kind ist ein Jahr alt. Also ist das alles noch nicht so lange her und er ist verheiratet.«

»Aber es gibt eh keine Zukunft für die beiden, warum machst du dir Sorgen? Dreh dich nicht um, Lisa ist gerade reingekommen. Sie ist mit dem neuen Barmann vom *The Inn* zusammen. Sieht so aus, als hätten sie ein Date.«

»Du bist so eine alte Klatschtante...«

»Du und Margo, tratscht ihr nie über Menschen in Seaview?«

»Findest du das nicht erdrückend? So eng mit den anderen zusammenzuleben? Ich vermisse London – und meine Karriere.«

Der Kellner kam mit den Vorspeisen, das Surren des Restaurants vibrierte um sie herum, während es voller wurde. Sie hatte ein ganzes Glas Malbec intus und spürte, wie es durch sie hindurchschwappte, sie entspannte sich. Der Kellner schenkte ihr noch eins ein, zu schnell und zu viel, und sie ließ ihn. Gabriel schaute sie nun besorgt an, plötzlich hatte sie seine volle Aufmerksamkeit. Er hasste es, wenn sie darüber sprach, dass sie London vermisste, und sie hatte es absichtlich erwähnt. Die Leichtfertigkeit, mit der er in letzter Zeit mit ihren Gefühlen umging, erschreckte sie. Sie blickte auf ihr Auflaufförmchen mit den Krabben, leuchtend orange hob es sich von dem weißen Teller ab.

»Was sollte ich schon vermissen, wenn ich hier an den meisten Tagen aufs Wasser und im Meer schwimmen kann? Wir wohnen in einem riesigen Haus mit Garten gleich am Strand, so viel Platz könnten wir uns in London niemals leisten...«

»Ich weiß, dass es dir und den Mädchen hier wirklich gut gefällt.« Rachel bemerkte, wie sich Selbstmitleid in ihre Stimme schlich. »Aber ich sollte Sozia werden. Jetzt bin ich in einer winzigen Kanzlei gefangen.«

»Du hättest beruflich sowieso kürzertreten müssen, ganz egal wo, wenn wir versuchen, noch ein Kind zu bekommen.«

Rachel hatte erst einige Gabeln von ihrer Krabbenvorspeise gegessen, aber es fühlte sich süßlich und zu reichhaltig an, machte ihre Zunge ganz pelzig. Sie nahm noch einen großen Schluck Wein zum Nachspülen und bemerkte, dass ihr Glas schon wieder fast leer war. »Ich will das nicht mehr. Tut mir leid.« Rachel hatte es nicht so schroff sagen wollen, doch der Alkohol hatte ihre Zunge gelöst. Sie sah Gabriels schockiertes Gesicht. Er legte Messer und Gabel ab und setzte sich etwas aufrechter hin. »Ich schaffe das nicht noch einmal. Ich halte keine weitere Fehlgeburt mehr aus. Zwei hintereinander. Das macht mich viel zu traurig. Ich denke die ganze Zeit über an die verlorenen Babys, die Leerstelle, die sie hinterlassen haben.« Rachel wusste auch, dass sie die Blutungen nicht noch einmal ertragen würde, dieses viele Blut. Sie spürte tief im Inneren, dass ihr Körper nicht noch ein Kind gebären würde. Gabriel blickte sie an, als würde er sie nicht kennen. »Es tut mir leid, ich weiß, dass du einen Jungen wolltest. Die Garnetts scheinen nur Mädchen zu bekommen. Ich habe dich im Stich gelassen.« Rachel hätte bei der Stille, die sich zwischen ihnen ausbreitete, am liebsten geweint.

Schließlich griff Gabriel auf der Tischdecke wieder nach ihrer Hand. »Ich weiß, dass diese Fehlgeburten sehr schwer waren. Es tut mir leid – ich bin so froh über die Familie, die ich habe, das weißt du. Ich liebe meine Mädchen. Wenn du es wirklich nicht weiter versuchen willst, dann unterstütze ich dich natürlich.« Er lächelte sie mit ganz leicht gerunzelter Stirn an. Rachel wusste, dass sie bei den heiklen ehelichen Verhandlungen nun kein Ass mehr im Ärmel hatte. Über einen Umzug nach London zu reden und über ihren Beruf würde zu weit gehen. Gabriel wäre am Boden zerstört, sie kannte die Träume, von denen er ihr in den ersten Jahren ihrer Beziehung erzählt hatte, von einer großen Familie mit vier oder sogar fünf Kindern. Nicht zum ersten Mal hatte sie das Gefühl, er wäre mit einer selbstloseren Frau besser dran gewesen. Einer, die nicht berufstätig sein wollte, die nur das Haushaltschaos um sich herum haben wollte, einer fruchtbareren Frau. Sie hatte ihr wahres Ich jedoch nie vor ihm verborgen, er wusste über ihren Hintergrund Bescheid. Er hatte sie auserwählt. Sie durfte sich nicht schon wieder entschuldigen. Sie wollte gerade erneut auf ihn zugehen, ihn bitten, mit ihr mehr über seine Gefühle zu reden, als der Kellner sie mit dem nächsten Gang unterbrach.

Nachdem er wieder weg war, wechselte Gabriel das Thema und klang dabei entschieden. »Sprich mit Margo, wenn du so weit bist. Ihr Garnetts scheint die wichtigen Dinge immer ungesagt zu lassen. Wenn du etwas weißt, das Margo vielleicht verletzen könnte, musst du ihr das sagen.«

Rachel wollte Gabriel fragen, ob mit ihm alles in Ordnung war, ob er sauer auf sie war, ob er sie noch liebte, aber sie sah an seinen Gesichtszügen, dass er komplett zugemacht hatte, und nun saßen rechts und links neben ihnen andere Gäste, es war voll. Das Restaurant war klein und die Tische standen eng beieinander. Es war einfacher, wieder über Margo zu sprechen. »Wenn ich das nächste Mal mit ihr allein bin, schaue ich mal, was ich herausfinden kann. Wenn diese Dinge doch bloß nicht immer nur mir passieren würden. Ich hätte nie gedacht, dass ich einmal so eng mit Margos Leben verstrickt sein würde...«

Gabriel zuckte die Schultern. »Das ist doch schon seit deiner verrückten Kindheit so. Du bemutterst alle – du beseitigst das Chaos.«

»Mit deiner Hilfe.« Rachel wusste, dass sie ihm nun schmeichelte, um wieder Boden zu gewinnen.

»Als du ein Kind warst, habe ich dir aber nicht geholfen. Und du brauchst meine Hilfe eigentlich auch nicht.

Du triffst deine eigenen Entscheidungen – du bist stark, Rachel.«

Rachel fragte sich, wie dieser Satz aus Gabriels Mund so negativ klingen konnte. Plötzlich war sie sehr müde und konnte nicht mehr so tun, als würde sich die Stimmung an dem Abend noch einmal ändern. »Ich weiß nicht, ob ich mich wirklich so stark fühle. Ich habe den Eindruck, ich bin nie genug für die Mädchen da, Lizzie ist immer so traurig, wenn ich zur Arbeit fahre. Ich bin müde – es gibt so viel im Haus zu tun.« Rachel hasste diesen bettelnden Ton in ihrer Stimme, aber sie wollte mehr als alles auf der Welt, dass ihr Gabriel die Verantwortung für Sandcove abnahm, die Entscheidungen traf und mit Margo wegen der nötigen Veränderungen stritt. Doch Gabriel interessierte sich ausschließlich für seine Küche.

»Nur das Dach muss dringend gemacht werden. Der Typ, der das Dach schon mal geflickt hat, kommt vorbei, um es sich anzuschauen. Er macht uns ein Angebot und dann schauen wir weiter. Du sparst jeden Monat ein bisschen was...«

»Ich versuch's.«

»Dann musst du es etwas mehr versuchen.«

»Okay.« Rachel hatte nicht mehr genug Energie, darauf hinzuweisen, wie viel Verantwortung sie ohnehin schon als Hauptverdienerin trug. Und Gabriel erledigte die ganze Hausarbeit, deswegen hatte sie in der Angelegenheit einen schweren Stand. »Sollen wir noch Nachtisch bestellen oder soll ich nach der Rechnung fragen?«

9
The Railway Hut

Rachel hatte keine Ahnung, wo das Schlauchboot aus Sandcove vertäut war, sie hatte es nicht auf der Helling gesehen. Gabriel verlieh es immer an andere Leute, weswegen sie Tom angerufen und ihn überredet hatte, sich ein Schlauchboot vom Hotel auszuleihen. Die waren schnittig und schnell. Da Tom ein paar Garnelen von Admiral Dans in Ryde brauchte, war er froh, dass Rachel und Margo für ihn Besorgungen machen konnten. Rachel hatte schließlich nachgegeben und Margo gebeten, ihr beizubringen, wie man ein Festrumpfschlauchboot steuert. Sie war es leid, immer auf Gabriel angewiesen zu sein – und sie hatte Margos Liebe zur Geschwindigkeit geerbt.

In dem Klub war es ruhig, es saßen nur ein paar Leute auf der Terrasse, und Rachel entdeckte Margo, die bei James Ripley saß. James verkörperte altes Seaview-Geld. Er war jetzt in seinen Siebzigern und kannte Rachel seit ihrer Kindheit. Die Wolken hatten sich verzogen und einen blauen Himmel und Hitze hinterlassen. Das flache Wasser in der Bucht war transparent. Rachel hatte Lust zu schwimmen, sie hoffte, sie würde Margo zu einem Abstecher nach Priory überreden können, bevor sie wieder nach Hause fuhren. Die Wärme auf ihrer Haut rief Urlaubsgefühle in ihr hervor.

James lächelte sie an. »Rachel, meine Liebe. Du siehst aber heute schön aus. Machst du einen Ausflug mit deiner

Mutter? Zum Segeln ist heute kein guter Tag, befürchte ich.«

»Nur nach Ryde. Ich bekomme Unterricht.«

Margo nickte. »Sie wird immer besser. Ich dachte, wir machen auf dem Rückweg einen Abstecher nach Bembridge. Der Seehund wurde dort wieder gesehen.«

James legte seine Zeitung weg. »Ich habe den Seehund gesehen, als ich auf Tullys Boot im Hafen war. Er hat einfach im flachen Wasser gefaulenzt. Enorm fett. Am häufigsten habe ich ihn in Newton Creek gesehen.«

Margo strahlte plötzlich. »Wir waren gerade erst dort, als Imogen am Wochenende zu Besuch war. Einer der besten Orte der Welt. Einmal habe ich dort einen Gürtelfischer gesehen.«

»Warst du in einem Beobachtungsversteck? Ich habe vor Kurzem einen Fischadler entdeckt...«

Rachel versuchte, ihre Ungeduld zu verbergen, sie wollte aufbrechen. »Bitte verschont mich mit Vogelbeobachtung...«

Margo stand auf und hakte sich bei Rachel ein. »Okay, wir brechen auf.«

Rachel liebte es, mit Margo auf dem Wasser zu sein. Dem Ort, wo ihre Mutter wirklich glücklich war. Margo war bootsverrückt, seitdem sie *Camelot*, ihr erstes Beiboot, bekommen hatte, mit dem sie von zu Hause und vor ihrer Mutter fliehen konnte. Margo war Seglerin, Kanutin, Taucherin geworden, war Wasserski gefahren und hatte alles getan, um das Wasser in ihrer Umgebung zu nutzen. Als sie mit dem Motorboot den Hafen durch den mit Bojen markierten Kanal verließen, wurde Rachel das Herz von dem schimmernden Blau ganz weit, dem Wind, der ihr durchs Haar fuhr, dem Raum und dem Horizont. Bald schon wurden sie schneller, das Kielwasser hinter ihnen durchschnitt die spiegelglatte Oberfläche. Vom Meer aus betrachtet war die Insel klein, eine Märcheninsel mit goldenen Sandbuchten, gesäumt von grünen Waldflächen. An der Küste fuhren sie nun an Springvale vorbei, wo die ersten Familien sich auf einen Strandtag vorbereiteten; vorbei an *The Ship*, das leuchtend blau im Sonnenlicht blitzte, und um die Ecke in Richtung Puckpool. Sie konnte Appley Tower sehen, den riesigen Strandabschnitt mit goldenem Sand, der den Beginn von Ryde markierte, und plötzlich war geschäftiges Treiben im Wasser: die Betriebsamkeit der Fähren, Menschen auf ihren Schlauchbooten; Jachten und der Horizont wurden jetzt von den Forts durchbrochen, den Spinnaker Towers und riesigen Tankern. Margo wurde langsamer und trat zur Seite, damit Rachel das Steuerrad übernehmen konnte.

»Tom meinte, neben dem *Carpe Diem* würde es einen Anlegeplatz geben. Einen Besucherponton. Schau auf den Hafen und die Bojen an Steuerbord. Du machst das gut. Guck mal, da ist die *Serendipity*. Gott, Dan hat dieses Boot gut in Schuss gehalten. Er ist mit uns damit rausgefahren, als wir noch Kinder waren.

»Gehen wir mittagessen?«

»Yup. Du bist ein wenig schnell – leg mal den Rückwärtsgang ein. Ins *Salt*?«

»Zu posh.«

»Der Fender ist bereit.« Margo zeigte mit dem Arm auf ein Restaurant mit Hafenblick. »Das *Lobster Shack*? Wirf das Seil aus, ich springe runter.«

»Das war beim letzten Mal ziemlich durchschnittlich.«

»Du bist heute aber ganz schön wählerisch! Ich könnte bei *Ed's* Fish and Chips holen – und wir essen am Strand einfach aus der Tüte. Das fandest du früher mal toll...«

»Das war Imogens Lieblingsessen, nicht meins. Du verwechselst uns immer.«

»Manchmal glaube ich, dass diese ganzen Antidepressiva meiner Erinnerung einen Streich gespielt haben. Ich habe so viele Erinnerungslücken.«

Rachel fragte sich, ob Margo in Beichtlaune war – das kam selten vor. Normalerweise sprach sie ungern über diese Zeit, insbesondere mit Rachel, die sich als Einzige zumindest teilweise richtig daran erinnern konnte. »Vielleicht handelt es sich um selektiven Gedächtnisschwund?«

»Sehr witzig. Sollen wir die Besorgungen für Tom erledigen und dann mit dem Boot nach Bembridge fahren? Zur *Railway Hut*? Sandwich mit geröstetem Käse, Würstchen und Zwiebeln? Wir können beim *Fisherman's* anlegen.«

Rachel umarmte Margo. »Jetzt erinnerst du dich an *mein* Lieblingsgericht.«

Bembridge Harbour glitzerte in der Mittagssonne und die halbmondförmig angeordneten Hausboote glichen einem leuchtend bunten Zirkus, mit Fahnenmasten und Blumentöpfen, die Namen der Boote wurden alle stolz auf Schiefer oder Treibholz kundgetan. Als Rachel noch ein kleines Mädchen war, hatte sie es geliebt, mit Richard in der Bucht spazieren zu gehen, die ganzen Namen anzuschauen und ihre Lieblinge zu singen. Richard hatte viele Menschen gekannt, die in den Hausbooten wohnten, und ihnen im Vorbeilaufen ein Hallo zur Begrüßung zugerufen, was Rachel schrecklich gefunden hatte, da sie seine ungeteilte Aufmerksamkeit haben wollte. Das war eine der wenigen glücklichen Erinnerungen, die sie an ihren Vater hatte, bevor ihr Misstrauen wuchs, ihre Wut über seine Trinkerei und die Abwesenheit von zu Hause alles dominierten. Viele dieser alten Hausboote waren inzwischen weg und an deren Stelle gab es neue schwimmende Häuser mit zwei Etagen und Holzterrasse und Namen wie *Gypsy* und *African Queen*. Es war Flut und Rachel und Margo gingen schweigend vom Ponton zum Café und schauten und lauschten, zwischen den Hausbooten konnte man unterschiedliche Blicke aufs Wasser erhaschen. Die Rotdrosseln waren alle auf dem Wasser und im Hafen war das Tuckern der Bootsmotoren zu hören, die die Hafeneinfahrt passierten; das St Helenes Fort stand dahinter Wache.

Die *Railway Hut* hatte es gefühlt immer schon gegeben; man munkelte, dass sich an dem Ort ein Café befunden hatte, damals, um 1940, als noch eine Eisenbahnlinie Bembridge angefahren hatte. Es war nur eine grüne Holzhütte, deren Vordertür zur Embankment Road und deren Hintertür zum Hafen führte, wo Kinder im Sommer lauerten und vor den Postern mit den Eissorten auf und ab hüpften. Es gab Eimer und Spaten und Fischernetze zu kaufen und staubige Postkarten in Drehgestellen, Platten aus pinkem und weißem Karamell, sogar einen Stand mit gebrauchten Büchern im Inneren, der voller Romane von Jilly Cooper war. Rachel schnappte sich den letzten freien Holztisch vor dem Café. Es gab keinen klar abgegrenzten Garten, die Außentische schienen zum Strand zu gehören und ein sandiger Pfad neben dem Café zerschnitt das Gras bis hoch in die Dünen. Dort liefen etliche Leute mit ihren Hunden; Kinder folgten den Eltern und zogen ihre Schaufeln hinter sich her. Der Pfad war verlockend mit seinen spitzen Blauen Stranddisteln, die im Dünengras wuchsen, und den Gemeinen Nachtkerzen. Rachel dachte daran, dass sie gerne schwimmen würde, im klaren grünen Wasser um die Landspitze am Bembridge Beach. Kein Ortsansässiger schwamm im Hafen, weil man munkelte, dass zumindest eins der Hausboote das Abwasser noch nicht klärte.

Mit großem Appetit aßen sie Seite an Seite und beobachteten alles genau so, wie sie es zuvor schon Hunderte Male oder öfter getan hatten, wenn sie vor dem Café gesessen hatten. Auf Margos Schreibtisch stand ein Foto von den drei Schwestern an einem der Picknicktische des Railways. Sie waren dicht zusammengedrängt und aßen Pommes, trugen identische pinke Neoprenanzüge – das war ungefähr ein Jahr, bevor Richard sie verlassen und ihrer aller Leben verändert hatte. Sie hatten alle ein freches Grinsen und Sommersprossen im Gesicht. Wenn sie dieses Foto ansah, spürte Rachel die Stimmung dieses Tages.

»Ich hätte mir fast ein Hausboot hier gekauft, als ich euch Sandcove überlassen habe.«

Rachel erstarrte mit einer Pommes in der Hand. »Aber ernst gemeint hast du es nicht, oder?«

»Manchmal wünschte ich mir, ich hätte es ernst gemeint.«

»Aber du liebst Seaview, du bist dort aufgewachsen.«

Margo hatte plötzlich einen besonderen Blick. »Aber damit wäre ich den Erinnerungen entkommen. Isst du meine Pommes auf? Ist das klug?«

Rachel drehte sich um und blickte ihre Mutter böse an, stieß sie mit dem Ellbogen an. Sie hasste es, wenn Margo ihr Essverhalten kommentierte, mit ihren Adleraugen bemerkte, dass sie zu viel aß. »Fang nicht damit an.«

»In deinen Vierzigern musst du vorsichtig sein. Du willst doch nicht fett werden.«

Rachel hatte bemerkt, dass ihre Kleidung spannte, dass es ein Paar Jeans gab, das sie schon seit Monaten nicht mehr getragen hatte. Sie hatte es auf den Stress geschoben, den Druck, der entstand, weil in Sandcove so viel erledigt werden musste, die neuen Spannungen zwischen ihr und Gabriel. »Ich werde erst nächstes Jahr vierzig und ich bin schon fett.«

»Sei nicht albern. Nur etwas vorsichtiger. Gabe ist so gut aussehend – es ist unfair, aber Männer werden mit dem Alter attraktiver.«

»Willst du damit sagen, dass er direkt wegrennt, wenn ich etwas pummelig werde?«

»Nein, das will ich nicht sagen. Aber auch den besten Männern kann man nicht trauen.«

Immer dasselbe. Margos nicht vorhandenes Vertrauen in Männer, ihr Glaube, dass sie alle zu dem fähig waren, was Richard getan hatte. Zu Rachels Teenagerzeit hatte sie versucht, Margos Zynismus nicht auf sie abfärben zu lassen. Als sie sich heftig verliebt hatte, hatte sie voll und ganz an Gabriel geglaubt, war sich sicher gewesen, dass sie etwas gefunden hatte, das Margo nicht verstehen konnte. Jetzt stand sie verärgert auf und setzte sich von der Sitzbank, die sie mit Margo geteilt hatte, auf einen Platz weiter weg. In dem Moment tauchte die Enkeltochter des Besitzers mit einem Tablett mit zwei Tassen Milchkaffee auf, dem einzigen Kaffee, den man im Railway bekam. Sie bemerkte die Spannungen zwischen den beiden Frauen nicht und räumte geräuschvoll den Tisch ab.

»Ich mach mal Platz. Sieht so aus, als hätte es geschmeckt.« Elise war immer fröhlich mit ihren großen weißen Zähnen, dem geglätteten blonden Haar und der stets gebräunten Haut.

»Gut, zwei Kaffee und Tony lässt Ihnen ein Stück Tunnock bringen, Mrs Garnett. Er weiß noch, dass das ihr Lieblingsteekuchen ist.«

Als Elise weg war, schob Margo das Kuchenstück zu Rachel hinüber, die es energisch zurückschob und reumütig lächelte.

Margo lächelte zurück und legte den Kopf in die Hände. »Ich erinnere mich daran, als ich Richard mit auf die Insel gebracht habe, kurz nachdem mir Dad Sandcove vererbt hat. Ich fühlte mich schlecht, weil ich wusste, dass Alice dachte, sie würde das Haus bekommen. Unsere Mutter war gerade erst darin gestorben – es gruselte mich. Das Wetter war schrecklich, Richard fand mich ganz eindeutig verrückt – er wollte weder schwimmen noch einen Bootsausflug machen. Er jammerte, dass er ständig Sand in den Klamotten hatte, er sagte, das hier wäre alles zu provinziell. Es war so, als würde er mir das Herz herausreißen. Wir hatten Streit und ich rannte hierher zu Tony, der immer nett zu mir war. Richard entdeckte mich weinend an Tonys Schulter und wurde wütend – er dachte, wir hätten etwas miteinander. Danach konnte Tony ihn nicht mehr leiden.«

Rachel starrte Margo mit weit aufgerissenen Augen an. Sie konnte sich ihre Mutter nicht mit dem gelassenen, liebenswürdigen Tony vorstellen. »Tony ist ein lieber Kerl, aber mit ihm hättest du doch nichts angefangen.«

»Damals hatte er noch Haare.«

Rachel lachte und schaute dann ihre Mutter an, versuchte, ihre Stimmung einzuschätzen. Sie wirkte nostalgisch, es war selten, dass sie etwas von Richard erzählte. Rachel fragte sich, ob es gerade passend war, sie nach Jack zu fragen. »Aber du hast recht, ich esse zu viel. Frustessen. Ich habe das Gefühl, mein Leben entgleitet mir gerade etwas.«

»Liegt es an der Arbeit? Oder an Gabriel?«

»Gabriel ist so distanziert. Er hängt ständig an seinem Handy. Manchmal glaube ich, er hat eine Affäre, aber wann hätte er die Zeit dafür? Und es handelt sich immer noch um Gabriel. Wie nehmen sich Menschen Zeit für Affären?« Rachel beobachtete ihre Mutter.

»Er hat keine Affäre! Ihr müsst nur mehr Zeit zu zweit verbringen. Habt ihr genug Sex?«

Rachel schüttelte den Kopf, weil Margo wie immer zu laut sprach. »Pscht. Das ist alles in Ordnung. Was ist mit dir?«

»Was meinst du, mit mir?« Margo runzelte die Stirn.

Rachel sprach sich selbst Mut zu, zwang sich, weiterzureden. »Ich meine, hast du Sex? Affären? Du erzählst uns nie etwas aus deinem Leben. Obwohl wir jetzt erwachsen sind. Wir sind nicht dumm – es wird geredet. Du bist über unser Leben im Bilde, aber über deins wissen wir nichts.«

Rachel sah zu, wie sich Margo die Sonnenbrille vom Kopf über die Augen schob. »Komm schon, Rachel. Ich werde noch dieses Jahr sechzig. Seit Richard hat es einige Männer gegeben, aber das ist lange her.«

Rachel schaute ihre Mutter weiterhin an, sie wendete

den Blick nicht ab. »Wenn du dich mit jemandem triffst, könnten wir ihn dann auch kennenlernen? Oder zumindest von ihm erfahren?«

»Es gibt niemandem, hör auf. Wir sprechen doch über dich und Gabriel. Ich weiß, dass ich als Großmutter mehr mit anpacken könnte.«

Rachel hörte die Endgültigkeit in Margos Stimme und ihr wurde klar, dass sie nicht mit ihr über Jack sprechen konnte. Sie schwieg ostentativ.

»So schlimm bin ich auch wieder nicht.«

»Ich will gar nicht, dass du anders bist – wir haben Carol und Alice, die uns helfen.«

»Wenn du glaubst, dass etwas mit Gabriel nicht stimmt, musst du etwas unternehmen. Lass es nicht schleifen. Ich war so dämlich – habe alle Zeichen ignoriert.«

»Vielleicht bin ich es schuld. Ich vermisse meine Karriere, die ich vor Hannah und Lizzie hatte. Ich habe meinen Antrieb verloren. Kleine Kinder fühlen sich wie endlose Verwaltungsarbeit an. Ich habe das Gefühl, dass ich mich irgendwie durchmogele und keinen guten Job mache. Die vielen Stunden, die ich auf Fähren verbringe...«

»Das ist nichts Neues – ich habe mich auch so gefühlt. Deine Generation tut so, als wärt ihr die ersten Mütter, die jemals gearbeitet haben.« Margo schob ihre Brille wieder hoch. »Ich weiß, dass du für deine Kinder sterben würdest, aber Mutterschaft ist hart. Ihr hättet mir alle weggenommen werden können. Wenn Alice, Tom und du nicht gewesen wären. Wenn die Sozialfürsorge gewusst hätte, wie schlimm es war...« Margo sprach nicht weiter.

Rachel bemerkte, dass sie eine Papierserviette in winzige Stücke riss. »Ich erinnere mich daran.«

»Ich wünschte, du würdest dich nicht daran erinnern.«
Es entstand eine Pause und Rachel konnte spüren, dass Margo sie betrachtete. »Ist denn sonst noch etwas?«

Rachel hatte schon den ganzen Tag den Drang verspürt, mit Margo über Sandcove zu reden. Seit Monaten suchte sie nach Worten. »Ich mache mir Sorgen, dass es sich undankbar anhört. Aber so ein Leben will ich nicht führen. Es ist so, als hätte ich mir deins ausgeliehen. Ich meine, die Insel, Sandcove. Du und Gabriel, ihr habt es ausgesucht und ich habe einfach mitgespielt und gehofft, dass es für mich passen würde. Aber das stimmt nicht.«

Der Trubel um sie herum geriet in den Hintergrund. Margo sah nicht schockiert aus.

»Ich fühle mich schon schlecht, wenn ich es bloß ausspreche. Ich weiß, dass es egoistisch ist – ich vermisse meine Freunde...«

»Du hast doch Freunde hier! Freunde, mit denen du aufgewachsen bist. Ich kann aufhören, in Sandcove Partys zu feiern.«

Rachel schüttelte den Kopf. »Darum geht es nicht. Es ist zwar nervig, aber es steckt mehr dahinter. *Du* hast hier Freunde. Die meisten meiner Freunde sind aufs Festland gezogen. Die ganzen Leute, die in Sandcove ein und aus gehen, sind *deine* Bekannten. Ich will gar nicht so ein Haus, wo ständiges Kommen und Gehen herrscht. Ich bin zu häufig unterwegs zum Arbeiten; wenn ich zu Hause bin, will ich Gabe und die Mädchen für mich haben.«

Margo klang defensiv. »Ich habe dich nicht dazu gezwungen! Du und Gabriel habt entschieden, dass es großartig für die Kinder sein würde. So viel Platz und die Möglichkeit, draußen zu spielen. Reiten, Segeln. Das alles...«

»All das, wovor ich geflohen bin. Ich konnte die Internatszeit kaum erwarten. Ich wusste, dass Imi diese Schule gehasst hatte und nicht gern weg von zu Hause war, aber ich habe es geliebt. Niemand von uns war so gut wie du in all diesen Dingen. Das war immer schwer – mit dir verglichen zu werden.«

Rachel wusste, dass die Unabhängigkeit, für die sie immer gekämpft hatte, manchmal einen Keil zwischen sie und Margo getrieben hatte; sie hatte ihrer Mutter das Gefühl gegeben, nicht gebraucht zu werden. Ein Teil davon war überlebenswichtig gewesen, nachdem sie ihre Kindheit verloren hatte. Dann, in ihren Teenagerjahren, hatte ihr Freiheitsdrang den Druck verschleiert, Margos Erwartungen erfüllen zu müssen.

»Du bist in den meisten Dingen so viel besser als ich! Wenn du etwas gewollt hast, hast du es bekommen. Du hast den englischen Pokalwettbewerb gewonnen und die Hauptrolle in einem Theaterstück gespielt. Diese Schule war unheimlich hart – ich wäre an so einem Ort niemals zurechtgekommen, ich hätte gegen sämtliche Regeln verstoßen. Du hast die Regeln für dich passend gemacht. Du hast die Schule von innen verändert. Und jetzt beobachte ich voller Bewunderung, wie du das alles schaffst.« Margo hielt inne, um Atem zu holen und ihre Gefühle in den Griff zu bekommen, und Rachel spürte, wie auch in ihr Emotionen aufwallten. »Wenn du wirklich dein Leben ändern willst – dann unterstütze ich dich. Auch wenn ich es schrecklich finde.« Margo lächelte Rachel verhalten an.

Rachel spürte, wie ihr eine Träne die Wange hinabkullerte. »O Ma. Danke schön. Es hat wirklich geholfen, dir das zu erzählen. Ich muss mutig sein und es auch Gabriel sagen. Ich fühle mich aber schuldig, weil die Mädchen hier glücklich sind. Weil Gabe hier glücklich ist.«

»Vielleicht könnt ihr darüber verhandeln? Einen Kompromiss finden. Gott, ich ertrage den Gedanken kaum, dass ihr nicht mehr in Sandcove wohnt. Dass ich darüber nachdenken muss, was ich mit Sandcove mache. Darüber werde ich mir jetzt noch nicht den Kopf zerbrechen.« Margo stand plötzlich auf und schaute zum Café. »Sollen wir uns zur Aufmunterung ein Eis gönnen?«

»Ich geh schon. Ein Magnum?« Rachel sah, dass ihre Mutter plötzlich von einem Bekannten abgelenkt war, der auf einem Paddelboard den Hafen verließ.

»Wie viele Andeutungen muss ich denn noch machen? Könnt ihr bitte alle zusammenwerfen und mir zu Weihnachten ein Paddleboard schenken?«

»Und wahrscheinlich möchtest du auch, dass wir es für dich in Sandcove unterstellen?«

»Wo zum Teufel sollte *ich* es denn verstauen?«

10
Blue Moon

Ihr Zimmer war eine Müllkippe, aber aufräumen würde sie auf gar keinen Fall. Sie konnte sich auf Carol verlassen, die treu und ergeben die alten Tassen und Teller voller Toastkrümel, Chipspackungen und Süßigkeitenpapierchen wegräumte. Und sobald sich ihre Mutter nicht mehr wie ein totales Arschloch benahm, würde sie vielleicht klein beigeben und etwas von Margos Wäsche waschen. Sie musste dieselben dreckigen Jeans und das mit Marmite beschmierte Oberteil anziehen – beides trug sie schon seit dem Wochenende. So konnte sie nicht aus dem Haus gehen. Also nicht, dass sie überhaupt aus dem Haus gehen durfte.

Sie seufzte theatralisch, damit ihre Schwester es auch mitbekam. »Ich muss mir Klamotten leihen.«

Auf Margos Fußboden, auf den sie sich hingefläzt hatte, regte Alice sich träge, die nackten Beine auf den überall herumliegenden Haufen mit dreckiger Wäsche ausgestreckt. »Du bist aber dünner als ich. Wie du mir immer gern unter die Nase reibst.«

Margo stützte sich im Bett auf einen Ellbogen und grinste ihre Schwester an. Sie musste dafür sorgen, dass Alice ihr wohlgesinnt war. In dem derzeitigen Kriegszustand in Sandcove brauchte sie dringend eine Verbündete und Alice hatte sich als unerschütterlich und erstaunlich raffiniert erwiesen. »Nicht so viel dünner. Diese neuen

Hotpants sitzen mir auf der Hüfte, das ist schon in Ordnung. Sehe ich halt ein wenig verwahrlost aus.«

»*Warum brauchst du überhaupt Klamotten? Du bist gefangen, das weißt du doch.*«

Margo ließ sich wieder aufs Bett fallen. »*So ein Scheiß, ich hasse dieses Haus.*«

»*Das Haus ist schön.*« Alice war immer äußerst fair.

»*Es ist ein Gefängnis mitten im Nichts. Hier ist es total öde, gibt keine coolen Leute, nur sie. Die mein Leben ruiniert.*«

»*Sie trinkt gerade mit Anne einen Gin. Im Wohnzimmer.*« Alice war der Informationsdienst in Sandcove. Vom Wohnzimmer aus blickte man auf die Treppe vor der Haustür – Margo konnte nicht ungesehen verschwinden. Die Hintertür war verschlossen, seitdem Margo vor einigen Wochen einmal beim Reinschleichen erwischt wurde.

»*Ich muss mir ein Telefon besorgen.*« Margo setzte sich wieder auf und schaute Alice flehend an. Sie riss die blauen Augen auf, so weit sie konnte – wegen der dunklen Augenringe war die Wirkung dramatisch. Ihr Haar, die dicken dunklen Locken, fielen ihr über die Schultern, hinten knotig und verfilzt, sie sah aus wie eine tragische Carmen.

»*Wenn du rausgehst, musst du dir die Haare bürsten.*« Alice wollte Zeit schinden. Sie hatte keine Ahnung, wen sie für ihre Schwester um einen Gefallen bitten konnte. Margo hatte einfach alle um sie herum zutiefst verletzt.

»*Es muss irgendwen in der Nähe geben, dessen Telefon ich mal benutzen kann. Ich muss nur seine Stimme hören. Was ist, wenn er mich vergessen hat?*«

»*Er wird dich nicht vergessen.*« Alice konnte sich nicht

vorstellen, dass sich ein einmal von Margo verzauberter Mann jemals wieder aus ihrem Bann lösen würde. Zweifellos quälte sich der arme Richard, den sie nur ein- oder zweimal kurz am Seagrove Beach gesehen hatte, den Arm um Margo geschlungen, und fragte sich, wie er in die Sandcove-Festung eindringen konnte. Und irgendwie hatte Alice mehr Mitleid mit ihm als mit ihrer eigenen Schwester. Margo bekam letztendlich immer, was sie wollte.

»*London ist so weit weg. Und da sind so viele Mädchen.*« *Margo griff nach dem Notizbuch neben sich auf dem Bett und öffnete es einfach irgendwo. Dort schrieb sie die Dinge auf, die Richard ihr im Laufe der letzten Monate gesagt hatte, entweder persönlich oder am Telefon. Ihr Blick fiel auf einige Zeilen, die sie begierig las, sie brauchte diese Rückversicherung. Das fühlt sich einfach so echt an. Wir müssen zusammen sein. Das ist das Einzige, das mir wichtig ist. Du bist mein Mädchen, bis in alle Ewigkeit. Margo spürte die Enge in ihrer Brust, diese Übelkeit, die sie am Essen hinderte. Die Zeit verging langsam in diesem Haus, sie spürte, wie ihr das Leben durch die Finger rann. Ihr Leben ohne ihn.*

Die Mädchen hörten die Stimme ihres Vaters auf der Treppe. »*Alice! Zeit zum Abendessen.*«

Rasch schob Margo ihr Notizbuch unter die Matratze. Er rief nicht nach ihr. Sie war gerade unsichtbar. Niemand rief mehr ihren Namen, sie wurde nicht mehr zum Abendessen gebeten, weil sie so häufig abgelehnt oder sich geweigert hatte, etwas zu sagen. Man sprach nur mit ihr, um ihr etwas zu verbieten. Die Spannung knisterte den ganzen Tag lang. Margo stellte sich vor, dass dunkle Monster in jeder Ecke des Hauses lauerten, dem Elternhaus, das sie früher einmal so geliebt hatte. Die Tür öffnete sich quietschend. Alles in diesem Haus ist alt und quietscht, dachte Margo. Ihr Vater stand da, im Licht. Ein flüchtiges, nervöses Lächeln auf den Lippen. Margo fühlte sich krank vor Schuld, jedes Mal, wenn sie dieses Lächeln sah, aber es machte sie auch von Mal zu Mal wütender.

Er legte den Kopf ganz leicht schräg. »Ordentlich hier.«

Schweigen. Alice bewegte ein Bein wie einen Scheibenwischer über den Holzboden und schob einen Klamottenhaufen vor sich her. Sie bemerkte, dass sie sich dringend rasieren musste. Das Schweigen im Raum wurde drückender.

»Fleetwood Mac hat noch nichts von seiner Anziehungskraft verloren?«

Margo seufzte laut. Sie hörte schon seit zwei Wochen Rumours auf ihrem Plattenspieler. »Chain« fühlte sich so an, als wäre es nur für sie geschrieben worden. »Was willst du, Dad?« Sie sprach mit kalter Stimme.

Ihr Vater stand in der Tür und seine Schultern sackten nach unten. »Ich wollte nur Alice Bescheid geben, dass das Abendessen fertig ist. Bist du immer noch im Hungerstreik?«

»Sie will mich nicht am Tisch sehen, ich tue ihr nur einen Gefallen.«

Margo zog auf dem Bett die Knie an sich und umarmte sie. Sie blickte ihrem Vater nicht in die Augen.

Alice und ihr Vater drehten sich um, um zu gehen. »Dad?« Margo hob den Kopf, plötzlich glühte ihr Gesicht vor Zorn, sie sah dennoch wunderschön aus. »Du weißt ja, wenn Mum mir nicht erlaubt, Richard zu treffen, wenn sie mich nicht nach London fahren lässt, dann werde ich weglaufen.«

Ihr Vater kam ins Zimmer und setzte sich ans Fußende von Margos Bett. Die Matratze gab unter ihm nach und noch mehr Kleidung fiel auf den Boden. Margo legte den Kopf wieder auf die Knie.

»Margo, deine Mutter liebt dich. Ihr geht es sehr schlecht. Sie will nur, dass du dein Abitur machst. Du hast noch so viel vor dir. Sie macht sich Sorgen – wir machen uns beide Sorgen –, dass du, wenn sie dir diese Beziehung mit einem viel älteren Mann erlaubt...«

»Meine Güte, er ist doch nur fünf Jahre älter als ich, Dad! Du bist vier Jahre älter als Mum.«

»*In deinem Alter ist das ein großer Unterschied, Margo. Er ist ein erwachsener Mann, einundzwanzig Jahre alt, und du bist nur ein...« Er hielt inne, weil er wusste, welche Fettnäpfchen diese Unterhaltung für ihn bereithielt, in die er immer und immer wieder trat. Margo stand plötzlich auf und lief auf und ab.*

»Ein verdammtes Kind! Ja, ich weiß, dass ihr beide das denkt, glauben wollt, dass...«

»Bitte nicht fluchen, Margo, du weißt doch, dass deine Mutter das hasst.«

Erschöpft stand ihr Vater vom Bett auf, drehte sich zur Tür und schaute Margo nicht mehr an. »Versuch doch bitte einfach, mit ihr zu reden, Margo. Wenn auch nur mir zuliebe.«

»Du weißt, wie sie ist. Sie hört nicht zu. Sie bestraft mich gerade mit Schweigen, das macht mich total fertig.«

Alice wandte sich an ihren Vater. »Du kannst das doch nicht fair finden, Dad. Margo weiterhin so einzusperren. Ihr Hausarrest zu verpassen. Sie nicht telefonieren oder aus dem Haus zu lassen ... das ist so ... *drakonisch*.«

Edward Garnett lächelte seine jüngste Tochter an. »Gutes Wort.«

Margo ließ sich wieder aufs Bett fallen. Der Versuch, ihren Vater dazu zu bringen, zuzugeben, dass ihre Mutter endgültig verrückt geworden war, war zum Scheitern verurteilt. »Spar dir deinen Atem, Alice. Dad würde Mum niemals in den Rücken fallen. Er ist zutiefst loyal, ein guter Soldat. Ich bin das schwarze Schaf, das die Familie im Stich lässt.«

»Du warst immer schon so übertrieben dramatisch, Margaret. Seit dem Tag deiner Geburt.«

Margos Stimme klang eisig, in ihr lag der des Lebens überdrüssige Sarkasmus von jemandem, der doppelt so alt war wie sie. »Ja, schieben wir alles auf das arme Baby Margaret. Mum trifft natürlich gar keine Schuld, Mum, die keine Beziehung zu ihrem Baby aufbauen konnte und die es so schnell wie möglich an eine Krankenschwester abgegeben hat? Es kann auf gar keinen Fall ihre Schuld sein – oder? Dass alles so gekommen ist.«

Alice wünschte sich, Margo würde aufhören. Sie ging immer zu weit. Sie ertrug es nicht, dass ihr armer, sanfter Vater noch stärker verletzt wurde. Dieser Krieg, der um ihn herum tobte, überforderte ihn.

»Woher hast du das alles?« Edward Garnett lehnte sich gegen den Türrahmen und schaute zum Zimmer hinaus, als würde er gern flüchten. Dann wich er ein Stück zurück, als er seine Frau sah, die auf dem Treppenabsatz auftauchte.

»Elizabeth.«

»Edward, komm da weg, damit ist niemandem geholfen. Alice, komm, wir essen.« Mrs Garnett tat so, als wäre

Margo gar nicht da, sie kam auch nicht in ihr Zimmer, sie führte einfach den Rest der Familie die Treppen von Sandcove hinunter, um gemeinsam schweigend zu essen.

»Was wirst du wohl bekommen?«

Alice und Margo lagen beide auf einer Sonnenterrasse vor dem Haus, die das Dach von Sandcoves Bootsschuppen bildete und von der aus man direkt auf den Strand blickte. Sie hatten beide gebettelt, dass Margo rausgehen durfte, weil der Himmel kornblumenblau war und das glitzernde Meer sie durch alle Fenster des Hauses zu sich rief. Sie lagen da in ihren zueinanderpassenden gehäkelten Bikinis, mit frischen Sommersprossen, der Duft von Alices Parfum »Charlie« und Margos Kokosnussöl vermischte sich mit dem Barbecuerauch vom Strand. Die Ufermauer und die Helling waren voller Familien, die mit Netzen und Eimern zum Strand gingen oder ihn wieder verließen, und Kindern, die ihre Krabbenkescher hinter sich herzogen. Die Menschen hatten sich mit Windschutz und Schlauchbooten für den Strandtag ausgerüstet.

Margo ignorierte Alices Frage. »Von all dem, was die Kuh getan hat, ist es das Grausamste, dass sie mich nicht ans Meer lässt. Dad hat gestern Abend nicht mal erlaubt, dass ich das Kanu raushole – wie soll ich denn auf einem Kanu in Schwierigkeiten geraten?«

»Du würdest auf kürzestem Weg zu einer Strandparty fahren. Beim letzten Mal wurdest du beim Nacktschwimmen mit Winston erwischt, von seinen Eltern.« Alice schob einen Teil ihres Bikinis über ihre runde Brust. »Meine Titten sind gewachsen.«

Faul blickte Margo zur Seite, um Alice kritisch anzuschauen. »Alles an dir ist gewachsen.«

»Vielen Dank auch.«

»Isst du meine Portionen bei den Familienmahlzeiten?«

Alice stieß ihrer Schwester einen Finger in die Rippen. »Nicht witzig. Du hast keine Ahnung, wie es bei diesen Mahlzeiten zugeht, das schmerzhafte Schweigen. Ich muss viele Kartoffeln essen, um das zu ertragen.«

»Gott, ich hasse einfach beide. Dad ist nicht viel besser. Warum bietet er ihr nicht Paroli?«

»Du hast meine Frage nicht beantwortet. Wie waren deine Klausuren? Ich hab Angst, dass du nur Einsen hattest. Wenn man bedenkt, dass das dann auch von mir erwartet wird...«

»Beruhige dich. Es gibt Wichtigeres als Klausuren.« *Margo nahm sich ihr Buch,* Die Mühle am Floss. *Alice betrachtete es.*

»Ich lese Silas Marner.«

»Das ist ein guter Anfang. Und dann Adam Bede. Ich mochte die Anfangsszene von dem Buch, aber um ehrlich zu sein, geht mir die Heldin Maggie Tulliver ein wenig auf die Nerven.«

»Hier auf dem Titelbild sieht sie dir ähnlich.« *Beide blickten auf das Buch, auf dem eine junge Frau im Profil abgebildet war, mit dunklen Locken und vollen Lippen.*

»So ausdruckslos und tragisch sehe ich aber nicht aus, oder?« *Alice kicherte. Margo blickte aufs Meer hinaus.* »Winston kommt auf der Blue Moon angefahren.«

»Ich liebe dieses Boot. Weißt du, dass er mit mir ausgehen wollte?«

Margo blickte Alice mit hochgezogenen Augenbrauen von der Seite an. Winston entstammte einer sogenannten alteingesessenen Seaview-Familie, die ihrer Mutter so gut gefielen. »O mein Gott. Little Miss Popular.«

Alice wurde rot, so wie immer. »Könnte vielleicht damit zusammenhängen, dass ich nett zu ihm bin.«

Die Schwestern grinsten sich gegenseitig an, Alice mit ihrem ernsten sommersprossigen Grinsen, das die Jungs »niedlich« fanden, während Margo mit ihrem wolfsähnlichen Lächeln ihre geraden weißen Zähne zeigte. Margo blickte wieder auf die Blue Moon, die gerade den Anker setzte: Eine Gruppe Teenager lud etwas, das aussah wie Ciderflaschen, auf ein Beiboot, um es an Land zu bringen. Margo pfiff. »Sieht so aus, als hättest du Glück – Winston schmeißt bestimmt eine Beachparty. Die Idioten gehen in Seagrove vor Anker, hier ist es viel zu voll. Sie hätten bis nach Priory fahren sollen.«

Margo sah, dass Alice zum Boot schaute. Es gab viele bekannte Gesichter. Wenn Alice zu ihnen stieß, würde sie im Zentrum der Aufmerksamkeit stehen – ein Garnett-Girl bei der Party wäre besser als gar keins. Man hatte sie eine Weile nicht mehr gesehen. Man munkelte, dass Alice ihrer problembeladenen älteren Schwester während deren »Inhaftierung« Gesellschaft leistete. Margo zog Alice am Arm. »Geh an den Strand, geh zu ihnen. Zieh mein türkises Sommerkleid an, du wirst toll aussehen.«

»Meinst du das ernst?«

»Wir müssen nicht beide mies drauf sein. Geh und trink Wodka für mich und küss die Jungs.«

Alice lächelte ihre Schwester schuldbewusst an und eilte ins Haus. Margo entfuhr ein Seufzer; Selbstmitleid überkam sie. Wo war Richard jetzt und was machte er? Dachte er an sie? Alles, was sie fühlte, und alles, was sie sah, wurde von ihren Gefühlen für ihn überschattet. Sogar der Strand, der ihr seit ihrer Kindheit so vertraut war, war für immer von einer Erinnerung an Richard verändert. Wenn Margo die Augen schloss, war auf den Innenseiten ihrer Augenlider ein leerer Strand eingebrannt, auf dem Richard auf sie wartete. Es sah aus wie ein melancholisches Gemälde, das aschefarbene Meer, die letzten funkelnden Lichter wie Bänder am Himmel, ein Mann ganz in Schwarz mit dem grauen Fort im Hintergrund. Sie konnte seinen Gesichtsausdruck nicht erkennen, aber sie konnte sehen, dass er versuchte, eine Selbstgedrehte zu rauchen, bis er aufgab und sie in den Wind warf. Er war ihretwegen gekommen, aus dem weit entfernten London. Das war am Anfang des Sommers gewesen, dem Sommer ihrer Gefangenschaft. So ein langer, langsamer Sommer, sechs Wochen nicht in London. Ihre Mutter hatte entschieden, sie während der gesamten Ferien nach Sandcove zu verfrachten, weil sie wusste, dass Margo dort sicherer sein würde. Margo fragte sich oft, wie viel schlimmer es im vorherigen Sommer gewesen wäre, dem unmöglichen Hitzewellensommer, als sie das Baden in der Wanne aufgegeben hatte und stattdessen unzählige Male ins warme Meer gesprungen war.

Sie hatten sich Anfang des Jahres getroffen, weswegen ihre Mutter dachte, sie könnte die Sache einfach als eine »stürmische Romanze« abtun. Margos Vater hatte sie zu einer Buchvorstellung eines ihm bekannten Autoren mitgenommen, weil er dachte, das könnte seine frühreife Tochter interessieren, die in Englisch Klassenbeste und *fest entschlossen war, Journalistin zu werden.* Margo hatte am anderen Ende des Raumes rasch Richard entdeckt, den zweitjüngsten Menschen dort. Er war so groß, dass er schon mit einundzwanzig ein wenig gebeugt ging. Margo hatte damals noch nicht viele Männer kennengelernt, aber sogar sie wusste, dass er nicht auf gefährliche Weise gut aussehend war, auf die Weise, bei der andere Frauen sich auf der Straße nach ihm umdrehten oder ihm ihre Telefonnummern in die Hand drückten. Aber er sah sie, und ihre Blicke trafen sich und sie wusste sofort, dass er der erste Mensch war, der erkannte, wer sie wirklich war. Sie schlichen erst in den Zimmerecken umeinander herum, bis sie sich zu einem Treffen in der Mitte durchringen konnten. Keiner von beiden sagte etwas Interessantes oder Originelles, aber irgendwie kippte die Achse der Welt. Margo spürte die Energie, die Richard umflirrte; sie würde bald herausfinden, dass er sein Leben lebte, als wäre es ein Marathon, nur für Liebe und Poesie machte er mal etwas langsamer. Seine Augen waren Kaleidoskope aus Blau- und Grüntönen. Sie redeten und redeten, Margo über ihren Plan, in Oxford Englisch zu studieren, und Richard über das kleine Literaturmagazin, für das er unentgeltlich arbeitete, weil er hoffte, dort würden seine Gedichte veröffentlicht werden. Er trank große Schlucke Wein vor und nach jedem Wort – auf eine Weise, die sie noch nie zuvor gesehen hatte. Ihre Eltern tranken nur Wein beim Essen, nippten daran, manchmal gab es einen Cocktail vor dem Dinner. Richard trank, als wäre es Luft, und hielt der Kellnerin jedes Mal, wenn sie vorbeikam, beharrlich sein Glas hin.

Margos Vater, ein gelehrter und zerstreuter Mann, hatte nicht bemerkt, was sie tat, weswegen sie sich fast eine

Stunde ununterbrochen unterhalten konnten. Margo sah, wie dünn Richard war, seine Oberschenkel waren so dürr wie ihre. Sie entdeckte das Muttermal auf seinem Hals, dass sein wildes Haar große Ohren versteckte, dass sein Kopf ein Löwenkopf war. Sein Lachen erklang abrupt und fröhlich und wenn er sich ganz plötzlich irisch anhörte, war seine Stimme wie Samt. Margos Blick wanderte immer wieder zu Richards vollen Lippen. Ihre Gedanken waren derart schmutzig, dass es sie schockierte – er zeigte ihr ein abgenutztes Notizbuch, in das mit schwarzer Tinte Gedichtfetzen gekritzelt waren. Sie hätte sie am liebsten alle in Ruhe gelesen. Er reichte ihr seinen Füller und befahl ihr, ihre Telefonnummer aufzuschreiben.

Plötzlich hatte Margo Angst. »Ich wette, du machst so etwas ständig. Bei Partys Mädchen nach ihrer Nummer fragen.«

Er taxierte sie. »Manchmal. Wenn sie so toll sind wie du.«

Eine Pause entstand, während Margo auf den Stift blickte, den er ihr hinhielt, mit Tintenflecken auf den Fingern. »Ich bin erst sechzehn.«

Er zuckte nicht zusammen, sondern lächelte sie schief an. »Du siehst älter aus.«

»Und meine Mutter ist ein Albtraum.«

»Das sind sie oft. Dein alter Herr sieht aber harmlos aus.«

Er war ein Mann von Welt, ihr war das zu viel. Sie trat einen Schritt zurück, aber es war so, als versuchte man, Magneten zu trennen. Mehr als alles andere auf der Welt, mehr, als nach Oxford zu gehen, mehr, als zu schreiben, wollte sie ihn wiedersehen.

Er redete, als würde er auf ihre Gedanken antworten, etwas, das bald zu seiner Gewohnheit werden sollte. »Dieses Mal habe ich ein anderes Gefühl. Es fühlt sich nicht wie eine weitere Eroberung an.« *Margo errötete und konnte ihm nicht in die Augen blicken.* »Außerdem siehst du in dieser Latzhose gut aus. Ich habe bei solchen Partys noch nie jemanden mit so einer Hose gesehen.«

»Ich habe sie angezogen, um meinen Vater zu nerven. Er findet, dass jeder Tweed tragen sollte.«

Richards Lächeln ließ sein Gesicht und seine Augen erstrahlen; sie musste einfach zurücklächeln und griff nach dem Stift. Es gab keine Oberfläche, auf der sie schreiben konnte, deswegen drehte er sich um. »Nimm meinen Rücken.« *Sie bemerkte, dass er nach Zigaretten roch. Margos Magen verkrampfte sich, als sie die Körperwärme durch sein Samtjackett hindurch spüren konnte. Ihr Herz schlug schneller als je zuvor. Obwohl sie diesen Moment sowohl wach als auch im Traum immer wieder durchleben würde, wollte sie, dass ihr Vater kam und sie nach Hause brachte, damit sie wieder Kind sein konnte. Ordentlich faltete sie das Stück Papier zusammen und reichte es ihm.*

»Du musst nicht anrufen«, *murmelte sie und hörte sich plötzlich unbeholfen und wenig anmutig an.* »Und meine Mum wird wahrscheinlich sowieso drangehen.« *Sie schaute sich um und plante ihre Flucht. Immer mehr Gäste hatten die Party verlassen und ihr Vater stand schon bei der Tür. Sie drehte sich um und lächelte ihn kurz an.* »Ich gehe jetzt. Sieht so aus, als müsste mein Dad gerettet werden.« *Und sie tauchte in den Lärm der Party ein, verließ den magischen Ort, der sie beide umfangen hatte.*

Sie hörte, wie er ihr nachrief: »Verzweifele nicht, Margo Garnett! Ich rufe dich an.«

Während Margo von Richard träumte, beobachtete sie, wie Alice die steilen Ziegelstufen auf die Ufermauer und dann die Helling hinunter auf den Sand lief. Sie sah viel jünger aus als vierzehn in ihrem geliehenen Kleid und Margo verspürte einen Stich. Sie hoffe, dass Alice allein mit dieser Gruppe aus idiotischen Jungs aus der öffentlichen Schule zurechtkommen würde, die einen nach ein paar Cider übel zurichteten. Sie würde mit nach Rauch riechendem Haar zurückkommen, mit verschmiertem Lipgloss und in eine fremde Jacke gehüllt. Jungs in ihrem Alter ertrug Margo inzwischen nicht mehr, weswegen sie immer sehr grob zu ihnen war. Das Einzige, was sie wollte, waren der wache Geist und die schlanken Muskeln eines einzigen Mannes.

Später an jenem Abend trieb erdrückende Langeweile Margo mit einem Haufen Wäsche nach unten: Sie zog den Wäschesack hinter sich die Treppe hinunter, ihr gefiel das Plumpsen auf jeder Stufe hinter sich. Sie fühlte sich wie ein Kind, dem etwas verboten wurde, wo sie doch eine abenteuerlustige Frau sein wollte, die auf dem Sprung in ein Leben voller Liebe in London war. So konnte es einfach nicht weitergehen. Ihre Mutter sah bleich und verkniffen aus. Alice aß alles. Margo aß nichts. Ihr Vater hatte Fawlty Towers *auf seinem neuen Betamax aufgenommen und schaute es immer und immer wieder, lachte aber nicht mehr über Manuel. Das Haus war gespenstisch still, mehr noch als sonst, weil Alice und Margo wegen ihrer Mutter in höchster Alarmbereitschaft waren, wenn sie sich in die Küche schlich. Von ihr war* nichts zu sehen, nur eine verkrustete Lasagneform, die auf dem Abtropfbrett einweichte, und der Geruch nach geschmolzenem Käse, bei dem Margo übel wurde.

Margo erschrak sich, als sie in den Hauswirtschaftsraum der Küche lief und ihrer Mutter gegenüberstand, mit dem Bügelbrett als einziger Barriere zwischen ihnen. Margo sah, wie ihre Mutter sich versteifte. Sie ließ den Wäschesack auf den Boden fallen; ihre Mutter betrachtete ihn.

Ihre Mutter klang angespannt. »Ich wollte es dir nicht sagen, aber...«

»Was denn?«

Der Blick ihrer Mutter blieb an Margos dreckigen nackten Füßen hängen, an ihren leuchtend blauen Zehennägeln. Ihre Stimme klang abgekämpft, wie immer. »Wäschst du deine Sachen überhaupt? Also, ich sehe ja, dass du eine Maschine anstellen willst...«

»Warum sollte ich waschen? Ich sehe ja niemand. Ich bin eine Gefangene.«

»Margo.« Die Stimme ihrer Mutter war ein Peitschenknall.

Margo blickte sich auch auf die Zehen und dann auf die bestrumpften Füße ihrer Mutter hinter dem Bügelbrett. Diese wirkten auf seltsame Weise verletzlich. Die Mutter hatte in Margos Vorstellung immer Schuhe an. Margo versuchte, etwas entgegenkommender zu klingen: »Was wolltest du mir sagen?«

Es entstand eine lange Pause, als würde ihre Mutter sich vor dem nächsten Satz fürchten. »Richard hat angerufen und nach dir gefragt.«

Margo verspürte plötzlich Hoffnung und dachte, sie

hätte Unentschlossenheit im Gesicht ihrer Mutter entdeckt. »Was hat er gesagt? Warum hast du mir nicht Bescheid gegeben?«

»Zu mir nicht viel, natürlich nicht.«

»Darf ich ihn zurückrufen? Bitte, Mum, ich flehe dich an. Nur ganz kurz.« Margo merkte, wie ihr Tränen in die Augen stiegen. Sie hatte so lang schon diese Mauer um sich errichtet. Sie sah, wie sich ihre Mutter wegdrehte; sie wollte Margos Tränen nicht sehen.

»Ich will, dass du diese verrückte Schwärmerei vergisst. Es ist nur eine Verliebtheit, Margaret, und zwar eine unangemessene. Das kennt jeder Teenager. Aber du musst auf uns hören. Du bist erst sechzehn und hast dein Abitur und die Uni vor dir.«

Margo ließ ihren Tränen der Enttäuschung freien Lauf. Sie war sich nicht sicher, ob sie noch genug Energie übrig hatte, um weiterzukämpfen. Sie drehte sich um, um zu gehen, blieb dann aber kurz stehen. »Kann ich wenigstens wissen, was er gesagt hat?«

»Gar nichts. Er hat meine Stimme gehört und gemeint, er würde irgendwann anders noch mal anrufen. Ich erklärte ihm, dass er das besser lässt, wenn er bei Verstand ist.«

Margo reckte das Kinn ein klein wenig nach oben. »Er wird es nicht lassen.«

Ihre Mutter blickte hinunter aufs Bügelbrett und strich den Bezug mit der Hand glatt. Margo fand sie so selbstgefällig. »Er ist ein Mann, Margaret. Männer geben auf. Er will das, was sie alle wollen. Sobald er merkt, dass er dafür kämpfen muss, wird er mit seinem Leben in seiner kleinen Bude weitermachen. Und ich weiß, dass du das total *romantisch findest, aber lass dir gesagt sein: Das ist kein Leben für eine Frau, nach der Pfeife eines gescheiterten Poeten zu tanzen.«*

Margo spürte eine neue Welle des Hasses auf ihre Mutter in sich aufsteigen. Ihr Sarkasmus, das Abwertende, das in dieser höflichen, abgehackten Sprechweise lag. Die Pingeligkeit, mit der sie den Bezug des Bügelbretts glatt strich. So allwissend und so überlegen. Margo bemühte sich nicht, die hasserfüllten Worte zurückzuhalten, die aus ihrem Mund schossen: »Glaubst du denn, ich will so sein wie du? Kalt und gefühllos? Nur Manieren und sonst nichts? Unter all dem begraben?« Margo fuchtelte wild mit dem Arm umher. Elizabeth Garnett senkte den Kopf und biss sich auf die Lippen. »Er ist nicht wie die anderen Männer. Er hat mich nicht angefasst und das wird er auch nicht, bis wir euren Segen haben. Er liebt mich, da hat er dir etwas voraus, du hast mich nämlich nie geliebt. Warum sollte ich auf dich hören?«

Es herrschte Schweigen, während sie beide die Worte sacken ließen, die nicht mehr zurückgenommen werden konnten. Ihre Mutter sah nun eher wie ein gehetztes Tier aus. Sie hörten beide, wie die Tür des Fernsehzimmers aufging und Edward Garnetts Schritte auf der Treppe ertönten. Margo sah ihn immer nur in Türrahmen herumstehen. »Macht das nicht, Mädels. Sagt nichts, das ihr nicht so meint.«

Seine Stimme klang traurig und Margo errötete, als sie ihre Mutter wieder anschaute und deren feuchte Wangen sah. Sie war sich nicht einmal sicher, ob ihre Mutter das bemerkt hatte. Doch nun gab es kein Zurück mehr, Margo hatte gespürt, dass ihre Entscheidung feststand, als ihre

Mutter Richard als Versager bezeichnet hatte. »Ich werde nicht noch einmal fragen: Würdest du mich bitte nach London zurückkehren und bei Aunt Mary wohnen lassen, bis das Semester wieder anfängt? Ich verspreche, dass ich mich an die Ausgangssperre um elf halte. Ich werde nicht bei Richard übernachten. Nicht, bis ich die Pille nehmen kann. Tante Mary meinte, sie würde mich aufnehmen, wenn du es erlaubst.«

Ihr Vater blickte peinlich berührt auf den Teppich und das Gesicht ihrer Mutter war wutverzerrt. »Ha!« Ihr sarkastisches Lachen feuerte wie ein Schuss durch die Luft. »Wie sollten wir dir nach der Bonfire Night noch vertrauen?«

»Ich bin eingeschlafen! Wie oft soll ich das noch sagen? Ich habe es immer wieder erzählt – warum glaubst du mir nicht einfach! Mein Gott!« Margo drehte sich um und wollte gehen, wurde aber von ihrem Vater aufgehalten. Sie blickte ihm flehend in die Augen. »Dad, bitte. Wenn du mich nicht bei Mary wohnen lässt, werde ich einfach weglaufen. Und dann könnte ich nur in Richards Einzimmerwohnung ziehen. Ich hätte keine andere Wahl. Ich will nur, dass er mein Freund ist, ihr macht daraus eine riesige Sache, sodass ich dafür meine Familie verlassen muss.« Margo schluchzte plötzlich und dachte an die Vertreibung aus Sandcove, an eine Trennung von Alice und ihrem Vater, der dort so ängstlich und klein dastand. Ihre Drohung hing in der Luft, das Ungesagte war nun ausgesprochen. Die größte Angst ihrer Mutter.

»Geh auf dein Zimmer, Margaret.« Elizabeth Garnett hatte ihr den Rücken zugewandt und blickte aus dem kleinen Eckfenster in den Garten hinter dem Haus.

»Natürlich.« Margo spie die Worte aus. »Wirklich eine brillante Idee! Herzlichen Glückwunsch zu dieser grandiosen Elternschaft.« Sie stürmte an ihrem Vater vorbei, unterdrückte ihr Schluchzen und rannte in ihr sicheres Zimmer.

Nachts lag Margo auf ihrem Bett, die Vorhänge waren geöffnet. Ein indigofarbener Himmel voller leuchtender Sterne über ihr. Das Kommen und Gehen des Meers, das sie normalerweise so beruhigend fand, rief in ihr heute ein Gefühl des Eingesperrtseins hervor, des Abgeschnittenseins auf ihrer Insel im Meer. Etwas hatte sich in dieser Nacht in ihr verändert. Das Rad der Fortuna hatte sich gedreht und sie fühlte sich bereit zum Gehen. Sie hatte ihre Mutter weinen gehört, doch das hatte nur dazu geführt, dass sie sich noch vehementer hinter dem Schutzwall ihrer Wut verschanzte. Alice kroch etwa um Mitternacht in ihr Zimmer, sie strahlte über das ganze Gesicht. Sie nahm auf Margos Bett Platz und Margo setzte sich auf, um sie anzuschauen. Der Geruch nach Meer, Rauch und Cider hing an Alice, ihr Gesicht wirkte wie das einer Person, die gerade geküsst worden war. Sie flüsterten.

»Du hast ihn geknutscht.«
»Er hat mich geküsst!«

Sie strahlten sich an. Alice streckte die Hand aus. Klein zusammengefaltet lag darin ein Brief in einem Umschlag. Margo spürte, wie ihr Herz schneller schlug, aber sie traute sich nicht, etwas zu hoffen.

»Was ist das?«
»Ein Brief, du Dummerchen. Von Richard.«

Sie schauten ihn sich beide an.

»Wie kann das sein?«, murmelte Margo und griff langsam danach. Alice lächelte immer noch und stand ein wenig unsicher auf. Das Sommerkleid war nun zerknittert und ihre Locken ebenso zerzaust wie Margos. Margo würde sich immer daran erinnern, wie mädchenhaft und hübsch Alice in dieser Nacht ausgesehen hatte.

»Ich gehe jetzt – ich lasse dich den Brief in Ruhe lesen. Du solltest aber etwas wissen: Als er das letzte Mal auf der Insel war ... du weißt schon, als er am Stand gecampt hat?«

»Ja?«

»Da hat er die ganze Truppe getroffen, bei Bobs Party.«

»Ja.« Margo, die normalerweise so ungeduldig war, war ganz still, wartete und lauschte jedem Wort von Alice.

»Richard hat dann alle gefragt. Er hat sogar diese dämliche Lucy gefragt, die ein wenig dick ist und alle knutscht.«

Margo bewegte die Hand mit dem Brief auf ihren Schoß und öffnete den Umschlag; ihr Herz fühlte sich an, als würde es wie ein Ballon aufgeblasen werden, als sie die vertraute schwarze Tinte sah, das Gekrakel. »Miss Margaret Garnett, c/o Winston Bond, The Look Out, Seaview«.

»Was gefragt?«

Alices Gesicht leuchtete immer noch wegen der Aufregung und des Ciders. »Sie gefragt, ob sie für ihn einen Brief verschicken könnten. An dich. Und Winston meinte, er würde es machen.«

Margo und Alice starrten sich mit offenen Mündern an.

»Ich mag Winston jetzt lieber.«

»Ja, ich auch, die anderen haben alle Nein gesagt...«

»Weil sie mich hassen.«

»Nein, das nicht, aber weil sie Angst hatten, dass ihre

Eltern davon Wind bekommen.« Alice drehte sich zur Tür, sie hatte ihre Mitternachtsmission absolviert. Sie hielt kurz inne und schaute Margo an. Ihre Stimme klang ernst. »Er liebt dich wirklich.« Sie blickten sich durchs Zimmer hinweg an und Margo fragte sich, ob ihre Schwester wusste, was bevorstand.

»Nachti.«

»Nacht, Alice.« Margo wollte unbedingt den Umschlag aufreißen, doch sie wartete kurz, rief ihrer Schwester hinterher. »Alice, vielen Dank.« Und Alice lächelte, während sie durch Margos Zimmertür schlüpfte.

Am nächsten Morgen tönten Elvis-Songs durch Sandcove. Sie dröhnten aus dem Küchenradio, dem Apparat in Edward Garnetts Arbeitszimmer und dem in Margos Schlafzimmer. Elvis war in der Nacht gestorben. Eine geschockte Margo hatte Richard anrufen wollen, der Elvis sehr gut imitieren konnte. Alice, die immer noch vom Abend zuvor benebelt war, döste im Bett und fragte sich, warum um alles in der Welt überall Lieder von Elvis gespielt wurden. Elizabeth Garnett saß auf der Terrasse, rauchte eine Zigarette nach der anderen und sah sehr blass und ernst aus. Gelegentlich wurden sie von Passanten gegrüßt und sagten irgendwas wenig Originelles wie »Gott, schlimm, oder?« oder »Unglaublich, er war doch erst zweiundvierzig«.

Margo wusste, dass sie zu ihrer Mutter gehen und sie trösten sollte, konnte sich jedoch nicht dazu durchringen. Sie wusste, dass ihre Mutter am Boden zerstört sein würde. Sie war genauso alt wie Elvis und als Teenagerin bis über beide Ohren in ihn verliebt gewesen. Ihre Mutter neigte zu Angst und Hypochondrie und sie würde an ihren eigenen Tod denken, denn wenn Elvis sterben konnte, dann konnte auch jeder andere sterben. Die Einzelheiten standen in roten Lettern auf der Titelseite von The Express auf dem Küchentisch und auch das hätte sie traurig gemacht. Elvis, ihr Gott, zusammengebrochen auf dem Klo, und seine Freundin hatte ihn erst am nächsten Morgen gefunden. Margo fand es seltsam, dass sie diese Traurigkeit gar nicht berührte. Weil sie jetzt ihren Brief hatte. Sie las ihn immer wieder und bei jedem Mal wurde ihr das Herz ihrer Mutter gegenüber etwas härter.

Mädchen, ich bekomme dich einfach nicht aus dem Kopf. Wir müssen zusammen sein. Ich kann weder denken noch essen noch schlafen, wenn wir nicht zusammen sind. Selbst das schwarze Zeug schmeckt nicht mehr so wie früher. Wir werden zusammen sein. Ich werde dich nicht im Stich lassen. Deine Alten haben unrecht, wir können trotzdem alles tun, was wir tun müssen – und zwar gemeinsam. Mehr sogar. Wir können gemeinsam großartig sein. Ich weiß, dass wir ihren Segen wollten, aber, Herrgott noch mal, wir haben so hart dafür gekämpft, dass sie Vernunft annehmen. Schick mir eine Nachricht, M, dann komme ich dich abholen. Und dieses Mal werde ich nicht ohne dich gehen.

Sie wollte zu Winston gehen, der in ihren Augen nun rehabilitiert und zum Helden aufgestiegen war, im Schutz der Nacht, und Richard anrufen. Sie wusste, dass sie keinen der mit Monogramm versehenen Koffer ihrer Mutter stibitzen konnte, die ordentlich gestapelt auf deren

Kleiderschrank lagen. Sie würde das Nötigste in schwarzen Müllbeuteln mitnehmen und den Rest dalassen müssen. In den Kofferraum von Richards Auto würde ohnehin nicht viel passen, es war ein unzuverlässiger Fiat Spider, den er dauernd zu Schrott fuhr, vor allem, wenn er etwas zu viel getrunken hatte. So viele Träume von ihrer Freiheit drehten sich um dieses Auto. Sie würden einsteigen, nur sie zwei, und an all die Orte fahren, nach denen ihnen der Sinn stand, mit offenem Verdeck, die Haare im Wind. Sie würde mit Richard abhauen. Niemand würde sie aufhalten können.

II

Coup de Foudre

London

»Bist du sicher, dass du genug Zeit hast? Ihr Garnetts seid ja eigentlich immer spät dran.«

Der Morgen der Probe verhieß nichts Gutes. Während des Frühstücks war Imogen ein wahres Nervenbündel und stritt mit Willam darüber, für wann das Taxi bestellt werden sollte. Später, als sie rausgerannt war, um sich in *Liz' Café* auf der Goldhawk Road ein Sandwich zum Mittagessen zu kaufen, war sie in einen plötzlichen Regenguss geraten, weswegen ihr Haar nun ganz krisselig und fast so wild wie Margos war. Margo und Rachel riefen beide an, um ihr Glück zu wünschen – das machte sie ganz nervös und nun war sie spät dran. Sie dachte in Endlosschleife immer nur *Meine Probe, mein Stück*. Ihr Stück *Standart*. Sie war zweiunddreißig und ihr Stück würde in *The Playhouse* aufgeführt werden. Eigentlich sollte es ein monumentaler Tag werden, aber sie fühlte sich irritiert und dann war auch noch das Taxi verspätet und sie hatte nicht genug Zeit. Plötzlich würde sie zu spät kommen – eben hatte sie doch noch alle Zeit der Welt gehabt. Sie wäre so gerne selbstsicher und gelassen gewesen, aber selbst als Theaterautorin, deren Stück gern gespielt wurde, fürchtete sie, sich niemals so fühlen zu können.

Als sie in den Proberaum im Untergeschoss von *The Playhouse* eilte, traf sie auf Rowan Melrose, die direkt in der Mitte stand; beim Zuschlagen der großen schalldichten

Türen drehte sich Rowan um, ebenso wie die Gruppe, die sich um sie versammelt hatte. Rowan konnte nicht wissen, wer Imogen war, und dennoch strahlte sie, als würde sie Imogen kennen. Dieser Moment war das reinste Klischee. Ihre Blicke trafen sich. Imogen merkte, wie ihr der Atem stockte und das Blut in die Wangen strömte. Sie wusste, dass sie wie eine verrückte Alte zurückstarrte, konnte den Fluch jedoch nicht brechen. Der Direktor kam, um Imogen zu begrüßen und sie allen vorzustellen. Doch sie vermochte sich mit Haut und Haaren nur auf eine einzige Sache konzentrieren: Wo war Rowan und waren ihre Blicke immer noch auf sie gerichtet? Imogen lernte die Schauspieler kennen, stolperte durch ihre Begrüßung und passte einfach nicht auf, doch dann stellte sie der Direktor dieser einen Person vor, der Imogen mit einem Mal näher sein wollte als irgendjemand sonst auf der Welt.

»Und das ist deine Hauptdarstellerin, das ist natürlich Rowan. Deine Alexandra.«

Imogen kannte das Gesicht, hatte es einen Monat lang jeden Sonntag auf ihrem Fernsehbildschirm betrachtet. Sie nahm die ausgestreckte Hand, bemerkte die langen weißen Finger und die kindlichen Handgelenke. Die Hand war kalt und fest und als Rowan sie wieder wegzog, bemerkte Imogen, dass sie leicht zitterte. So fühlte sich also ein *Coup de foudre* an. Ihr war, als würde Knallzucker unter ihrer Haut brizzeln.

Rowan war nicht nur schön. Ja, ihr blondes Haar fiel wie ein Seidentuch. Ja, ihre grünen Augen waren goldgesprenkelt und Imogen hatte im Fernsehen bemerkt, dass sie bei gewissem Licht türkis wirkten. Ja, sie war groß und ein wenig zu dünn, wie die meisten Schauspielerinnen – und elegant in einen hellbeigen Kaschmirpullover gehüllt. Das alles war es – und noch mehr. Sie schien zu glühen; ihre magnetische Anziehungskraft war elektrisierend.

»Imogen Garnett«, sagte Rowan und lächelte fast schüchtern. »Unglaublich, dass ich diese Rolle in deinem brillanten Stück spielen darf. Du bist ein Genie.«

Imogen wollte, dass Rowan immer wieder ihren Namen sagte. Würde sie es schaffen, ohne zu stottern zu antworten? Beim Sprechen musste sie normal klingen, um sich nicht zu blamieren. »Es ist schön, dich kennenzulernen. Ich freue mich sehr drauf, dir beim Lesen deiner Rolle zuzuhören.« Ihre Worte konnten ihre Gefühle nicht adäquat ausdrücken. Sie wollte sich Rowans Hand schnappen und aus dem Zimmer rennen. Die anderen schauten sie an, erwarteten Dinge von ihr, aber es gab nichts, das sie auf die körperliche Wirkung von Rowans Anwesenheit hätte vorbereiten können.

Fred Baxter rief alle zur Ordnung und Imogen wurde zu einem Stuhlkreis geführt, wo die Leseprobe stattfinden sollte. Stephen Williams, der den Zar Nicholas spielte, saß neben ihr. Rowan war drei Plätze entfernt, sie musste also nur ihrer Stimme lauschen und sie nicht anschauen, während sie Imogens Text sprach. Fred stellte ihr Stück den Schauspielern vor, beschrieb es kurz und es war alles so schwer zu begreifen, sie wusste nicht, ob sie jemals so glücklich gewesen war. Er sprach über ihre Figuren wie über echte Menschen – vor einer Schauspieltruppe. Sie wünschte sich halbherzig, Margo wäre bei ihr, um es mit anzuhören.

»Die meisten von euch sollten die Gelegenheit gehabt haben, das Skript zu lesen. Und wenn nicht, spendiere ich später keine Drinks im *Colette's*.«

Es gab Gekicher, Stühle wurden gerückt. Margo hatte Imogen erzählt, dass Fred Baxters Drinks nach der ersten Probe legendär wären. Imogen bemerkte, wie ihr Inneres nahezu sprudelte bei der Aussicht auf das *Colette's* und Rowan und Drinks.

»Das Stück basiert auf einer Reise des Zaren Nikolaus und der Zarin Alexandra mit ihren vier Töchtern und dem Sohn zur Isle of Wight im Jahr 1909, wo sie König Eduard VII. während der Cowes Regatta Week getroffen haben. So weit ist es historisch akkurat. Zu der Zeit vermutete man, dass Alexandra unter Rasputins Einfluss stand und in diesem Stück spinnt Imogen den Gedanken weiter, dass sich Alexandra in Rasputin verliebte, eine Frau am Rande einer sexuellen Affäre, eine verzweifelte Frau, die ihren Sohn retten wollte – koste es, was es wolle. Imogen, könntest du uns etwas mehr darüber erzählen, warum du ein Stück über genau diesen historischen Moment schreiben wolltest?«

Margo hatte Imogen gewarnt, dass das passieren könnte, und deswegen hatte sie sich darauf vorbereitet, aber sie hatte nicht gewusst, dass der Druck zu brillieren derart intensiv sein würde. Sie rutschte auf ihrem Stuhl umher, hustete, spürte alle Blicke auf sich und bemerkte, dass sich Rowan zu ihr umwandte.

»Ich werde nicht aufstehen – falls das okay ist, ich bin schon nervös genug!« Sie wurde warmherzig angelächelt. »Meine Familie besitzt ein Haus auf der Isle of Wight, Sandcove, und die Insel bedeutet uns sehr viel.« Imogen hatte eigentlich nicht so anfangen wollen, derart persönlich, aber das waren die Worte, die ihr in den Sinn kamen. »Meine Mutter, Margo Garnett, ist Journalistin – sie liebt

Geschichte. Ich hatte das große Glück, dass mir Dinge so erzählt wurden, dass ich mich an sie erinnere, und mir viele historisch interessante Orte gezeigt wurden. Ich erinnere mich, dass man mit mir, als ich ungefähr zehn Jahre alt war, einen Ausflug zur St Mildreds Church in Wippingham unternahm, wo ein Denkmal für den Zaren und seine Familie steht und man mir von dem Schicksal erzählte, das seinen damals blutjungen Töchtern bevorstand. Vielleicht rührte es mich an, weil ich zwei Schwestern habe, ich weiß es nicht. Wir fuhren nach Cowes und Margo nahm uns mit zum Jachtklub, zur Regatta, und erzählte uns, wie die dem Untergang geweihten Romanovs mit ihrer Jacht *Standart* zur Insel gekommen waren. Ich stellte mir vor, wie beeindruckend das alles ausgesehen haben musste – der Spithead voller Boote, die zwei großartigen königlichen Jachten in der Nähe vor Anker.«

Imogen hielt inne und ließ ihr Publikum die Szenerie heraufbeschwören. »Es gab bestimmt Feuerwerke und Feste und zahlreiche Zuschauer, die einen Blick auf die Royals erhaschen wollten. Das alles war für den kleinen Jungen Alexei gewiss enorm verlockend, den Bruder mit der Bluterkrankheit, der nicht an Land gehen durfte. Meine Fantasie wurde vom Gedanken an diese Familie befeuert, wie überbehütet sie gewesen sein mussten, die Mädchen durften nur ein einziges Mal in Cowes herumlaufen. Man erzählte sich im Ort von ihrer Schönheit, wie sie gemeinsam unter ihren Sonnenschirmen kicherten. Ich glaube, die Romanov-Töchter haben mich in die Geschichte geführt – die alten Bilder von ihnen in weißer Spitze, ihre Schönheit und die drohende Ermordung ziehen wohl viele Menschen in ihren Bann.«

Imogen hielt inne, atmete ein und sah, dass ihr Publikum andächtig lauschte.

»Doch nachdem ich mich weiter eingelesen hatte, war es die Zarin, die meine Fantasie beflügelte. Und der Einfluss von Rasputin. Und deswegen findet die Reise in diesem Stück für Alexandra zu einer Zeit statt, wo sie nicht von Rasputin getrennt werden will, sie will unbedingt in seiner Nähe sein, weil ihr klar wird, dass sie ihn nicht nur wegen Alexeis Gesundheit braucht, sondern dass sie ihre eigenen Bedürfnisse hat. Die Leute versuchen sie zu warnen, ihr zu sagen, dass Rasputin ein Sexualstraftäter und ein Trinker ist, sie ist jedoch seinem Charisma verfallen, kann in ihm nur ihren Retter sehen. Rasputin ist in *Standart* nicht auf der Bühne zu sehen, jedoch stets als versteckter Schatten präsent. Alexandra wird außerdem von Schuldgefühlen geplagt, denn obwohl sie endlich einen Sohn geboren hatte, wird dieser wahrscheinlich an derselben Krankheit sterben, die schon ihren Bruder und Onkel dahingerafft hatte. Sie hat diese Krankheit weitergegeben.«

Imogen merkte, wie dieselben Gefühle in ihr hochkamen wie jedes Mal, wenn sie an die von ihr geschaffene Alexandra dachte. Sie versuchte, mit fester Stimme zu sprechen. »In diesem Stück geht es um eine Frau, die mit Depressionen kämpft, die keinen Ausweg sieht, aber auch ihren Pflichten genügen muss, den Anforderungen der Reise. Das Dilemma ihrer aufrichtigen Zuneigung und Loyalität zu ihrem Ehemann Nikolaus. Das Stück handelt aber auch von Müttern und Töchtern. Alexandras Schuldgefühle wegen der Tatsache, dass die Pflege von Alexei einen Keil zwischen sie und ihre Töchter getrieben, dass sie sie emotional im Stich gelassen hat. Ich will mich in die Vorstellung hineinfühlen, dass alle der Tod erwartete, und die Frage untersuchen, ob ihre ganzen Probleme und häuslichen Dramen am Ende tatsächlich wichtig waren. Aber auch, wie man einfach weiterleben muss, wenn eine Todesdrohung über einem schwebt.«

Es war still, als Imogen fertig war, und sie merkte, wie sie errötete.

»Sehr schön ausgedrückt.« Das war Rowan. »Fred, wir müssen einen Gruppenausflug zur Isle of Wight und nach Sandcove und zu allen anderen Orten machen, von denen Imogen gesprochen hat!« Die Gruppe lachte und Rowan lächelte Imogen an, mit der Art breitem Lächeln, das wahrscheinlich einen Haufen liebeskranker Opfer in seinem Kielwasser hinterließ.

»Nun gut, meine Lieben. Lasst uns unser Bestes geben und unserer Dramatikerin zeigen, was wir drauf haben.«

Und so wurde die Gruppe zur Ordnung gerufen, die Köpfe wurden über das Skript gebeugt. Imogen starrte zwischen ihnen hin und her, in ihrem Inneren verknoteten sich Nerven mit etwas anderem.

Im *Colette's* war es laut und es herrschte diese frenetische Atmosphäre eines Ortes voller attraktiver junger Menschen mit Geld. Tagsüber kamen die Leute auf einen Flat White hierher, um mit einer ungelesenen vor ihnen liegenden Zeitung Menschen zu beobachten. Abends war die Bar ein berüchtigter Aufreißort für gut betuchte Westlondoner. Der laue Sommerabend verstärkte die dekadente Atmosphäre noch. Echter Champagner, der aus Schalen schwappte, hinterließ einen klebrigen Film auf den Tischen. Die Türen schwangen permanent auf, während

Nachtschwärmerrudel zum Rauchen auf die Bürgersteige und dann wieder hineinströmten. Die zehn »Standarts«, wie sie alle von Fred genannt wurden, hatten sich an einen Ecktisch gedrängt. Fred stand auf und schenkte aus, wollte keinen Stuhl. Plötzlich, bevor sie noch die Gelegenheit hatte, nach dem Glas zu greifen, das Fred ihr hinhielt, war Rowan neben ihr, ihre nackten Arme berührten sich. Imogen konnte ihr Parfum riechen, Zitrus und Holzrauch.

Rowan warf ihr Haar zurück, die seidenen Strähnen streichelten Imogens Gesicht. »Rück mal auf, Dramatikerdarling!«

Rowan versuchte, sich mit ihr auf den winzigen Holzstuhl zu quetschen. Imogen rutschte ein Stückchen, um Rowan Platz zu machen, und merkte, wie sich an ihrem Haaransatz Schweißtropfen bildeten. Rufe ertönten um sie herum, Getränke wurden nachbestellt, Beleidigungen ausgetauscht, die Leute redeten übereinander hinweg; überall surrte es, war laut und wuselig. Fred und einige aus dem Ensemble gingen schon auf den Bürgersteig. Imogen beobachtete sie, wie eingefroren, saß so ruhig da, wie sie konnte, spürte die gegen sie gepresste Rowan. Sie fühlte die Vibrationen von Rowans Stimme in ihrem Ohr, die festen Oberschenkelmuskeln drückten gegen ihre eigenen. Ihr Hintern, der gegen Rowans gepresst war, fühlte sich plötzlich im Vergleich zu groß an. Imogen versuchte zu atmen, sich zu entspannen, ihr wurde klar, dass Rowan zwar ganz nah bei ihr, ihre Aufmerksamkeit aber auf die Gruppe gerichtet war. Rowan stellte sich zur Schau, sie spielte vor der Menge. Es erinnerte Imogen an Margos Performances bei Partys. Imogen nahm einen großen Schluck Champagner und noch einen und merkte, dass die Alchemie des Alkohols schnell wirkte – so wie immer, wenn sie glücklich und aufgeregt war. Sie spürte ihre Nervenenden, Hitzewallungen in ihrem Inneren und manchmal Rowans Atem auf ihr, während sie sich umdrehte, um eine Frage zu beantworten.

»Zigarette.« Das war ein Befehl und keine Bitte. In Rowans Blick lag etwas Herausforderndes, aber auch noch etwas anderes. Imogen, eine Novizin in Sachen sexuelle Anziehung, wurde blitzartig klar, dass Rowan sie wollte. Sie, Imogen. Die Dramatikerin. Sie war das Objekt von Rowans Aufmerksamkeit dieser Nacht. Viel mehr war es vielleicht gar nicht, aber im Augenblick reichte es aus.

»Ich rauche eigentlich nicht.«

»Aber manchmal eben doch? Wenn du dich verrucht fühlst?« Rowan betonte das Wort »verrucht« und leckte sich über die Lippen. Sie schaute auf Imogens Lippen. Imogen wurde ganz nass.

»Manchmal – na dann komm.« Imogen stand auf, bevor sie die Nerven verlor, drängte sich durch Betrunkene, drückte sich mit einem gelegentlichen »Entschuldigung« durch die Menge, ihr Gesicht und ihr Inneres standen in Flammen. Sie konnte Rowan ganz nah hinter sich spüren, bemerkte über die Schulter einige Blicke, während die Leute die Schauspielerin entdeckten. Einige starrten ganz unverhohlen oder riefen »Oi, Rowan« oder noch dümmer »Schau mal, da ist Anna Karenina!«. Imogen ließ sich davon nicht aufhalten, sie drängte sich weiter durch die Menge, bis sie die Schwingtüren hinter sich gelassen hatte und draußen in der Sommerabendluft war. Ein Harem aus Mädchen mit leuchtend roten Lippen und schulterfreien Tops stand zusammen; sie lachten ihre Öffentlichkeitslächeln und verteilten Luftküsse. Anzugtragende Businessmen beobachteten sie und warteten auf ihre Chance. Überall war Sex.

Rowan ignorierte die Flüstereien und Catcalls, als sie zu Imogen auf den Bürgersteig trat. Sie trug lediglich ein weißes T-Shirt und Jeans, das Shirt wurde von ihrem Körper ausgefüllt, sie trug keinen BH. Imogen blickte Rowans nackte Arme an, gebräunt und glatt, während sie ihr eine Zigarette reichte – und sie sah auch, wie sich ihr Bizeps anspannte, als sie sich hinüberlehnte, um sie für sie anzuzünden. »Schauen mich alle an?«

»Ja, aber das bist du doch bestimmt gewöhnt?«

»Ich habe heute Abend nur Augen für dich.«

Imogen unterdrückte das Verlangen, nach Luft zu schnappen. Sie verspürte Spannung in der Brust, sie konnte kaum atmen. Es geschah also und sie wusste, sie würde nicht wegrennen. Sie verdrängte das plötzliche Aufflackern von Williams besorgtem Gesicht. Es konnte auch gar nichts bedeuten, ein Flirt in einer Sommernacht. Champagner und ein Mädchen küssen. Dinge von einer Liste streichen, bevor sie heiratete. Sie zwang sich, Rowan in die Augen zu blicken, die immer noch fest auf sie gerichtet waren, als wäre Imogen ihre Beute. Sie konnte die Schultern zucken und das Spiel weiterspielen, aber ihr Blut brodelte vor Verlangen. Sie nahm einen Zug von ihrer Zigarette und bemerkte, wie ihr schwindelig wurde. Dann machte sie einen Schritt auf Rowan zu – die Menge um sie herum, der Londoner Verkehr, alles trat in den Hintergrund.

»Ich auch.«

12
Liebe Dramatikerin

»Einfach krass, dass du dir Anna Karenina klargemacht hast. Du warst doch immer die gute Garnett. Wer hätte das gedacht?«

Imogen wandte den Blick von Jonny ab, spürte, wie sie errötete, und sagte nichts.

»Jetzt schau doch nicht so tragisch drein! Das muss doch keine große Sache sein. Dann stimmt es eben bei dir: I kissed a girl and I liked it.«

Imogen lehnte sich über den Tisch und schlug Jonny mit ihrer Leinenserviette. »Spar dir deine dummen Witze.«

»Du kennst mich doch, wenn ich nicht herumblödele, mein ganzes Geld in Restaurants auf den Kopf haue oder auf ein bedeutungsloses Date nach dem anderen gehe, dann muss ich der Tatsache ins Auge blicken, dass ich meinen Job hasse, dass ich mein ganzes Leben hasse.«

»Sag deinem Vater, dass du nicht mehr in der Stadt arbeiten willst. Setz dich ihm gegenüber durch.«

Jonny zuckte die Schultern und blickte Imogen kalt an. »Genau, weil du ja auch ständig gegen Margo rebellierst – das ist ja ganz einfach.«

Sie wurden von einem mürrischen Kellner unterbrochen, der ihre Vorspeisen auf den Tisch knallte. Imogen betrachtete ihren Salat mit Ziegenkäse. Die Salatblätter waren welk. Jonny stupste seine zwei kleinen Stücke Räucherlachs an.

»Oliver hat den Verstand verloren. Ich gehe mit meinen Dates hier nicht mehr essen.«

Es war Sonntagmittag und in der Brasserie in der Fulham Road tummelten sich zahlreiche Europäer, die ihren Kindern Pommes und Eis vorsetzten. Der daraus resultierende Zuckerschock trug nicht gerade zu einer entspannten Mahlzeit bei, vor allem, wenn es dabei um geheime Herzensangelegenheiten ging. Der ganze Lärm wurde vom Fliesenboden und der Bar in der Mitte verstärkt, wo sich Blondinen mit gelifteten Gesichtern und Männer in Wildlederslippern nachmittägliche Cocktails reinstellten und flirteten, als ginge es um ihr Leben. Imogen wäre lieber in eine anonyme Restaurantkette gegangen. Sie hatte Angst, dass einer von den Standarts auftauchte.

»Shit, Imi. Bitte sag mir, dass es nichts Ernstes ist?«

Imogen blickte auf ihr Essen. Sie brachte keinen Bissen runter. Seit dem Abend im Colette's hatte sie kaum etwas gegessen.

»Wir brauchen mehr Alk.« Jonny leerte sein Glas, schnappte sich Imogens Teller und fing an, ihr Essen hinunterzuschlingen. »Die Liebeskummerdiät. Die kenne ich von allen Frauen, die ich date.« Er grinste sie an, dann winkte er unbestimmt ins Restaurant, doch niemand beachtete ihn. »Jesus. Kehren wir wieder zu den Ereignissen zurück.«

Endlich konnte Imogen Jonny in die Augen schauen. »Wir waren im *Colette's*...«

»*Colette's* – der Aufreißerladen, lieb ich«, unterbrach Jonny sie.

»Jonny, hör auf, zwanghaft jugendlich zu klingen. Niemand nimmt dir ab, dass du die ganze Zeit Dates hast. Unterbrich mich nicht ständig – mir fällt es schwer genug, es überhaupt zu erzählen.«

»Verstehe.« Er griff nach dem Ärmel des mürrischen Kellners, der gerade vorbeiging. Dieser hielt widerwillig an.

»Noch eine Flasche Prosecco, bitte. Und vielleicht ist es ja auch nicht unter deiner Würde, die Teller abzuräumen?«

Imogen versuchte, so zu gucken, als hätte sie nichts mit Jonny zu tun. In Restaurants verhielt er sich wie ein verwöhntes Stadtblag. »Wir waren im *Colette's*. Ich hatte reichlich Champagner intus.«

»Bekomme ich von der Story einen riesigen Ständer?«

Imogen redete weiter, als hätte sie ihn nicht gehört. »Sie hat gesagt, sie würde auf der Toilette auf mich warten. Also bin ich hingegangen. Ich weiß nicht, was mich da geritten hat...«

»Das nennt sich Lust.«

»Ich hatte Panik, als ich auf sie gewartet habe, habe mir Sorgen gemacht, wer reinkommen würde, ob sie einen Rückzieher machen würde oder ob ich in eine Kabine gehen und nicht einfach wie Piksieben dastehen sollte. Und dann kam sie rein.«

Der Kellner stand hinter ihnen und löste den Korken aus der Proseccoflasche. Als er Imogen einschenkte, sprudelte das Getränk über den Rand.

»Der ist nicht kalt genug, mein Freund.«

Der Kellner schob die Flasche in den Eiseimer und fragte: »Eis?«

»Nein, danke, du kannst jetzt gehen. Imi, bei der Geschichte muss ich mich zu dir nach vorne beugen. Was ist dann passiert?«

Imogen nahm einen großen Schluck. »Sie hat mich am Arm gepackt und geküsst. Wieder und wieder.«

»Das ist so heiß. Du mit deinem ganzen großäugigen Ernst und dieses Luder Anna Karenina, das dich im *Colette's* klarmacht.«

Imogen ließ die Bilder von dem Abend in Endlosschleife vor ihrem inneren Auge ablaufen. Fiebrige, verträumte Momentaufnahmen. Rowans weicher Mund, ihre geschickte Zunge. Die Küsse, die zugleich irgendwie zart und wild waren. Das Lächeln, das sich allmählich bis zu ihren Augen ausbreitete. Wie sie gefragt hatte: »Machen dich diese Küsse feucht, Dramatikerin?« Imogen hatte das Gesicht in Rowans Schulter vergraben; der Kaschmirpullover roch nach ihr und Zigarette. Rowan war mit den Fingern Imogens nackte Arme auf- und abgewandert und Imogen hatte sich gefühlt, als würden ihre Beine einfach unter ihr nachgeben. Der Krampf in ihrem Unterleib. Sie konnte sich an alles erinnern und das tat sie auch, immer, wenn sie allein war.

»Wo ist der Rest von unserem Essen? Ich hatte vielleicht drei Bissen? Und dann?«

»Wurden wir von einem der Standarts erwischt.«

»Was zum Teufel ist denn ein Standart? Du alte Diva.«

»Mein Stück, du Idiot. *Standart*. Du hast sogar so getan, als hättest du es gelesen. Der Regisseur hat den Schauspielern den Spitznamen ›Standarts‹ verpasst.«

»Als Nächstes sprichst du von dir selbst in der dritten Person. Du bist also aufgeflogen – und dann? Und wann geht es wieder zur Sache? Vielleicht in Annas, ich meine Rowans Wohnung?«

Imogen schüttelte den Kopf. »So weit ist es nicht gekommen. Wir wurden von Elise unterbrochen. Sie spielt eine Magd des Zaren. Sie hat nichts gesagt, hat aber auf jeden Fall gesehen, wie wir abrupt voneinander abgelassen haben. Ich glaube nicht, dass sie eine Tratschtante...«

»Sei nicht dämlich, Imi. Sie ist Schauspielerin. Die zerreißen sich alle gerne das Maul, erinnerst du dich nicht an Margo, die meinte, Schauspielern kann man nicht trauen? Sie ist doch kurz mit diesem einen ausgegangen, um Richard eifersüchtig zu machen, bevor sie verheiratet waren.«

»Davon weiß ich nichts.« Imogen wunderte es nicht, dass Jonny etwas über Margo wusste, was sie nicht wusste. Margo war am redseligsten, wenn sie was getrunken hatte – und sie trank häufig mit Jonny.

»Sie hatte einiges intus, als sie es mir erzählt hat. Richard ist dann plötzlich wegen der ganzen Verantwortung ausgerastet – weil er für sie sorgen musste, weil sie noch so jung und von daheim weggelaufen war. Um ihn zu ärgern, ist sie eine Weile mit diesem Schauspieler ausgegangen. Es hat funktioniert und Richard hat sich hingekniet...«

»In der Brewer Street. Diese Geschichte kenne ich zumindest.«

»Danach meinte Richard, er wollte nicht, dass sie Schauspielerin wird. Sie hatte Stunden genommen. Er war zu eifersüchtig auf die gut aussehenden Kollegen. Findest du nicht, dass ihre Liebesgeschichte an einen Countrysong erinnert? Die Sauferei und der ewige Stunk?«

Ausnahmsweise war in Imogens eigenem Leben mal zu viel los – sie wollte nicht über Margo oder Richard reden. Sie vergrub den Kopf in den Händen. »O Shit, dann werden es alle wissen.«

»Yup! Ich wette, sie hat schon einen entsprechenden

Ruf – verführt immer Heteroschauspielerinnen oder -dramatikerinnen oder so ähnlich.«

Imogen blickte rasch zu Jonny auf, der schon wieder wütend ins Restaurant gestikulierte und versuchte, Essen zu bestellen. »Du machst mir nicht gerade Mut.«

»*Endlich* was zu essen.« Ihr mürrischer Kellner pfefferte einige Fischfrikadellen, die in Soße schwammen, vor Imogen hin und Steak frites vor Jonny.

»Mooooment, mein Freund! Etwas Dijonsenf, etwas Mayo und noch eine Flasche.« Jonny musste seine Stimme wegen des Lärms erheben, dann entdeckte er eine Frau in der Ecke des Restaurants und blinzelte ihr zu. Er wandte sich mit einem zufriedenen Seufzen wieder seinem Gericht zu.

»Wie um alles in der Welt kann es sein, dass wir schon bei der dritten Flasche sind?« Imogen schob ihren Teller weg. »Ich kann das nicht essen, mir ist schlecht.«

»Dieses dramatische Getue passt nicht zu dir. Zu Margo und Sasha schon, aber nicht zu dir. Was ist eigentlich mit Sasha los? Sie war komisch bei der Party. Sie schreibt mir nicht zurück.«

»Das wissen wir alle nicht. Sie ist immer noch so sauer auf Margo wegen allem. Ich kann nicht mit ihr darüber reden. Wir streiten uns immer wegen Lappalien.«

»Ich bin mir ganz sicher, dass das an ihrem Typen liegt. Er lässt sie nie aus den Augen. Er ist wie ein Gefängniswächter. Ich mache mir wirklich Sorgen um sie.«

»Müssen wir die ganze Zeit über meine Familie reden? Margo sagt immer wieder, dass sie zu den Proben kommen will. Sie kennt Fred und kann sich ganz leicht selbst einladen. Sie wird mich und Rowan zusammen sehen und direkt Bescheid wissen. Du weißt, wie sie ist.«

»Ja.« Jonny nickte, er hatte den Mund voller Essen. »Sie hat sogar am Hinterkopf Augen.« Das sagte er bewundernd und Imogen schnalzte missbilligend.

»Du und deine Allianz mit meiner Mutter.«

Er zuckte die Schultern. »Was soll ich sagen, sie ist halt ein Raubvogel. Margo würde das gar nicht gerne hören, aber sie hat so auf mich aufgepasst, wie es meine eigene Mutter nie getan hat.« Er erwischte Imogen wieder dabei, wie sie in die Ferne starrte. »Wie seid ihr denn verblieben?«

»Irgendwie gar nicht ... Wir wurden mit allen anderen aus dem Laden gekehrt. Eine Gruppe ist in einem Taxi in den Westen der Stadt gefahren und hat mich unter ihre Fittiche genommen. Ich meine, ich war ziemlich betrunken, es ist alles etwas verschwommen, ich glaube, sie wollten nur auf mich aufpassen.«

Sie hatte sich das eingeredet, es hatte sich jedoch so angefühlt, als würden die anderen Rowan und sie gewaltsam auseinanderreißen. Imogen erinnerte sich an den letzten Blick auf Rowan, die seltsam verloren auf dem Bürgersteig stand, mit ihren großen Augen, und sehr einsam wirkte. Dann, eine Stunde später, kam eine Nachricht: *Liebe Dramatikerin, ich fand es wundervoll, dich heute Abend zu küssen, R X.* Imogen hatte nicht geantwortet, die Nachricht nur angeschaut und endlose Wortkombinationen durchgespielt, bis es plötzlich zu spät und sie eingeschlafen war. Sie konnte es Jonny nicht erzählen, es war zu privat und zu vernichtend.

»Gigantische Antiklimax. Was ist seitdem passiert? Du hast nichts Schlimmes gemacht à la es William erzählen?«

»Natürlich nicht. Aber ... also ich will sie schon wiedersehen.«

Jonny blickte sie auf Augenhöhe an. Imogen vertraute ihm wie einem Bruder, weil er ruhig blieb und nicht so einfach zu schockieren war. Er blödelte zwar herum, aber grundsätzlich nahm er sie ernst. Nun hatte Imogen einmal gesagt, wie sie sich fühlte, und hatte den Eindruck, sie musste es noch einmal wiederholen.

»Ich will sie. Ich weiß nicht, was ich machen soll. Ich sollte eigentlich meine Hochzeit planen.«

Jonny rieb sich die Augen, schenkte ihnen nach, schob seinen Teller zur Seite, damit er seine Ellbogen auf den Tisch stellen und den Kopf in die Hände legen konnte. »Hast du sie seitdem gesehen?«

»Wir hatten eine Probe, die war furchtbar. Ich konnte sie nicht anschauen. Komplett armselig von mir.«

Imogen hatte sich auf der Toilette übergeben müssen, ehe sie den Probenraum betreten konnte, und selbst dann rumorte ihr Magen heftig und sie konnte nur verstohlene Blicke auf Rowan werfen. Rowan hatte distanziert und blass gewirkt. Sie hatten nicht miteinander gesprochen, doch Imogen hatte über jedes Wort nachgedacht, das Rowan zu den anderen gesagt hatte, und nach verdeckten Botschaften gesucht, die Rowan vielleicht loswerden wollte. Endlich hatte sie die Redewendung »Herz in der Hose« verstanden. Sie hatte permanent Angst, dass Rowan den Kuss bereute oder einfach betrunken mit dem neuen Mädchen rumgespielt hatte. Aber ein anderer Teil von ihr wusste, dass die Wahrheit noch beängstigender war. Und dann vibrierte ihr Handy, das Imogen das ganze Essen über nicht aus den Augen gelassen hatte.

Liebe Dramatikerin, vielleicht sollten wir mal über neulich abends reden und uns aussprechen. Diese Woche Abendessen bei mir? R X

13
Stille Wasser

Isle of Wight

Es war früh am Abend am Anderen Ort, die Gartentüren waren offen und Margo stand in der Küche, nur mit einem Morgenmantel aus Satin bekleidet. Sie goss eiskalten Rosé in ein Weinglas, nahm eine Bierflasche aus dem Kühlschrank. Die Abenddämmerung hatte korallenrote Bänder am Himmel hinterlassen und es war noch ein wenig Wärme des Augustabends zu spüren. Margo glühte immer noch vom Sex, die Muskeln waren müde, der Geist still. Palestrina spielte im Hintergrund und sie hörte Kinder, die immer noch draußen in den Gärten tobten und nach einem Tag am Strand den langen Sommerabend genossen. Die Möwen wirkten nicht mehr schwermütig, sondern feierlich bei ihren Flugmanövern durch den Himmel. Das Telefon klingelte und riss Margo aus ihrer Stimmung.

»Sandcove – ich meine –«

»Machst du das *immer noch*?«

»Ach, du bist das.« Margo tat überrascht.

»Es ist erst ein oder zwei Wochen her.«

Margo hob die Augenbrauen, ging mit dem Telefon zu dem gestreiften Ohrensessel mit Blick auf den Garten. »Drei Wochen.«

Imogen lachte am anderen Ende. »Tut mir leid, ich hatte so viel zu tun. Ich weiß, dass du mir einige Nachrichten hinterlassen hast.«

»Ja.« Margo sprach nun mit sanfterer Stimme, weil sie ihrem Unmut Luft gemacht hatte. »Ich wollte doch unbedingt wissen, wie die Proben gelaufen sind. Waren die Drinks nach den Proben legendär?«

»Gott, ja. Ich habe lange gebraucht, um mich davon zu erholen. Du hattest recht.«

»Es ist gemein, dass du mich nicht wenigstens zu einer Probe eingeladen hast. Ich wäre in Windeseile da gewesen. Musstest du erzählen, was dich zu dem Stück inspiriert hat?«

»Ja – ich habe ziemlich viel geredet. Über dich und die Kirche und wie ich auf die Idee zu der Geschichte gekommen bin. Ich glaube, es ist gut gelaufen.«

Margo stellte sich vor, wie Imogen in diesem Kellerzimmer aufstand und über die Orte sprach, die der Familie so viel bedeuteten – alle hingen an ihren Lippen. Stolz stieg in ihr auf. Das war ihr mittleres Kind, das Kind, das immer am unsichersten gewesen war, das als Letztes den eigenen Weg gefunden hatte. Nun hatten die Proben für ihr eigenes Stück begonnen. »Wie geht es Rowan Melrose? Hatte sie schon einen Tobsuchtsanfall?« Margo wartete, doch am anderen Ende der Leitung herrschte Schweigen. »Imi?«

»Sorry, William ist gerade reingekommen. Kann ich dich ein andermal anrufen?«

»Ich bin mir sicher, dass es William nichts ausmacht, wenn du ein paar Minuten mit deiner Mutter telefonierst. Vor allem, weil du mich angerufen hast. Es hätte ja auch mir nicht passen können.«

»Sei nicht mürrisch. Hattest du denn etwas anderes vor?«

Margo hörte die Arroganz der Jugend in der Stimme ihrer Tochter, den Unglauben, sie könnte ein eigenes Leben führen. »Ali und ein paar andere kommen zum Buchklub vorbei.«

Das war eine Notlüge, der Buchklub fand mittwochs statt. Sie blickte auf Jacks Hinterkopf. Er trug nur Boxershorts, eins ihrer marokkanischen Tücher hatte er sich um die Schultern gelegt, seine langen, muskulösen Beine von sich gestreckt, während er auf einem Gartenstuhl faulenzte und ein von ihr empfohlenes Buch las. Seine Bildungslücken im Bereich Literatur waren schockierend, aber so war das eben bei manchen Männern. Er wollte bestimmt sein Bier, sie wusste, dass sie ihren Wein wollte, und es war herzerwärmend, einfach dazusitzen.

»Na, dann legen wir besser mal auf. Ruf mich morgen früh an. Ich werde am Schreibtisch sitzen und in die Luft starren. Verdammte Schreibblockade.« Sie erlaubte sich ein wenig Selbstmitleid und ließ es sich auch anmerken. Ihre Tochter wirkte zwar abgelenkt, schluckte den Köder dennoch.

»Oh, Ma. Lass uns ganz bald darüber reden. Es gibt so viele Motive in diesen Kolumnen, die du wählen könntest, als Oberthema. Es tut mir leid, dass ich gerade neben der Spur bin, ich bin diese ganzen Proben und das Socializing nicht gewöhnt, war oft viel zu lange wach. Um ehrlich zu sein, war es großartig. Zu hören, wie meine Worte lebendig werden.«

»Und was ist mit deiner Hauptdarstellerin?«

»Die ist gut. Sie stellt mir viele Fragen zu der Figur, wie Alexandra sich fühlt. Das scheint ihr sehr wichtig zu sein.«

»Du klingst, als wüsstest du nicht so genau, was du von ihr halten sollst?«

»Sie ist ziemlich distanziert, typisch Schauspielerin –

ich glaube nicht, dass ich sie gut kennenlernen werde. Ihr Leben dreht sich um Autos mit Chauffeur und Partys.«

»Das Fernsehen kann Menschen ruinieren. Hat Fred sie im Griff?«

»Gestern ist er ausgerastet, weil sie die ganze Zeit wegen der Klimaanlage genörgelt hat. Dann hat sie einen vom Bühnenpersonal ihren Pullover suchen geschickt, mitten in der Probe. Und sie hat sich zum Mittagessen Sushi liefern lassen, weil sie das Catering hasst. Und dann hat sie den Reis abgefummelt!«

»Sie klingt wie ein wahrer Albtraum. Du bist mir einen Besuch schuldig. Kommst du wie immer zum Regattawochenende?«

»Ich glaube, das schaffe ich nicht – sorry, Ma. Wir hängen bei den Proben hinterher, weil Rowan an einigen Tagen wegen eines Fotoshootings für eine Zeitschrift nicht konnte. Vielleicht kommt sie aufs Titelblatt, das wäre super Werbung für das Stück. Fred meinte, wir müssten vielleicht am Wochenende proben. Rowan sagt, sie will mit mir den Text üben, weil sie hinterherhängt.«

»Sie vertrauen ganz schön auf dich. Es ist untypisch, dass die Autoren bei den Proben noch gebraucht werden. Ich meine, vielleicht anfangs kurz, aber jetzt noch?«

»Fred ist sehr dafür, wegen des Tons und der Motivation und falls er die Dialoge ändern will.«

»Verstehe. Ich muss auflegen und mich für den Buchklub fertig machen.«

»Sei doch nicht so. Ich komme nach Hause, sobald ich kann.«

Jack lief nun mit einer angezündeten Zigarette im Garten auf und ab. Der Rauch zog herein – und mit ihm sämtliche Assoziationen, die sie hasste. Jack wusste, dass sie es nicht mochte, wenn er oder irgendwer sonst rauchte. Sie wusste, dass sie kein Drama wegen des Regattawochenendes machen oder sauer sein sollte, weil Imogen jetzt so abgelenkt und beschäftigt wirkte. Traditionen mussten sich nach und nach ändern. Sie ignorierte den kleinen Stich in ihrem Herzmuskel, sie durfte nicht kindisch sein. Bei dem diesjährigen Regattawochenende würde sie ihre Enkelkinder in den Mittelpunkt stellen. Gabriel war immer mit von der Partie.

»Mach dir keine Sorgen wegen der Regatta. Du musst alles in deiner Macht Stehende tun, damit dieses Stück ein Erfolg wird.«

»Vielleicht kann ich trotzdem kommen. Ich ruf dich morgen an.«

Imogen legte auf. Margo saß eine Weile reglos da, das Telefon lag auf ihrem Schoß. Es kam nicht häufig vor, dass sie und Imogen eine Unterhaltung führten, nach der sie Distanz zu ihrer Tochter verspürte. Imogen war so aufgeregt wegen ihres neuen Lebens. Und das war gut. Sie rief Jack im Garten etwas zu und ließ ihre Stimme dabei unbeschwerter klingen, als sie sich eigentlich fühlte. »Das war Imogen, ich hole uns etwas zu trinken. Hast du geraucht?«

»Wann musst du los?«

Jack blickte sie durch seine dunklen Haare an. Sie waren ins Haus gegangen und seine Beine sahen auf ihrem winzigen weißen Sofa so dunkel und lang aus. Sie waren um ihre geschlungen. Dieser Anblick erregte sie immer. Sie verspürte das vertraute Ziehen in ihrem Becken.

Jack schaute auf sein Telefon. »Scheiße, eigentlich jetzt.« Er lächelte sie an, sein Blick war sanft. »Du siehst fantastisch aus.«

Sie wollte nicht, dass er ernst war. »Das liegt an dem guten Fick.«

»Das rückt mich auch wieder zurecht. Ich will nicht gehen...«

»Aber du musst.« Sie hatte Probleme mit der Klischeehaftigkeit ihrer Situation. Sie hatte Jack anfangs gesagt, sie wollte nur Spaß und Sex. Sie redete sich ein, dass er und sie deswegen perfekt zusammenpassten, solange sie nicht zu viel darüber nachdachte, was sie damit anderen Menschen antaten. Deswegen hatte sie sich Jack ausgesucht, weil er für sie sicher war, bereits vergeben. Sie hatte diese eine große Liebe mit Richard gehabt, das Drama der unglücklichen Liebespaare erlebt und es hatte sie fast umgebracht. Sie würde sich solchen Gefühlen nie mehr hingeben.

Jack sah aus, als würde er versuchen zu verstehen, was in ihr vorging. »Was ist los? Liegt es an dem Anruf?«

»Ich wollte zu ihren Proben eingeladen werden, das ist so ein wichtiger Moment. Ich kenne außerdem den Regisseur...«

»Komm schon, du musst sie einfach machen lassen. Nimm dich ein wenig zurück.«

»So eine Art Mutter bin ich nicht.«

Jack lachte und griff nach ihrer Hand. Er streichelte die Handfläche mit dem Daumen, der vom Hantieren mit den Segeltauen schwielig geworden war. »Ich rufe Mum ungefähr einmal im Monat an, wenn sie Glück hat, ich kann die alte Fledermaus nicht leiden.«

»Vergleichst du mich etwa mit deiner Mutter?« Margo tat so, als wollte sie sich von ihm befreien, das Sofa verlassen, aber Jack ließ ihre Hand nicht los und zog sie resolut wieder zurück.

»Gib es doch einfach zu – du bist überfürsorglich. Bei Imogen viel mehr als bei den anderen beiden. Sie macht das, was du wolltest, heiratet diesen Typen, wie heißt er noch gleich...«

»William.« Margo musste einfach lächeln.

»Dann lass sie doch machen.«

Margo entspannte sich wieder auf dem Sofa und sie lächelten sich an. »Du siehst zu gut aus, das ist dein Problem. Und du weißt es. Du kommst mit deiner Unverschämtheit durch.«

»Und ich weiß, wie kitzelig du bist.«

»Wenn du das jemals irgendwem erzählst, muss ich dich umbringen.«

»Aber ich habe doch recht mit Imogen, oder? Du wolltest nicht, dass sich deine Töchter betrunkene, sexy Poeten aussuchen, die sich verpissen – verständlich nach dem, was dir passiert ist. Jetzt werden sie sesshaft und du solltest dich raushalten.«

»Ich habe ihr aber bei dem Stück geholfen! Ich war außerdem auch die Erste, die ihr von den Romanovs erzählt hat...«

»Na und? Das ist jetzt ihre Sache. Wenn du weiterhin willst, dass sich alles um dich dreht – wie soll sie dann jemals eine selbstständige Frau werden?«

»Du hältst dich für so klug.«

»Manche Dinge, die du machst, sind verrückt. Ich meine das ganz im Ernst, sich auf vermeintlich bodenständige, gewöhnliche Männer zu verlassen ist unsinnig. Auch diese Männer haben Geheimnisse. Stille Wasser und so.«

Margo beobachtete, wie Jack seine Klamotten zusammensuchte. Nur jetzt sah er verletzlich aus, wie er da so halb nackt auf dem Boden herumkroch.

»Wir haben oben angefangen.«

Jack blickte sie kurz an. »Ach stimmt. Normalerweise kannst du nicht so lange warten. Das erinnert mich an etwas – wo wir gerade über stille Wasser sprachen. Das wollte ich dir erzählen: Ich habe letzte Woche Gabriel gesehen, der sich mit einer gut aussehenden Rothaarigen auf der Hauptstraße in Ryde gestritten hat.«

Margos Herz machte einen Satz. Jacks Gesicht sah so aus wie immer, er lachte und war entspannt. Die Rothaarige. Sie dachte direkt an die Fremde im *The Ship*. Jack war nach oben geeilt, sie hörte die alten Dielen des Cottages knarzen, während er sich über ihr bewegte, seine Socken und Jeans vom Boden aufsammelte. Diese Frau könnte einfach irgendwer sein, redete Margo sich ein, eine, die ihm auf der Straße über den Weg gelaufen war. Es könnte eine Million Gründe geben. Sie versuchte, sich ihre Angst nicht anmerken zu lassen, während sie nach oben rief.

»Komisch. Was es wohl damit auf sich hat?«

»Womit?« Jacks Aufmerksamkeit war schon wieder woanders; er blickte auf sein Telefon, wahrscheinlich hatte er etliche verpasste Anrufe. Margo ließ den Gedanken nicht zu.

»Ich habe mich nur gefragt, wer die Rothaarige war.« Margo verfluchte sich für ihre Schwarzmalerei, sie dachte an Gabriel und die Nachrichten in der Küche in Sandcove. Die Art und Weise, wie das Mädchen sie im Pub angestarrt hatte. Es gab aber nicht nur eine Rothaarige auf der Insel. Doch irgendwas sagte Margo, dass es sich um dasselbe Mädchen handelte.

»Keine Ahnung. Sah schon irgendwie ernst aus.« Sie wusste, dass Jack nicht tratschte, alle wussten, dass Gabriel Rachel immer noch treu ergeben und verrückt nach ihr war – manchmal so sehr, dass es peinlich war. Sie dachte daran, wie sie gemeinsam im *Groucho* getanzt hatten, wie stolz sie gewesen war, als alle innegehalten hatten, um zu starren. Allerdings hatte sich Rachel ihr erst neulich anvertraut, hatte darüber gesprochen, dass Gabriel distanziert wäre und sie sich Sorgen machte, er könnte eine Affäre haben. Margo blieb ganz ruhig auf dem Sofa liegen und dachte nach, zog sich eine Decke über die Beine, weil Jacks Körper sie nicht mehr warm hielt. Sie hasste die Tatsache, dass sie nicht allein sein wollte. Sie fing an zu reden, damit er nicht ging.

»Ich mache vielleicht eine Party während der Regatta. Das habe ich in Sandcove immer gemacht und es war legendär.«

Jack setzte sich neben sie aufs Sofa, um sich die Stiefel anzuziehen. »Darf ich kommen?«

»Du weißt doch, dass das nicht geht.«

»Du fändest es so heiß, wenn ich da wäre, weil du wüsstest, was ich später mit dir anstellen würde.« Jack schob eine Hand auf ihr nacktes Bein unter der Decke, schob sie hoch bis zum Oberschenkel. Margo spürte die Gänsehaut, legte eine zügelnde Hand auf seine.

»Erinnerst du dich noch daran, wie wir bei Alisons Hausparty auf allen Mänteln gevögelt haben?«

»Bei dieser Party waren aber meine Kinder nicht da, Jack.«

»Dir gefällt das Risiko, das weiß ich doch. Ich habe einige Geschichten gehört.«

Sie wusste, dass Jack sie nur necken wollte, doch sie spürte, dass ihre Stimme hart klang: »Ich will die Mädchen auf keinen Fall blamieren. Sie denken wahrscheinlich, sie wüssten über mein Sexleben Bescheid, aber es ist etwas ganz anderes, dann auch damit konfrontiert zu werden. Das, was wir tun – nun, es gehört sich nicht. Du bist viel zu jung für mich *und* verheiratet.«

Jack zuckte zusammen, als er aufstand, dann blickte er auf sie hinab, er sah ernst aus. »Ich habe nur Spaß gemacht.« Er beugte sich zu ihr und drückte sanft seine Lippen auf ihre. »Mach dir keine Sorge wegen Gabriel. Wahrscheinlich gibt es einen guten Grund für sein Verhalten. Es hört sich so an, als wäre er verrückt nach Rachel – und wer kann ihm das schon verübeln?«

Margo lächelte und knuffte ihn verspielt in den Arm, dann umarmte sie ihn, zog ihn an sich und küsste ihn lang und mit Zunge. Anschließend ließ sie ihn los.

»Nacht, M.«

»Nacht, J.«

Sie hörte den Riegel, dann schlug die Vordertür zu und sie hätte fast »Pscht« gerufen, doch dann fiel ihr ein, dass es keine Kinder gab, die aufwachen könnten. Sie war allein mit ihren Gedanken.

14
West-London-Girls

London

Imogen fühlte sich von der Welt abgeschirmt, ein weiches, schimmerndes Licht fiel auf sie und sie spürte ägyptische Baumwolle auf der Haut. Sie lag in einem zerwühlten Bett, das nach Sex roch. Es zog stark, als Rowan wieder ins Bett kroch, plötzlich die kalten Beine neben ihre schob und Imogen über den Bauch streichelte. Imogen hatte es vorher nie gemocht, wenn jemand ihren Bauch streichelte, sie hatte sich wegen seiner Wackelpuddingkonsistenz geschämt. Und jetzt, in zwei Wochen wie Wirbelstürme, hatte sie Rowan die Erlaubnis erteilt, sie überall, wo und wann sie wollte, zu berühren. Sie erkannte sich selbst nicht wieder – sie summte vor Verlangen oder war komatös vor sexueller Erschöpfung.

»Ich habe bei *Colette's* Kaffee und Mandelcroissants geholt.« Rowans Stimme erklang neben ihrem Ohr, ihr Haar streichelte sie sanft, Kaffeeatem. Imogen begriff gerade, dass Rowan jeden Menschen dazu bringen konnte, alles zu tun. *Colette's* war der nächstgelegene Ort, an dem es vernünftigen Kaffee gab, direkt hinter dem Sloane Square. Rowan hatte die Angestellten überredet, ihr Getränke zum Mitnehmen zu machen.

»Ich werde fett.« Imogen protestierte lächelnd, setzte sich auf und lehnte sich an die riesigen rechteckigen Kissen, die Rowan hinter ihr aufgebaut hatte. Die Decke rutschte ihr von den nackten Brüsten, ihre Nippel reagierten auf die Temperaturveränderung. Imogen sah, dass Rowan es bemerkte, ihr Blick leuchtete gierig, sie beugte den Kopf. Imogen knuffte sie. »O nein, bitte nicht. Ich esse erst, bevor du wieder damit anfängst – ich verhungere.«

»Spielverderberin.«

Rowan schälte sich aus ihrem Seidenunterhemd, ihre angehobenen Arme betonten ihre Rippen, die kleinen Brüste zeigten in den Himmel, ihr konkaver Bauch, die Kerben ihres Hüftknochens. Alles in Imogen wurde beim Anblick von Rowans Körper aufgewirbelt, sie wollte ihn wieder berühren, das Frühstück interessierte sie plötzlich nicht mehr. Aber Rowan reichte ihr vorsichtig einen Pappbecher über die weißen Laken und sie nahm ihn und trank in gierigen Schlucken, als wäre es Medizin. Am Abend zuvor hatten sie etliche Martinis in der *Blue Bar* getrunken, ihr war schwindelig, sie brauchte den Kaffee. Es war schwer, mit Rowan Schritt zu halten, die immer schneller Pirouetten durch ein London drehte, das Imogen gerade erst entdeckte, eins, das wie ein Filmset aussah. Der Royal Borough of Kensington und Chelsea lag Imogen wie ein Traumland zu Füßen. Küsse in Spielfilmlänge, atemlos nach einer Hausparty in einer Kopfsteinpflastergasse, bis der Morgenchor ertönte. Ein Film voller Paparazziverfolgungen über den Beauchamp Place. Voller Sonnenschein auf weißen Terrassenhäusern und Picknicks in Parks. Voller Designerrestaurants, wo niemand sonderlich viel aß, aber alle viel tranken und es immer ein Rätsel blieb, wer die Rechnung bezahlte. Sie verbrachte viel Zeit in edlen Damenumkleidekabinen, mit Rowans Finger tief in sich drin, und musste sich auf die Hand beißen, um ihre

Schreie zu unterdrücken. Rowan drückte gerne Imogens Gesicht immer dann gegen eine Wand, wenn die Möglichkeit bestand, dass jemand sie hören könnte.

Es war bisher einfach gewesen, Williams unschuldiges Vertrauen in sie aufrechtzuhalten. Es führte Imogen vor Augen, dass ihre Leben kaum Berührungspunkte hatten. Sie erklärte ihm, dass sie sich ins Theaterleben stürzte, Proben und Partys mitnahm, Schauspieler und Schauspielerinnen kennenlernte, damit sie deren Rollen passender umschreiben konnte. Sie erklärte ihm, sie müsse netzwerken. Der Regisseur hätte sie unter seine Fittiche genommen, er stellte sie allen Leuten vor, die er kannte. Unter der Woche sahen sie und William sich ohnehin kaum. Williams Wohnung lag am anderen Ende Londons, dem schäbigen Teil am Queen's Park, er war Nordlondoner durch und durch. Imogen hatte mit der Idee geliebäugelt, in Sachen Wohnort einen Kompromiss einzugehen, obwohl sie insgeheim wusste, dass sie ihr Londoner Viertel niemals verlassen würde. Sie war im Queen Charlotte's Hospital geboren und war durch und durch ein West-London-Girl. Und obwohl sie sich eigentlich an den Wochenenden abwechseln wollten, waren sie meistens bei Imogen. In Williams Wohnung stand etwas viel technischer Schnickschnack rum. Zu den glänzenden Küchenmaschinen gesellten sich eine Mikrowelle, ein Soundsystem und ein Flachbildfernseher, der eine ganze Wand einnahm – dazu Steckdosen, wohin man blickte. »Da bin ich doch froh, dass ich keine Söhne habe«, hatte Margo beim ersten Betreten gesagt, in der Lautstärke eines Bühnenflüsterns – das Imogen in ihrer Kindheit häufig hatte rot werden lassen.

Als Imogen angefangen hatte, William anzulügen,

bemerkte sie, wie ihr nach und nach immer mehr Unwahrheiten über die Lippen kamen. An den Wochenenden gestalteten sich die Verhandlungen schwieriger, aber sie hatte William erzählt, dass Rachel am Freitag bei ihr übernachtete, weil sie eine Gerichtsverhandlung in der Stadt hatte. Für Samstag hatte sie ein Alumnitreffen erfunden und ihn gefragt, ob er mitkommen wollte. William hatte sich eine Ausrede zurechtgelegt und war in seinem Teil Londons geblieben. Rowan erklärte Imogen, dass sie am Lügen genauso Gefallen gefunden hätte wie am Sex, und lenkte sie dann ab, indem sie sie physisch und psychisch mit Lust überschwemmte. Sobald sie auch nur einen Hauch von Angst in Imogens Gesicht entdeckte, bekämpfte sie dieses Gefühl wie einen Rivalen. Sie hasste Imogens Familie, die zu schillernd wirkte, zu interessiert an Imogen, ständig am Telefon. Rowan brauchte exklusive und kontinuierliche Aufmerksamkeit. Sie erklärte ihrem riesigen Zirkel, bestehend aus Freunden und Anhängern, dass sie endlich »die Eine« gefunden hatte. Imogen versuchte, Rowan zu bremsen, doch sie war schrill und kompromisslos in ihrer Liebe.

»Das passiert alles so schnell – ich kann kaum denken«, hatte Imogen gestammelt, nachdem die betrunkene Rowan ihr Liebessonette ins Ohr geflüstert hatte. »Ich führe schon ein Leben, das kann ich nicht einfach aufgeben. Ich weiß nicht, was ich fühle. Du musst begreifen, wie meine Familie funktioniert. Sie werden das nicht verstehen...«

Damit meinte sie natürlich hauptsächlich Margo. Margo, deren Anrufe Imogen nicht beantwortete. Margo, die normalerweise so häufig in Imogens Gedanken war und mit der sie in ihrem alten Leben fast jeden Tag gesprochen hatte. Ihr von einem Film oder Buch erzählt, einen Gedanken über eine Figur in ihrem nächsten Stück mitgeteilt hatte, dem Stück, das unbeachtet auf dem MacBook in ihrer Unterwäscheschublade lag. Imogen wünschte sich, sie könnte mit Margo die Szenen und Einstellungen ihrer neuen Welt teilen, die Menschen, die sie traf. Und am allermeisten sehnte sie sich danach, ihr von den unglaublichen Dingen zu erzählen, die mit ihrem Körper und Geist geschahen. Sämtliche verpassten Unterhaltungen mit Margo stauten sich in Imogen auf, wie ein Damm, der bald bersten würde – und das alles wurde durchdrungen von einem Tinnitus der Schuldgefühle. Sie war immer die verfügbarste Garnett gewesen, diejenige, die alles stehen und liegen ließ, wenn sie gebraucht wurde. Jetzt versuchte sie, sich einzureden, dass niemand ihre plötzliche Abwesenheit bemerken würde.

Die Berührung von Rowans Fingern holte Imogen aus ihrer Träumerei. Sie strich über ihren Arm, als würde sie Klavier spielen, ganz sanft.

»Wo warst du?«

Imogen entdeckte eine Sorgenfalte zwischen Rowans Augen. Davon abgesehen war ihre Haut faltenlos, glatt und perfekt. Nur einige Sommersprossen auf der Nase und markante Wangenknochen. Sie lächelte beruhigend, lehnte sich nach vorn und berührte mit ihrer Nase Rowans. Sie blickte Rowan nun aus nächster Nähe in die Augen, beobachtete sie.

»Ich denke nur über den Tag nach. Wir sollten aufstehen. Du hast dieses Interview und ich treffe meine Agentin wegen meines neuen Stücks. Das neue Stück, an dem ich seit unserem Kennenlernen keine Zeile geschrieben habe, Rowan Melrose.«

Rowan stöhnte und warf die Bettdecke zur Seite. Es sah so aus, als wollte sie aufstehen, doch dann schmiss sie sich mit dem Gesicht nach unten aufs Bett. »Aber das bin ich doch wert, oder etwa nicht?«

Imogen lachte und beobachtete Rowan, die sich nackt auf dem Laken räkelte wie eine Katze. Ihr Körper war straff und athletisch wie der eines kleinen Jungen, ihr Hintern war flach, die Beine lang. Sie wirkte wie eine wunderschöne Skulptur aus karamellfarbenem Marmor. »Warum hast du diese Hautfarbe?«

Rowan stützte sich auf einen Ellbogen und schaute Imogen schelmisch über die Schulter hinweg an. »Ich lasse mir alle zwei Monate einen Ganzkörper-Spray-Tan verpassen.« Sie blickte Imogen abschätzig an, weil sie so etwas nicht wusste. »Als ich Anna war, durfte ich das nicht. Ich musste blass sein. Ich liebe Sonnenbaden, aber mein Hautarzt meint, ich hätte schon gravierende Schäden aus meiner Teenagerzeit, in der ich mich gebraten habe. Altern ist so öde.«

Imogen dachte an Margo, die beim kleinsten Sonnenstrahl schon rauseilte und Sonnencreme vehement ablehnte. Es stimmte, Margo hatte mehr Falten, Sonnenflecken und Sommersprossen, als ihrem Alter entsprach, aber ihr Gesicht passte zu ihr. Dieses Gesicht liebte das Draußensein und trug die Spuren eines Lebens, das an Stränden und auf Booten geführt wurde. Imogen vermisste dieses Gesicht plötzlich schmerzlich.

»Du bist schon wieder weg. Ich habe noch nie jemanden getroffen, der so von seiner Familie besessen ist, das ist seltsam, Schätzchen. Warum rufst du deine Mutter und deine Schwester nicht einfach an? Entschuldigst dich dafür, dass du doof warst, und machst ein Datum zum Nachhausefahren aus? Dann lassen sie dich bestimmt in Ruhe. Ich kann mit dir dorthin fahren.« Rowan blickte Imogen verschmitzt an. »Ich würde so gerne die Kulisse von *Standart* sehen und dein geliebtes Sandcove. Du könntest den Garnetts sagen, dass du dich mit deiner Hauptdarstellerin angefreundet hast und sie ein paar Hintergrundinfos für ihre Rolle haben will, so was in der Art...« Imogen muss Rowan seltsam angeschaut haben; sie sprach nicht weiter und setzte sich plötzlich verletzt auf. »Warum schaust du mich so an? Natürlich getrennte Schlafzimmer – ich würde mir nichts anmerken lassen. Ich kann meine Gefühle verstecken, das weißt du doch.«

Imogen versuchte, die Situation herunterzuspielen. »Natürlich kannst du das, du bist Schauspielerin.« Aber sie spürte, dass ihr der Schreck beim Gedanken an Rowan in Sandcove am Gesicht abzulesen war. Wie könnte sie Rowan begreiflich machen, dass sie ihre Mutter und ihre Schwester fast noch nie angeschwindelt hatte – und wenn, dann auch nur wegen Belanglosigkeiten? Dieser Brief, den sie früher einmal an ihren Vater geschickt hatte, auf dem nur »London« als Adresse stand. Das Bild, das sie von ihren Eltern in Venedig gefunden hatte. Das von Margo liegen gelassene Manuskript, von dem sie heimlich einige Seiten gelesen hatte, ehe sie die Erkenntnis überwältigte, dass die beiden jungen und verliebten Figuren auf Margo und Richard basierten. Mehr Geheimnisse hatte sie im Grunde nicht. Einige Geheimnisse von Rachel hatte sie für sich behalten, einige von Sasha, obwohl Sasha Margo immer am liebsten allein angelogen hatte. Mehr hatte es wirklich nicht gegeben – bis dieser

Junge in Venedig auftauchte; und jetzt das. Lesbische Liebe. Dieses Wort, das ihre Mutter auf eine Weise aussprach, die deutlich machte: Sie fand das alles ein wenig albern.

Rowan hatte eine viel normalere Beziehung zu ihren Eltern. Sie war Einzelkind, das sämtliche Wünsche der Eltern ignoriert und sich bei der Royal Academy of Dramatic Arts beworben hatte. Die Tochter, die nun pflichtbewusst einmal im Monat anrief und zu Weihnachten nach Hause nach Nottingham fuhr, wenn sie es ertragen konnte. Rowan erzählte kein Wort aus ihrem Leben in London, nichts von den zahlreichen Freundinnen und ihrer Vorliebe für Kokain, davon erfuhren ihre »langweiligen und gewöhnlichen« Eltern nichts.

»Es ist unmöglich, Margo etwas zu verheimlichen«, erklärte Imogen.

Rowan stand vom Bett auf, doch vorher entdeckte Imogen noch den Hauch eines spöttischen Lächelns auf ihrem Gesicht. Sie war irritiert oder verletzt, Imogen kannte sie nicht gut genug, um das abzuschätzen. »Margo klingt in deinen Erzählungen immer wie eine allwissende Weise. Hast du denn nie etwas vor deinen Eltern geheim gehalten? Dich nie rausgeschlichen? Oder den Gin getrunken und mit Wasser wieder aufgefüllt? Niemals einen geheimen Freund gehabt? Ich verstehe schon, dass du ein besonderes Verhältnis zu deiner Mutter hast, aber...«

Imogen unterbrach sie, Rowan durfte auf keinen Fall etwas Unverzeihliches sagen. »Unser Vater hat uns verlassen, da war ich sechs Jahre alt. Wir haben nie wieder etwas von ihm gehört, geschweige denn ihn gesehen. Er hat Margo mit drei kleinen Kindern sitzen lassen. Sie hatte eine Art Zusammenbruch und konnte nicht mehr für uns sorgen.« Alles platzte aus ihr raus.

Rowan drehte sich schnell um und schaute Imogen an. Ihr Gesichtsausdruck wurde weicher und sie ging zu Imogen, die immer noch im Bett lag, und umarmte sie. »Oh, Babe. Das tut mir leid. Ich hätte dich in Sachen Mutter nicht so drängen sollen. Natürlich steht ihr euch nah, wenn ihr das alles gemeinsam durchgemacht habt.«

Rowans duftendes Haar umhüllte Imogen wie ein Vorhang, während sie sich zu ihr beugte, um sie zu küssen. Ein sanfter und dennoch beharrlicher Kuss. Rowans weiche Haut auf ihrer, ihr Flüstern. »Oh, mein liebes Mädchen, du bist so wundervoll...« Sie fielen wieder aufs Bett und klammerten sich aneinander.

Eine Stunde später war Imogen wieder sprachlos vor Verlangen, ihre Angst war von Endorphinen gedämpft und sie konnte nicht einmal mehr die Energie aufbringen, sich darüber Gedanken zu machen, dass sie zum Treffen mit ihrer Agentin zu spät kommen würde. Sie schrieb Claire und verschob den Termin um eine Stunde. Rowan eilte durch das Schlafzimmer und zwitscherte wie eine Lerche, sie war wieder glücklich und freute sich, dass sie einen Journalisten warten ließ.

»Vergiss das Mittagessen nicht, Dramatikerin. Ivy Chelsea Garden, wir sind ab halb zwei dort. Ich will wirklich, dass du Ant und den Rest der Truppe kennenlernst, will mit dir angeben. Und nimm dir für nachmittags nichts vor ... Ant ist wild.«

15
Kleine Notlügen

Sasha lag auf ihrem Sofa und dachte sich verschiedene Notlügen aus, um die Wohnung verlassen zu können. Phil stand unter der Dusche, weswegen sie durch die Nachrichten auf ihrem Telefon und durch ihre Kontakte scrollte, in der Hoffnung, jemanden zu finden, den sie treffen dürfte, jemanden, den Phil erlauben würde. Phil wurde misstrauisch, wenn sie in seinen Augen zu viel Zeit am Handy verbrachte. In letzter Zeit hatte sie hauptsächlich Nachrichten von Rachel und Jonny und einigen Arbeitskollegen bekommen. Sasha wusste, dass sie die von Jonny besser löschen sollte, aber sie konnte es einfach nicht, wegen der Momente, in denen sie sich fühlte, als hätten sich all ihre Freunde langsam aus ihrem Leben verflüchtigt. *Ruf mich jederzeit an, wenn du einen Kaffee oder was anderes trinken willst.*

Diese Woche hatte Jonny sie mit einem Anruf von seiner Büronummer überrascht. Weil Sasha sich so sehr nach Anrufen sehnte, war sie drangegangen und sie hatten über eine Stunde gesprochen – währenddessen war sie eine Seitenstraße der Shepherd's Bush Road in der Nähe der Wohnung auf und ab gelaufen, hatte die laut dröhnenden Hupen und bewundernden Pfiffe ignoriert. Jonny hatte ihr gesagt, dass sie unglücklich war, dass zwischen ihr und Phil etwas nicht stimmte. Er meinte, er sähe ja, dass Phil ihr nie von der Seite wich. Er bat sie, für ein Wochenende allein nach Hause nach Sandcove zu kommen, damit sie reden könnten. Er meinte, er hätte dabei keinerlei Hintergedanken, aber sie bräuchte jetzt einen guten alten Freund und eine Schulter, an der sie sich ausweinen konnte. Anschließend hatte sich der Gedanke an Jonny in einen Rettungsring verwandelt, der sie am Untergehen hinderte. Sie hatte immer schon eine Verbindung zu Jonny verspürt, eine Verbindung, die sie geheim halten mussten. Sie sprachen nie darüber, aber ein Teil von Sasha glaubte daran, dass bei den Küssen und der Art, wie sie sich dabei aneinanderklammerten, etwas aus ihnen herausbrach, etwas, das unbedingt zum Vorschein kommen musste.

»Was hast du vor?«

Sasha schaute hoch, Phil stand hinter ihr, blockierte das Fenster, hatte sich ein Handtuch um die Taille gewickelt.

»Du tropfst alles voll.«

»Und? Dieser Ort ist sowieso eine Müllhalde. War er auch schon immer. Wir haben noch eine Woche bis Kambodscha, wir sollten uns ernsthaft nach etwas zum Kaufen umsehen. Warum bewegst du deinen fetten Arsch nicht und wir treffen uns mit ein paar Immobilienmaklern?«

»Ich dachte, du hättest Rugby? Ich wollte mit Imogen Mittagessen gehen.«

»Warum das denn? Sie wird nur auf dir rumhacken, weil du dich bei ihrer Verlobungsfeier schlecht benommen hast. Weil du alle aufgeregt und Margo verärgert hast...«

»Wir gehen mittagessen, damit wir uns aussprechen können. Sie meinte, sie wollte mit mir reden – sie ist meine Schwester, ich kann sie nicht ignorieren.«

»Es ist total erbärmlich, dass du jedes Mal hüpfst, wenn die anrufen. Keine Ahnung, warum du die überhaupt in deinem Leben brauchst. Du weißt, dass Margo deinen Anblick nicht erträgt, weil du sie an Richard erinnerst. Du bist immer geladen, nachdem du dich mit ihnen getroffen hast. Hast du keine Freunde, mit denen du dich verabreden kannst?«

Sasha stand auf, ohne Phil anzusehen, weil sie wusste, dass sein Mund zu einem spöttischen Lächeln verzogen war. Immer dann, wenn er sie genug getrietzt hatte, würde er wieder charmant sein und sie beschwatzen. »Ich gehe duschen.«

»Du weißt schon, dass verheiratete Menschen so etwas machen, oder nicht? Sie kaufen irgendwo gemeinsam etwas. Nicht sonderlich schwer zu verstehen – aber du willst es gar nicht, oder? Liegt das daran, weil du planst, mich zu verlassen?«

Sasha blieb sehr ruhig und ließ sich keine Gefühlsregung anmerken. Wenn sie wütend wurde oder sich verteidigte, verschlimmerte das alles nur noch. Er stand zu nah neben ihr, sodass sie sein durchdringendes Aftershave roch, ein Geruch, der sich in ihren Handtüchern und Bettlaken festgesetzt hatte. »Natürlich will ich, dass wir irgendwo etwas kaufen. Ich habe schon Geld für die Anzahlung gespart. Ich kann einen Kredit...«

Phil hatte sich von ihr abgewandt, ihr Buch vom Sofa geschnappt und es – schnell wie der Blitz – durchs Zimmer geschmissen. Es klatschte an die Wand, der Buchrücken brach und es rutschte zu Boden. Sasha zuckte zusammen und rückte von Phil weg, der schrie: »Ach, lass es doch einfach – du hast doch eh keine Ahnung, wonach ich suche. Du bist total unpraktisch! Genau wie der Rest deiner idiotischen Familie – die in einem heruntergekommenen Haus wohnt. Weißt du überhaupt, wie viele Quadratmeter wir brauchen? Und ich will nicht in einem dieser scheiß zum Loft umgebauten Altbauwohnungen leben, die deine ach so fancy Freunde so toll finden. Wir wollen etwas Brandneues, Doppelverglastes mit allem modernen Pipapo. Ich mache eine paar Termine für Montagmorgen.«

»Okay.« Sasha spürte, dass sie von ihrer Hoffnungslosigkeit überwältigt wurde, einem Gewicht, das ihr auf die Brust drückte. Sie wollte nicht in die Dusche, wo er kommen und sie beobachten könnte, als wäre sie ein Zootier. Sie wusste, dass sie nicht mehr konnte, er musste verschwinden. Sie fing an, sich im Schneckentempo durch die Wohnung zu bewegen, sie räumte die Kaffeetassen weg und öffnete die Vorhänge.

Phil rief aus dem Schlafzimmer: »Ich dachte, du würdest duschen? Weil du mich versetzt hast, habe ich Chris und Grant geschrieben, um sie zu fragen, ob sie Lust auf Rugby im *Queen's Head* haben. Wir sehen uns gegen vier wieder hier, okay? Sei bitte pünktlich.«

Sasha zog Kleidung an, von der sie wusste, dass Phil sie hasste. Eins ihrer kürzesten, aufreizendsten Kleider und Absatzschuhe, in denen sie größer war als er. Knallroter Lippenstift. Nachdem sie ihr Haar gewaschen hatte, glänzte es wieder weißblond. Der Sonnenschein war warm und trotz des Smogs und Verkehrs in Shepherd's Bush strahlte der Himmel blau über ihrem Kopf und die Gebäude waren leuchtend weiß. Sie hörte, wie die Tür zufiel, und konnte endlich ausatmen. Sie hatte das Gefühl, sie hätte all das vergessen, die Welt außerhalb der Wohnung, die Welt der Straßencafés, Freunde in Grüppchen und Gelächter, geschäftige Menschen mit einem Leben, die um sie herumwuselten, mit ihren Träumen und Plänen. Es war ein Sommertag in London und sie war frei. Sie beobachtete ein schönes Mädchen, das an ihr vorbeiging und ein Sauerteigbrot trug und einige Blumen. Früher einmal hatte auch sie solche Dinge an einem Samstagmorgen gemacht, sie hatte sich draußen Kaffee geholt und ihn mit zu Phil ins Bett genommen, eine Vase mit Tulpen bestückt. Inzwischen trank Phil keinen Kaffee mehr und keine scheue Berührung der Welt machte diese Wohnung für sie zu einem Zuhause. Sie wusste: In dieser Ehe konnte sie nicht bleiben, sie konnte sich nicht langsam auflösen, ihre Jugend verschwenden. Sie war kurz davor, etwas äußerst Fahrlässiges zu tun – und dieses Gefühl wirkte wie eine Droge, verlieh ihr einen Kick, der entfernt an Hoffnung erinnerte.

Jonny saß an einem seiner Lieblingsorte, vor *E&O* in der Blenheim Crescent. Obwohl ihre Nerven verrücktspielten, grinste Sasha, als sie ihn sah und er noch gar nicht mit ihr gerechnet hatte. Der Platz war einer von vieren, die sich in einer Nische vor den Fenstern des Restaurants befanden. Jonny schwelgte in einem Fleckchen Sonne, hielt einen sehr pinken Cocktail in einer Hand und eine Zigarette in der anderen. Mit seiner Fliegersonnenbrille und dem wuscheligen blonden Haar, das ihm in die Stirn fiel, sah er aus wie James Dean.

»Cocktails zum Mittagessen?« Sie stellte sich in seinen Sonnenstrahl und beobachtete ihn, wie er ihre langen, nackten Beine betrachtete.

»Immer doch.« Er stand auf und küsste sie auf die Wange; sie spürte seine kratzigen Bartstoppeln, seinen

Atem an ihrem Ohr. Seine Wärme, seine Größe, seine Armmuskeln. »Gott, es ist so schön, dich zu sehen, Sasha.«

Als sie mit ihrem eigenen Cocktail nur wenige Zentimeter neben ihm Platz genommen hatte, wurde ihr klar, dass sie jemand Bekanntes dort gemeinsam sitzen sehen könnte, wie sie schamlos im Sonnenschein Alkohol tranken. »Sollen wir nicht reingehen? Ich möchte niemandem begegnen, den wir kennen.«

»Gott, nein, du weißt doch, wie schwer es ist, diese Plätze hier zu ergattern. Heute ist ein wundervoller Tag und wir sind nur alte Freunde, die gemeinsam zu Mittag essen. Niemand wird es Phil erzählen, wenn er oder sie uns gesehen hat – jeder weiß, wie er ist.«

Sasha nahm einen großen Schluck und beobachtete, wie jemand mit einer riesigen Tüte Bücher aus der Reisebuchhandlung kam. Ein Paar blieb vor ihnen auf der Straße stehen, um sich zu küssen. Sasha bemerkte, wie sie errötete, vor allem, weil Jonny ruhiger war als sonst und sie immer wieder verstohlen anblickte.

»Erinnerst du dich noch an den Sommer, als wir ganze Nachmittage hier verbracht haben? Und sich immer wieder andere Leute zu uns gesetzt haben? Wir haben ein Zimmer in diesem Hotel zerstört, den Rauchmelder von der Decke geholt.«

»Wir sind irgendwann zum Tanzen im *Cobden Club* gelandet und du hast die Leute da überredet, uns Champagner in schwarzen Mülltüten rausschmuggeln zu lassen, als sie zugemacht haben. Was ist aus der Truppe geworden – Danny und Mike, den Zwillingen? Du sprichst gar nicht mehr von denen. Die wussten, wie man feiert.«

Sasha fragte sich, ob es noch zu früh war, die Wahrheit

zu sagen, die Stimmung zu ruinieren. Sie wollte das Gefühl der Wärme im Sonnenschein genießen, wie der süße Alkohol seine Wirkung entfaltete, mit Jonny ganz in ihrer Nähe. Aber er flirtete nicht, er witzelte nicht herum, er blickte sie an, als wollte er, dass sie etwas sagte.

»Die sind irgendwie alle aus meinem Leben verschwunden, nachdem ich Phil geheiratet habe. Er mochte es nicht sonderlich, wenn Menschen spätnachts mit in die Wohnung kamen. Er hat sich immer mit ihnen zerstritten. Oder mir Dinge erzählt, die sie angeblich über mich gesagt haben. Ich fühle mich wirklich so, als hätte ich gar keine Freunde mehr.«

Jonny legte die Hand auf den Stuhl neben ihr und hakte seinen kleinen über ihren kleinen Finger. »Du hast doch mich.«

Es entstand eine Pause, während Sasha auf ihre Hände schaute und daran dachte, wie gern sie ihre Finger mit seinen verschränken, hier ganz offen sitzen und Händchenhalten würde. »Ich habe nur ein paar Stunden.«

Jonny seufzte und nahm seine Fliegerbrille ab. Als er sich zu ihr drehte und sie anlächelte, fühlte es sich an, als würde ihr Inneres komplett durchgeruckelt. »Ich will dich fragen, ob du mit in meine Wohnung kommst. Das will ich wirklich. Aber das lassen wir. Wir bestellen beide noch einen Cocktail, dann gehen wir rein und essen Tintenfisch mit Chili und Salz und trinken Sancerre und reden und schmieden einen Plan für dich. Und dann werde ich dich zu Fuß nach Hause bringen, gerade rechtzeitig zur Ausgangssperre.«

Sasha reckte ihr Kinn hoch – dabei sah sie aus wie Margo. »Natürlich, was sollten wir auch in deiner Wohnung machen?«

»Sollte er dir jemals wehtun – dann rufst du mich direkt an. Wirklich. Oder hau einfach ab und komm zu mir.«

Sasha spürte den Samt auf der Sitzbank unter ihren Oberschenkeln, unter der gestärkten weißen Tischdecke war eins von Jonnys Beinen mit ihrem eigenen verschlungen. Sie war sich jedes Zentimeters ihres Körpers bewusst, diese quälende Nähe zu dem Mann, den sie wollte. Die Cocktails hatten alles mit einem Weichzeichner versehen und dennoch spürte sie, wie die Zeit raste. Die eiligen Geschäftsleute beim Mittagessen waren verschwunden und es saßen nur noch einige Paare da, die die Stille und die Klimaanlage genossen und sich in die Augen blickten. Sie betrachteten die Straße durch die großen Fenster, die Menschenmassen auf dem Portobello Market, verirrte Touristen, die gut betuchten Komparsen Notting Hills, die in eleganten Autos mit offenen Verdecken vorbeifuhren. Tanzmusik wehte hinüber, aus Fenstern wurde nach unten auf die Straße gerufen.

»Das wird er nicht, das glaube ich nicht. Er redet nur. Ich habe das alles nicht kommen sehen – ich bin so eine Idiotin. Das kam alles nach und nach, die abfälligen Bemerkungen, dass er ständig wissen will, wo ich bin. Dass er meine Familie hasst...«

»Wissen die es denn?« Jonny goss noch mehr Sancerre in ihre Gläser. Sie hatten die kleinen weißen Teller mit Sushi und Tempura kaum angerührt, die zwischen ihnen auf dem Tisch standen. »Ich habe mich mit Imogen zum Mittagessen getroffen und sie hat nichts davon erwähnt, deswegen habe ich mich das gefragt.«

Sasha versuchte, sich ihre Überraschung nicht anmerken zu lassen. »Wann war das denn?«

Jonny sah unangenehm berührt aus, als hätte er ein Geheimnis ausgeplaudert. »Vor einigen Wochen. Bei ihr ist gerade einiges los. Ich kann es dir nicht sagen, wenn sie es dir nicht erzählt hat.«

Sasha dachte daran, dass Imogen sich ihr früher einmal anvertraut hätte und wie weit sie sich voneinander entfernt hatten. Es erinnerte sie daran, dass Jonny diese intimen Unterhaltungen mit jeder Garnett-Frau führte, während sie dummerweise gehofft hatte, dass er das nur bei ihr machte. Er gehörte ihnen allen. »Wir reden nicht mehr sonderlich viel – das ist schon okay, ich verlange nicht von dir, dass du es mir erzählst. Ich hoffe aber, es geht ihr gut.«

»Du weißt, dass sie wie eine Schwester für mich ist, oder? Das ist etwas anderes als bei uns.«

»Was auch immer es mit diesem *uns* auf sich haben mag.« Sasha klang zynisch und sie spürte, dass sie sich von ihm zurückzog, von der verzauberten Blase, die beide umgab. Ihre Gedanken waren zu Richard gewandert, der letzten Sprachnachricht, derjenigen, die sie ignorierte. Was sie hinter dem Rücken ihrer Familie angerichtet hatte, wie sehr sie sie hassen würden, wenn sie davon erfuhren.

Jonny runzelte die Stirn. Er klang seltsam, als er schließlich etwas sagte. »Ich glaube, wir wissen beide, dass da etwas zwischen uns ist. Aber du musst zuerst dein Leben ordnen.«

»Genau, das ist ja so einfach.« Sasha zog ihr Bein von Jonnys weg und trank den Rest Wein aus. Sie würde allein nach Hause gehen, sie würde Jonny nicht erlauben, sie zu begleiten – jemand könnte sie sehen. »Ich muss los.«

»Sasha, was zum Teufel? Wo bist du gerade mit deinen Gedanken?«

Sasha schaute zu Jonny und sah, dass er verunsichert war. Seine geöffnete Hand auf dem Tisch wies in ihre Richtung. Sie blickte auf seinen Arm, die braune Haut, das lächerliche Freundschaftsarmband, das er und Gabriel trugen. Er war ihr vertraut und dennoch aufregend verboten. Jetzt wegzugehen, zurück in ihre graue Wohnung, würde eins der schwersten Dinge sein, die sie jemals getan hatte. Die Art und Weise, wie er sie anblickte, ließ in ihr den Wunsch aufkommen, sich ihm zu anzuvertrauen.

»Du wirst mir nicht glauben – was ich getan habe. Ich habe Richard gefunden – meinen Vater. Ich habe ihn ein paarmal getroffen, seine Frau kennengelernt. Niemand weiß davon. Margo würde mich umbringen. Ich hatte einfach das wahnsinnig dringende Verlangen, etwas über ihn zu erfahren, ich wollte versuchen, zu verstehen und herauszufinden, ob ich so bin wie er. Und jetzt hat er mir eine Nachricht hinterlassen – es hörte sich ernst an –, ich muss ihn zurückrufen...«

Jonny sah verwirrt aus, und Sasha fragte sich, ob er es überhaupt begriffen hatte. Dann fokussierte sich sein Blick wieder und er war wieder anwesend, setzte sich auf. Er fuhr sich mit den Fingern durchs Haar. »Das ist ganz schön viel zu verdauen. Meine Güte, die Wiederauferstehung Richards wird die Garnetts implodieren lassen. Das erklärt, warum du allen aus dem Weg gegangen bist. Ich dachte, es würde an mir liegen – du würdest mir aus dem Weg gehen, wegen, nun ja, *Gefühlen*...«

Sasha musste Jonny einfach anlächeln – trotz ihrer Offenbarung dachte er nur an sie und ihn. »Oh, diese verdammten Dinger!«

Jonny lächelte sie verhalten an. »Vergraul mich nicht – du wirst mich brauchen, wenn die Kacke am Dampfen ist.«

»Ja, ich werde dich brauchen. Und jetzt muss ich gehen. Ausgangssperre.« Sie schaute sich um und machte einen Schnappschuss für ihre Erinnerung. Das Mittagessen bei Sonnenschein, ein Moment der Freiheit. Sie hatte Jonny ihr Geheimnis offenbart und hatte seine Gefühle gesehen. Sie hatte etwas, das sie mit in ihr kleines, trauriges Leben nehmen konnte. Etwas, das sie stärker machte.

»Darf ich dich bitte nach Hause begleiten? Ich will alles über Richard hören, wie er so ist. Wir können gehen und uns unterhalten. Ja?«

Sasha legte sanft ihre Finger auf seine, die auf dem Tisch ruhten. Eine ganz sanfte Berührung, aber eine, die zeigte, dass er zu ihr gehörte. »Geh mit mir bis zum Ende der Netherwood Road.«

»Einverstanden, ich war noch nicht bereit für einen Abschied.«

16
Das schwächste Glied

Isle of Wight

Es war einer dieser Tage, die Margo gern als gesegneten Tag bezeichnete. Das Sommerende, wenn plötzlich Kühle in der Luft lag. Früh am Morgen hatte es Küstennebel gegeben. Jetzt brannte die Sonne, alles war ganz klar, als würde man die Welt durch eine schärfere Linse betrachten. Das Ozon in der Luft wirkte wie ein Energieschub und Margo war völlig in die Muschelsuche versunken, während sie am Strand entlangspazierte. Sie ging durch die Tür von The Porthole und hatte die Tasche voller Uferschnecken und Herzmuscheln, doch nichts davon war besonders genug, um es ihrer Schwester zu zeigen. Alice hatte bereits ihre Lieblingsstrandkabine mit Meerblick erobert. Während sich Margo zu Alice beugte, um sie auf die gebräunten Wangen zu küssen, entdeckte sie ein neues Kleid und eine Tasche, die sie noch nie gesehen hatte. Es fiel Margo nie leicht, Komplimente zu machen, aber bei Leuten, die sie liebte, bemühte sie sich. Sie räumte Alices hübschen Korb weg und setzte sich.

»Ali, du siehst heute fabelhaft aus. Tolles Kleid.«

Alice errötete vor Überraschung, ein Fluch aus der Kindheit. »Danke.«

»Woher ist denn die Tasche?«

»Diesem Laden, Tides, in Yarnmouth. Ich glaube, du hast mir davon erzählt?«

»Du siehst so viel besser aus, seitdem du Seb abserviert hast. Mum hat dich zu dieser Ehe gedrängt, immerzu gesagt, dass er ein Spross aus einer guten Familie sei. Sie war so ein Snob.«

Alice antwortete nicht. Die Schwestern hätten Zwillinge sein können, beide mit denselben dicken schwarzen Locken, die inzwischen von grauen Strähnen durchzogen waren, allerdings trug Margo das Haar überschulterlang, Alice hatte einen ordentlicheren Bob. Sie hatten dieselbe kurvige Figur mit ein paar Extrapfunden in der Mitte, aber mit »grandiosen Beinen«, wie ihr Vater gesagt hatte. Ihre olivfarbene Haut bräunte leicht. Margos Gesicht glich einer lebhafteren Version von Alice, als wäre ein Maler zu einem Gemälde zurückgekehrt und hätte es noch mal versucht, dieses Mal mit hellerer Farbe und kühneren Pinselstrichen. Margos Mund war breiter, ihre Wangenknochen betonter. Alices Augen waren etwas weniger intensiv durchdringend blau und blickten nachsichtiger in die Welt. Beide betrachteten die Tafel mit den Tagesgerichten.

»O Gott, es gibt heute Krabben. Ich nehme ein großes Radler. Ich habe mich schon auf dem Hinweg auf eins gefreut. Was nimmst du?«

»Ich hätte gern auch die Krabben und ich brauche ein großes Glas Wein, einen Chablis.« Margo hob eine Augenbraue, weil ihre Schwester normalerweise nicht zum Mittagessen trank.

Als Margo bestellt hatte, saßen sie eine Weile schweigend da und schauten auf den Solent. Sie trafen sich fast jede Woche zum Mittagessen und telefonierten jeden Sonntagabend, also gab es nichts, was sie sich ganz dringend erzählen mussten. Margo dachte, es würde sich um ihre vertraute, angenehme und gesellige Stille handeln, bis Alice etwas mit einer unheilvollen Stimme sagte.

»Wir haben Glück, dass wir diese gemeinsame Zeit haben. Wir wohnen nah beieinander und führen Leben, die inzwischen zusammenpassen. Das entschädigt dafür, dass wir so viel Zeit getrennt voneinander verbracht haben, als du von zu Hause weggegangen bist. Ich weiß nicht, ob Dad sich jemals davon erholt hat.«

Margo betrachtete Alice ganz genau. »Mach mir nicht noch mehr Schuldgefühle, als ich ohnehin schon habe. Was ist los mit dir?«

Alice schaute weiterhin aus dem Fenster und vermied es, Margo anzublicken. Margo konnte plötzlich sehen, dass sie sehr aufgebracht war. »Du wirst sauer sein...«

Margo zupfte energisch an Alices Ärmel. »Alice, du machst mir Angst. Was ist los?«

Alice ertrug tapfer den direkten Blickkontakt. »Adriana hat mich kontaktiert.«

»Was zum Teufel?«

»Pscht.« Leute drehten sich wegen der plötzlichen Aufregung um. »Ich hätte es dir draußen erzählen sollen.«

»Sag mir einfach nur, was diese Frau will.«

Alice hatte das Gefühl, sie würde die Worte einfach nicht rausbekommen; ihr Stottern – noch ein Fluch aus ihrer Kindheit – flackerte auf, wenn sie Stress hatte. »Sie ... sie sagt, Richard ist krank. Sie meinte, das solltest du wissen.« Alice sah, wie Margos Miene versteinerte. Sie wusste genau, wie es laufen würde, wusste, dass Margo zumachen und sie außen vor lassen würde, genau wie damals, als Richard abgehauen war.

Margo schaute wieder auf den Solent, während Alices

Worte nachhallten. Ihre Stimme klang tief und dringlich. »Wie krank ist er?«

Alice schaute auf ihren Schoß, wo sie die Hände so fest umklammert hatte, dass ihre Knöchel weiß hervortraten. »Sehr krank. Er stirbt an Leberkrebs. Sie will, dass du den Mädchen Bescheid sagst.«

Purer Horror spiegelte sich auf Margos Gesicht. »Dir ist doch wohl klar, dass ich das den Mädels niemals sagen werde. Mein Gott, er stirbt? Wirklich? So weit ist es mit ihm gekommen?«

»Ich weiß. Ich kann es nicht glauben. Wie alt ist er? Dreiundsechzig?«

»Vierundsechzig. Ich dachte immer, ich würde mich um ihn kümmern, wenn er krank ist.« Margos Stimme brach.

Alice stiegen Tränen des Mitleids in die Augen. Es war unvorstellbar, dass die Mädels einen Vater verloren, der für eine so lange Zeit ihres Lebens abwesend gewesen war. Dass sie ihrer Schwester die Nachricht überbringen musste: Der einzige Mann, den sie jemals geliebt hatte, lag im Sterben. Geschäftigkeit bauschte sich um sie herum auf, der Lärm war harsch und aufdringlich. Eine Familie drängelte sich dicht an ihren Tisch und diskutierte dabei die Tagesgerichte. Margo bedachte sie mit tödlichen Blicken. Als die jugendliche Kellnerin vor ihnen die Teller auf den Tisch scheppern ließ, wurden sie aufgeschreckt, waren überrascht, als hätten sie vergessen, weshalb sie hier waren.

Margo versuchte zuzuhören, während Alice nervös über Belanglosigkeiten plauderte, aber es war, als hätte sich ein rostiges Schloss geöffnet und alte Erinnerungen freigelassen. Niemand hatte die Namen Adriana und Richard ihr gegenüber erwähnt, seit zwanzig Jahren. Sie hörte immer wieder die Prophezeiung ihrer Mutter. »Wenn er weiter so trinkt, wird er sich damit umbringen.« Ihre Mutter hatte sich bei Margo nie für Dinge entschuldigt, bei denen sie falschgelegen hatte. Margo *hatte* es nach Oxford geschafft. Elizabeth Garnett hatte gesagt, dass Richard Margo nie nach Oxford lassen würde. Stattdessen hatte Richard seine Anhänglichkeit gezeigt und war Margo nach Oxford gefolgt, er pennte in einem Haus voller Dichterkameraden, wenn er nicht gerade heimlich durch das Fenster von Margos Zimmer im Studentenwohnheim kletterte und jede Schicht in der Bar im *Randolph Hotel* übernahm, die er bekommen konnte, und dabei versuchte, die Touristen nicht zu verspotten. In Oxford hatten sie drei der einfachsten und glücklichsten Jahre ihres Lebens verbracht, trotz der harten Arbeit. Anschließend hatte Margo tatsächlich den angesehenen Beruf ergriffen, den sie liebte. Ihre Mutter hatte mit Richards Trinkverhalten jedoch recht behalten und sie hatte auch damit recht behalten, dass er sie eines Tages verlassen würde. Margo würde ihr das niemals vergeben.

»Ich frage mich nur, ob es Sasha helfen würde, ihren Vater zu treffen? Ob es sie zu uns zurückbringen würde. Ich habe den Eindruck, dass das ganze Schweigen über ihren Vater dazu führt, dass die Mädchen die Lücken auf ungesunde Weise füllen.«

Margo blickte Alice an, die blass und ernst aussah. Sie dachte an Sasha, die ihre Mutter seit ihrer Geburt wegstieß. »Was meinst du mit Lücken füllen?«

»In ihrer Fantasie konnten sie Richard zu etwas ganz Großem erheben. Wenn sie ihn sehen und etwas über ihn erfahren würden, würden sie vielleicht...«

Margo seufzte leise. Dieses Argument war zwischen den Schwestern inzwischen ausgelutscht. »Und dann würden sie wissen, was ihr Vater getan hat. Wie wenig er sie wollte.« Margo sprach langsam, jedes Wort bereitete ihr Schmerzen.

Alice wappnete sich. »Er will sie vor seinem Tod sehen. Ich glaube, sie sollten die Gelegenheit bekommen, ihn kennenzulernen.«

»Warum sollte er jetzt das Recht haben, sie zu sehen? Und muss ich mit ihm Mitleid haben? Was hat Adriana sonst noch gesagt?« Margos Stimme klang ganz dünn.

»Nur dass sie dachte, du solltest es wissen.« Alice wollte Margo umarmen, ihre Schwester festhalten, die in dem Moment älter aussah – und niedergeschlagen.

Margo schob ein Salatblatt auf ihrem nicht angerührten Teller hin und her. »Willst du meins? Ich fände es schlimm, wenn Judy denken würde, ich hätte etwas daran auszusetzen. Es nervt mich kolossal, dass er wieder in mein Leben eindringt – wir wussten doch alle, dass er sich irgendwann mit dem Zeug umbringen würde. Was ist daran jetzt so besonders?« Margo schaute ihre Schwester auf der Suche nach Zustimmung an und entdeckte Unschlüssigkeit in ihrem Blick. »Was erzählst du mir nicht? Wie lang war denn deine kleine Unterhaltung mit Adriana?«

»Sie war traumatisiert, das arme Ding. Ich konnte ihren Redefluss kaum stoppen.«

Margo legte den Kopf in die Hände. »Ich hätte sie abgewürgt. Du bist zu nett – das warst du immer schon.«

»Du meinst, du findest mich zu schwach. Sie hat ja nicht dich angerufen. Ich frage mal nach der Rechnung.« Alice spürte, wie sie von der vertrauten Wut überwältigt wurde, die bei jeder Unterhaltung mit Margo immer unterschwellig da war. Das Gefühl, das Margo ihr eigenes Leben wichtiger nahm als Alices, dass sie die interessantere Schwester war. Die stärkere. Alice erhob sich von ihrem Platz.

»Sorry, Alice. Wenn es noch etwas gibt – dann sag es mir bitte einfach.«

Alice setzte sich wieder hin, sie war kreideweiß. »Richard war die letzten zwanzig Jahre trocken. Das hat Adriana erzählt.« Alice betrachtete Margos Gesicht und fing an, einfach drauflozureden. »Ich meine, der Leberkrebs jetzt könnte natürlich von dem jahrelangen Alkoholmissbrauch kommen. Und das ist auch wahrscheinlich. Und vom Rauchen, er hat ja geraucht wie ein Schlot.«

»Gott. Zwanzig Jahre trocken. Ein sauber zweigeteiltes Leben.«

Alice sackte zusammen, als wäre jegliche Energie aus ihr gewichen, jetzt, wo sie ihr Geheimnis preisgegeben hatte. »Es tut mir so leid, Margo.«

»Geh und frag nach der Rechnung. Ich muss los.« Margo saß ganz reglos da, als sie allein war, sie wartete darauf, vom Schmerz übermannt zu werden, wartete darauf, dass sie zerbrach. Sie spürte die Dunkelheit, die sie erwartete, an allen Ecken und Kanten. Sie konnte sich nicht noch einmal zugrunde richten lassen. »*Richard O'Leary, ich hatte immer gehofft, du würdest sterben.*« Das wiederholte sie in ihrem Kopf, wieder und wieder, als würde es etwas ändern.

Margo verließ Alice, sobald sie konnte, sie ertrug den mitleidsvollen Gesichtsausdruck ihrer Schwester nicht mehr. Sie ging allein zum Anderen Ort zurück, um zu arbeiten, doch das war unmöglich. In ihrem Büro fiel ein Sonnenstrahl auf den Schreibtisch und Staubkörnchen tanzten in der Luft darüber. Ein unordentlicher Papierstapel, eine halb ausgetrunkene Tasse mit kaltem Tee und einige Toastkrümel auf einem Teller. Alles genauso wie zuvor und dennoch ganz anders. Sie hatte angenommen, es wäre schwieriger, in Sandcove zu sein, wegen der in jeder Ecke lauernden Erinnerungen. Aber dieser Ort fühlte sich nicht so an wie ihr zu Hause und sie wusste, dass sie ihren Text von heute früh nicht mehr als ihren eigenen erkennen würde.

Sie tigerte durchs Zimmer, ruhelos, in ihr brodelte eine Wut, die sie schon lange nicht mehr gespürt hatte. Sie fraß Margo auf. Es war nicht der erwartete Kummer und auch keine zumutbare Traurigkeit, sondern eine hinterhältige Art von Eifersucht. Eine Eifersucht, so brennend und heimtückisch, wie sie sie sonst nur als kleines Mädchen verspürt hatte. Sie hatte es nicht geschafft, Richard zu retten. Ihre Liebe war nicht stark genug gewesen. Jemand anderes hatte ihn gerettet. Sie hatte so lange gegen seine Krankheit angekämpft und es war nicht genug gewesen. Sie war nicht genug. Ihre Familie war nicht genug. Sie hatte ihr Zuhause verlassen, ihrer Mutter und dem Vater den Rücken zugekehrt und Alice im Stich gelassen, alles seinetwegen. Und es reichte nie. Sie fühlte sich dumm, weil sie geglaubt hatte, sie würden das überleben, weil sie ihren Kindern das alles angetan hatte. Dumm, weil sie geglaubt hatte, er könnte nüchtern sein, ein normaler Vater sein. Sie hatte naiverweise an die Liebe geglaubt, die alles ändern würde. Sie hasste es, sich dumm zu fühlen, sie, das clevere Mädchen mit dem Stipendium, das es ohne elterliche Unterstützung nach Oxford geschafft hatte, nur mit den unregelmäßig eintrudelnden Schecks, die ihr von Schuldgefühlen geplagter Vater hinter dem Rücken der Mutter schickte. Und nun war dieses Gefühl der Unzulänglichkeit mit überwältigender Wucht wieder da. Denn: Wie sich herausgestellt hatte, war sie ganz offensichtlich das schwächste Glied in der Kette, der Fehler in ihrer Matrix.

Etwa eine Stunde lang lief Margo einfach am Anderen Ort umher und versuchte, ihre Gedanken zu verscheuchen, versuchte, sich die Zeit zu vertreiben. Sie goss immer wieder neuen Tee auf, den sie nicht trank. Sie schüttelte Kissen auf, fütterte die Hunde. Sie stellte unnötigerweise den Trockner an. Sie räumte den Geschirrspüler halb aus, dann wurde sie von einem umkippenden Stapel Zeitungen abgelenkt, der in den Recyclingmüll musste. Schließlich trieb sie die erdrückende Stille wieder aus dem Haus. Sie hatte um sechs ein Treffen des Residents' Committee im Segelklub, würde langsam am Strand hinschlendern und sich an dem kleinen Ort auf Gesellschaft vorbereiten, an dem alle über den anderen Bescheid wussten und – noch schlimmer – auch die Vergangenheit kannten.

Das Treffen war bereits in vollem Gang, als Margo ankam. Etliche Mitglieder des Komitees schwenkten große Gläser Rotwein, mit denen sie Margo zur Begrüßung zuprosteten, wobei sie »Hallo« und »Jolly good, Margo ist hier« riefen. Diese Heiterkeit führte dazu, dass Margo sich am liebsten verkrochen hätte. Die untergehende Sonne hatte den Solent pink eingefärbt, das schien die Stimmung anzuheizen.

»Es könnte das Mittelmeer sein«, hörte sie James Ripley sagen.

Einige alte Hasen aus Seaview nahmen das Treffen als Vorwand, in illustrer Runde einige Drinks zu versenken. Hinter der Bar sah Lacie so aus, als hätte sie gestern Abend bis weit nach der mal wieder missachteten Sperrstunde ausharren müssen. Sie nickte Margo zu, die wie betäubt an der Bar stand und das Geplapper über sich hinwegschwappen ließ.

»Alles in Ordnung mit dir, Margo? Wie immer?«

»Gin bitte. Mach mir einen doppelten.«

Plötzlich hatte Margo die tröstliche Erkenntnis, dass sie sich heute herrlich betrinken könnte – sie war nicht weit weg von zu Hause und ihre Freunde kümmerte es nicht. Sie könnte Jack später anrufen und dafür sorgen, dass er zu ihr kam. Sobald sie sich sämtliche Gedanken an den nüchternen, sterbenden Richard O'Leary aus dem Kopf getrunken hatte. Sie könnte sie einfach alle wegsaufen und wegvögeln. Der Gin auf leeren Magen hob ihre Stimmung. Es war eine Erleichterung, einen Plan für den Abend zu haben, und nach einem Schluck Gin drehte sie sich um und schaute sich im Raum um, auf der Suche nach jemandem, der zum Flirten aufgelegt war.

Einige Stunden später torkelte sie in die kühle Nachtluft, ihre Stiefel hallten auf dem leeren Bürgersteig, der Atem ein alkoholischer Nebel vor ihr. Die Tür schlug zu, sie ließ den Tumult hinter sich, und dann gab es nur noch sie und das Meeresrauschen. Fast wäre sie auf einem zerklüfteten Pflasterstein ausgerutscht, schaffte es aber, sich an einem geparkten Auto abzustützen. Und dann waren sie plötzlich da. Weiter hinten auf der Straße im nikotingelben Licht einer Straßenlampe. Vor diesem Augenblick hatte sie sich immer schon gefürchtet. Sie waren gerade auf dem Nachhauseweg von irgendwo, das Kleinkind schlief im Buggy. Margo dachte, es wäre doch schon spät, das Kind sollte zu Hause in seinem Bett liegen. Was zum Teufel dachte sich die Mutter dabei, so lange mit ihm rauszugehen? Sie wusste, dass der Junge drei war – Eddie. Ehe sie den Blick abwenden konnte, entdeckte sie den gerundeten Bauch der Frau und Jacks Hand, die in die Gesäßtasche ihrer Jeans griff. Vielleicht wusste sie nicht alles, was es über Jack Walker zu wissen gab. Es sah nicht sonderlich nach einer Ehe aus, die in Schwierigkeiten steckte.

Wenn sie Glück hatte, würde sie ein Whisky als Schlummertrunk außer Gefecht setzen, zusätzlich zu dem ganzen anderen Alk. Sie drehte Jack und seiner Frau den Rücken zu. Alle Gefühle zerbarsten in eine Million Stücke. Auch wenn sie sich der Sache nicht sofort stellen wollte, wuchs in ihr doch ein kühler Entschluss: Sie konnte sich nicht mehr mit Jack treffen. Obwohl sie vom Alkohol benebelt war und wegen der Tränen nur verschwommen sah, erkannte sie, dass sie das einer anderen Frau nicht mehr antun konnte. Einer Ehefrau. Einer Familie. Jemandem das antun, was ihr angetan worden war. Die Frau würde noch ein Baby bekommen und hoffte bestimmt, dass das Jack wieder zu ihr zurückbrachte. Margo erinnerte sich daran, wie jedes ihrer Babys ihr wieder Hoffnung verliehen hatte, dass Richard endlich mit dem Trinken aufhören würde, versuchen würde, Teil der Familie zu sein. Sie war so eine elende Heuchlerin. Sie musste jetzt einen Schlussstrich ziehen, bevor ihre Töchter es herausbekamen und wieder einmal ihre Schwäche vor Augen geführt bekommen würden. Sie ging weiter, lief den Hügel von Seaview hinab in Richtung ihres leeren Bettes.

17
Voller Überraschungen

Rachel versteckte sich oben im Haus, während mal wieder die Geräusche von einer von Margos Hauspartys zu ihr hinaufdrangen. Es ertönte schrilles Klingeln und das Poltern ihrer aufgeregten Kinder, die den gefliesten Flur rauf- und runterrannten. Rachel wünschte sich oft, dass der alte Klingelzug kaputtginge. Es war ein Geräusch, das sie als Kind ständig gehört hatte und das die Rückkehr ihres betrunkenen Vaters ankündigte, der mal wieder seine Schlüssel verloren hatte. Er zog lang und fest an der Schnur, weil er wollte, dass Margo zur Tür kam. Manchmal hörten sie seine Stimme, die lallend und charmant ihren Namen rief. Rachel flehte Margo an, ihn reinzulassen, nur damit das Geräusch aufhörte. Wenn Margo Richard im Schuppen schlafen ließ, erinnerte sich Rachel daran, dass sie wach dagelegen und sich Sorgen gemacht hatte, weil er in der Kälte schlief. Obwohl sie ihm den Tod wünschte, war sie beunruhigt gewesen, dass er nie einen Mantel dabeigehabt hatte.

Toms tiefes Bauchlachen durchkreuzte ihre Gedanken, Margos Hunde bellten zur Begrüßung. Rachel wusste, dass es kindisch war, dass sie sich wieder in die launische Teenagerin verwandelt hatte, die in ihrem Zimmer schmollte. Aber Margo schien jetzt häufiger in Sandcove zu sein, seit dem Gespräch, das sie in der Railway Hut geführt hatten. Es war so, als würde Margo Rachels Unbehagen im Hinblick auf das Leben in Sandcove als Vorwand benutzen, ihr das Haus langsam wegzunehmen, direkt vor ihrer Nase. In letzter Zeit ging Margo unbekümmert mit den Gefühlen anderer Menschen um und Rachel wusste nicht, warum. Sie war zu nachgiebig gewesen, als es um die Festlegung der Regeln gegangen war, sie hätte eine härtere Linie gegenüber Margo fahren sollen, ihr nicht erlauben sollen, sich Sandcove einfach »auszuleihen«, wenn ihr danach war. Es war nicht gerade hilfreich gewesen, dass Gabriel alles unwidersprochen hinnahm. Er konnte Margo die meiste Zeit über so akzeptieren, wie sie war, und er blühte unter ihrer Großzügigkeit auf. Er hatte Sandcove als Geschenk angenommen, das an Margo gekoppelt war. Allerdings war Margo auch nicht seine Mutter.

Als Teenagerin war Rachel wild und unabhängig gewesen, war mit ihrem großen Freundeskreis viel außer Haus beschäftigt, mit Sport und Theater und schulischen Glanzleistungen. All ihre Erfolge wirkten wie von Wut motiviert. Sie wollte nicht so eine Versagerin sein wie ihr Vater. Sie wollte auch nicht so schwach sein wie ihre Mutter. Rachel erinnerte sich noch an die Erleichterung, als sie zwölf war, als Margo endlich wieder aus dem Bett aufgestanden und die Depression abgeschüttelt hatte, die sie ein ganzes Jahr ihres Lebens gekostet hatte. Und trotzdem, als Margo versuchte, ihre Rolle wieder einzunehmen, war Rachel gemein zu ihr und bestrafte sie. Imogen war immer schon das Lieblingskind gewesen. Wenn Margo Imogen voller Liebe anblickte, wünschte sich Rachel, Margo würde sie genauso anschauen. Und obwohl sie wusste, dass Gabriel recht hatte, wenn er sagte, dass Margo sie als ihr ebenbürtig betrachtete, sehnte sie sich trotzdem immer noch nach der ursprünglichen und wilden Liebe, die Margo und Imogen teilten. Sie sah, wie schlimm es zwischen Sasha und Margo war, wie sie aneinandergerieten, wie Dinge ungesagt blieben, Wut und Trauer auf beiden Seiten. Im Vergleich dazu wusste sie, dass sie mit ihrer Mutter gute Fortschritte gemacht hatte, seit dieser Zeit als wütende Teenagerin. Auch wenn beide immer noch daran arbeiteten, war sie stolz darauf, wie weit sie schon gekommen waren. Aus diesem Grund kränkten sie Margos unsensible Kommentare, die sie in der letzten Zeit vom Stapel ließ, vor allem, weil sie sich ihr geöffnet und ihr Gefühle gestanden hatte, von denen nicht einmal Gabriel wusste. Die neue wilde und ruhelose Energie ihrer Mutter erinnerte Rachel viel zu sehr an die alte Margo, diejenige, von der sie gehofft hatte, dass sie sie nie wiedersehen musste.

Rachel fing an, ihre Sachen einzupacken, ehe ihre Mutter zu ihr nach oben kam, und räumte einige Akten in die Schreibtischschublade. Ihr Blick fiel auf das leuchtend pinke Tagebuch aus ihrer Kindheit, das sie dort verstaut hatte. Es war von der Lehne des alten Ledersofas gefallen, demjenigen, das zu groß für Margo gewesen war, als sie aus Sandcove weggezogen war. Rachel hatte das Sofa loswerden wollen, es barg zu viele schlimme Erinnerungen daran, wie sie ihren Vater darauf vorgefunden hatte, stinkend und unrasiert, morgens darauf schlafend. Erinnerungen an ihn, wie er ungebeten bei ihren Filmabenden auftauchte. »Rutscht mal, Mädels, und macht eurem alten Vater ein wenig Platz. Welchen Film gucken wir denn da?« Er war verschwitzt, rotgesichtig und stank nach Alkohol. Der ganze Abend war hinüber und Margo stand immer auf und ging eisig schweigend weg. Es gab andere Zeiten, in denen Margo sich wehrte, Richard schubste und anschrie und fluchte, ihn anfuhr, er solle den Rausch in seiner Hütte ausschlafen. Dann gab es noch mehr Gewalt, Margo schlug und schubste, Richard schaffte es ein- oder zweimal, sie zu erwischen, sodass Margo wie ein Kegel über den Boden flog. Rachel schrie Richard dann an, Baby Sasha brüllte, Imogen rannte lautlos weinend zu Margo und versuchte, ihr aufzuhelfen.

Auf Rachels Drängen hin hatten sie das Sofa weggegeben, und als die Polster abgenommen und das ganze Ding auf die Seite gedreht wurde, um es rauszutragen, hatte Rachel etwas Pinkes aufblitzen sehen. Sie entdeckte das riesige Gekrakel vornedrauf, »*MUM – nicht lesen!!!*«, und nahm das Buch in die Hand. Sie fragte sich häufig, ob Margo von der Existenz wusste oder ob es über zwanzig Jahre in einem Sofa versteckt gewesen war. Sie hatte es in dieser Nacht komplett durchgelesen. Manchmal lächelte sie, manchmal flossen ihr heiße Tränen über das Gesicht. Sie verspürte Liebe für ihr jüngeres Ich, Bewunderung für ihr Durchhaltevermögen. Von diesem Tag an bewahrte sie das Tagebuch in ihrem Schreibtisch auf und schaute von Zeit zu Zeit nach der jungen Rachel. Es half ihr, ihre Familie besser zu verstehen, das Erbe, mit dem sie und ihre Schwestern lebten, und warum sie in das Muster verfallen war, alle retten zu wollen.

Als Rachel dem Lärm unten lauschte, dachte sie daran, wie sehr sie das Chaos in ihrer Kindheit gehasst hatte. Selbst jetzt noch fiel es ihr schwer zu schlafen, wenn Partys oder Trinkgelage unter oder neben ihr stattfanden. Es hatte eine konstante scharfkantige Spannung in Margo gegeben, während sie wartete und sich Sorgen um Richard machte. Margos Feiern in Sandcove riefen in Rachel das gleiche Gefühl von Chaos und Kontrollverlust hervor. Sie wusste nicht, wer eingeladen werden würde, wie ausgelassen die Feiern enden würden. Rachel wollte für ihre Mädels etwas anderes. Sie schloss ihre Schreibtischschublade und erinnerte sich selbst daran, dass sie ihnen nun Abendessen kochen sollte. Sie würden sich eher über die Vernachlässigung freuen, sich auf Stühle stellen, um Chips und Schokolade aus den Schränken ganz oben zu holen. Sie liebten Margos Partys und dass der Fokus ihrer Eltern eine Zeit lang nicht auf ihnen lag, sie später ins Bett durften. Jedoch war das Chaos für sie nur vorübergehend.

Rachel erhob sich schwerfällig und blickte über die Sonnenterrasse von Sandcove, sah Tom und Leo, die hinter Margos Rücken Zigaretten rauchten und gemeinsam wie zwei Kinder kicherten. Weiter hinten ging Gabriel über The Duver zum Nettlestone Point. Ihr wurde ganz flau im Magen. Er war am Handy, um sechs Uhr abends an einem Freitag. Wie würde seine Ausrede lauten? »Ein Anruf von einem Patienten«, behauptete er bestimmt. Eine Krise, etwas derart Schreckliches, das konnte sich niemand vorstellen – und vertraulich, natürlich. Gabriel konnte herablassend wirken, wenn er über seine Patienten sprach. Ihre Angst flackerte wieder auf. Etwas stimmte mit Gabriel nicht, etwas stimmte mit ihrer Ehe nicht. Sie hatte es verschlimmert, weil sie ihm erklärt hatte, dass sie keine Kinder mehr wollte. Seit diesem Abend stand zwischen ihnen eine Mauer. Er würde sie verlassen und sie wäre allein in diesem heruntergekommenen Haus, weit entfernt von London und ihren Freunden. Würde ein Leben führen, das sie eigentlich nur für ihn gewählt hatte. Er würde sie verlassen, denn das taten Männer, das wusste jeder. Als die Babys kamen und der Sex weniger wurde, sahen sie sich umgehend nach einer Fluchtmöglichkeit aus der Häuslichkeit um.

Trotzdem wusste sie: Für Gabriel war seine Vaterschaft der wichtigste Job seines Lebens. Sie hatte ihn ausgewählt, weil er anders wirkte als die Männer, die sie kannte. Seine Liebe war es gewesen, die sie endlich geerdet hatte. Er war geduldig und liebevoll gewesen, hatte sie umworben und ihr viele Nächte zugehört, in denen sie wütende Tränen wegen des Vaters vergoss, den sie verloren hatte, und einer Kindheit, die brutal beendet worden war. Sie wusste, dass er die Art Mann war, die ihre Mutter für sie wollte, aber sie hatte ihn nicht hauptsächlich deswegen ausgewählt. Sie hatte ihn ausgewählt, weil er nicht so ruhelos wirkte, so zerstreut. Er war selbstsicher und stark. Er wollte keine dicke Lohntüte, er wollte Menschen helfen. Seine Eltern waren immer noch zusammen, seine Mutter hatte sich zuallererst ihrem Ehemann verschrieben und dann ihren beiden Söhnen. Gabriel war nicht verwöhnt, aber er hatte eine sehr genaue Vorstellung davon, wie das Familienleben aussehen sollte; die Mahlzeiten innerhalb der Familie waren heilig, ebenso wie frische Luft und Sport. Erhobene Stimmen und kleinliche Streitigkeiten waren verpönt. Aber er hatte Rachel so angenommen, wie sie war, und nie versucht, sie zu ändern. Er beschwerte sich nie, wenn sie sich in ihrem Büro einschloss, um sich auf einen Prozess vorzubereiten. Als sie in London gelebt hatten, war er ein brillanter Stratege für ihre Karriere gewesen, hatte ihr bei der Planung der Sozietät in der Anwaltskanzlei geholfen, hatte dafür gesorgt, dass sie ebenso hart kämpfte wie ihre männlichen Kollegen. Sie wusste, dass sie Gefahr lief, Gabriel als absoluten Traummann darzustellen, wenn sie vor Freunden oder ihrer Familie über ihn sprach. Er wusch Wäsche, kochte Mahlzeiten und sorgte dafür, dass alle Haushaltspflichten erledigt wurden, die sie so hasste.

In letzter Zeit fühlte es sich allerdings so an, als wäre er nicht mehr ganz bei der Sache. Auch wenn sie mit Gabriel im selben Zimmer war, hatte sie das Gefühl, als sei er an einen anderen Ort geflüchtet. Sein Telefon war stets in Reichweite, als wäre es ein Teil von ihm. Rachel wachte manchmal morgens auf und bemerkte, dass er das gemeinsame Bett verlassen hatte. Er ging auch später schlafen und schaute Fernsehsendungen, die ihn früher nie interessiert hatten. Und dann waren da noch die vertraulichen Telefonate zu seltsamen Tageszeiten. Körperlich war er noch genauso oft zu Hause anwesend wie früher, deswegen verstand Rachel nicht, wie er eine Affäre haben konnte – und dennoch: Eine rein emotionale Affäre würde sehr gut zu Gabriel passen.

»Rachel, Darling, wir brauchen die Dame des Hauses! Imi ist da.«

Margos Singsangstimme schallte die Treppe hinauf, ein Geräusch, das Rachel so sehr an ihre Kindheit erinnerte, dass sie beharrlich in Reglosigkeit verharrte. Aber sie musste nach unten gehen und versuchen, ihr Leben wieder in die eigene Hand zu nehmen. Und sie musste Imogens Gesicht sehen. Sie wollte wissen, warum ihre Schwester in letzter Zeit so distanziert gewesen war, und sie musste sie vor Margos unvermeidlichem Kreuzverhör beschützen. Imogen würde das vor Publikum furchtbar finden.

»Komme.«

Als Rachel auf dem letzten Treppenabsatz um die Ecke bog, hielt Margo das Holzgeländer ganz unten fest umklammert. Ihre Knöchel traten weiß hervor, die Goldringe gruben sich in die Finger. Sie ging zu Rachel, als sie die letzte Stufe erreicht hatte. Rachel bemerkte, dass Margo aufgeregt war und ungefähr drei Drinks intus hatte. Sie trank in letzter Zeit mehr, das machte Rachel nervös.

»Wo um alles in der Welt warst du? Du hast Gäste. Du kannst nicht einfach abhauen und mir und dem armen Gabriel alles allein überlassen.«

Rachel schlüpfte geschickt an ihrer Mutter vorbei und trat vor sie. »Das sind deine Gäste. Und der ›arme‹ Gabriel telefoniert gerade auf The Duver.«

»Bitte sei nicht so schwierig, Rachel. Nicht heute Abend.«

Rachel drehte sich um und sah den leicht glasigen Blick ihrer Mutter, die Röte auf ihren Wangen. Margo konnte ihr in solchen Momenten nicht zuhören, sie war nur auf den nächsten Satz fokussiert: »Was soll ich denn machen?«

»Irgendetwas liegt in der Luft.«

Rachel spürte, wie die Spannung in ihrem Bauch hochkochte. Sie musterte ihre Mutter, die heute Abend eine Art manisches Funkeln an sich hatte. Sie hatte sich eine Schlangenlederbluse aus Rachels Schrank geklaut, aber einen Knopf zu viel aufgeknöpft. Ihre Mutter benahm sich wie eine Schlampe, wenn Jonny in der Nähe war.

»Was meinst du damit? Wo ist Imi?«

Margo senkte die Stimme und flüsterte theatralisch. »Sie hat William nicht mitgebracht.«

Erleichterung durchfuhr Rachel. Es hatte nichts mit ihr zu tun. Margos Adleraugen hatten nichts erspäht, das näher an zu Hause dran war. »Na und? Es ist ja nicht gerade so, als würdest du an Williams Lippen hängen.«

»Darum geht es nicht. Da stimmt ganz eindeutig etwas nicht. Imogen hat noch kein Datum für die Hochzeit festgelegt oder sich weiter darum gekümmert und jetzt feiern wir ihre Premiere und sie bringt nicht einmal ihren Zukünftigen mit? Stattdessen hat sie die hochnäsige Schauspielerin aus ihrem Stück mitgenommen, anscheinend sind die beiden jetzt beste Freundinnen. Wusstest du, dass sie befreundet sind? Du wirst sie hassen. Sie hat drei Taschen mitgebracht. Alle von Vuitton.«

Rachel schaute ihre Mutter an und dachte nach. Margo liebte Drama, übertrieb gern, hatte aber immer einen scharfen Instinkt. »Das wirkt etwas seltsam. Ich habe nichts von einer Freundschaft gehört und eigentlich auch nichts über das Stück. Wir werden auch nicht mehr herausfinden, wenn wir hier rumstehen. Versuch dich zu benehmen, Imogen zuliebe.« Und Rachel zog ihre Mutter in Richtung Wohnzimmer, sie war neugierig auf Anna Karenina in Sandcove.

»Und was kommt als Nächstes? Irgendwelche Actionfilme? Ich kann einfach nicht glauben, dass du blond bist.«

Rachel stieß Jonny mit dem Ellbogen an und lächelte. »Sorry, Rowan, Jonny steht auf Blonde. Unglaublich, dass du darauf reingefallen bist – es ist doch ganz eindeutig, dass sie keine dunklen Haare hat.«

»Hast du das gedacht?« Rowan blickte vom Küchentisch auf, wo sie den geräucherten Lachs von den Blinis pickte, die Margo herumgereicht hatte. Rachel bemerkte, dass Rowans perfekt gezupften Augenbrauen sich hoben, ohne dass sie ihre Stirn in Falten legte.

»Isst du die nicht?«, fragte Margo Rowan und schaute ganz gezielt auf die zerpflückten Blinis, die noch auf dem Tisch lagen. »Soll ich sie für dich in den Müll werfen?«

»Wäre das möglich? Ich habe leider eine Weizenintoleranz. Davor werde ich ganz schlimm aufgebläht. Rachel, du meintest doch, ich würde nicht als Brünette durchgehen?«

Rowan sprach freundlich, aber Rachel fand ihren Blick kalt wie den eines Haifischs. Rachel täuschte Höflichkeit vor. »Sorry, ich wollte niemanden beleidigen. Ich habe bloß eine brünette Mutter. Und hast du ihre Augenbrauen und Wimpern gesehen?«

Alle blickten zu Margo, deren Haare wegen der Kaminhitze noch wilder aussahen. Margos Attraktivität traf Rachel wieder einmal wie ein Blitz.

Rowan lächelte freundlich, aber Rachel erkannte, dass es gezwungen war. »Du hast mir gar nicht erzählt, wie schön deine Mutter ist, Imo.«

»Sie heißt ›Imi‹. Ich bin alt und nicht mehr schön«, schnauzte Margo.

»Margo, du bist in der Blüte deines Lebens.« Jonny neigte galant den Kopf in Margos Richtung, die ihn dankbar anlächelte.

Rachel wandte sich zu ihrer Schwester und hoffe, sie würde zustimmen. Doch Imogen lächelte bloß schwach und trank noch einen Schluck Gin. Auch Rowan schaute Imogen an, aber das angespannte Lächeln spiegelte sich nicht in ihren Augen. Wo war der verdammte Gabriel, wenn man ihn brauchte, um die Wogen zu glätten?

»Ich glaube, wir sollten bald etwas essen, sonst sind wir sturzbetrunken.« Rachel versuchte, einen Blick ihrer Schwester zu erhaschen.

Margo verhielt sich defensiv. »Es ist alles fertig. Ich wollte nur noch auf Gabe warten – ihr wisst ja, wie pingelig er beim Servieren ist. Wo ist er denn hin?«

»Als ich ihn das letzte Mal gesehen habe, hat er telefoniert – ich muss ihm den neusten Klatsch und Tratsch von dem Treffen erzählen.«

Rachel blickte Jonny schneidend an. »Er kümmert sich im Wohnzimmer um die anderen. Welches Treffen? Warum war er nicht da?«

»Ich habe keine Ahnung, das musst du ihn fragen. Seid ihr nicht verheiratet? Es hatte etwas mit einem schwierigen Patienten zu tun, den er nicht im Stich lassen wollte. Gibt es noch ein wenig Rotwein für einen durstigen Soldaten?« Jonny erzählte liebend gern von seiner Zeit als Soldat, aber er war nach einigen Monaten aus der Königlichen Militärakademie, der Royal Military Academy Sandhurst, rausgeworfen worden. Er hatte seine Waffe bei einer Übung verloren – das war der Tropfen, der das Fass zum Überlaufen gebracht hatte. Er hatte sie hinter einem Baum liegen lassen und wollte sie später wiederholen.

»Gibt es noch Wodka? Etwas anderes darf ich leider nicht trinken.« Rowan sprach mit einer schmeichelnden Stimme, mit der sie Männer normalerweise um den Finger wickelte.

Jonny stand auf und betrachtete Rowans leeres Weinglas, in das schon etliche Male Chablis nachgefüllt worden war. »Ich sage es nur äußerst ungern, aber du hattest schon eine ganze Menge Vino. Hast du auch eine Weinintoleranz?«

»In diesem Haus gibt es keinen Wodka.« Margos

Stimme war voller Verachtung und Rachel sah, wie Röte in Imogens bleiche Wangen stieg.

»Wegen der Kalorien.« Rowan blickte sie alle kühl an, Margos Ton tangierte sie nicht. »Als Schauspielerin muss ich auf mein Gewicht achten.« Rachel hatte den Eindruck, als würde Rowan sie besonders gründlich mustern. »Ich habe den Wodka lieben gelernt, weil kein Regisseur ihn riechen kann. Die denken nämlich, man soll sich bei der Arbeit wie eine Kirchenmaus verhalten.«

Rachel sah das Gesicht ihrer Mutter, bevor sie sich umdrehte, und wusste, dass Margo an die leeren Wodkaflaschen dachte, die überall in Sandcove versteckt gewesen waren. Margo war immer aufgewacht, wenn alle im Haus geschlafen hatten, um die Beweisstücke zu verstecken, doch Rachel hatte im Bett gelegen und ihr gelauscht, sich gefragt, warum sie sich die Mühe machte; alle wussten doch, dass ihr Vater Alkoholiker war.

Schließlich tauchte Gabriel auf, und Rachel sah, dass er die Atmosphäre in der Küche gleich bemerkte. »Alles okay? Alice und Tom haben eine total gute Zeit im Wohnzimmer. Ich setze mich zu ihnen ... Also nicht, dass sie noch Unterhaltung brauchen würden.« Wie ein guter Gastgeber scannte er den Raum nach leeren Gläsern ab und Rachel verspürte einen Anflug von Liebe für ihn. »Rowan, du hast gar keinen Drink. Was kann ich dir bringen?«

Margos Stimme erklang, herrisch und kalt. »Sie nimmt das, was da ist, da bin ich mir sicher. Alle *à table!*«

Als sie sich in der mutterleibähnlichen Geborgenheit von Sandcoves Speisesaal niedergelassen hatten, ließ die Spannung kurz nach. Margo hatte sich dazu entschieden,

Rowan und die Tochter zu ignorieren, die den ungebetenen Gast mitgebracht hatte. Sie war fröhlicher, nachdem sie den Sitzplan verlesen hatte, wo Tom zu ihrer Linken und Jonny zu ihrer Rechten saß. Das Zimmer wurde von einem georgianischen Esstisch dominiert, mit abgerundeten Ecken und einem Kronleuchter, der die Kerzen reflektierte, die sich darauf befanden. Es war die Art Raum, in dem sich die Stimmen kaum über ein respektvolles Summen erhoben. Egal, wie betrunken die Gäste bei den Dinnerpartys der Garnetts waren, niemand benahm sich innerhalb der mit Seidentapete verkleideten Räumen des Speisesaals daneben. Sie warteten, bis sie von Margo ins Wohnzimmer oder in die Küche gescheucht wurden. Mit einer anderen Aufmachung hätte der Raum einschüchternd wirken können, aber Blumen und Kerzen und die roten Wände verliehen ihm einen verführerischen Charme. Das perfekte Weihnachtszimmer. Alte Porträts in verschnörkelten Rahmen hingen an der Bilderschiene. Als Teenagerin war Rachel felsenfest davon überzeugt gewesen, dass die Menschen auf den Porträts zu hässlich waren, um Garnetts zu sein – einige schon lange verstorbene Vorfahren mussten einen Restposten bei einer Auktion ergattert und sich als Familienangehörige ausgegeben haben. Margo meinte, das wäre typisch Rachel, zynisch und sondierend, eine typische Anwältin.

»Ein Toast!« Jonny stand wankend auf.

»O Jonny.« Margo schob den Stuhl zurück, um ihn zu beobachten. »Du hörst dich so gerne reden.«

»Rede, Rede!«, stimmte Tom ein und klopfte fröhlich mit einem Messer an sein Wasserglas. »Wir lieben einen Toast von Jonny.«

»Schau dir meinen Becher an, Tom. Das ist Bleikristall aus Waterford. Ein Hochzeitsgeschenk.« Es entstand eine kurze Pause, während diese Information nachhallte. Rachel schaute ihre Schwester an, die ein wenig betrunken aussah.

Imogen runzelte die Stirn in Richtung ihrer Mutter. »Ich dachte, es gab keine Hochzeit? Du meintest immer, es hätte in ganz kleinem Kreis stattgefunden. Ohne Fotos, wie praktisch«, lallte sie anschuldigend.

Rachel und Gabriels Blicke trafen sich über den Tisch hinweg. Margos Gesicht sah plötzlich ausdruckslos aus und Rachel wusste, dass sie sauer war.

»Gott, ich würde gerne durchbrennen, wie romantisch.« Alle Blicke wanderten zu Rowan, die im Kerzenlicht so aussah wie Galadriel in *Der Herr der Ringe*. Sie sprach wehmütig und schaute Imogen beim Reden an. Imogen hatte den Blick nicht von Margo abgewendet, als wollte sie sie zum Reden auffordern.

Die Ausdruckslosigkeit wich aus Margos Gesicht und Rachel sah, dass Imogen ihrer Mutter leidtat. »Du hast recht, Darling. Wir sind wirklich ausgerissen. Deine Großmutter hat meine Ehe nie anerkannt und alle Briefe an Miss Garnett adressiert. Ich glaube, Dad hat sich schlecht gefühlt und die Gläser insgeheim später geschickt, Richard hat daraus Whisky getrunken.« Schatten fielen beim Reden auf Margos Gesicht. Für Rachel fühlte es sich so an, als müsse das ganze Zimmer den Schmerz sehen, der in die Miene der Mutter eingebrannt war.

Gabriel unterbrach die seltsame Stille schnell, er spielte wieder den guten Gastgeber. »Red mal weiter, J, ich habe hier Pudding, der auf euch wartet.«

»Du bist so eine alte Hausfrau, Gabe. Ich will mich nur bei den zwei wunderschönen Gastgeberinnen Rachel und Margo bedanken. Und obwohl du was von einer alten Frau hast, danke ich dir für ein ernsthaft großartiges Fressgelage, G-Unit. Und jetzt trinken wir auf Sandcove, weil ihr alle wisst, wie gern ich hier bin. Und auf unsere abwesenden Freunde.«

Tom und Leo jubelten und Rachel sah, dass Imogen Jonny ein verhaltenes Lächeln zuwarf, während er sich hinsetzte, was wieder verschwand, als sie sah, dass ihre Mutter sachte mit einem Teelöffel an ihr Glas klopfte.

»Der liebe Jonny hat den wichtigsten Toast von allen vergessen.«

O Gott, dachte Rachel. Manchmal war ihre Mutter einfach auf Krawall gebürstet und es war ihr egal, wen sie damit verletzen könnte. Sie konnten nur zuschauen und anschließend Schadensbegrenzung betreiben. Rowans Anwesenheit hatte Margo zur Weißglut gebracht.

»Wir müssen einen Toast auf Imogen und ihre Verlobung mit William aussprechen. Wir wissen nicht genau, warum William heute Abend nicht hier sein kann –« Rachel sah, wie Imogen zusammenzuckte und dann den Kopf hob, um ihre Mutter zu unterbrechen.

»Das habe ich dir doch gesagt. Er hat die Grippe.«

Margo sprach weiter, als hätte sie nichts gehört. »Erheben wir das Glas auf Imogen und den abwesenden William und hoffen, dass wir bald ein Datum für die Hochzeit mitgeteilt bekommen!«

»Ja, klemm dich dahinter, Liebes«, rief Tom zustimmend. »Wir wollen alle auf deine Party.«

»Lasst sie doch in Ruhe, ihr beiden. Was geht uns das

an?« Alices Stimme klang fest. Sie redete nicht so viel wie die anderen Garnetts, wenn sie jedoch etwas sagte, klang sie endgültig. Rachel lächelte erst ihre Tante dankbar an und dann Rowan, die genervt aussah. Rachel fragte sich, ob es der Schauspielerin nicht passte, nicht mehr im Rampenlicht zu stehen. Rachel sah, dass Alice zu Gabriel ging, der am Sideboard stand, noch mehr Wein dekantierte und ihm etwas zuflüsterte. In Rachels Augen wirkten die beiden wie Bühnenarbeiter, die hinter den Kulissen bei jeder Vorstellung wie von Geisterhand Probleme lösten. Gabriel kam zurück und stand ganz nah hinter Rachels Stuhl, griff über sie hinüber, um sein Weinglas zu nehmen, und legte ihr eine Hand auf die Schulter.

»Ähm.« Das Geschnatter erstarb. »Es ist fast schon Zeit für Käse und Pudding und für Tom und Leo Zeit für Port und Brandy...«

»Verdammt richtig.« Leo blickte zu den Dekantern auf dem Sideboard.

»Aber wir wollen vorher noch das Glas auf unseren Gast erheben, die wunderschöne Rowan Melrose. Rowan, du bist hier in Sandcove sehr willkommen.«

Alle erhoben pflichtschuldig das Glas, darunter auch die reuelose Margo. Als das Geplauder wieder Fahrt aufgenommen hatte, beugte sich Gabriel hinunter, um Rachel etwas zuzuflüstern.

»Wie witzig. Deine Mutter ist heute vom Teufel besessen.«

»Ich weiß nicht, was sie geritten hat. Vielen Dank dafür, dass du Rowan willkommen geheißen hast.«

»Ich habe deinen Lieblingspudding gemacht.«

Er küsste sie auf den Hals und es war so, als hätte sie

sich die letzten Monate nur eingebildet. Einen Augenblick lang verspürte sie das vertraute Gefühl von Intimität zwischen ihnen. Erst wenn die kleinen täglichen Gesten der Zuneigung in einer Ehe verschwanden, bemerkte man deren Wichtigkeit oder wusste, wie sehr man sich auf sie verlassen hatte, um den täglichen Trott von Beruf und Kinderbetreuung zu unterbrechen. Sie bildeten das Fundament einer Ehe, diese kleinen privaten Momente der Verbundenheit.

In einem hellen Moment sah Rachel plötzlich ganz klar, dass Rowan verzweifelt solche Momente der Verbundenheit mit Imogen suchte. Sie rückte ihren Stuhl näher an Imogens. Sie versuchte, mit ihr Blickkontakt aufzunehmen. Sie warf nervös ihr Haar zurück, hob die Stimme und fragte Imogen fürsorglich, ob sie etwas bräuchte. Ob Rowan Melrose wohl in ihre Schwester verliebt war?

Rachel entdeckte Jonny und Imogen später in der Stiefelkammer. Jonny hatte die Arme um Imogen gelegt, die weinte. Als sie reinging, blickte Jonny auf, sie schauten sich an und Rachel hatte das Gefühl, Jonny wäre in diesem Moment wie ein Bruder für sie, in diesem Blickaustausch aus Verantwortung und Fürsorge. Ihr war nicht klar gewesen, dass Imogen sich zuerst Jonny und dann ihr anvertrauen würde, und sie versuchte, sich davon nicht verletzen zu lassen. Jonny trat zur Seite und Rachel schlüpfte hinein. Imogen bemerkte die Veränderung kaum.

»Ich bin hier, Imi.« Rachel sprach ganz streng mit Jonny, der einfach herumstand: »Halte uns Rowan von Leib.« Er nickte und ging, ein Mann, der es gewohnt war, stets die Bitten der Garnett-Frauen zu erfüllen.

Rachel wartete mit einer Geduld, die sie von ihrer Mutter gelernt hatte. Margo war ein außergewöhnlich ungeduldiger Mensch, doch wenn es eine Krise gab, war es so, als würde ihre innere Uhr plötzlich langsamer ticken und ihr erlauben, ihren Töchtern ohne Wenn und Aber zur Seite zu stehen. Imogens Schluchzen ebbte ab. »Was ist denn los?«

»Nichts Gutes.«

»Diese Frau ist in dich verliebt.«

Es entstand eine Pause und sie hörten beide die Geräusche aus dem Haus. Leo lachte, Toms Stimme dröhnte als Antwort. Margo spielte Chris Reas »Stainsby Girl«, einen Song, den sie immer laufen ließ, wenn sie sich sentimental fühlte. Sie hatten alle verstanden, dass es um sie ging, sie war die Auserwählte, die das Herz in zwei Teile brechen konnte. Richard musste es ihr vorgesungen haben. Als sie in Frieden miteinander lebten, als Richard mal wieder versprochen hatte, »damit aufzuhören«. Damals waren Margo und Richard abends gemeinsam wach geblieben, hatten im Wohnzimmer gesessen und sich Richards riesige Plattensammlung angehört. Manchmal sang Richard Margo etwas vor und Rachel hörte Ruf und Antwort ihrer Stimmen durchs Haus hallen und wünschte sich, es könnte immer so sein.

»Sie glaubt es zumindest. Ich habe mit ihr geschlafen.«

»Ich hatte mich schon gefragt. Gute Güte.« Rachel wusste nicht, was sie denken, was sie sagen sollte. Bedeutete das, dass Imogen schon immer lesbisch gewesen war? Sollte das ihr oder irgendwem aufgefallen sein? Könnte es sich um eine Phase oder einen rebellischen Akt handeln?

»Ich bin ein schrecklicher Mensch.«

»Das bist du natürlich nicht.«

»Bist du schockiert?«

»Wir dachten alle, dir würde ein sexuelles Abenteuer guttun, ehe du mit William sesshaft wirst. Margo denkt das auch, obwohl sie es natürlich niemals zugeben würde. Weiß William Bescheid?«

»Nein. Ich habe alles verheimlicht. Ich kann es nicht mehr ertragen. Die ganzen Lügen.« Imogens leise Stimme brach.

Rachel umarmte ihre Schwester. »Das hört sich stressig an. Armer Schatz.«

Rachel streichelte Imogen über den Rücken, während sie darüber nachdachte, was sie machen sollte. »Margo muss nichts davon wissen, bis du es geklärt hast. Wir können jetzt nicht weiterreden, es ist zu riskant. Komm, wir bringen alle dazu, Feierabend zu machen, ehe Margo Rowan noch umbringt. Kannst du dich morgen früh zu *No. 47* rausschleichen?«

Imogen schaute zu ihrer Schwester auf und sah etwas aufgeräumter aus. »Ja, Rowan wird sich vor elf nicht rühren. Insbesondere, weil sie getrunken hat.« Sie lächelten sich an.

»Hm, dann sollten wir vielleicht alle dazu bringen, den Abend zu beenden – nur Rowan und Jonny nicht, er kann sie ja noch ein wenig wach halten. Ich dachte, er würde ihr auf die Pelle rücken, aber er scheint sie in Schach zu halten. Sie ist ein ganz schönes Früchtchen, oder? Du darfst dich niemals von jemandem beleidigen lassen.«

Imogen stand langsam und steif vom Fliesenboden auf und zog sich an der Hand ihrer Schwester hoch. »Ich weiß. Ich versuche auch, das zu vermeiden. Ich glaube, mir ist das gerade alles etwas zu viel. Als wäre sie einfach gekommen und durch mein Leben gerauscht wie ein Tornado und hätte überall Einzelteile von mir verstreut. Ich kann anscheinend nicht mehr ohne sie. Anfangs haben wir so gut zueinander gepasst, aber jetzt kann ich tun und lassen, was ich will, sie ist nie zufrieden. Es sei denn, wir sind im Bett.«

Rachel fand es nicht schwer, sich Rowan genauso leidenschaftlich und intensiv im Bett vorzustellen, wie sie sich auch sonst gab, mit ihren schlanken Muskeln und dem seidigen Haar, dem fordernden Ego. Und es überraschte sie auch, dass es nicht allzu schwer für sie war, sich ihre Schwester in Rowans Armen vorzustellen, weich und ergeben, die endlich ihre Weiblichkeit erkannte. Imogens Figuren waren immer voller Sehnsucht, ihre Körperlichkeit stand auf der Bühne im Mittelpunkt. Bei Imogens Beziehung mit William hatte Rachel so etwas nie entdeckt. Sie sah, dass Imogen sie ängstlich betrachtete und darauf wartete, dass sie etwas sagte.

»Ich bin nicht schockiert. Falls du dir deswegen Sorgen machst. Aber: Du steckst voller Überraschungen, Imogen Garnett.«

18
»Queen of Fucking Everything«

Im *No. 47* hing am nächsten Morgen ein angenehmer Duft nach gebratenem Bacon und frisch gemahlenem Kaffee in der Luft. Rachel und Imogen waren früh genug da, sodass die sonntägliche Betriebsamkeit noch nicht begonnen hatte, und hatten das Hinterzimmer für sich allein. Jane begrüßte sie fröhlich und stellte ihnen zwei Teller Full English breakfast hin. Es fühlte sich nach gestohlener Zeit an, als wären sie wieder Teenagerinnen. Vor Jahren hatte Jane sie mit Essen versorgt, wenn die Schränke in Sandcove leer waren. Als Teenagerinnen waren sie ins *No. 47* gegangen, um Iced buns zu essen und Freunde zu treffen. Rachel musterte Imogen, die sich anscheinend dazu durchringen musste, ihre Probleme offen auszusprechen. Am Abend zuvor waren Rachel und Imogen ins Bett geschlüpft, aber sie hatten es nicht geschafft, Margo aus dem Haus zu werfen, weshalb bis spät in die Nacht Musik und laute Stimmen zu hören gewesen waren. Als sie aßen, ertönte die Klingel des Cafés und sie erstarrten beide, die Gabeln in der Luft, und hofften, dass sich niemand Bekanntes zu ihnen setzen würde.

»Morgen, Jane. Hast du die beiden Garnett-Mädels hier gesehen?«

»Weiß nicht, Eve – ich war hinten.«

Rachel und Imogen lächelten sich an.

»Ich bin mir sicher, ich habe Imogen Garnett gesehen, wie sie am Seagrove Beach entlanggelaufen ist. Dieser strähnige Haarschopf. Sie muss übers Wochenende zu Hause sein – sie ist endlich verlobt, wie ich gehört habe? Ihr Mann ist ja sehr still – und nicht so hübsch wie Gabriel. Wie verzweifelt Margo versucht hat, alle Mädchen unter die Haube zu bringen ... Wie immer und zum Mitnehmen, bitte.«

Rachel kniff die Augen zusammen, Imogen runzelte die Stirn. Keine der beiden traute sich zu atmen.

»Sie will nur, dass sie gute Männer haben, das verstehst du doch wohl.«

Rachel hob die Augenbrauen und hätte beinahe losgekichert.

»Ich nehme an ... Ihr Vater war ein Nichtsnutz. Arme Margo. Kannst du da Zucker reintun? Zwei gehäufte Löffel.«

»Bitte schön, sag Bill, ich habe Blauschimmelquiches gebacken, die mag er doch.«

Als die Glocke erneut klingelte, atmeten die Mädchen wieder und seufzten laut auf vor Erleichterung. Jane, rot vor lauter Verlegenheit, streckte den Kopf durch die Tür. Sie verdrehte die Augen zum Himmel.

»Sorry, Mädels, ich wusste ja, dass ihr allein sein wolltet, aber das hättet ihr nicht mitanhören sollen. Das ist immer das Risiko bei diesem Hinterzimmer, die Menschen sind solche Klatschmäuler.«

Rachel ging zu Jane und umarmte sie. »Wir lieben dich, Jane, danke schön. Du passt immer auf uns auf.«

Imogen lächelte Jane auch an. »Ohne *No. 47* wären wir verloren.«

Nur wenige Minuten später erklang die Glocke erneut

und es gab einen Tumult vor dem Café, laute Stimmen ertönten. Rachel hörte Alice, sie klang seltsam, wie in Panik. Beide Frauen rannten vor das Café. Alice keuchte. Sie hatte sich Jonnys übergroße Windjacke über den Pyjama geworfen. Als sie Rachel und Imogen sah, schossen ihr Tränen in die Augen. Rachel blieb das Herz fast stehen, als sie durch die Caféfenster Gabriel erblickte, der auf der Hauptstraße verwirrt aussehenden Touristen zuwinkte.

»O Gott, Alice?«

»Rachel, Lizzie ist weg.« Alice kam nur schwer wieder zu Atem, konnte sich kaum beruhigen.

»Scheiße, was ist los? Wie ist das passiert?« Fest packte sie Alices Schultern, schüttelte sie fast.

»Als ich heute Morgen runtergekommen bin, um mir eine Tasse Tee zu machen, habe ich sie draußen am Strand entdeckt. Sie muss euch gefolgt sein. Ich bin direkt rausgelaufen, als ich sie gesehen habe, aber sie war verschwunden. Ich wusste nicht, in welche Richtung ich gehen soll...«

Rachels Magen zog sich zusammen, ihr Kopf drehte sich, sie sah ganz deutlich eine kleine Lizzie vor sich, die allein war und sich immer weiter dem Meer näherte. Gabriel drehte sich um und blickte ihr durch die Scheibe in die Augen. Sie sah, wie ihr Entsetzen zurückgespiegelt wurde, er war der Einzige, der vielleicht nachfühlte, wie sehr sie die Angst lähmte. Gabriel zeigte in eine Richtung: Er wollte die Hauptstraße runterlaufen, um von der anderen Seite an den Strand zu gehen; seine Umtriebigkeit und Zielgerichtetheit sorgten dafür, dass auch Rachel aus ihrer Erstarrung fand.

»Ich muss da raus. Wer hilft, wer sucht nach ihr? Wo habt ihr schon geguckt?« Ihr kam es vor, als würde sich in ihrer Welt plötzlich alles im Zeitlupentempo abspielen. Die dunkelsten Gedanken verdrängten jeglichen Sinn und Verstand. Die größte Angst aller Eltern. Hatte sie die Tür von Sandcove nicht zugezogen? Hatte sie die Kleine mit der dritten, der knarzigen Stufe geweckt? Sie könnte schon ertrunken sein, ihr kleiner, lebloser Körper vom Meer weggespült, von ihr weggespült.

Imogen griff nach Rachels Arm und hielt sie zurück. »Denk nach, Rachel, bevor du kopflos irgendwohin läufst. Denk darüber nach, wo sie hingehen würde.« Imogen blickte ihrer Schwester fest in die Augen. Die Tür zu Janes Laden stand nun offen, die Passanten hatten mitbekommen, dass sich hier ein Drama abspielte, und standen draußen auf dem Bürgersteig herum.

Jane trat nach vorn. »Ich mache zu, kommt, wir organisieren Suchtrupps.« Sie übertönte das Gerede, warf die Schürze auf den Boden und schwenkte den Schlüsselbund. Rachel, Alice und Imogen folgten ihr auf die Hauptstraße, wo sich ungefähr fünfzehn Menschen versammelt hatten.

»Bitte alle mal herhören! Könnt ihr uns bitte helfen! Ein kleines Mädchen, vier Jahre alt, ist allein am Strand. Sie heißt Lizzie und hat braune Locken. Das da ist ihre Mum, Rachel Garnett. Rachel, was hat sie an?«

Rachel runzelte die Stirn, als sie Alice anblickte. »Hatte sie noch den Pyjama an? Sie wird so frieren.«

Alice legte den Arm um Rachel, sprach aber mit den Leuten. »Ja, einen Einhornschlafanzug. Vielleicht sollten sich einige von uns auf den Weg zur Priory Bay machen.«

Rachels Gesicht verzog sich vor Schrecken. »Sie wird nicht um die Felsen herumkommen. O Gott, was ist, wenn sie den kleinen Pfad ausprobieren will...«

Imogen nahm den Arm ihrer Schwester. »Komm, du und ich, wir gehen jetzt in diese Richtung. Alice, du musst *jetzt* los und Margo holen, jemand muss sie *jetzt direkt* anrufen.«

Jane fing an, Nummern in ihr Mobiltelefon zu tippen. »Das Bembridge-Rettungsboot muss jetzt ausrücken, nur für alle Fälle.«

Imogen zog Rachel am Arm. »Rach, komm schon, lauf!«

Beim Loslaufen hörten sie, wie Alice hinter ihnen herrannte. »Ich gehe zu Margo und schaue im Haus nach, vielleicht ist Lizzie ja auch zurückgekommen.«

Und sie hörten Jane rufen: »Einige von euch sollten nach Spring Vale! Ich glaube, ihr Vater ist in die Richtung gelaufen, aber er braucht bestimmt Hilfe.«

Rachel ließ sich über den Sand bis nach Sandcove schleifen, sie scannte den Horizont immer wieder von links nach rechts, sie spürte, wie ihr Blick vom offenen Meer angezogen wurde. Das Meer hatte fast ihr ganzes Leben bestimmt. Rachel konnte die Gezeiten ebenso gut lesen wie ihre Uhr. Sie konnte das Wetter voraussagen, sah Stürme und Regen aufziehen, heiße Tage, die klar und windstill anbrachen. Sonnenauf- und Sonnenuntergänge. Obwohl sie das Meer nicht fürchtete und sich von März bis September weit hinauswagte, hatte man ihr beigebracht, es zu respektieren, etwaige Gefahren zu erkennen und eine gute Schwimmerin zu sein. Jeder kannte die Geschichten von abgetriebenen Touristen. Ein Kind, das allein am Meer war, ein kleines Kind, könnte sich bald in eine sehr reale Tragödie verwandeln. Selbst wenn diesem Kind immer wieder eingebläut worden war, bloß nicht allein ins Meer zu gehen, ohne einen Erwachsenen. Wenn Rachel nun aufs Meer blickte, sah sie einen grauen, unerbittlichen Feind. Warum hatte Gabriel dafür gesorgt, dass sie hier wohnten? Wo war Lizzie? Rachel wollte doch nur ihren kleinen Kopf irgendwo erspähen.

»Margo ist auf der Helling – sie hat ihr Fernglas dabei«, hörte Rachel Imogen sagen, dann schaute sie hoch nach Sandcove und sah ihre Mutter. Sie winkte ihnen zu. Rachel erkannte ihre Verzweiflung. Sie ging näher zu ihr, weil der Wind ihre Worte wegpeitschte. Der Wind schien stärker zu werden, es bildete sich mehr Gischt am Ufer, mehr weißer Schaum auf den Wellen.

Imogen rief Margo zu: »Kannst du etwas sehen? In welche Richtung sollen wir gehen?«

Margo rief zurück: »Komm, wir laufen nach Priory, ihr beiden durchkämmt den Horestone Point und die Wälder. Ich nehme den Weg über die Felsen, die Ebbe ist schon da. Alice, du bleibst im Haus!«

Rachel nickte und eilte zum Fußweg, der zu den Treppen hoch zum Waldgebiet auf dem Kliff über Priory führte. Sie wusste, wie matschig es sein würde, wie schwer für Lizzie, dort, ohne zu fallen, hochzuklettern. Die Holztreppen auf der Seite des Kliffs waren rutschig und mit einer dicken Schlammschicht bedeckt. Hoffnungslos schaute sie in den Matsch, auf der Suche nach winzigen Fußabdrücken. Lizzie hätte es nicht hier hochgeschafft, da war sie sich sicher. An einigen Stellen fiel das Kliff steil ab. Sie hatte beiden Kindern eingeschärft, dass es hier gefährlich war. Sie blickte hinunter zum Strand, wurde wieder einmal von der Schönheit von Priory Bay mit dem weißen Sandstrand angerührt, der halbmondförmigen Bucht, die von Bäumen umgeben war. Wie seltsam, immer noch ein Auge für Schönheit zu haben, wenn das Blut in den Adern eiskalt vor Furcht war. Von Lizzie keine Spur. »Sie ist nicht hier oben, ich weiß, dass sie nicht hier ist.« Sie drehte sich um und blickte ins schlammverschmierte Gesicht ihrer Schwester, die die Augen vor Angst weit aufgerissen hatte.

»O Gott, Imi, wo ist sie denn?«

»Komm, wir gehen wieder an den Strand und suchen Margo. Vielleicht gibt es etwas Neues von den anderen Suchtrupps.«

»Ich habe so eine schlimme Vorahnung.« Rachels Stimme brach, Schluchzer stiegen in ihrem Hals auf. Imogen nahm ungeduldig ihre Hand.

»Sag es nicht und denk es nicht einmal.«

Die Schwestern kletterten die Holztreppe wieder hinab, Rachel suchte den Sand fieberhaft nach kleinen Fußspuren ab. Priory Bay war eigentlich ein Privatstrand, der dem darüberliegenden Hotel gehörte – außerhalb der Saison verirrten sich nur einige ortskundige Hundebesitzer an dieses versteckte Fleckchen. Kleine Fußabdrücke hätte man hier schnell entdeckt.

»Hier sind keine Fußabdrücke, so weit hat sie es auf gar keinen Fall geschafft. Wir verschwenden hier unsere Zeit.«

»Moment.« Imogen war stehen geblieben, und Rachel, die nach unten blickte, lief in sie hinein.

»Was denn?«

»Margo winkt uns von den Felsen aus zu. Ich kann nicht erkennen, ob – aber es sieht so aus, als...«

Rachel schaute auch und sah, dass ihre Mutter ein kleines Kind wiegte – ihr kleines Kind.

»O Gott.« Rachel beugte sich nach vorn und würgte trocken in den Sand. Sie hustete und erbrach sich. Erleichterungsschluchzer entwichen ihr.

»Sie hat sie gefunden! Die schlaue Margo.« Imogen grinste und streichelte Rachel über den Rücken.

»Danke, danke. Gott sei Dank.«

»Das war die längste Stunde meines Lebens.« Margo thronte in dem Ecksessel in der Küche in Sandcove. Sie hielt die Tasse, die Tom ihr gegeben hatte und auf der der Schriftzug »Queen of Fucking Everything« prangte. Sie hatte sich ein Tuch um die Schultern gelegt, als wäre sie gebrechlich. Rachel saß mit gekreuzten Beinen auf dem Fliesenboden zu ihren Füßen, Lizzie hatte sich auf ihrem Schoß zusammengerollt und vergrub das Gesicht in Rachels Pullover, diese ganze Aufmerksamkeit schüchterte sie ein. Rachel streichelte ihre feinen Locken und beruhigte sie. »Ganz ruhig.« Rachel wurde vom Hass auf ihre Mutter überwältigt; Margos ständiges Auftrumpfen, ihr Drang, stets im Mittelpunkt stehen zu wollen.

»Ich hatte einfach das Gefühl, sie hätte sich in ihrem Geheimversteck verkrochen. War wohl großmütterliche Intuition.«

Rachel wollte wissen, woher Margo von dem Geheimversteck wusste, warum sie immer unbedingt alles wissen musste. Gabriel hockte am Küchentisch und sah zehn Jahre älter aus, er sprach Rachels Gefühle aus.

»Wir wussten nicht einmal, dass sie ein Geheimversteck hat.«

Imogen saß ihm gegenüber und legte ihre Hand auf seine. »Es ist so komisch, dass wir das durchgemacht haben und Sasha keinen Schimmer davon hat. Sollten wir sie nicht anrufen und es ihr erzählen?«

Rachels Stimme klang monoton und kalt. »Warum denn? Jetzt ist es vorbei, Lizzie ist in Sicherheit. Sasha kommt kaum noch her, ist das niemandem aufgefallen? Sie will kein Teil dieser Familie mehr sein, sie hasst Margo. Weshalb sollen wir sie damit belästigen?«

Es herrschte entsetztes Schweigen, aber Rachel wollte sich nicht am Riemen reißen, es tat ihr nicht leid. Es musste noch so viel aus ihr raus.

Imogen sagte schnell: »Du stehst unter Schock, du weißt, dass du das nicht so meinst.«

Margo warf Imogen einen Blick zu, der sie zum Schweigen bringen sollte, stand auf und stellte ihre Tasse vorsichtig auf die Kommode. »Was redest du denn da, Rachel, natürlich gehört Sasha zur Familie. Ich würde vorschlagen, wir gehen alle nach Hause und lassen dich etwas zur Ruhe kommen. Es war ein wirklich schwerer Morgen.«

Rachel konnte einfach den Mund nicht halten. Es machte sie wütend, Margos selbstgefällige Miene zu sehen und ihren Versuch, so zu tun, als wäre nichts passiert. Sie versuchte, leise zu sprechen, um Lizzie nicht zu erschrecken. »*Jetzt* willst du mich zur Ruhe kommen lassen? Gestern Abend wäre dir das im Traum nicht eingefallen – du hast die Küche okkupiert, hast eingeladen, wen du wolltest, und alle bis tief in die Nacht wach gehalten – und Imogens Gast hast du komplett unmöglich behandelt.«

Imogen, Alice und Gabriel schoben ihre Stühle nach hinten. Sie sahen alle, dass sich ein Streit zusammenbraute.

Gabriels Stimme klang hart. »Rachel, es reicht. Margo hat Lizzie heute gefunden.«

Margo hielt eine Hand hoch, um ihn zum Schweigen zu bringen. »Schon gut, Gabriel. Bedanken muss man sich bei mir nicht.«

Rachel warf Gabriel einen Blick zu. »Halt dich da raus, Gabriel. Du solltest zu deiner Ehefrau halten, nicht zu deiner Schwiegermutter.« Rachel stand langsam auf, sie hielt Lizzie auf dem Arm. »Alice, bitte leg Lizzie zum Mittagsschlaf hin.« Alice nahm Rachel Lizzie ab und verließ schweigend das Zimmer. In der Küche hing immer noch Spannung in der Luft. Rachel blickte Margo und Gabriel voller Verachtung an. »Ich bin euch beide so leid. Warum wohnt ihr nicht zusammen hier, kocht jeden Abend hübsch gemeinsam – und schmiert euch gegenseitig Honig ums Maul. Meine Abwesenheit würdet ihr doch kaum bemerken.«

Margo stand auf und blickte Rachel mit nach hinten gezogenen Schultern an. »Wir hatten uns darauf geeinigt, dass wir für Imogen eine Party ausrichten würden. Es ist nicht meine Schuld, dass sie mit einer Fremden hier aufgeschlagen ist und dass der Abend eine Katastrophe war. Imi, es tut mir leid, aber ich glaube, dass deine Rowan Melrose ganz schön überheblich und verwöhnt ist.«

Rachel schüttelte den Kopf, ihre Stimme troff vor Sarkasmus. »In deiner Welt bist nie *du* an etwas schuld. ›*Arme Margo.*‹ Schieb Rowan nicht die Schuld in die Schuhe, du allein bist dafür verantwortlich. Du verletzt alle – wiegelst alle auf – und versuchst immer, uns zu kontrollieren. Imogen kann mit nach Sandcove bringen, wen sie will, so lange ich noch hier wohne.« Rachel spürte Gabriels Blick.

»Was meinst du mit ›noch‹?«

»Ich will nicht länger in Sandcove wohnen. Ich finde es furchtbar hier. Und heute hätten wir beinahe Lizzie verloren, jetzt ist alles irgendwie ruiniert – kaputt. Ich will zurück nach London.« Rachel sah, dass Gabriel sie anstarrte, Imogens Mund stand offen. Um sie herum war Raum und Stille; sie fühlte sich völlig isoliert. Margos Gesichtszüge entglitten ihr, ihre Streitlust verpuffte. Für Rachel gab es gerade nichts Wichtigeres, als mit ihrer Mutter zu kämpfen.

Margos sprach mit leiser Stimme: »Wie schon gesagt, du musst tun, was für dich und deine Familie richtig ist.«

Gabriel hatte sich an den Küchentisch gesetzt. Rachel sah ihn den Kopf in die Hände legen. »Habt ihr beide darüber gesprochen?«

Alice kam wieder ins Zimmer und blickte Margo liebenswürdig an. »Margo, warum kommst du nicht nach Hause und ruhst dich aus?«

»Ich glaube, das werde ich tun.« Margo ging aus dem Zimmer.

Alice wartete kurz. »Denk dran, dass sie Sasha fast auf dieselbe Weise verloren hätte. Das wird sie daran erinnert haben. Und – nun ja – sie ist gerade nicht sie selbst. Rachel, setz dich doch, du zitterst ja.«

Rachels Beine bebten. Sämtliche Stärke war aus ihr gewichen. Sie sah Gabriels besorgten Gesichtsausdruck.

»Ja, setz dich. Kaffee ist jetzt keine gute Idee mehr – ich mache dir einen Pfefferminztee.«

Imogen war näher zu Alice gerückt. »Das mit Sasha wusste ich nicht. Was ist denn passiert?«

»Sasha war zwei. Wir haben alle zusammen dort draußen gepicknickt.« Alice machte eine Kopfbewegung zum

Küchenfenster mit Blick auf Strand und Meer. »Margo ist reingegangen, um Sasha einen Sonnenhut zu holen. Diesen gestreiften rot-weißen – den ihr alle getragen habt. Ich war drinnen und habe einen selbst gebackenen Kuchen geholt.«

Rachel wusste noch, wie sich dieser Hut angefühlt hatte, das geflochtene Stroh. »Ich erinnere mich an diesen Hut.«

»Margo hatte Richard gesagt, er solle auf Rachel aufpassen. Er hatte beim Mittagessen viel Wein getrunken. In dem Sommer hat er angefangen, einen Flachmann mit sich rumzutragen – von da an ging es steil bergab. Als Margo wieder rauskam, konnte sie Sasha nirgends entdecken.« In der Küche war es still. »Ich habe Schreie gehört, deine Mutter rannte panisch umher. Ich bin rausgelaufen, um zu helfen. Dein Vater ist aufgewacht und nutzlos umhergetaumelt. Etwas später ist Margo eingefallen, dass Sasha gerade gelernt hatte, die Verriegelung von Sandcoves Hintergartentor zu öffnen. Margo rannte in diese Richtung und fand Sasha, die sich ihr eigenes Picknick im Spielhaus im Garten servierte.«

Rachel blickte zu Alice, ihr Zorn war verraucht. Es tat ihr leid und sie war traurig. »Margo bemerkt immer alles. Auf diese Weise liebt sie uns, sie merkt sich alle Details aus unseren Leben. Aber manchmal ist es zu viel.« Alice nickte Rachel zustimmend zu.

Später, als das Frühstück abgeräumt und Pläne geschmiedet wurden, tauchte Rowan endlich auf, sie trug noch ihren Morgenmantel und schimmerte unter ihrem eilig aufgetragenen Make-up leicht grünlich. Sie stand an der Küchentür herum und beobachtete sie alle, als wären sie exotische Tiere. Schließlich entdeckte Rachel sie dort.

»Es tut mir leid, das Frühstück ist vorbei, Rowan, aber soll ich dir einen Tee oder Kaffee machen?«

»Ist das wieder mal eine Garnett-Tradition? Mit den Lerchen aufstehen? Imo, mir fehlt einer meiner Koffer. Ich habe aber ganz sicher alle mit reingebracht. Könnte Jonny ihn wohl holen? Oder schläft er noch seinen Rausch aus? Das würde mich nicht überraschen – ich habe ihn gestern Abend unter den Tisch getrunken. Und nach Mitternacht ist er ganz trübsinnig geworden – hat immer über Sasha gesprochen, die verschwundene Schwester, die ich noch gar nicht kennengelernt habe. Anscheinend noch eine Garnett-Schönheit und – wie sollte es anders sein? – auch noch clever. Schwarzen Kaffee bitte, keinen Instantkaffee.«

Rachel entdeckte Imogen draußen auf der Terrasse, sie blickte traurig aufs Meer. Sie setzte sich neben sie. »Das war ein langer Tag – und wir konnten uns gar nicht unterhalten.«

»Es macht mich traurig, dass du nicht mehr in Sandcove wohnen willst. Ich hatte keine Ahnung, dass du unglücklich bist. Du warst immer damit beschäftigt, dich um uns zu kümmern, wir haben nie daran gedacht, dich mal zu fragen...«

»Gabe und ich werden das alles klären. Ich schäme mich, ich war total kindisch. Vor allem, als Margo mir kein Kontra geben wollte.«

»Alice hat gesagt, sie wäre nicht ganz sie selbst. Glaubst du, dass vielleicht etwas Schlimmes dahintersteckt – eine Krankheit? Ich könnte es nicht ertragen, wenn...«

»Gott, das hoffe ich nicht. Sie ist nie krank.« Rachel betrachtete das Profil ihrer Schwester. »Margo will nur, dass du bei William in Sicherheit bist, dass er auf dich aufpasst. Aber das wird nun nicht mehr passieren, oder?«

Imogen starrte weiterhin fest auf den Horizont. »Ich denke nicht. Es wird schrecklich werden – William liebt mich auf seine eigene Art.«

»Ich weiß, dass er das tut. Und was machst du mit Rowan?«

»Ich habe keine Ahnung, ich liebe die Aufregung und das Drama. Aber wie können Menschen dauerhaft so leben? Es ist so ermüdend. Wie hat Margo das geschafft?«

»Sie lebt immer noch so ... In ihr brodelt es im Moment aus den verschiedensten Gründen. Ich vermute, sie wird es uns erzählen, wenn sie bereit dazu ist. Irgendwer muss Rowan mit ihrem verdammten Gepäck die Treppen runterhelfen. Ich würde es am liebsten ins Meer werfen. Es wäre eine gerechte Strafe für Jonny, weil er das alles verschlafen hat – verdonnern wir ihn dazu. Wir haben unsere Lektion gelernt: Bei den Garnetts sind Berühmtheiten tabu. Eine Diva in der Familie ist genug.«

19
Ein letztes Mal

Als Margo in der Dämmerung zurück zum Anderen Ort ging, überraschte sie das Licht, das sie unter den zugezogenen Vorhängen im Erkerfenster hindurchschimmern sah. Das Cottage gefiel ihr zum ersten Mal seit ihrem Einzug. Die Trauer über den Verlust von Sandcove hatte sie ihrer Umgebung gegenüber halb blind werden lassen. Jetzt stand sie vor dem kleinen schmiedeeisernen Tor und entdeckte die Schönheit des kleinen Formgartens. Sie bewunderte die hübsche königsblau gestrichene Tür und den Rosenbogen, der sie umrahmte, den Türklopfer aus einem Seilknoten, den Rachel ihr von einem Markt in Greenwich mitgebracht hatte. Ihre Mädchen wollten sie immer davon abhalten, ganz unverhohlen im Dunkeln in die Fenster anderer Menschen zu starren, doch nun konnte sie dastehen und ihr eigenes Cottage mit anderen Augen betrachten. Sie wusste, sie hatte heute Morgen die Vorhänge offen gelassen – und nur zwei Leute hatten Schlüssel: Carol und Jack. Ihrer Entscheidung zum Trotz wusste sie, nach wem sie sich sehnte, als sie ihren Schlüssel ins Schloss steckte.

Licht fiel unter ihrer geschlossenen Wohnzimmertür hindurch und sie hörte ein Feuer knistern und roch etwas, das ein Eintopf sein konnte. Sie versuchte, ihr wie wild pochendes Herz zu beruhigen, sie versuchte, wütend auf Jack zu sein, weil er unerlaubt ihr Cottage betreten hatte. Vor einem Monat hatte sie ihm geschrieben, dass sie sich nicht mehr mit ihm treffen wollte; seitdem hatte sie ihn nicht mehr gesehen. Aber sie brauchte und wollte den Abend, den er ihr anbot. Sie konnte keinen weiteren Abend mehr ertragen, an dem sie auf den Fernseher starrte und darüber nachdachte, dass Richard ihre Töchter vor seinem Tod sehen wollte – nach ihr hatte er nicht gefragt. Einen weiteren Abend, an dem sie um drei Uhr früh mit Teetassen durchs leere Haus wanderte. Selbst Bücher, sonst ein Rettungsanker, konnten Geist und Herz nicht beruhigen. Die Wörter schienen auf der Seite hochzuhüpfen, weigerten sich, in lesbaren Zeilen zu verharren.

Als sie zögernd dastand, öffnete sich knarzend die Tür und Jack stand da, grinste verhalten. Margo entdeckte die Kerzen auf dem niedrigen Tisch. Sie versuchte, ihm nicht in die Augen zu blicken.

»Ich weiß: Du hast gesagt, du wolltest mich nicht mehr sehen.«

Margo richtete sich auf und versuchte, ein wenig von ihrer üblichen herrischen Art auszustrahlen. »Ja, habe ich.« Er hatte sich noch nicht auf sie zubewegt, sie wäre verloren, wenn er das täte. Sie steckte in einem Dilemma. »Ich meine es auch so, Jack.«

»Du kannst mich nicht dauerhaft mit einer Nachricht abservieren. Das ist wirklich fies.«

»Ich bin fies, das weißt du doch.«

Schließlich schaute sie ihn doch an – sie sah Hoffnung und Verlangen in seinem Blick. »Du hättest es nicht tun sollen, Jack. Es ist nicht fair. Ich mache gerade ganz schön was durch...« Sie sprach nicht weiter, wollte aber reden, und zwar mit ihm reden, und er war hier. Es gab jedoch andere Dinge, die sie noch lieber machen würde.

»Bitte rede mit mir, wir haben mal über alles gesprochen. Ich vermisse das, genauso wie alles andere.«

Margo merkte, wie ihr die Röte ins Gesicht stieg. »Es ist das ›alles andere‹, woran ich gerade denke.«

Er lächelte nicht, schaute sie jedoch mit festem Blick an. »Ich auch.«

»Ich brauche Wein.«

Der Raum zwischen ihnen war voller Möglichkeiten. In ihrer Vorstellung war sie nackt, eng umschlungen mit Jack auf dem Teppich beim Feuer liegend, und jetzt war ihr klar, dass sie nur dieses Ergebnis akzeptieren würde. Sie würde sich ihre Entschlüsse und Prinzipien für den grauen Morgen aufbewahren, an dem er weg wäre und wenn es ohnehin trostlos sein würde. Was machte da schon ein wenig mehr Tristesse? Tee für eine Person und ein Haus, das immer noch leise war.

»Ich habe einen Wein aufgemacht, er steht neben dem Kamin, da solltest du auch sein – mit mir.«

Er trat einen Schritt nach vorn und wartete auf ein Zeichen von ihr.

Sie zog ihren Mantel aus und hielt ihm ihn hin. »Häng ihn bitte auf.«

»Warum hast du das getan? Warum hast du mir diese Nachricht geschickt?«

Margo beugte sich über ihn und griff nach dem Wein. Jack legte seine Hand um eine Brust. »Grandiose Titten.«

Sie lächelte und schenkte ihnen mehr Wein ein. Dann setzte sie sich auf, verschränkte die Beine und legte sich eine Wolldecke um die Schulter. Das Feuer erstarb gerade. Sie wollte die Stimmung nicht durch ein Gespräch verändern. »Ich habe dich und deine Frau gesehen, auf der Hauptstraße, an einem Abend, nach dem Segelklub.« Jack setzte sich auf, Angst spiegelte sich in seinem Gesicht. Margo wusste, warum. »Keine Sorge. Sie hat mich nicht gesehen. Aber ich habe dich gesehen.«

Nun schaute Jack Margo mitfühlend an. »Das tut mir leid.«

»Wir wohnen in einem Dorf. Das war unvermeidlich.«

»Ich wünschte mir, es wäre alles anders.«

»Aber so ist es nun mal.« Margo spürte, wie ihr die Spannung wieder in die Schultern kroch.

»Bitte sag mir, was los ist. Du wirkst traurig.« Er rückte näher zu ihr, schlang die Arme um sie und sie entspannte sich an seinem warmen, nackten Körper, nur einige Augenblicke lang.

»Richard liegt im Sterben.« Sie ließ die Worte in der Luft hängen. Jack setzte sich anders hin, damit er ihr ins Gesicht schauen konnte.

»Ich wusste gar nicht, dass du Kontakt zu ihm hast?«

»Habe ich auch nicht, aber seine zweite Frau hat Alice angerufen. Er bat darum, vor seinem Tod die Mädchen sehen zu dürfen.« Margo spürte, dass Jack nachdachte. Er wusste, wie vehement sie dafür kämpfte, dass ihre Töchter ein Leben ohne den Vater führen konnten, sie hatte häufig darüber gesprochen und er hatte es aufgegeben, sich mit ihr darüber zu streiten.

»Liegt es am Trinken? Dass er sterben muss?«

»Gute Frage.« Margo lachte laut und trocken. »Das würde man vermuten, nicht wahr?« Bitterkeit kroch in ihre Stimme. Jack umarmte sie ein wenig fester. »Aber nein. Anscheinend ist er schon seit Langem trocken. Es hat bestimmt trotzdem eine Rolle gespielt – er hat Leberkrebs.«

»Du meine Güte. Wie geht es dir damit?«

Margo umklammerte die Decke auf ihren Schultern. »Ich finde die Vorstellung schrecklich, dass er Angst hat. Er hat immer schon Dinge verdrängt. Er ist weggelaufen, wenn es schwierig wurde, aber diesmal kann er nicht fliehen. Es ist schwer, an ihn als kranken und schwachen Mann zu denken.« Margo hielt inne, sie war nun weit weg. »Wir waren anfangs so jung. Ich war erst sechzehn – ich hatte doch keine Ahnung von nichts. Ich wusste nicht, wie man einen Hausstand gründet oder was es bedeutete, verheiratet zu sein. Wir konnten beide nicht kochen. Ich erinnere mich an meinen Versuch, ein Kotelett in unserem winzigen Ofen zu grillen, wir saßen stundenlang da und nichts passierte, weil wir den Ofen falsch eingestellt hatten. Wir haben einfach aufgegeben und Wein getrunken. Gott, ich war so dünn, du hättest mich sehen sollen.« Margo kniff sich in den Bauchspeck unter der Decke und Jack nahm sie wieder in den Arm.

»Du bist perfekt, so wie du bist.«

Margo zitterte ein wenig und Jack legte noch einen Scheit in den Kamin. Sie beobachtete ihn, wie er das Feuer mit dem Blasebalg erneut entfachte, seine Sehnen und Muskeln im Feuerschein. Er setzte sich wieder hin und griff nach ihren Händen, fuhr mit dem Finger über ihre Handflächen.

»Ich stamme aus einer Familie, wo man mit sechzehn rausgeschmissen wurde. Zum Arbeiten.«

Margo dachte darüber nach. »Ich vermute, dass mein Auszug nur wegen unserer privilegierten Lebensweise schockierend war. Ich hätte bis zum Uniabschluss zu Hause bleiben sollen, anschließend irgendeinen soliden Eton-Absolventen heiraten.«

Jack hob die Augenbrauen. »Wünschst du dir nicht genau das für deine Töchter?«

Margo runzelte die Stirn. »Nein, Klugscheißer. Ich will, dass sie ihre Gehirne ordentlich benutzen und Männer finden, die diese Gehirne mögen.«

»Richard war älter als du, oder? Er muss gewusst haben, wie der Hase läuft.«

»Er war nie ein erwachsener Mann. Er wusste nie, wie spät es ist, war immer spät dran, immer verträumt. Er liebte es, nachts lange wach zu bleiben und Geschichten zu erzählen. So schlich sich die Trinkerei in sein Leben und nahm ihn Stück für Stück mit sich. Ich habe es nicht direkt bemerkt – ich habe damals fast rund um die Uhr als Journalistin gearbeitet und mich nachts irgendwo in Soho mit ihm getroffen. Ich war damals selbst ziemlich gut am Glas, ich konnte mit ihm mithalten, Drink für Drink...«

Jack unterbrach sie mit einem breiten Grinsen. »Auch heutzutage kannst du das noch ganz gut.«

»Sei nicht frech. Wir haben Soho bis zur Neige ausgekostet.« Margo schweifte ab, weil ihr eine Erinnerung an sie und Richard in den Sinn kam, wie sie beide barfuß die Dean Street hinabrannten, Händchen haltend und lachend. Sie wusste nicht mehr, wohin sie liefen oder wovor sie wegliefen oder wo sie ihre Schuhe gelassen hatten, aber sie erinnerte sich an das Gefühl, fast zu fliegen, das Gefühl intensiven Glücks, das alles einfärbte. »Wir haben nie eine Nacht getrennt voneinander verbracht, und wenn es keine Party gab, auf die wir gehen konnten, veranstalteten wir selbst eine, nur wir zwei am Küchentisch in East House.«

»East House? Schick, schick«, stichelte Jack und zeigte so seinen Neid. Margo ignorierte seinen Spott, plötzlich erinnerte sie sich ganz deutlich an eine kleine, ramponierte Badewanne auf einem Podest, voller Champagner auf Eis für eine Party.

»Ich habe seit Jahren nicht mehr an East House gedacht, dort war unsere Dachwohnung in einem Block bestehend aus Stadtvillen mit Blick auf den Battersea Park. Wir konnten aus dem Bett die Baumspitzen erkennen. Seine Mutter hat es für uns ausgesucht.«

Jack lachte über Margos Ton. »Mochtest du sie nicht?«

Margo zuckte die Schultern, nahm einen Schluck Wein und schüttelte ihre Locken. »Sie hat sich immer in alles eingemischt. Wollte immer nur das Beste für ihren Sohn. Ich gehörte nicht dazu. Sie hat diese Wohnung ausgesucht, weil die Adresse schick genug für sie war und wir in ihrer Nähe in Chelsea sein würden. Wir haben uns wegen der ganzen Rechnungen furchtbar in die Haare bekommen, Richard stopfte sie immer einfach in eine Schublade und mir war das Konzept Rechnung fremd, ich dachte immer, irgendwie würde alles schon bezahlt werden.«

Jack streckte sich im Feuerschein wie eine Katze, stützte sich auf die Ellbogen auf. »Du hast mir früher nie von diesem Teil deines Lebens erzählt. Wann war das? In den Fünfzigern?«

»Sehr witzig. Das war achtundsiebzig. Ich erinnere mich noch an die Telefonnummer. Die stand in dem Kreis in der Mitte des Bakelittelefons, das jetzt bei uns in Sandcove ist.

Richard hat ständig seinen Schlüssel verloren, deswegen habe ich immer rumtelefoniert, um herauszufinden, in welchem Pub er gewesen war.«

»Also hat es immer schon Anzeichen gegeben?«

Margos Schultern sackten nach unten. Sie schaute auf ihre Hände in Jacks, ohne Ehering, mit Falten, mit Altersflecken, mit Macken im Nagellack. An ihnen erkannte man ihr Alter. »Vermutlich – seit dem Abend, an dem wir uns kennengelernt haben, trank er ein Glas Wein nach dem anderen.«

Jack betrachte einen Augenblick lang ihr Gesicht. »Menschen treffen schlechte Entscheidungen. Machen Dinge immer schlimmer. Du bist davongekommen.«

»Ich bin nicht davongekommen. Er hat mich verlassen. Ist eines Abends verschwunden. Er wusste vor mir, dass es nicht mehr funktionieren würde.«

»Ich war immer davon ausgegangen, du hättest ihn rausgeschmissen.«

»Weil du mich nur als diejenige kennst, die ich jetzt bin. Damals wusste ich nicht, in welche Richtung ich abbiegen sollte, wie ich die Dinge wieder geradebiegen konnte. Nachdem die Babys da waren, war es, als wäre eine Glaswand zwischen uns. Ich konnte ihn sehen und mit ihm reden, aber ich kam nicht an ihn dran.« Beim Wort Baby entstand eine seltsame Stille zwischen ihnen. Margo war plötzlich traurig und versuchte, sich zusammenzureißen, weil sie Jacks Bild von sich entsprechen wollte. »Manchmal drängen sich Babys zwischen Menschen, die sich geliebt haben. Bei Richard vermute ich, er dachte, er hätte mich an eine neue Liebe verloren. Ich wollte zurück zu ihm, aber als ich da war, hatte er sich noch weiter entfernt. Ich wollte immer mehr Babys, weil sie mir das Gefühl gaben, die Familie zu haben, von der ich immer geträumt hatte. Und die Liebe, die mir die Kinder gaben, machte es mir leichter, die Liebe zu ignorieren, die mir entglitt.« Margo betrachtete Jack, der mit den Fransen der Decke herumspielte und ihrem Blick auswich. »Du bekommst noch ein Kind? Wir haben noch nicht darüber gesprochen.«

Jack blickte auf. »Margo, das kann ich nicht...«

»Ich weiß, das haben wir nie. Aber ich muss es wissen. Du meintest mal, dass es nicht so gut läuft ... mit deiner Frau. Keine Intimität. Und diese ganzen Nächte, in denen du am Ende der Bar im *The Ship* auf mich gewartet hast. Aber was ist mit den Babys? Sind die Babys ein Pflaster für dich oder dienen sie dazu, Dinge wiedergutzumachen?«

Jack legte den Kopf in die Hände und Margo fühlte sich plötzlich ganz nackt und kalt. Sie stand auf, sammelte ihre Klamotten zusammen und zog sich an. Jack blickte flehend zu ihr auf. »Das war es jetzt? Du schmeißt mich raus?«

»Ich kenne die Antwort schon.« Margo, die sich hastig angezogen hatte, setzte sich aufs Sofa. Jack hockte zu ihren Füßen, mit dem Rücken zu ihr. Sie wartete. Seine Stimme klang ängstlich, als er wieder etwas sagen konnte.

»Ich bin unglaublich gern Vater, ich wollte noch ein Kind. Die Kleinen machen mich und Jo stärker und besser. Aber so wird es zwischen uns nie sein.« Er schüttelte den Kopf. »Ich will meine Familie trotzdem nicht im Stich lassen.«

Margo seufzte, blickte auf Jacks Nacken, der plötzlich entblößt war, weil sein Haarschopf ihm über den Kopf in die Stirn fiel. »Du meinst, noch mehr als ohnehin schon?«

Ihre eigene Stimme klang alt und resigniert, müde vom Leben.

»Sei nicht doof.«

Sie waren kurz davor aneinanderzugeraten, doch Margo wusste, dass sie nicht genug Energie für einen Streit hatte. Sie suchte nach Worten, ihr traten Tränen in die Augen. Er würde nicht so leicht aufgeben. »Ich werde dich vermissen.«

Sie sah, dass auch seine Augen feucht wurden. »Mach das nicht.«

Margo schüttelte den Kopf, ihr Gesicht sah ernst aus. »Wenn wir doch nur Freunde sein könnten – aber ich finde dich zu heiß. Ich meine, schau dich mal an.« Sie wollte nach ihm greifen und sein Haar berühren, nur noch ein Mal, aber sie wusste, dass es ein Fehler sein würde. »Ich glaube, du ziehst dich am besten an und gehst.« Sie sagte es so freundlich wie möglich, doch in ihrer Stimme lag etwas Stahlhartes. »Lass uns immer liebevoll an unsere gemeinsame Zeit zurückdenken.« Gleich nach diesem Satz bemerkte sie, dass ihre Worte zu banal gewesen waren. Sie hörte sein ersticktes Schluchzen, er lief durch das Zimmer und sammelte seine Klamotten ein, das Gesicht hatte er von ihr abgewendet. »Jack, das war dumm von mir. Ich weiß nicht, was ich sagen soll. Ich weiß nur, dass Richard stirbt – das zwingt mich, mich mit allen schlechten Entscheidungen auseinanderzusetzen, die ich getroffen habe. Du bist mir wichtig, aber das hier war eine sehr schlechte Entscheidung. Du musst dich auf deine Familie konzentrieren.« Ihre Stimme bebte. Sie wollte, dass alles vorbei war. Jack verließ das Zimmer, um sich anzuziehen, und als er zurückkam, war sein Gesicht eine Maske, er blickte zu Boden.

»Ich werde niemals vergessen, was du mir bedeutet hast. Auf Wiedersehen, Margo.«

Als die Vordertür zuschlug, ließ Margo sich wieder aufs Sofa fallen und konnte gar nicht mehr aufhören zu schluchzen. Aus Selbstmitleid, wegen Jack, vor allem aber wegen Richard, der im Sterben lag.

20

Kunstpelz

London

Bei Tageslicht wirkte das *Colette's* in die Jahre gekommen. Das Geflecht der Stuhllehne war dabei, sich aufzulösen, die Teppiche waren fleckig und Spinnweben hingen an den Deckenenden. Eine wasserstoffblonde Kellnerin wischte mit einem feuchten Tuch über die Tische, zurück blieben einige einzelne Krümel. Imogen fand das seltsam: Einen Ort, der nachts so viel Magie und Abenteuer versprühte, so zu sehen, wie er wirklich war. Rowan saß neben ihr, zwitscherte wie ein Vögelchen und trank ihren zweiten Espresso. Sie spielte mit einer Packung Marlboro Gold, sie war nach wie vor genervt, dass Imogen unbedingt drinnen sitzen wollte.

»Es ist schon in Ordnung, was Oliver gesagt hat – dass ich irritierend aussehe. Er ist ganz offensichtlich ein misogyner Dinosaurier.«

»Mmm.«

»Ich bin es so leid, dass alle sagen, ich wäre in der Filmbranche besser aufgehoben. Dann geh ich halt zurück zum Film, mir doch egal – da wird man wenigstens ordentlich bezahlt. Und wie ein Star behandelt. Seit Olivers Rezension rümpft der Rest des Ensembles die Nase über mich. Und Harold stolziert angeberisch herum.«

Die ersten Rezensionen für das Stück *Standart* waren veröffentlicht und sie waren für Rowan alles andere als schmeichelhaft gewesen. Der *Guardian* hatte die Story gelobt, die Einblicke in die Familiendynamiken der Romanovs, und Imogen hatte den Artikel sorgfältig ausgeschnitten und an Margo geschickt. *The Times* hatte den Schauspieler gelobt, der Rasputin spielte, und »ein neues Dramatikerinnentalent namens Imogen Garnett« gepriesen, Rowan jedoch als »nicht überzeugend« bezeichnet. Anfangs war das Publikum hauptsächlich wegen Anna Karenina gekommen, doch nun änderte sich das, weil Mund-zu-Mund-Propaganda und die guten Rezensionen ihre Wirkung zeigten. Das Theater verlängerte die Spielzeit. Als Imogen sich ihren Erfolg langsam eingestand, fühlte es sich wie geheimnisvolle Alchemie an, an der sie nicht beteiligt war. Margo war am Telefon kurz angebunden und herablassend gewesen, meinte, sie hätte die ganze Zeit über gewusst, dass das Stück ein Erfolg sein würde. Nach dem Anruf fühlte sich Imogen ganz schal, fragte sich, wo ihre größte Unterstützerin geblieben war. Imogen versuchte, ein neues Stück zu schreiben, versuchte, sich von der Rezeption von *Standart* antreiben zu lassen, aber sie hatte sich von ihrem Leben in ein klebriges Netz einweben lassen, und immer, wenn sie sich bewegte, kamen Menschen und Verpflichtungen, die sie lähmten.

»Jacob hat etwas für mich auf dem Tisch liegen, aber es wird in Russland gedreht – noch ein russischer Schriftsteller, von dem ich noch nie gehört habe. Irgendwann werde ich in eine Schublade gesteckt, wenn ich wieder eine Russin spiele. Ich habe das Gefühl, ich brauche etwas wirklich Modernes. Und ich kann nicht von dir getrennt sein, Dramatikerin, nicht, wenn du mich so sehr brauchst. Deine Familie denkt nur an sich. Sie sind ebenso selbstsüchtig und melodramatisch wie deine Romanovs.«

Imogen hörte nur mit halbem Ohr zu. Es schien immer einen noch glamouröseren Ort zu geben, der Rowan anlockte, aber sie war lustlos und unentschlossen. Sie klammerte sich an Imogen, war needy und manchmal fies. Sie zog genüsslich über Imogens Familie her, über Imogens Aussehen und sogar über ihr Schreiben. Imogen ekelte sich vor sich selbst, weil sie immer noch völlig verloren war, was ihr Sexleben anging. Es war nicht mehr zärtlich und unentschlossen, sondern brutal und verzweifelt. Als Imogen an die Dinge gedacht hatte, die sie einander unter dem Deckmantel der Nacht angetan und an den Kopf geworfen hatten, konnte sie kaum glauben, dass wirklich sie das war, das mausgraue gute Mädchen. Sie fragte sich, ob andere Leute auch so etwas machten. Jetzt schob Rowan, die merkte, dass Imogen ihr entglitt, ihr verstohlen eine Hand in den Schoß, bewegte sie zwischen ihren Oberschenkeln.

»Wollen wir wieder zu mir und zurück ins Bett gehen? Den Tag noch mal von vorn beginnen – ich kann dafür sorgen, dass deine Laune besser wird.«

»Meine Laune ist nicht schlecht – ich bin nur spät dran.« Imogen schob Rowans Hand weg. »Ich muss los.«

Rowan verdrehte die Augen, nahm ihr Telefon und scrollte durch Instagram. »Dein Lieblingssatz.«

»Ja, aber ich muss wirklich los.« Imogen versuchte, sie zu beschwichtigen. »Hast du eine Ahnung, in welche Richtung ich muss? Sloane Square zum Victoria und dann...«

»Nimm dir einfach ein Uber. Er wohnt am Ende der Welt.«

»Ich kann es mir nicht leisten, ständig Ubers zu nehmen. Unbekannte Autorinnen verdienen nicht dasselbe wie Schauspielerinnen. Vor allem One-Hit-Wonder nicht.«

Rowan seufzte übertrieben. Jetzt, wo es mit Imogens Karriere voranging, hatte sie nur noch wenig Interesse daran, sie zu umschmeicheln oder zu ermutigen. Die Tage, an denen sie sich gegenseitig in den Himmel gelobt hatten, waren lang passé. Jetzt hackten sie aufeinander rum wie ein altes Ehepaar. Aber ein altes Ehepaar, das sich gegenseitig fesselte und Sexspielzeuge benutzte. Imogen zog ihre Kreditkarte raus und wollte bezahlen.

»Kannst du versuchen, einen Kellner auf uns aufmerksam zu machen? Zu dir kommen sie immer gerannt, sonst vegetieren sie nur vor sich hin.«

Rowan hob anklagend den Kopf hoch, ihr kunstvoller Messy-Bun wackelte dabei. »Du fandest es hier mal toll.« Rowan imitierte Imogens Stimme gekonnt, sie sprach ganz schrill, wenn sie aufgeregt war. »*Bitte, fahr mit mir ins* Colette's, *Rowan.*« Sie durchmaß den Raum mit ihrem Blick und lächelte den Kellner an und als er sie bemerkte, riss sie kokett die Augen auf. Der Kellner eilte zu ihnen. Es herrschte Stille, solange Imogen zahlte und Rowan wieder einmal nicht anbot, sich zu beteiligen. Als sie aus Sandcove zurückgekommen waren, hatte Rowan im Streit gehässig gesagt: »Bitte mach bei mir bloß nicht auf arme Dramatikerin. Deine Mutter hat dir eine Wohnung gekauft und deiner Familie gehört eine Strandvilla. Sie mag ja runtergekommen sein, aber das Grundstück allein ist bestimmt eine Million wert. Sie könnte dich jederzeit finanziell unterstützen.«

Rowan blickte Imogen an. »Wirst du es ihm *endlich* sagen?«

Imogen starrte geradeaus, sie beobachtete ein Paar, das gerade zu einem Tisch geführt wurde. Sie sahen beide so aus, als würden sie sich höflich behandeln, der Mann vergewisserte sich, dass die Frau mit dem Tisch zufrieden war, und überließ ihr dann höflich den besten Platz. Es erinnerte sie an William, der immer wollte, dass sie wegen kleiner Dinge glücklich war. Rowan besaß keinerlei Gespür für die kleinen Dinge. Als Imogen dieses Paar beobachtete, begriff sie plötzlich, dass Rowan, wenn sie Imogen zu der von ihr unbedingt geforderten dramatischen Geste gezwungen hatte, nach und nach das Interesse an ihr verlieren würde.

»Imogen?« Rowan klang bissig. »Es ist nicht fair, ihn hinzuhalten.«

Imogen zog langsam ihren Mantel an, ein Kunstpelz, den Margo ihr beim letzten Trip nach London geschenkt hatte. Als sie ihn anhatte, fühlte Imogen sich direkt von einer Art Macht durchströmt. Rowan streckte die Hand aus und streichelte den Arm des lilafarbenen Mantels.

»Der passt nicht zu dir, Dramatikerin.«

»Wirklich nicht? Ich liebe ihn.« Sie stand auf und schüttelte Rowans Hand fast ab. »Ich weiß noch nicht, ob ich es ihm erzählen werde. Der Moment muss passen. Bitte tu nicht so, als würde es dich kümmern, was William gegenüber fair wäre. Du denkst nur an dich selbst.«

Imogen floh fast schon aus dem *Colette's*, obwohl sie dachte: Wäre Margo an ihrer Stelle gewesen, hätte sie auf dem Weg nach draußen nicht so viele Tische und Stühle gerammt. Ihr war heiß in dem Mantel und ihre Augen und Wangen brannten, doch sie verspürte einen Adrenalinstoß.

Die Fahrt mit der Tube nach Queen's Park war lang und inmitten der rastlosen Menschenmassen und der heißen stickigen Waggons fühlte sich Imogen erst vom Gewicht des Mantels und dann von ihrer Angst runtergezogen. William hatte sie zum Mittagessen eingeladen und seine Stimme hatte am Telefon abgehackt geklungen. Er hatte sie nie gefragt, warum sie ohne ihn nach Sandcove gefahren war oder warum sie in der letzten Zeit so häufig weg war. Er hatte sie mit Hochzeitslocations und Buchungen in Ruhe gelassen. Sie wusste, dass er ihr irgendwie seine Mutter Ida vom Leib gehalten hatte. Es fühlte sich so an, als wäre es nie zur Verlobung gekommen – der einzige Mensch, der es noch erwähnte, war Margo, und selbst sie klang dabei halbherzig.

Eingeklemmt zwischen Körpern fragte Imogen sich, warum Margo so distanziert wirkte. Sie wollte Rachel anrufen und sie fragen, aber jetzt wusste Rachel über Rowan Bescheid und das verlieh ihren Unterhaltungen eine neue Brisanz. Rachel wollte, dass sie ihre Beziehung mit Rowan beendete, Rowan abservierte und irgendwie von vorn anfing. Dass sie reinen Tisch machte. Rowan war in Sandcove nicht gut angekommen. William hatte zwar auch nicht reingepasst, sich aber zumindest Mühe gegeben. Die gut organisierten Veranstaltungen begeisterten ihn, die Ausflüge, die stundenlange Planung erforderten. Er tolerierte die zahllosen Gestalten aus dem Ort, die unerwartet auftauchten, die exzessive Menüplanung, die Hunde und die Kinder, die Randale machten. Kommentarlos nahm er die riesigen Gin Tonics entgegen. Margo zwang alle, ab punkt sechs Uhr zu trinken. William hatte es versucht und wenn es ihm zu viel geworden war, war er an den Strand oder in das Arbeitszimmer voller Bücher gegangen. Imogen erinnerte sich an das Weihnachten, an dem Sasha und

Margo richtig schlimm aneinandergeraten waren und alle in den Streit hineingezogen hatten; dann hatte sie William mit den Kindern entdeckt, der geduldig eine Bahnstrecke baute. Imogen träumte davon, jemanden mit nach Sandcove zu bringen, der sich dort nicht nur rundum wohlfühlte, sondern auch den Traditionen und Hausregeln eine eigene Note hinzufügte, so wie Gabriel es getan hatte.

Als sie in Williams Wohnung ankam, ließ Ida sie hinein, drückte ihr die schmalen Lippen auf die Wange, betrachtete William von oben bis unten durch ihre Brille und ließ den ausgefallenen Mantel auf sich wirken. Imogen hatte immer das Gefühl, dass Ida sie von oben herab behandelte, wenn sie sich zu sehr als eine Garnett zeigte; allerdings bewunderte Ida diese Eigenschaften an Margo. Die Kellerwohnung war kalt und dunkel und Imogen wollte umgehend umdrehen und Lampen einschalten, doch vor Ida fühlte sie sich gehemmt. Etwas stimmte nicht, viele ungesagte Dinge hingen in der schalen Luft. Sie sah William, der zögernd am anderen Ende des langen, engen Flurs stand, mit einem Sieb in der Hand. Imogen versuchte, unbeschwert zu klingen.

»Wie schön, du isst mit uns zu Mittag?«

»Ja, Liebchen – ich hoffe, das ist okay?« Sie ging weg, um Imogens Mantel ins Schlafzimmer zu hängen.

»Ich mach das schon, Ida.«

William ging mit seinem liebevollen halben Lächeln zu ihr und Imogen umarmte ihn fester, als sie es normalerweise getan hätte; plötzlich freute sie sich wahnsinnig, ihn zu sehen, sein lebendes, atmendes Wesen beruhigte sie, er trug seinen dunkelblauen Lieblingspullover. Das passierte häufig, wenn sie ihn sah, sie klickten wieder ineinander wie zwei Puzzleteile und Imogen konnte sich entspannen, weil William nichts von ihr verlangte oder nicht erwartete, dass sie sich wie jemand anders verhielt.

Ida tauchte wieder auf und blieb, beobachtete sie. »Ah, das ist schön, William meinte, er hätte dich eine Weile nicht mehr gesehen, du warst so mit dem Stück beschäftigt.«

Imogen löste sich von ihm. »Ja, es war ganz schön viel los. Und jetzt schreibe ich schon wieder eins, deswegen…« Imogen hasste es, vor Ida vom Schreiben zu sprechen, weil diese es als eine Art Zeitvertreib betrachtete, der sie von ihrem Sohn fernhielt, obwohl dieser sie doch so sehr brauchte.

»Mum, warum machst du Imogen keinen Drink? Ich habe Gin für dich besorgt, Imi. Den, den wir immer in Sandcove trinken, Mermaid irgendwas.«

Imogen belohnte William mit einem breiten Lächeln. »Ich wusste nicht, dass man ihn außerhalb der Insel bekommt?«

»Es ist Wahnsinn, was man alles im Internet findet.« William grinste zurück.

»Ihr jungen Leute verbringt zu viel Zeit in diesem Internet.«

»Mum, die Drinks. Ich nehme nur ein Tonicwater.«

»Trinkst du keinen Alkohol mehr?«, rief Imogen William nach, als er hinter Ida in der Küche verschwand. Sie folgte ihnen nicht, weil in der Küche nur zwei Menschen bequem Platz hatten. Manchmal machte William strenge Diäten, wenn er für einen Marathon trainierte, etwas, das er ein- oder zweimal pro Jahr tat. Imogen wusste nicht, was Sache war; sie blickte sich im Wohnzimmer nach Hinweisen um.

»Nur vorübergehend.«

Im Wohnzimmer trank Imogen ihren Drink, die knackenden Eiswürfel klangen tröstlich. Sie hätte wetten können, dass es Neuigkeiten gab. Ida konnte nicht still sitzen. William war blass. Imogen sah auf dem Bürgersteig über sich die Füße von Passanten vorbeigehen und fragte sich, wohin sie wollten, was sie machten.

»Los, spuck's besser aus, William. Erlöse das arme Mädchen von seiner Qual.«

»Mum.« Imogen hatte William noch nie mit so strenger Stimme reden gehört. Sie stellte ihren Gin klirrend auf den Couchtisch mit Holzfurnier und verschüttete etwas, es tropfte auf den Teppich.

»Was ist los?«

Ida sprang von ihrem Stuhl auf und Imogen dachte, sie würde den Gin wegwischen, doch dann sah sie, dass ihr Gesicht verzogen war, als hätte sie Schmerzen. Ida lief nun hin und her und starrte William dabei die ganze Zeit lang an.

»Bei mir wurde Hodenkrebs diagnostiziert.«

»O Gott, William.« Imogen hörte, dass Ida ein Schluchzer entwich, William ging langsam zu seiner Mutter, die ihren Kopf in seinem Pullover vergrub und leise schluchzte.

»Es tut mir leid. Mum wollte mir hier helfen, aber sie kommt nicht gut mit der Diagnose zurecht.« William lächelte Imogen über Idas Kopf hinweg an und blickte zur Decke, eine Geste, bei der sich Imogens Herz zusammenzog. Sie sah alles vor ihrem inneren Auge – wie mutig William sein würde. Imogen fühlte sich wie ein Kind, das nicht wusste, was ein Erwachsener in dieser Situation machen würde. Sie wusste, dass sie ihm Fragen stellen sollte.

»Es tut mir so leid. Wie hast du das herausgefunden? Wie geht es jetzt weiter?« Imogen dachte an den Krebsknoten und daran, dass sie seit einigen Monaten nicht mehr die Gelegenheit gehabt hatte, ihn zu ertasten. William hatte sich bestimmt einsam und verängstigt gefühlt, die ganze Zeit über, in der sie mit einem TV-Star ins Bett gegangen war. William löste sich von Ida, die etwas davon murmelte, dass sie sich ein Taschentuch holen wollte, und aus dem Zimmer ging. Er setzte sich neben Imogen. Alles fühlte sich unwirklich an. Sie entdeckte Angst in seinem Blick, die unter seiner Sorge für sie lag.

»Es ist Krebs im zweiten Stadium. Das heißt, in einem meiner Hoden ist ein Knoten. Der Hoden muss entfernt werden, dann bekomme ich eine Chemo. Das Karzinom hat bis in einige Lymphknoten gestreut.«

»Ich glaube es einfach nicht, es ist so unfair – du bist so jung und lebst so gesund.« Alles, was ihr einfiel, wirkte schrecklich klischeehaft. Sie wusste, dass andere Männer ihre Hoden als »Eier« bezeichnen und derbe Witze machen würden, um ihre Angst zu verbergen. Sie konnte die dummen Gedanken nicht verhindern, die ihr einfach kamen. »Bekommst du ... bekommst du einen neuen?«

»Ja, der wird rekonstruiert. Mach dir keine Sorgen, du heiratest niemanden mit Asymmetrien.«

Bei der Erwähnung der Hochzeit entstand eine seltsame Stille. William starrte auf das Stück Teppich unter ihren Füßen. Imogen hakte sich schnell bei ihm ein, er hatte den Arm an sich gepresst.

»Ich will dir beistehen, wenn du operiert wirst, wenn du die Chemo bekommst. Bitte sag, was ich machen kann, um dir zu helfen – ich will helfen.«

Ida kam zurück, war wieder so aufgeräumt wie üblich. Imogen erkannte die Spuren ihrer Trauer unter dem ordentlich aufgetragenen Lippenstift und dem zugeknöpften Cardigan.

»Natürlich willst du helfen. Du bist so ein nettes, wohlerzogenes Mädchen. Deine Mutter hat – trotz der Umstände – so gute Arbeit geleistet. Ich wäre einfach zusammengebrochen.«

Das sagte Ida immer wieder gern auf. Imogen konnte sich dieses Mal eine Antwort nicht verkneifen, der Stress der Situation machte sie gereizt: »Ida, sie ist sehr wohl auch zusammengebrochen – und hat damit unsere Kindheit ruiniert.« Imogen blickte auf und sah Ida und William, die sie beide anschauten. »Sorry.« Sie guckte wieder zu William, der erneut eingehend seinen Teppich betrachtete. »William? Alles in Ordnung mit dir?«

»Ja.« Er stand auf. »Ich würde die Hochzeit gern verschieben – bis es mir wieder gut geht. Es tut mir leid.«

Ida blieb der Mund offen stehen. Sie sah aus wie ein Fisch, dachte Imogen. Ida fing an drauflozuplappern. »Aber William, du hast mir gar nicht erzählt, dass du darüber nachdenkst.«

»Der Gedanke ist mir gerade erst gekommen.«

»Aber du darfst nichts überstürzen, mein Lieber. Was ist denn mit Imogen, sie braucht doch etwas, worauf sie sich freuen kann, was sie planen kann.« Ida blickte Imogen flehend an. »Imogen? Und was ist mit Margo? Margo wird darüber ganz und gar nicht erfreut sein.«

Williams Gesicht blieb ausdruckslos. Imogen lächelte Ida freundlich an. »Wegen mir und Margo musst du dir keine Sorgen machen. Margo wird es verstehen. Das Wichtigste ist, dass wir uns auf William und seine Genesung konzentrieren – darauf, was William will.«

»Mum, schau mal, es ist ja nicht so, als hätten wir schon viel organisiert, oder?« Der Kommentar wirkte spitz und Ida errötete.

»Du hast gesagt, ich soll mich da raushalten und es ist traditionellerweise die Seite der Braut, die das Ruder in der Hand hat. Ich wollte nicht zu aufdringlich sein, du sagst mir immer, dass ich zu aufdringlich bin.« Ida stiegen erneut Tränen in die Augen. Imogen spürte Williams Blick auf ihr.

»Imi? Dir macht das doch nichts, oder? Dann haben wir mehr Zeit. Ich weiß nicht, ob ich während der Chemo genug Energie haben werde.«

Imogen schlug sich auf Williams Seite. »Natürlich nicht. Bislang war ich völlig nutzlos, weil ich mich nur um das Stück gekümmert habe. Und ich will, dass wir alles gemeinsam planen. Andernfalls wird Margo einfach das Kommando übernehmen und das fändest du furchtbar!« Imogen lächelte schwach. »Ändere nur nicht deine Meinung bitte.«

»Sei nicht albern, der Gedanke daran wird mich alles überstehen lassen. Kommt, wir essen jetzt – ihr beide müsst schrecklichen Hunger haben.«

In dieser Nacht blieb Imogen bei William und sie sprachen nicht viel, weder über Krebs noch über die Hochzeit. Sie aßen große Mengen übrig gebliebener Bratkartoffeln und saßen auf Williams ungemütlichem Sofa eng beieinander, schauten ein altes Boxset von David Attenborough, das Tröstlichste, was sie finden konnten. An dem Abend wickelte Imogen sich um ihn und fand es schwer, nicht daran zu denken, was in ihm geschah. Im Deckmantel der Dunkelheit flüsterte sie. »Hast du Angst?« Und er antwortete: »Ja, ein bisschen. Danke, dass du hier bist.« Und dann schliefen sie zusammen eingerollt wie ein kleines kuschliges Bündel und Imogen hatte das Gefühl, dort zu sein, wo sie sein wollte. Ihr letzter Gedanke beim Einschlafen galt Rowans hübschem wütendem Gesicht und dass sie mutig sein und Rowan sagen müsste, es wäre vorbei, weil William sie brauchte. Es war, als hätte sie nun ein Ziel und neue Klarheit gewonnen.

Am Morgen erwachte Imogen sehr früh, ihre ganze Zielstrebigkeit war wie weggeblasen. Hoffnungslosigkeit und Angst krochen in sie hinein. Ihr Magen fühlte sich an wie Blei, sie lag reglos neben William und war wie erstickt von der schweren Decke und dem Mief im Zimmer. In der Wohnung müffelte es nach Bratkartoffeln und Schweinefett und Imogen wollte unbedingt aufstehen und alle Fenster aufreißen, sich ein großes Glas kaltes Wasser einschenken. Die Radiatoren gingen an und der Gestank nach verbranntem Staub erfüllte das Zimmer. Es war zu früh, um William aufzuwecken, deswegen lag sie da und fühlte sich, als wäre sie in einer Version der Hölle gefangen, einer, die sie sich selbst erschaffen hatte. William war im Umgang mit seiner Mutter so ruhig und tapfer, obwohl sie doch eigentlich ihm beistehen sollte. Er war liebevoll zu Imogen gewesen, sorgte sich, ob er sie wegen der verschobenen Hochzeit verletzte. Und er hatte Krebs, er hätte an sich denken sollen. Er verdiente jemand Besseren als sie. Imogen musste sich eingestehen, was sie jemandem angetan hatte, der ihr vertraute, der sie lange geliebt und unterstützt hatte. Zwei Stunden lag sie da und sah die Dinge endlich, wie sie wirklich waren. Sie und William waren nicht für eine lebenslange Verbindung gemacht, sie würden sich früher oder später enttäuschen. Sie hatte versucht, Margo glücklich zu machen, etwas Sicheres voller Geborgenheit aufzubauen. Und dennoch wusste sie, dass sie nach mehr suchte. Der Junge in Italien und die Sommerromanze mit Rowan waren verräterische Anzeichen. Als das morgendliche Vogelgezwitscher ertönte, stellte sich Imogen den Lügen, die sie sich eingeredet hatte, den Lügen im Hinblick auf ihre Wünsche und Bedürfnisse. Sie wusste, dass es albern und falsch war, aber ihr Herz wollte die große, tragische Liebe, wie die von Margo und Richard.

Als William sich langsam rührte, setzte Imogen sich mit ihrem Kissen im Rücken auf und saß da, die Hände im Schoß verschränkt, und wartete. Sie hätte sich keinen schlechteren Zeitpunkt aussuchen können, das wusste sie, aber auf diese Weise würde sie ihn nicht mehr im Stich lassen. Sie musste mutig sein. So könnte sie für ihn da sein, bei all den Herausforderungen die kommen würden, als Freundin, als ehrliche Person. Auf diese Weise würde sie sein Leben nicht zerstören. Sie würde es ihm sagen, nicht wegen Rowan – mit Rowan gab es auch keine Zukunft, Rowan war sexy, aber ein Monster –, sondern weil sie das schon vor Jahren hätte tun sollen. William war so anständig, er hätte ihre Verlobung niemals aufgelöst, selbst wenn auch er das Gefühl gehabt hätte, dass sie nicht zueinanderpassten. Sie musste ihn loslassen, damit er eine Person finden konnte, die ihn von ganzem Herzen liebte – und er würde jemanden finden, weil er so ein guter, liebevoller Mann war. Sie würde die Stärke von zehn Margos aufbringen und nie von seiner Seite weichen bei all seinen Operationen und Behandlungen. Aber zunächst musste sie die richtigen Worte finden, um ihm mitzuteilen, dass ihr klar war: Sie hatte einen schrecklichen Fehler gemacht, diese Hochzeit konnte nicht stattfinden.

21
Rachel Victrix

Isle of Wight

Die Originalfliesen in der Diele von Sandcove waren Margos ganzer Stolz. Sie waren gefärbt wie getrocknetes Blut und hatten all die Jahre unversehrt überstanden. Margo hatte sie mit Argusaugen bewacht und als Kinder hatten sie oft gesehen, wie sie auf Händen und Knien mit einer Nagelbürste die Fugen schrubbte. Margo hatte es Carol nicht zugetraut und ungefähr eine Woche vor Weihnachten immer dafür gesorgt, dass die Fliesen gereinigt wurden – das gehörte zur langen und gründlichen Vorbereitung von Sandcove auf den großen Tag. Rachel hasste den Druck, den Zauber ihrer Kindheit wiederaufleben lassen zu müssen, ohne auch eine der zahllosen Traditionen von Sandcove vernachlässigen zu dürfen. Sie hätte beim ersten Weihnachtsfest einfach unbekümmert ihren eigenen Weg gehen sollen, doch stattdessen hatte sie schuldbewusst geschuftet und versucht, Margos Weihnachten zu reproduzieren – kein Kristallglas und keine Diptyquekerze standen am falschen Ort. Sie hatte Menüs und Gästelisten kopiert und jetzt musste sie damit weitermachen; ein Teil von ihr freute sich, aus Weihnachten ein riesiges Fest für Lizzie und Hannah zu machen, ihr Zuhause in einen Leuchtturm für Feiernde zu verwandeln, ein anderer Teil von ihr war erschöpft von den Verpflichtungen, sehnte sich nach einer kurzen Weihnachtsaffäre mit einem Fremden. Rachel hatte die Fliesen etwa ein Jahr lang nicht mehr gründlich gereinigt und war genervt von den spitzen Bemerkungen der schier endlosen Besucherströme. »Diese Fliesen haben aber auch schon bessere Zeiten gesehen« oder »Bei Margo sahen die Fliesen wie neu aus, ich vermute, du hast einfach Besseres zu tun«. Sie betrachtete sie verärgert, als sie die Hintertür zuschlagen und dann ein Rascheln in der Stiefelkammer hörte.

Rachel rief, obwohl sie wusste, wer es sehr wahrscheinlich war: »Wer ist da?«

»Ich bin's nur – habe dir ein bisschen Holz mitgebracht.«

Rachel murmelte sich selbst zu, während sie zur Rückseite des Hauses ging: »Geduld, Geduld.« Margo zog kleine Säcke voller Holz durch die Stiefelkammer. Sie blickte auf, als sie Rachels Anwesenheit im Türrahmen spürte.

»Tom hat mir so viel Holz mitgebracht, ich weiß nicht, was er sich dabei gedacht hat. Ich sage ihm immer wieder, dass der Kamin am Anderen Ort winzig ist. Deswegen habe ich es dir mitgebracht. Du wirst für Weihnachten mehr Holz brauchen.« Margo richtete sich auf, hatte dabei die Hände auf den unteren Rücken gelegt, ihr Gesicht war schmerzverzerrt.

»Hast du wieder Rückenschmerzen?«

Margos Stimme klang schneidend. »Mir geht es gut. Ist Gabriel hier?«

»Nein, er ist mit Jonny in London. Die beiden gehen richtig groß feiern. Sie hoffen, dass sie Sasha zum Mitkommen überreden können.«

»Gott, ich hoffe, Phil ist nicht mit dabei, sonst wird das sicher nicht besonders unterhaltsam.«

Rachel hob die Augenbrauen und schaute ihre Mutter

an, die sich nun auf der Bank ausruhte. »Sie gehen ohne ihn. Jonny macht sich Sorgen um sie.«

»Das tun wir alle.« Margo fing an, in den tiefen Taschen ihres Regenmantels rumzukramen. »Hat sie gesagt, dass sie zu Weihnachten hierherkommt?«

»Noch nicht. Ich arbeite dran. Jonny hat Gabriel erzählt, er glaubt, sie hätten Eheprobleme.«

Margo blickte kurz hoch zu Rachel. »Das habe ich mir bei ihrem letzten Besuch auch gedacht. Du nicht? Ich wünschte, sie würde mit uns reden, sie ist unmöglich. Und inzwischen verhält Imogen sich auch ganz geheimnisvoll und ist schweigsam. Was zum Teufel ist denn da los? Was für ein Weihnachten soll das werden, Herrgott noch mal?«

Rachel dachte an die ganzen Weihnachten, die durch Margos pure Willenskraft erschaffen worden waren, voller Cocktails und Champagner, lodernder Kaminfeuer, Girlanden und Kerzen, obwohl andere, gewichtigere Dinge vor sich gingen. Weihnachten in Sandcove, der Inbegriff von Ehrgeiz und Stil, das waren immer die Konstanten in ihren Leben gewesen. Dieses Jahr allerdings spürte Rachel, dass selbst Margos Entschlossenheit, jedes Detail aus der Vergangenheit heraufzubeschwören, schwand. Sie wirkte müde und seltsam freudlos.

Margo reichte Rachel ein zusammengefaltetes Stück Papier. »Gabriel wollte das Rezept für Bœuf bourguignon. Sag ihm, es liegen sechs Flaschen Jahrgangs-Champagner von Bollinger im Keller, die wir irgendwann trinken können. Wenn er am Zweiundzwanzigsten mit den Kanapees Hilfe braucht, kann ich vorbeikommen.«

Rachel nahm das Stück Papier, faltete es auf und steckte es sich in die Tasche. »Bist du sicher, dass du mit Gabriel die Party ausrichten willst? Das ist viel Arbeit vor Weihnachten. Es bedeutet, dass die Kinder lange wach bleiben und müde sind, bevor Weihnachten überhaupt begonnen hat...«

Mit einem Blick unterbrach Margo Rachel. »Das ist eine Tradition. Warum trägst du diese schrecklichen Klamotten?«

Rachel schaute runter auf ihr weites T-Shirt und die Leggings. »Ich wollte die Fliesen schrubben. Mit dem Dekorieren beginnen – Alice hat die Kinder heute genommen.«

Margo stand auf, war plötzlich wieder voller Elan. »Ich kann mich doch zu Hause umziehen und dann zurückkommen, um dir zu helfen? Ich mache die Fliesen gerne. Das ist eine gute Ablenkung. Hast du die Weihnachtsdekoration vom Dachboden geholt?«

Rachel atmete tief ein. »Noch nicht.«

»Okay, dann mach das zuerst. Und hol auch die Lichterketten und Girlanden für die Treppe, die sind im Schrank im Gästezimmer – aus irgendeinem Grund haben sie es nicht bis auf den Dachboden geschafft. Ich bin in einer halben Stunde wieder hier.« Margo ging zur Hintertür und setzte ihre Kapuze auf. »Du weißt ja, dass ein Sturm aufzieht, über dem Meer haben sich schwarze Wolken zusammengebraut. Es wäre gut, die Tür des Schuppens zu verriegeln, sonst wird der Wind sie aufdrücken.«

Rachel beobachtete, wie ihre Mutter mit der Hintertür kämpfte, draußen heulte der Wind. »Okay.«

»Und Rach – ich brauche einen Schwamm, einen Eimer mit warmem Wasser und Spülmittel drin.«

Margo war gerade erst gegangen, als Rachel die Türklingel hörte. Es sollte eigentlich einer der seltenen Tage sein, wo sie das Haus nur für sich hatte, und trotzdem kamen ständig Leute vorbei, so wie immer. Rachel ging langsam zur Haustür und hoffte, dass wer immer es auch sein mochte, einfach wieder gehen würde. Stattdessen erinnerte es an eine Wiedergeburt von Richard, jemand, der einfach den Klingelzug unten hielt, sodass Rachel schon genervt war, als sie die Tür aufriss. Auf der Treppe entdeckte sie ein schmächtiges Mädchen, das billige Kleidung trug und streitlustig dreinblickte. Sie fiel auf mit ihrer blassen Haut und dem roten Haar. Wie ein Wesen aus einem Märchen, dachte Rachel.

»Kann ich Ihnen helfen?«

»Sind Sie Rachel Garnett?«

Ihre Stimme klang weich und kindlich. Rachel blickte an ihr vorbei auf die Ufermauer, wo die Swinburns mit ihrem Spaniel spazieren gingen. Sie schauten rüber, Rachels Besucherin hatte zweifellos ihre Aufmerksamkeit erregt. Rachel winkte ihnen zu.

»Ja.«

»Könnten wir uns kurz unterhalten? Ich kenne Ihre Mum, Margo. Die, die im Pub arbeitet.«

Rachels erster Gedanke war, dass es etwas mit Margo und Jack Walker zu tun hatte. Dass es da Ärger geben würde, hatte sie ja schon erwartet. Es könnte Jacks Frau sein. Wenn dem so wäre, sollte sie besser schnell reinkommen, ehe noch mehr Leute sie sahen. Sie bemerkte, dass der Blick des Mädchens hin und her huschte, dass sie mit ihren Händen spielte, von einem Fuß auf den anderen hampelte. Sie sah aus, als würde sie in ihrer dünnen Jeansjacke frieren; irgendwas an dem Mädchen weckte in Rachel mütterliche Gefühle.

»Dann kommen Sie am besten rein.« Intuitiv führte Rachel sie in das weniger persönliche Wohnzimmer und nicht in die warme, vollgestellte Küche, an der man das Familienleben besser ablesen konnte. Das Wohnzimmer wirkte herrschaftlich mit seinen riesigen cremefarbenen Sofas, dem polierten Piano, auf dem Bilder von den Garnetts in silbernen Rahmen aufgestellt waren. Es roch nach Holzrauch und Meer und Margos Hunden, deren Bett immer noch dort lag. Rachel nahm den Sessel und wies das Mädchen an, sich daneben aufs Sofa zu setzen.

»Und, wie kann ich Ihnen helfen?« Rachel hörte, dass ihre Stimme arrogant klang, sie spielte die Gutsherrin, so gut sie konnte. Die junge Frau hockte am Ende des Sofas, ihr Blick scannte das Zimmer, wurde von den Fotos angezogen. Rachel begann, sich unwohl zu fühlen, als sie sah, wie das Mädchen die Bilder betrachtete. »Worüber wollten Sie denn mit mir reden?«

»Über mich und Gabriel. Wir lieben uns.« Plötzlich strahlte sie. Rachel bemerkte, dass sich ihr Magen zusammenzog und das Herz wie verrückt pochte. Die Angst, die sie mit sich rumgeschleppt hatte, die sie die ganze Zeit zu unterdrücken versucht hatte, kam hoch. Sie wusste, dass sie ihre Gefühle vor diesem Mädchen unter Kontrolle halten musste. Vielleicht war sie eine verrückte Patientin und log. Rachel durchforstete ihr Hirn rasch nach Dingen, die andere Leute gesagt hatten, um das Verhalten dieses Mädchens zu erklären. Hatte Jonny nicht erzählt, es gebe eine hilfsbedürftige Patientin, die Gabriel nicht im Stich lassen konnte, weswegen er auch nicht zum Klassentreffen gefahren war? Gabriel hatte ebenfalls eine schwierige Patientin erwähnt. Rachel verschränkte die zitternden Hände fest im Schoß. Sie sah, dass das Mädchen auf eine Antwort wartete. »Das halte ich für unwahrscheinlich. Gabriel und ich sind sehr glücklich verheiratet, wir haben zwei Töchter. Wir wohnen zusammen in diesem wundervollen Haus. Ich vermute, Sie haben etwas falsch verstanden.« Rachel wollte das Mädchen anschreien, rauswerfen und Gabriel auf dem Handy anrufen, tief im Inneren wusste sie jedoch, dass sie vorsichtig vorgehen sollte.

»Wir wollen zusammen sein. Er will nicht mehr mit Ihnen hier leben.«

Rachel klang herrisch. »Wann hat er Ihnen das gesagt? Haben Sie irgendeinen Beweis dafür? Nachrichten?« Rachel sah, dass die junge Frau den Fokus verlor, ihr die eigene Überzeugung entglitt. Die Kleine nahm das Telefon aus der Tasche, legte es auf ihren Schoß, drehte es um und betrachtete es, als hoffte sie auf ein Klingeln.

»Das sind private Nachrichten. Zwischen mir und ihm, die dürfen Sie nicht lesen.«

»Sie sind eine Patientin, nicht wahr?«

Das Mädchen sah sie kurz und erschrocken an. »Wir sind Freunde, er meinte, wir könnten Freunde sein.«

»Also nur Freunde? Oder sind Sie ineinander verliebt? Sie widersprechen sich. Ich glaube, dass Sie bei Gabriel in Behandlung sind.«

»Sie müssen mir glauben. Wir werden zusammen sein. Er meinte, er würde auf mich aufpassen. Er meinte, er würde sich mit mir auf einen Drink treffen oder zum Quatschen.« Der Blick des Mädchens war flehentlich und sie versuchte, in Rachels Gesicht zu lesen.

Rachel bemühte sich, ihre Stimme etwas freundlicher klingen zu lassen. Sie sah, dass das Mädchen nun weniger sicher war. »Sie müssen etwas missverstanden haben. Gabriel ist Ihr Psychotherapeut. Sie sind ihm als Patientin wichtig. Mehr nicht. Er würde Sie niemals auf eine falsche Fährte locken oder sich mit Ihnen außerhalb der Sitzungen treffen wollen.«

Das Mädchen stand unvermittelt auf, das Handy fiel mit einem dumpfen Schlag zu Boden und sie schauten es beide an. Rachel dachte, sie könnte in Gefahr sein, das Mädchen könnte versuchen, ihr wehzutun. »Sie haben unrecht«, sagte das Mädchen. »Er will mit mir zusammen sein, ich weiß, dass er das will. Ich kenne ihn.«

»Ich werde heute Abend mit Gabriel darüber sprechen, dass Sie hier waren. Und worüber wir gesprochen haben. Wie heißen Sie?«

Das Mädchen nahm das Telefon. »Ich spreche zuerst mit ihm, ich rufe ihn an.«

Rachel stand auf. »Wenn ich mit ihm spreche, können wir sichergehen, dass es keine Missverständnisse gibt. Stalken Sie ihn?«

»Ich heiße Elizabeth. Manchmal laufe ich ihm über den Weg. Der Ort ist klein.«

Rachel betrachtete das Mädchen. »Der Ort ist sehr klein. Ich glaube, Sie sollten jetzt gehen, Elizabeth.« Rachel ging hinter dem Mädchen zur Tür, öffnete sie und sah ihr nach, wie sie langsam die steile Treppe von Sandcove hinunterging. Unten schaute das Mädchen sich um, als hätte sie sich verlaufen, und schlenderte dann in Richtung Seaview.

Als Margo nach Sandcove zurückkam, fand sie Rachel zusammengebrochen im Sessel im Wohnzimmer vor. Sie hatte sich die Faust ans Herz gepresst und die Augen waren geschlossen. Nichts war erledigt, die Weihnachtsdeko lag immer noch auf dem Dachboden, in keiner Schüssel war warmes Wasser.

»Was machst du hier? Ist alles in Ordnung mit dir?«

»Gabriel hat eine verrückte Patientin, die glaubt, sie sei in ihn verliebt. Sie war gerade hier, um mich damit zu konfrontieren. Ich glaube, sie bildet sich das alles nur ein. Aber mein Gott, Ma, woher soll ich das wirklich wissen?«

Margo setzte sich langsam Rachel gegenüber hin. »Hatte sie rote Haare?«

Rachel blickte ihre Mutter an. »Ja, woher weißt du das?«

»Sie war einige Male im Pub und hat mich beobachtet, hat sich seltsam verhalten. Jemand im Dorf hat sie mit Gabriel auf der Straße gesehen. Ich wollte es dir noch sagen, es tut mir so leid. Ich wollte die Angelegenheit nicht unnötig aufbauschen, falls gar nichts dahintersteckt. Was hast du gemacht?«

Rachel blickte in das blasse, ernste Gesicht ihrer Mutter. Sie sah aus, als befürchtete sie, Gabriel könnte dunkle Geheimnisse haben. »Muss ich mir Sorgen machen? Warum hat er mir nicht erzählt, was los ist? Was haben sie getan, als sie gesehen wurden, haben sie sich geküsst oder so? Das hättest du mir doch gesagt...«

Margo stand wieder auf, als könnte sie nicht stillhalten, und fuhr sich mit den Händen durchs Haar. »Nein, sie haben sich nicht geküsst – sie haben nur gestritten. Ich weiß nicht, was ich dazu sagen soll. Natürlich machst du dir Sorgen, das würden alle tun. Du musst mit Gabriel reden ...

mach das wirklich. Vielleicht dachte er, er würde sich allein drum kümmern, vielleicht ist alles außer Kontrolle geraten. Männer vermasseln Dinge, vielleicht hat er es vermasselt? Ich weiß es nicht. Ich kann Männer wahnsinnig schlecht einschätzen. Ich hätte immer behauptet, er wäre ein ehrenhafter Mann, aber wer weiß? Oh, Darling. Sorry, das ist nicht sehr hilfreich...«

Rachel sah ihrer Mutter zu, die auf den Dielenbrettern hin und her lief. Margo vertraute niemandem, nicht mal ihrem Gabriel, ihrem Lieblingsschwiegersohn. Einen Augenblick lang tat sie Rachel leid. Richard hatte ihr das angetan. »Ja, ich rede heute Abend mit ihm. Ich denke – ich hoffe –, er wird es mir erklären können.«

Margo blieb stehen. »Du hast recht. Natürlich hast du recht. Ich bin mir sicher, er kann dir das alles erklären. Und vielleicht sollte ich das nicht sagen, aber wenn das Mädchen verrückt ist, wäre das doch ein guter Grund, über einen Umzug zu sprechen? Das willst du doch, oder?«

Rachel blickte ihre Mutter an und dachte, wie dumm es wäre, sie zu unterschätzen oder zu denken, dass ihr irgendetwas wichtiger sein könnte als ihre Töchter.

22
Steigende Flut

Es war ein kalter grauer Tag und die Männer standen mit Blick auf das Meer da. Vier Garnett-Köpfe bewegten sich einige Hundert Meter im Wasser auf und ab. Vom Strand aus hörten die Zuschauer schallendes Gelächter. Freunde und Familie der Garnetts bereiteten sich auf die Party zum Boxing Day auf dem hellen Sand vor. Jonny beugte sich mit einem Bier in der Hand über den Grill. Tom stand neben ihm, Zangen baumelten von seinen Fingern und zu seinen Füßen standen einige Kühltaschen. Sie hatten einen gefällten Holzstamm aus dem Wald als Behelfstisch herausgezogen: Die Burgerfabrik würde bald mit der Produktion beginnen. Etwas weiter entfernt standen Alice und Alison, die in ihren Pelzmänteln und Gummistiefeln glamourös aussahen, sie hatten sich Lametta ins Haar gebunden. Sie spinksten in einen Kessel über einem Lagerfeuer, in dem Margos Hot-buttered-Rum erwärmt wurde. Margos Hunde Juno und Drake rannten umher und jagten sich, tobten durch den Sand und schüttelten Seetang zwischen den Zähnen. Die Zwillinge beschäftigten die Kinder mit einer Runde Strandcricket. Leo hatte gerade den Korken von einer Flasche Jahrgangs-Veuve-Clicquot knallen lassen und war direkt umringt von einem Halbkreis bestehend aus Frauen, die ihm ihre Champagnergläser entgegenstreckten. Margo machte keine halben Sachen, auch nicht am Meer, deswegen war Alice damit beauftragt, vorsichtig eine Kiste mit Bleikristallgläsern dorthin zu bringen, die alle einzeln in Zeitung eingewickelt waren. Rachel hatte versucht, das zu unterbinden, weil jedes Mal drei oder vier Gläser zerbrachen, doch gegen das Gewicht der Tradition kam sie nicht an.

Gabriel blickte über die Schulter. »Wir haben den Strand ganz für uns. Erinnert ihr euch an das Jahr, als die Sandersons hier vor Anker gegangen und mit ihrem eigenen Picknick ans Ufer gekommen sind? Margo war völlig außer sich, bis sie angefangen hat, mit Andrew Sanderson zu trinken.« Bei dieser Erinnerung grinste Gabriel.

Phil nickte, blickte aber weiterhin aufs Meer hinaus. »Sie sollten jetzt rauskommen. Sie sind komplett wahnsinnig – das Meer ist doch eiskalt. Wir fliegen in zwei Tagen nach Indonesien, eine erkältete Sasha ist das Letzte, was ich gebrauchen kann. Sie ist furchtbar, wenn sie krank ist.«

»Rachel auch.«

»Imogen auch!«, stimmte William ein und alle drei Männer lachten.

»Sie sind wie Meerjungfrauen – sie haben die Abbruchkante entdeckt. Dort gibt es ein Riff, hinter dem das Wasser tiefer wird. Es ist unser Los, hier zu stehen, sie zu beobachten, wir armen Ehemänner und Ehemänner in spe. Verlassen am Ufer.« Gabriel versuchte, traurig auszuschauen, aber sein Blick funkelte. Er liebte den Boxing Day; seine Arbeit war erledigt, handgemachte Burger, Hackbraten mit Stiltonfüllung und mariniertes Lamm.

William wippte auf und ab, spürte die Kälte und blickte zu Gabriel. »Nur, dass Imogen und ich nicht mehr heiraten werden.«

Phil und Gabriel drehten sich abrupt zu William um, der zwischen ihnen stand, und traten näher an ihn heran, als wollten sie ihn vor Blicken schützen.

»Uff!« Phil tätschelte unbeholfen Williams Arm. »Ist das denn in Ordnung für dich, mein Lieber? Was machst du denn dann noch hier? Ich würde im Leben nicht mehr hier auftauchen, wenn Sasha und ich uns trennen.«

»Ich glaube, ich wusste immer schon, dass Imogen nicht mit dem Herzen bei der Sache ist. Sie dachte, sie müsste heiraten, um Margo glücklich zu machen.« William wirkte unbeholfen und ließ die Worte einfach aus sich heraussprudeln. »Außerdem habe ich festgestellt, dass ich Hodenkrebs habe – ich muss operiert werden und brauche danach eine Chemo. Ich glaube, dadurch ist Imogen klar geworden...«

»Alter! Ein Freund von mir hatte das auch mal und dem ging es danach wieder total gut. Der hat sogar ein neues Ei bekommen, man hat echt nichts mehr gesehen.«

Gabriel hatte William einen Arm um die Schulter gelegt und umarmte ihn. William ließ es eine Minute über sich ergehen, dann befreite er sich.

»Danke, Gabe, aber wir wollen jetzt kein Misstrauen erwecken. Schau mal, die Ladys kommen aus dem Wasser.«

Gabriel tätschelte seine Schulter. »Ich finde es grandios, dass du mit Imi befreundet sein kannst. Sie wird dich während der ganzen Angelegenheit unterstützen. Diese Garnetts sind zutiefst loyal. Wir können bei einer Zigarre weiter darüber reden, okay? Ich will wissen, wie ich helfen kann. Wenn du Tipps brauchst, wie du mit Margo umgehen sollst oder so...«

»Ich bin sehr gespannt, wie sich das alles einpendeln

wird! Ausnahmsweise ist dann mal nicht Sasha für das Drama verantwortlich.« Phil grinste.

»Ich weiß nicht, wann Imi es den anderen sagen will. Da tappe ich völlig im Dunkeln...« William sprach nicht weiter, weil Margo aus der Brandung ans Ufer trat, ihre Töchter folgten ihr. Sie tauchte aus dem Meer auf, mit ihren schmalen Hüften und der braunen Haut, in einem leuchtend orangen Badeanzug. Sie grinste breit, nasse Locken klebten an ihrem Hals, sie sah jung und glücklich aus und alle drei Männer konnten nicht anders, sie mussten ihr Lächeln erwidern.

»Jungs! Seid doch mutig und kommt beim nächsten Mal mit. Es ist herrlich! Und jetzt brauche ich einen ordentlichen Drink zum Boxing Day.«

Margo nahm eine Tasse Rum und stürzte sie schnell hinunter, nahm die Wärme wahr, die sich in ihr ausbreitete. Die Kälte des Meeres hatte sich brennend angefühlt, doch irgendwann hatte sich ihr Körper angepasst, ihre Gliedmaßen waren geschmeidig geworden. Sie war unter Wasser getaucht, hatte sich von den grünen Tiefen einhüllen lassen, die Geräusche aus der realen Welt waren gedämpft, sie nahm nur die Vibrationen des Geschnatters ihrer Töchter wahr, deren starke, blasse Beine, die das Wasser um sie herum aufwühlten. Sie hatte dort bleiben wollen, eine salzige Jungfrau. Das Meer fühlte sich wie ihr einziger Freund an, die einzige Konstante in ihrem Leben. Sie hatte sich auf dem Rücken liegend treiben lassen, den großen grauen Himmel betrachtet und einigen Momente lang war ihr Geist zur Ruhe gekommen. Als sie wieder an Land war, war diese heilsame Wirkung verflogen, und sie war sich erneut bewusst, dass sie eine Rolle spielte und nicht einfach lebte, auch nicht an diesem Boxing Day. Sie würde einige Drinks brauchen, um die fröhliche Matriarchin spielen zu können, die für die Feier verantwortlich ist. Doch sie wusste, dass Trinken auch gefährlich war.

Dieses Jahr hielt sie die Erinnerungen an die vergangenen Boxing Days nicht aus. Das Anbaden und Angrillen waren Richards Idee gewesen. In jenem Jahr war sie wahnsinnig glücklich gewesen, denn sie war schwanger mit Rachel, ihr Bauch so groß wie eine Melone. Sie erinnerte sich an das Gefühl, wie sie über den Strand getrottet war, die geschwollenen Füße im Sand versinkend, die Fußabdrücke riesig. Sie hatte es genossen, sich im Meer schwerelos zu fühlen, ihr plumper Körper war wieder geschmeidig. Richard hatte sie immer noch angeschaut, als wäre sie schön, sie den ganzen Tag lang angegrinst und manchmal ehrfürchtig ihren Bauch berührt. Sie hatte auch Erleichterung verspürt, weil er eisern versuchte, weniger zu trinken, nach einem oder zwei Gläsern aufhörte, um mit ihr gemeinsam ins Bett zu gehen. Ein Neubeginn. Er war in dem Jahr jauchzend mit ihr ins Wasser gerannt. So lebendig. Sie konnte kaum glauben, dass das derselbe Mann war, der sich über den kalten Strand und den Sand in seinen Schuhen beschwert hatte. Er hatte Sandcove endlich akzeptiert, war endlich zum Meeresschwimmer geworden. Sie hatte ihn für den perfekten Partner gehalten.

Sie blickte sich am Strand nach ihrem Kleid um, dem Kaschmirschal, dem Schmuck, den sie vorsichtig darin eingeknotet hatte. Weiche Schichten, die ihren Körper umhüllen, sie wieder in die elegante Mutter verwandeln würden, die am Strand stand wie in einem Salon und mit einer

Armbewegung die anderen dirigierte. Beim Suchen blickte sie Sasha in die Augen. Sasha schaute sofort weg, als hätte Margo sie damit beleidigt. Im Wasser hatte Margo bemerkt, dass Sasha Abstand zu ihr hielt, nur dann mit ihr sprach, wenn sie sie etwas fragte. Jetzt spielte sie sich laut vor Gabriel und Alice auf und umklammerte ein Glas Champagner. Imogen und William waren auch Teil der Gruppe, sie standen nebeneinander. Margo war zutiefst erleichtert gewesen, weil sie an Weihnachten gemeinsam gekommen waren. Und Gabriel und Rachel wirkten wie Verbündete, die gemeinsam am Weihnachtstag arbeiteten; über das Problem mit der Rothaarigen hatten sie sich ausgesprochen. Alles machte den Anschein, als hätte eine verrückte Patientin einfach etwas falsch verstanden, Gabriel hatte erzählt, dass so etwas ständig passierte und das eine der Tücken des Jobs war. Dennoch war Margo verunsichert und besorgt und versuchte, nichts Falsches zu sagen.

Margo drehte sich wieder zu Sasha um, sie freute sich, dass sie ihr Haar offen trug und ausnahmsweise mal etwas trank. Wenn sie doch nur miteinander reden würden, wenn Margo doch nur herausfinden könnte, wie sie Sasha dieses Mal so tödlich beleidigt hatte. Sie wusste nicht, ob sie genug Kraft für einen Streit oder ein Drama übrig hatte. Stimmte Alices Ansicht, dass Sasha über ihren Vater Bescheid wissen musste? Könnte ihr das Wissen, dass er starb und dass er sie sehen wollte, wirklich helfen? Margo bemerkte, dass Alice zu ihr rüberschaute, eine Sorgenfalte entstand auf ihrer Stirn. Margo lächelte zurück, um sie zu beruhigen. Es war Alice, an deren Schulter sie sich letztendlich ausgeweint hatte, Alice, die sie gebeten hatte, bei Adriana anzurufen und zu fragen, wie viel Zeit Richard noch blieb. Alice, die ihr gesagt hatte, dass er nur noch wenige Monate hatte, und dann, dass Richard auch sie sehen wollte. Und jetzt musste sie nur eine Entscheidung treffen, für sich selbst, für die Mädchen und für Richard. Als sie sich zitternd den Badeanzug von ihrem mit Gänsehaut bedeckten Körper zerrte, beobachtete sie die aschfarbenen Wolken in der Ferne und fragte sich, wie lange sie wohl draußen am Strand bleiben konnten.

Nachdem sich Rachel aufgewärmt und einen riesigen Burger verschlungen hatte, nahm sie am Feuer Platz und betrachtete die Umgebung. Margo hatte Kerzen in Schiffslaternen auf den Sand gestellt und mit vier Teppichen und Kissen und einigen mit Lametta geschmückten Campingstühlen einen Sitzbereich geschaffen. Viele Feiernde trugen Papierkronen, und Gabriel hatte den Kindern dabei geholfen, Girlanden an den niedrigsten Ästen der Tannenbäume aufzuhängen, die den Strand säumten. Sie hörte in der Ferne Urschreie ihrer Kinder, die über ihnen in den Priory Woods herumliefen und mit ihren Cousins eine Hütte bauten. Margo stand drüben bei der anderen Feuerstelle, sie trug nun ein langes Kleid und hatte sich eine bestickte Stola um die Schultern gelegt. Sie kleidete sich an jedem Weihnachtstag schick; sie hatte zwar den Dresscode für die anderen bei der Strandparty gelockert, jedoch war ihr etwas Schönes zum Anziehen wichtig. Margos Gesicht glühte im Feuerschein und Rachel erkannte, dass sie eine Geschichte erzählte. Jonny, Leo und Tom hörten ihr zu und lachten.

Sasha tuschelte mit Phil, sie hatte etwa eine Stunde lang viel getrunken. Niemand wusste, warum sie ausgerechnet dieses Jahr ihre Abstinenz brechen wollte, es hörte sich nach einem impulsiven Entschluss an und sie war genervt, wenn sie jemand danach fragte. Sie war brillant und witzig, aber auch leicht instabil. Phil versuchte, Sasha vom Rum fernzuhalten, doch Rachel sah, dass sie ihn abwimmeln wollte und ihn bat, sie in Ruhe zu lassen. Rachel wusste, dass es nicht gut enden würde, wollte sich jedoch jetzt noch keine Sorgen deswegen machen, sondern die Gelegenheit nutzen, sich noch ein wenig länger weihnachtlich zu fühlen. Imogen schien an Williams Seite zu kleben, weswegen Rachel sie nicht nach Rowan fragen konnte. Sie wollte für diesen Tag die Familiengeheimisse beiseitelegen und versuchen, die Anwesenheit der anderen zu genießen.

Die Unterhaltungen und Verhandlungen mit Gabriel in den letzten Wochen waren anstrengend gewesen und sie hatten sich darauf geeinigt, an Weihnachten weder über das Mädchen noch über deren Besuch noch über Rachels Wunsch, nach London zu ziehen, zu sprechen. Gabriel wirkte wegen all der Sorgen und der Aufregung, die er verursacht hatte, bedrückt und reumütig, vor allem weil er sich Rachel nicht eher anvertraut hatte, als das Mädchen angefangen hatte, ihm außerhalb der Sitzungen nachzustellen. Doch er schwor Stein und Bein, nicht ein Mal aus seiner professionellen Rolle gefallen zu sein. Rachel hatte gemerkt, dass ihr Vertrauen in Gabriel langsam wiederhergestellt war, und betrachtete ihn nun, wie er über den Sand ging, mit einem Burger in der Hand, und sich neben sie setzte. Sie legte ihm kurz den Kopf auf die Schulter. Sie war dankbar, dass die Spannung eine Atempause hatte.

»Welchen hattest du?«

»Den mit Lamm – der war so lecker. Ich lasse aber noch Platz für einen mit Rindfleisch später.«

Gabriel ließ sich seinen Burger neben ihr schmecken, während sie alle beobachteten. »Es scheint alles gut zu laufen. Du und Margo, ihr habt gestern alles erledigt, ohne euch zu streiten.«

»Ich habe mir deinen Rat zu Herzen genommen und sie an dem Tag einfach Queen von Sandcove sein lassen. Sie war in letzter Zeit wirklich anstrengend.«

Gabriel lehnte sich zu Rachel hinüber und küsste sie aufs Haar. »Clever. Und was ist mit deinen Schwestern? Sie scheinen einfach nicht glücklich. Also Sasha wirkt in Sandcove eigentlich nie glücklich. Denkst du, dass irgendwas mit Imogen und William los ist?«

Rachel drehte sich zu Gabriel und betrachtete sein Gesicht. »Was weißt du? Raus damit! Du weißt, dass du keine Geheimnisse für dich behalten kannst. Wie sich erst kürzlich gezeigt hat...«

Es entstand eine Pause und sie tauschten Blicke aus – Rachel sah, dass es etwas Ernstes war. »Es ist nichts Gutes. William hat mir gerade erzählt, dass er Hodenkrebs hat.«

»Wie bitte?«

»Ja echt. Der Arme.«

Sie blickten beide über den Strand zu William, der aufrecht und bewegungslos dastand und Tom zuhörte. Rachel dachte daran, wie liebenswürdig er war und dass die Garnetts ihn nie genügend geschätzt hatten.

»Oh, die arme Imi – ich glaube es einfach nicht. Was hat er genau gesagt? Und was passiert jetzt?«

»Ich habe nicht viel aus ihm herausbekommen, weil ihr dann alle aus dem Meer gekommen seid. Ich habe ihm gesagt, wir reden weiter, wenn wir unsere Zigarren rauchen...«

»Ja genau – diese zutiefst sexistische Tradition, die mein Vater ins Leben gerufen hat.« Rachel spürte, wie Wut in ihr aufstieg, und wusste, dass nicht die Zigarren schuld daran waren. Sie blickte Imogen an und fragte sich, ob sie nun an William gekettet war, und das wirkte in dem Augenblick wie ein schrecklicher egoistischer Gedanke.

Gabriel legte einen Arm um sie. »Das ist kein Tribut an deinen Vater. Jeder kann kommen – Margo ist letztes Jahr dazugestoßen und wir mussten sie vom Strand zurück nach Hause tragen.«

»Ich mache mir nur Sorgen um Imi. Hat William gesagt, wann sie es uns sagen wollen?«

»Nein, aber es gibt noch mehr zu erzählen. Anscheinend haben sie sich getrennt. Sie werden nicht heiraten.«

»Gabriel!« Rachel konnte ihre Erleichterung nicht verbergen. »Das hättest du mir direkt sagen sollen, meine Güte! Der arme William – wie tapfer, dass er trotzdem gekommen ist. Wir haben ihn unterschätzt.«

»Du meinst, du und Margo habt ihn unterschätzt. Ich habe immer viel von ihm gehalten.«

Rachel blickte ihren Mann von der Seite an. »Kein Grund für Selbstbeweihräucherung. Wir wissen alle, dass du über eine grandiose Menschenkenntnis verfügst. Wenn du nicht gerade alles völlig falsch verstehst. Und Patientinnen dazu bringst, sich in dich zu verlieben.« Sie hörte, wie Gabriel ausatmete, weil sie einen wunden Punkt getroffen hatte. Sie konnte einfach nicht anders, seine Geheimniskrämerei hatte sie verletzt, was sich in sarkastischen Ausbrüchen äußerte. »Und jetzt?«

»Halt dich da raus. Überlass es Imi und William, wie sie es am liebsten Margo und den anderen mitteilen wollen. Sie sind erwachsen. Aber wie lange sollen wir die betrunkene Sasha noch ignorieren?«

Rachel dachte wieder einmal, wie froh sie sein konnte, dass sie jemanden gefunden hatte, der die Garnett-Dramen mit Humor nahm. Sie legte ihm eine Hand auf die Wange. »Ich liebe dich wirklich. Und um deine Frage von früher zu beantworten: Nein, meine Liebe hat sich nicht verändert. Wegen dieser Sache.«

Gabriels grüne Augen blickten sie fest an, er sah plötzlich ernst aus. »Gott sei Dank. Denn ich liebe dich, Rachel. Ich kann mir ein Leben ohne dich nicht vorstellen.«

Imogen fühlte sich ebenso bodenlos enttäuscht wie als Kind. Weihnachten in Sandcove war ein Highlight für sie, ihre Belohnung, dass sie das Jahr geschafft hatte. Dieses Weihnachten war ruiniert. Sie war am Tag vor Heiligabend angekommen und hatte sich noch nicht mal ansatzweise weihnachtlich gefühlt. Alles wirkte wie eine Farce. Und am schlimmsten war: Sie selbst trug ihren Teil dazu bei. William wartete darauf, dass sie der Familie mitteilte, die Hochzeit würde ins Wasser fallen. Sein Langmut sorgte dafür, dass sie sich noch schlechter fühlte. Imogen wurde übel, wenn sie daran dachte, es Margo zu erzählen. Es würde auch deswegen besonders schwer werden, weil Margo dieses Jahr äußerst unnahbar wirkte. Normalerweise war an Weihnachten alles bis ins letzte Detail perfekt, doch dieses Jahr ging es den Bach runter. Überall ließ sich erkennen, dass es Margo nicht mehr so wichtig war, und Imogen trottete hinter ihr her, erinnerte sie an Dinge, wohl wissend, dass sie der nervige Geist der Weihnachtsvergangenheit war. Die weihnachtlichen goldenen Kelchgläser mussten rausgeholt werden und wo war der Teller für den geräucherten Lachs? Warum hatte Margo leuchtende neue Strümpfe zum Aufhängen gekauft, wenn sie lieber die abgewetzten aus ihren Kindertagen genommen hätte? Und jetzt gefährdete Sasha die kostbare Party zum Boxing Day. Imogen hörte zu, während Sasha einfach betrunken drauflosredete. Sie waren in Hörweite von Margo; Imogen blickte zu ihr rüber, um zu sehen, ob ihre Mutter die Dinge, die Sasha sagte, bemerkte oder hörte.

»Versteht sie jemand? Warum hält sie diese dämliche Tradition aufrecht? Wo doch Dad sie eingeführt hat – der Mann, den sie hasst.«

Imogen merkte, wie sich ihr Magen zusammenzog und rumorte; seitdem sie in Sandcove angekommen war, hatte sie nicht viel runtergebracht und verspürte einen andauernden Kopfschmerz. Der Stress, Geheimisse vor Margo zu bewahren, das Theaterspielen, in dem sie so schlecht war. Sie blickte zu Alice, deren Augen alarmierend funkelten.

»Sasha, ich weiß nicht, ob das der beste Zeitpunkt ist...« Alice versuchte, Sashas Arm zu nehmen.

»Lass mich – was ist denn mit uns? Wir waren doch nur Kinder und haben unseren Dad verloren. Wir durften nichts über ihn wissen – nicht über ihn reden. Hör auf, sie zu beschützen.«

Imogen dachte, dass sie sich Sasha so fremd fühlte. Es war so unpassend, dass sie Richard »Dad« nannte. Dass sie immer so wütend auf Margo war und auf die ganze Welt. Dass sie so rastlos war, nie innehielt. Dass sie Sandcove hasste. Und dennoch konnte Imogen sich an eine Zeit erinnern, als sie fast wie ein einziger Mensch gewesen waren, es lagen nur zwei Jahre zwischen ihnen. Sie teilten ein Bett und alle Kuscheltiere, saßen jede auf einem von Margos Knien. Imogen erinnerte sich daran, wie sie Sashas Hand an genau diesem Strand gehalten und auf sie aufgepasst hatte, wie sie in die Gischt und wieder aus hier herausgelaufen war. Sie erinnerte sich daran, dass Sasha immer noch ihre Schwester war. Sie schaute sich nach Rachel um, doch diese war weiter unten am Strand und schnitt den Weihnachtskuchen für ihre Kinder und die Zwillinge in Stücke, Gabriel stand in der Nähe.

Imogen ließ ihre Stimme resolut klingen, eine Margo-Stimme. »Sasha, es kann doch nicht sein, dass wir jetzt darüber reden. Du hast viel zu viel getrunken – ich hole Phil, er soll dich ins Haus bringen.«

Sasha drehte sich zu schnell und fiel fast um. Ihr schönes Gesicht war verzerrt, ihr Haar sah nach dem Schwimmen wild aus. »Verdammt noch mal, du bist immer eine solche Spaßbremse. Das Leben als gutes Mädchen ist so langweilig. Du nervst mich immer damit und sagst, du willst, dass alle glücklich sind – willst den äußeren Schein wahren –, sicherstellen, dass deine liebste Margo beschützt wird. Bist ihr kostbares Lieblingskind.«

Imogen spürte Wut in sich aufsteigen. Wut über das ruinierte Weihnachten, Williams blasses, entschuldigendes Gesicht, Rowans hartnäckige Nachrichten. Sie riss Sasha weiter von Margo weg. Sasha stolperte hinter ihr her und Alice folgte. Es war inzwischen dunkel und es war schwerer, die Gesichtsausdrücke der Menschen zu erkennen, die nicht direkt bei den Laternen standen. Imogen spie ihre

Worte aus: »Alles, was aus deinem Mund kommt, ist Bullshit, Sasha. Margo hat uns beschützt – vor ihm. Er war Alkoholiker und ein hoffnungsloser Verlierer.«

»Du kennst Dads Seite der Geschichte nicht. Vielleicht hat er es einfach nicht mehr mit ihr ausgehalten, sie hat ihn zum Trinken getrieben. Schau mal, sie hat *mich* zum Trinken getrieben.« Sasha zeigte auf sie und das Bier aus der Flasche in ihrer Hand schwappte auf den Sand.

»Du verträgst einfach nichts mehr. Hör auf, ihn ›Dad‹ zu nennen, verdammt noch mal. Er ist nicht unser Dad und war es auch nie. Kannst du diese Idee nicht einfach loslassen und versuchen, die Familie zu lieben, die du hast? Wir sind hier, wir waren immer schon hier.« Imogen stiegen Tränen in die Augen, während sie im Dunkeln ihre inständige Bitte vortrug. Alice legte einen Arm um Imogen und versuchte, Sasha die Hand zu reichen.

»Ach, verpisst euch doch, alle beide, ich will einfach hier weg.«

Alice und Imogen standen da, umarmten sich und beobachteten Sasha, die im Sand von dannen stapfte und vor sich hin murmelte. Hinter ihnen erklangen Rufe, und als sie sich umdrehten, sahen sie Tom und Leo, die die Dingis hinter sich herzogen, die sie hinter einer Hütte am Strand versteckt hatten.

»Dingi-Rennen!«, brüllte Tom und alle in seiner Nähe mussten lachen. Imogen schüttelte verzweifelt den Kopf. »Alice, ich will wirklich, dass jetzt alle nach Hause gehen – ich habe ein schlechtes Gefühl.«

Rachel wusste, dass sie zusammenpacken und die Kinder nach Hause bringen sollte, aber eine schläfrige Zufriedenheit hatte sich in ihr breitgemacht, eine Kombination aus Rum und Feuerschein. Zu diesem Zeitpunkt wurde die Strandparty immer ausschweifender, mit langen Schatten auf dem Sand, dem Feuerknistern und der im Laufe der Party immer wilder werdenden Musik. Sie erinnerte sich, als sie Gabriel zum ersten Mal an Weihnachten mit nach Hause gebracht hatte und bis in die frühen Morgenstunden mit ihm eng umschlungen am Strand geblieben und sein Gesicht im Feuerschein betrachtet hatte. Sie hatte es grandios gefunden, dass er den Menschen immer genau das gab, was sie von ihm wollten: Bei Margo war er galant und hilfsbereit, aber kein Schwächling. Bei Tom war er immer zu einem Spaß aufgelegt. Bei Imogen und Alice war er sanfter, er hörte ihnen zu. Ein wahres Paradebeispiel, wie man eine ganze Familie für sich einnimmt, weshalb sie sich noch überstürzter in ihn verliebt hatte. Seitdem die Babys da waren, ging sie immer früh nach Hause und ließ Gabriel immer bleiben – warum, wusste sie nicht. Sie fragte sich, ob dieses Mal *sie* länger bleiben und ihn früher nach Hause schicken sollte – als Strafe dafür, dass er ihr etwas verschwiegen hatte. Rachel wusste, dass sie es so wie letztes Jahr machen und darauf warten würde, beim Frühstück die Geschichten der anderen zu hören; vom nächtlichen Schwimmen, von den Streitereien, welche Anwohner sie verärgert hatten und wer nach Hause getragen werden musste.

»Brauchst du Hilfe beim Zusammenpacken, Rach?«, rief Imogen und ging zu ihr.

»Ich habe mich einfach vor der ganzen Sache gefürchtet.«

Imogen war schnell bei ihr, sie war rot im Gesicht und

außer Atem. Ihre Stimme klang dringlich und wütend. »Sasha muss weg.«

Rachel stand auf, sie war etwas unsicher auf den Beinen und wünschte sich, sie hätte einen klareren Kopf. »Was, jetzt direkt? Ist es wirklich so schlimm?«

Die Schwestern blickten sich an und kommunizierten wortlos. Rachel wollte nach ihrer Schwester greifen und sie festhalten, sie zum Reden bringen, jedoch kam auch Alice in ihre Richtung.

»Wie lautet der Plan? Bislang hat Margo Sashas Gerede noch nicht mitbekommen, aber wir müssen schnell reagieren.«

»Rach, manchmal hört sie auf dich, kannst du mit ihr reden und ihr sagen, dass es Zeit zum Nachhausegehen ist? Und kannst du auch versuchen, Phil zur Vernunft zu bringen?«

Rachel schaute in die Ferne und entdeckte Sasha und Phil weit entfernt am Strand in Richtung Nodes Point. »Wenn ihr zwei zusammenpackt und die Kinder einsammelt, versuche ich mit den beiden zu reden. Was hat sie jetzt wütend gemacht?«

Sasha spürte, wie ihr das Blut ins Gesicht schoss, als Rachel vor ihr stand und sie so lange anblickte, bis sie wegschaute. Natürlich verbündeten sie sich alle gegen sie, wie immer. Selbst Jonny hielt sich fern. Er hatte sie gewarnt, sie sollte nicht trinken, ihr geraten, sie sollte allein mit Margo reden, aber sie hatte keine Lust zu hören, nicht einmal auf ihn. Er hatte einmal versucht, ihren Arm zu nehmen, ihr eindringlich etwas zuzuflüstern, aber Phil war aufgetaucht und hatte Jonny gewaltsam zur Seite geschubst, sodass er auf dem Sand gestolpert war. Die beiden Männer sahen so aus, als würden sie eine offene Rechnung miteinander begleichen, doch Jonny besann sich eines Besseren und ging weg. Er hatte sie immer wieder gefragt, wann sie ihre Ehe beenden würde, aber sie war wie erstarrt, hatte Angst vor Phils Wut und davor, wie ihr Leben alleine aussehen würde. Es war schwer, auf Jonnys Anwesenheit zu vertrauen, daran, dass er nicht abhauen würde, sobald sie verletzlich wäre, sobald sie ihn wirklich brauchte. Sie schaute wieder Rachel an, die so sicher und rechtschaffen wirkte. Sie wollte sie nicht verletzen, aber das müsste sie, wenn sie sich ihr widersetzte. Sie musste es Margo sagen, musste ihnen allen sagen, was sie wusste. Sie konnte es allein nicht mehr ertragen, sie erstickte unter dem Gewicht.

»Margo hat noch nicht bemerkt, dass du dich wie ein Arschloch benimmst. Wir müssen dich von diesem Strand wegbringen, bevor sie es tut. Phil? Würdest du mal ein klein wenig mit anpacken? Deine Frau ist betrunken.«

Sasha schaute zu Phil, der sie ganz unverhohlen zornig anstarrte, sie dafür hasste, was sie gleich tun würde. Sasha spürte, wie der Alkohol in ihrem Magen umherschwappte, Bier gemischt mit Champagner und Rum. Ein immer schlimmer werdender Kopfschmerz pochte in ihren Schläfen. »Zieh Phil da nicht mit rein – ich kann auf mich selbst aufpassen. Ich habe nur ein paar Bier getrunken.« Sasha nahm trotzig noch einen Schluck und kämpfte dagegen an, dass die Beine einknickten. »Da ist sie – die ach so große Heldin. Diejenige, die immer die Retterin in der Not ist. Natürlich hat Imogen ausgerechnet dich geholt, ohne dich kommt sie nicht zurecht. Die große Schwester, die in dieser Bruchbude wohnen darf und uns von oben herab behandelt. Die fette Wichtigtuerin...«

Imogen sah, wie Rachel knallrot wurde, und wünschte sich, sie könnte Sasha die Worte zurück in den Mund stopfen.

»Das hier geht mich etwas an, Sasha. Du bist zu allen unhöflich, du ruinierst die Party.«

»Um Himmels willen! Ich ruiniere eine wertvolle Sandcove-Weihnachtsfeier! Weihnachten ist mir scheißegal – ihr schützt Margo alle vor den Lügen, die sie uns über Dad aufgetischt hat.« Sasha spürte, dass ihre Beine zitterten, Säure in ihrem Magen brodelte. Sie musste sich bewegen, sie musste etwas tun, ehe ihr Körper sie im Stich ließ. »Ich werde nicht gehen, bis ich Margo erzählt habe, was ich weiß ... *Margo!*« Sasha stolperte zügig über den Sand und rief immer wieder den Namen ihrer Mutter, lauter und lauter, schaute zu, wie sich alle am Strand zu ihr umdrehten und sich dann langsam zu Margo gesellten, als wollten sie sie beschützen.

Margo stand wie angewurzelt da und sah zu, wie Sasha wie ein Racheengel über sie herfiel. Ihr einziges blondes Kind, etwas, an dem sie sich nach der Geburt so kindlich erfreut hatte. Richard war als Kind auch weißblond gewesen und ihre eigene Mutter Elizabeth war natürlich auch blond gewesen. Mit Sashas Geburt, so hatte Margo gehofft, sollten sich die Dinge zum Besseren wenden. Jedoch hatte sie im tiefsten Inneren gewusst, dass Richard keine Kinder mehr gewollt hatte. Und dennoch war Sasha am Ende das Baby gewesen, das er am schnellsten und innigsten geliebt hatte und in das er ganz vernarrt gewesen war, wie ein verliebter Teenager. Und das Baby, das er verlassen hatte, als es gerade erst vier Jahre alt war. Sasha, ihr Problemkind. Margo sah Sashas Gesicht, verzerrt vor Wut. Sie muss ein Geheimnis aufgedeckt haben. So war es immer schon gewesen, Sasha hatte immer irgendwelche Schwächen von ihr zutage gebracht, schon als ganz kleines Kind. Sie erinnerte sich daran, dass sie einmal eingeschlafen war, als sie auf sie hätte aufpassen müssen, und Sasha anschließend allen fröhlich erzählt hatte: »Die böse Mummy ist eingeschlafen.« Was wusste sie?

»*Margo!*«

»Schrei nicht so – ich bin doch direkt hier. Du wirkst überdreht. Hast du zu viel Rum intus?«

Alice, Rachel und Imogen tauchten atemlos hinter Sasha am Strand auf, wie Pfleger, denen die verrückte Patientin entkommen war. Phil stand zögerlich hinter den anderen und schaute auf den Sand. Margo war klar: Er wusste, was passieren würde, und wäre gern überall gewesen, nur nicht dort.

»Phil, vielleicht wäre es gut gewesen, sie schon früher nach Hause zu bringen.«

»Ich weiß das. Aber auf mich hört sie nicht«, murmelte Phil, der von Margo eingeschüchtert war.

Sasha sah wie besessen aus. »Sie müssen die Wahrheit über Dad wissen. Ich ertrage es nicht mehr, die Einzige zu sein. Sie müssen erfahren, was du ihnen die ganze Zeit lang verschwiegen hast.« Es entstand Stille, während die ganze Gruppe Sashas Gesicht betrachtete, in dem sich Wildheit und Verzweiflung spiegelten.

Tom trat aus dem Schatten. Er runzelte die Stirn und

war genervt, dass ihn theatralisches Getue am Spaßhaben hinderte. »Was zum Teufel redest du da, Sasha? Du weißt doch gar nichts über Richard.«

»Das stimmt nicht!« Sasha lachte hart und falsch auf. »Ich habe ihn getroffen! Ich habe ihn inzwischen vier Mal besucht. Wir haben uns bei ihm zu Hause unterhalten! Ich habe seine Frau kennengelernt – ich weiß, was passiert ist. Ich weiß, dass Margo uns die ganze Zeit über angelogen hat. Ich weiß, dass sie uns nie erzählt hat, wie es wirklich war. Wir hatten das Recht, über unseren eigenen Vater Bescheid zu wissen.«

Rachel und Alice schnappten schockiert nach Luft. Einige Gäste waren von dem Auftritt peinlich berührt, deswegen gingen sie weiter weg und der Kreis um die Feuerstelle verkleinerte sich. Margo erkannte am triumphierenden Blick auf Sashas Gesicht, dass sie nicht log. Es würde noch viel schlimmer kommen. Sämtliche Geheimnisse würden offengelegt werden.

»Wie hast du ihn gefunden?« Margo sprach mit betont ruhiger Stimme, spürte alle Blicke auf sich. Die Stille des Schocks. Margo hörte nur das Kommen und Gehen der Wellen und Sashas abgehackten Atem.

»Genau so, wie du herausgefunden hast, dass er noch eine andere Familie hat. Ich habe denselben Privatdetektiv kontaktiert – ich habe eine Visitenkarte gefunden, als ich dir beim Ausräumen von Sandcove geholfen habe.«

»Diese Informationen waren vertraulich. Sie hätten sie dir nie einfach weitergegeben.«

»Ich habe einen anderen Namen benutzt, so getan, als wäre ich noch eine verlassene Ehefrau, die nach Richard O'Leary sucht. Es war etliche Jahre her und falls sie es für einen seltsamen Zufall gehalten haben sollten, haben sie es nie erwähnt.«

Rachel trat nach vorn, Imogen war direkt hinter ihr. »Margo, was soll das heißen, ›eine andere Familie‹? Stimmt das?«

Tom ging zu Margo und stützte sie. »Jonny, hol Margo bitte einen Stuhl und noch einen Drink. Wir brauchen mehr Alkohol.«

Margo wandte sich von Sasha ab und blickte Rachel an, ihr Gesicht war schrecklich ausdruckslos. »Ja, das stimmt. Nur Alice, Tom und ich wussten es, also, zumindest ... bis Sasha ...« Sie sprach nicht weiter und ließ sich dankbar auf den Stuhl fallen, den Jonny ihr gebracht hatte. Sie bemerkte Jonnys Blässe, wie ernst er wirkte. Sie schob den angebotenen Drink weg.

Sasha schaute sich trotzig um. Der Feuerschein flackerte auf ihrem Gesicht und Haar, sie sah wild aus. »Er hat uns verlassen, weil er eine andere Familie hatte. Eine Familie, mit der er lieber zusammen sein wollte, weil Margo ihn so scheiße behandelt hat. Margos Meinung nach hatten wir nicht das Recht, das zu erfahren. Er will uns alle sehen ...«

Rachel trat noch weiter nach vorn und stieß ihrer Schwester fest einen Finger in die Brust, als wollte sie sie umschmeißen, sie zum Schweigen bringen. Alle zuckten zusammen, während sie in Sashas Gesicht brüllte: »Du wolltest ihn sehen? Ihn kennenlernen? Nach allem, was er getan hat? Ich glaube, du solltest jetzt den Mund halten, oder? Warum zum Teufel bist du so selbstherrlich? Du redest davon, dass Margo lügt, aber sie wollte uns damit beschützen. Und wie lautet deine Entschuldigung? Du hast deine eigene Familie angelogen. Wie lange weißt du das schon, sag es mir *jetzt!*«

Sasha trat einen Schritt zurück, verzog das Gesicht, ihr Trotz war verflogen. Jonny ging nach vorn und stellte sich neben Sasha. Niemand hatte Rachel je derart wütend erlebt. Jonnys Stimme klang warnend. »Rachel, es ist nicht Sashas Schuld.«

»Halt du dich da raus, Jonny. *Wie lange schon?*«

Sasha sprach leise und sie wankte im Stehen, weswegen Jonny sie am Ellbogen stützte. »Vier Jahre.«

»Gott, du nutzloses Stück Scheiße! Du bist für mich gestorben, Sasha. Verpiss dich! Ich kann deinen Anblick nicht mehr ertragen.«

Margo suchte Imogen, die sich zurückhielt und hinter Rachel versteckte. Alle erschreckte Rachels glühender Zorn. Alice ging zu Margo und legte ihr einen Arm um die Schultern.

»Jetzt ist die Zeit für Erklärungen gekommen.«

Margo, Alice und Tom hatten das Geheimnis so lange gehütet, dass Margo gar nicht wusste, wie sie die Worte laut aussprechen sollte. Sie schloss die Augen. »Nach Richards Verschwinden war ich misstrauisch, es hat immer jemand zu Hause angerufen und einfach aufgelegt. Tom hatte über Richards Trinkkumpane herausgefunden, dass er in London war, und deswegen habe ich einen Privatdetektiv engagiert. Barry, so hieß er, war ein äußerst liebenswürdiger Mann – aber er wollte mir seine Erkenntnisse nicht mitteilen. Ich glaube, er war ein wenig in mich verliebt. Er hat herausgefunden, dass Richard mit einer anderen Frau verheiratet war, ein vierjähriges Kind hatte und die Frau wieder schwanger war. Das Vierjährige war nur einen oder zwei Tage vor Sasha auf die Welt gekommen. Ich habe Richard einen Brief geschickt, in dem ich ihm mitteilte, was ich herausgefunden hatte, und ihn bat, uns nie wieder zu kontaktieren. Anschließend bin ich zusammengebrochen.«

Sasha war auf dem Sand neben Margos Füßen kollabiert. Jonny kniete neben ihr, während sich Phil immer noch im Schatten versteckt hielt. Auf Margo wirkte Sasha wie ein erschöpftes Kind, das gerade einen Wutanfall gehabt hatte und ins Bett musste.

Jane trat einen Schritt nach vorn. »Wir werden zusammenpacken – wir haben das Gefühl, wir sollten nicht hier sein. Gabriel, soll ich die Kinder mit nach Sandcove nehmen?«

»Ich komme auch mit.«

Margo schaute sich um und nahm es hin: Die Party war vorbei. »Leo, Tom, Jonny, ihr geht bitte auch.« Die Männer nickten schweigend und verzogen sich. Die drei Töchter betrachteten das Gesicht ihrer Mutter.

Rachels Stimme zitterte. »Gibt es sonst noch etwas, das wir wissen sollten?« Margo und Alice zögerten. In Rachels Stimme flammte die Wut wieder auf. »Margo, meine Güte, jetzt erzähl es uns! Er ist immer noch unser Vater, ganz egal, was er getan hat.«

Margo legte den Kopf in die Hände. »Richard liegt im Sterben. Seine Frau hat Alice angerufen, um es ihr zu erzählen. Er will euch alle vor seinem Tod sehen.« Margo merkte, wie sich Müdigkeit über sie legte, Nebel über ihr Gehirn. Sie streckte Sasha eine Hand hin, um ihr aufzuhelfen. Sasha hielt kurz inne und nahm sie dann. Ihr Gesicht war tränennass.

»Er hat nicht mehr lang, nur noch ein paar Monate«, sagte Sasha und wischte sich mit dem Handrücken übers Gesicht.

»Du wolltest uns nicht sagen, dass er gerade stirbt?« Schließlich sagte auch Imogen etwas.

Margo reckte das Kinn vor, ihre Stimme klang klar und stark: »Nein, das wollte ich nicht. Ich kann euch jetzt nicht mehr aufhalten, das weiß ich – aber ich will nicht, dass ihr ihn seht. Ich wollte ihn aus unseren Leben raushalten – vielleicht versteht ihr jetzt, warum? Er hat seine Entscheidung getroffen – und er hat sich nicht für uns entschieden. Ich wollte nicht, dass ihr das über euren eigenen Vater erfahren müsst.«

Die drei Schwestern standen wie versteinert da und betrachteten Margo. Imogen drehte sich zu Rachel um. »Das macht ihn irgendwie humaner. Zumindest gibt es einen Grund, eine Erklärung. Wie sehr er es vermasselt hat ... in welchen Sumpf er geraten war...«

Rachel schüttelte den Kopf. »Er hat ein riesiges Chaos angerichtet. Er ist ein Bigamist, ein Betrüger – ein Lügner und ein Trinker. Stirbt er gerade wegen der Trinkerei?«

»Nein. Seine andere Frau hat es geschafft, ihn vom Alkohol wegzubekommen. Etwas, woran ich kläglich gescheitert bin.« Margo klang ein wenig selbstmitleidig.

Imogen wandte sich von Rachel ab und schaute zu Sasha. »Wie ist er?«

Margo reckte herrisch eine Hand in die Höhe. »Vor mir wird nicht über ihn geredet – niemals. Ich ertrage es nicht, etwas über ihn oder sein neues Leben zu hören. Ich würde jetzt gerne gehen, mir ist kalt und die Wirkung des Rums lässt nach. Es tut mir leid, dass es so gekommen ist. Los, gehen wir zurück nach Sandcove. Wir können morgen weiterreden, wenn es sein muss.«

»Eins noch.« Imogen legte ihrer Mutter eine Hand auf den Arm, als würde sie sie damit noch einen Moment länger am Aufbruch hindern. »Hat Richard dir jemals geschrieben – sich dir erklärt, dir gesagt, warum er sich eine andere Familie gesucht hat?«

Margo blieb stehen. »Darauf habe ich jeden Tag gewartet – sehr, sehr lange. Aber ich habe nie wieder von ihm gehört, nur über einen Anwalt.«

Imogen stand wie benommen da. »Das verstehe ich nicht. Ihr habt euch doch geliebt. Hat er uns dann nicht geliebt?«

Margo sprach leise, alle Schwestern mussten sich zu ihr beugen, um sie zu verstehen. »Er hat jede Einzelne von euch geliebt. Ein Alkoholiker kann sein Verhalten nicht erklären. Es ist eine Krankheit – die einen die seltsamsten Dinge tun lässt. Liebe lässt einen Dinge tun, von denen man nicht wusste, dass man zu ihnen fähig ist.«

Imogen drehte sich zu Margo. »Es wäre besser gewesen, wenn wir es gewusst hätten – all das. Wenn wir uns hätten aussuchen können, ob wir ihn kennenlernen wollen oder nicht. Wir haben alle die ganze Zeit gedacht, es wäre eine großartige Liebesgeschichte gewesen.«

Margo zuckte zusammen und schaute zu Alice. »Es war auch eine großartige Liebesgeschichte – es hat nur nicht gehalten. Vielleicht habe ich alles falsch verstanden...«

Sasha drehte sich zu Rachel und Imogen, sie sprach immer noch laut und verwaschen. »Fragt ihn – er will euch beide sehen! Geht zu ihm – bitte, das müsst ihr –, er liegt im Sterben. Er meinte, er würde versuchen, mir alles zu erklären, aber er findet es immer noch schwer, darüber zu reden...«

»Du bist so scheiße naiv. Er kann seine Bigamie doch nicht einfach wegdiskutieren, ebenso wenig wie eine geheime Familie!« Rachel schubste Sasha im Weggehen feindselig und zog Imogen mit sich. Sie rief Phil zu, der sich immer noch ein wenig abseits hielt: »Kannst du nicht einfach auf sie aufpassen, Phil, das hättest du von Anfang an tun sollen? Sie mir vom Leib halten – *für immer*.«

Margo war bereits losgegangen und stützte sich auf Alice. Plötzlich fühlte sich alles wie ein Traum an.

Rachel blieb auf dem Sand stehen und umklammerte fest Imogens Arm. »Was machen wir jetzt? Ich meine, was werdet ihr machen, wisst ihr das? Werdet ihr euch mit ihm treffen?«

Imogen blickte in die Dunkelheit, dorthin, wo Margo gewesen war. Sie schaute sich zum ersten Mal um und fragte sich, wo William war, ob er schon vor einiger Zeit das Weite gesucht hatte. Er hatte sich bestimmt seltsam gefühlt, weil er kein Teil der Familie mehr war, es aber noch niemand wusste. Plötzlich waren ihre und Williams Neuigkeiten trivial, ein Nebenschauplatz im Hauptdrama. »Ich weiß nicht – ich weiß nicht, was ich machen soll. Wenn ich es wüsste, müsste ich erst sicherstellen, dass Margo damit einverstanden ist. Sie will nicht, dass wir zu ihm gehen ... Aber ich habe so viele Fragen.«

»Ich werde ihn nicht besuchen, auf keinen Fall. Ich kann es einfach nicht glauben. Es ist so viel schlimmer als in unserer Vorstellung. Dass Margo es alles wusste, es geheim gehalten hat. Ich finde Sashas Verhalten unglaublich – ist sie überhaupt noch unsere Schwester?«

»Wir müssen nach Margo schauen.« Und die Schwestern eilten zusammen Arm in Arm in die Dunkelheit, über den kalten weißen Sand.

23
Schlüsselkind

Rachel öffnete die Haustür mit dem Schlüssel, den sie an einem langen Stück Schnur um den Hals trug – sie achtete peinlich darauf, dass er immer gut unter ihren Klamotten versteckt war. Sie hatte mitbekommen, dass nicht viele andere Elfjährige ihren eigenen Hausschlüssel hatten, und sie wollte nicht, dass die Leute Fragen stellten. Die alten Fliesen im Flur fühlten sich nach dem heißen Sand immer kühl an und Rachel trat sich die Sandalen von den Füßen. Sie knallte die schwere Tür so fest zu, dass es im ganzen Haus nachhallte. Sandcove war so ruhig wie das Meer draußen, weil ihre Schwestern bei Tante Alice waren, aber sie hörte Tom Barrison schnarchen, das beruhigte sie. Sie holte die Post und nahm sie zum Sortieren mit in die Küche. Margo schnappte sich die Briefe immer hastig, schaute sie durch und schmiss sie beiseite, wenn sie sie enttäuschten. Rachel kümmerte sich anschließend immer heimlich darum, stapelte Rechnungen aufeinander und stellte sicher, dass Carol, Alice oder Tom davon erfuhren, wenn Margo nicht da war. Tom saß in dem großen Sessel, sein Haar war zerzaust und sein Bauch wölbte sich zwischen den Hemdknöpfen. Rachel versuchte, nicht dorthin zu schauen, es war ihr peinlich, und sie holte eine Decke, um ihn vorsichtig zuzudecken. Dann fing sie an, einen Kaffee zu machen, von dem sie wusste, dass er Margo und Tom nach einer langen Nacht schmeckte. Der pfeifende Kessel weckte Tom, und nachdem er begriffen hatte, wo er war, lächelte er freundlich. Rachel fand, dass seine Augen wie zwei winzige Punkte aussahen.

»Hallo Liebes, du bist aber früh auf den Beinen. Machst du mir einen Kaffee? Du bist ein Engel.«

»Ich bin zum Frühstücken ins No. 47 gegangen und Jane hat mir Bacon and Eggs gemacht. Ich wäre fast verhungert, wir haben ja nichts da.« Rachel holte die Cafetière raus, maß vorsichtig den Kaffee ab, weil sie nichts verschütten wollte. Margo hatte sie einmal angeschrien, als sie Kaffeebohnen auf dem Küchentresen gefunden hatte, und ihr gesagt, sie solle keinen Kaffee machen, wenn sie ihr anschließend hinterherputzen musste. Ihr Gesicht hatte hässlich verzerrt ausgesehen.

Tom setzte sich auf und reckte sich. »Sind die Schränke schon wieder leer? Mach eine Liste, Liebes, und ich schicke Carol zum Einkaufen.«

Rachel rührte den Kaffee und beobachtete, wie er umherwirbelte: Sie mochte den Duft, weil er sie an glückliche gemeinsame Frühstückszeiten erinnerte, als ihre Mutter Pfannkuchen in die Luft geworfen hatte. »Margo isst nichts. Ich habe ihr gestern Toast mit Alices Marmelade gemacht, der einzigen Marmelade, die sie mag; sie hat zwei- oder dreimal reingebissen, seitdem hat sie nichts mehr angerührt.«

Tom stand auf und wuschelte Rachel durchs Haar, was sie hasste. Als sie noch kleiner gewesen war, hatte sie es gemocht, doch jetzt fand sie es peinlich. Außerdem hatte sie sich heute früh einen perfekten hohen Zopf frisiert, glatt und elegant, und der war jetzt wieder unordentlich. Sie hatte immer wieder versucht, ihn ohne Hubbel hinzubekommen.

»Du meinst, sie hat schon wieder zu viel getrunken?«

»Ja, das vermute ich.« Tom klang verlegen, wenn sie direkte Fragen stellte, deswegen versuchte sie, es nicht zu oft zu tun, obwohl die Fragen unbedingt aus ihr rauswollten. »Sie ist traurig – sie braucht nur ein wenig Zeit, um zu ihrem alten Selbst zurückzufinden.«

Vorsichtig schenkte Rachel den Kaffee in zwei Tassen. Sie wollte nicht, dass Tom ging und sie mit ihrer Mutter allein ließ. »Glaubst du, wir können hier auf der Insel bleiben, bis es ihr besser geht?«

Tom ging zum Küchenfenster und schaute aufs Meer. »Wieder ein heißer Tag. Ich hole euch das Dingi und die Kanus raus, wenn ihr wollt?«

Rachel wusste, dass er darüber nachdachte, wie er ihre Frage beantworten sollte. Sie wollte nicht noch einen ganzen langen Tag ihre kleinen Schwestern in dem Dingi durch die Wellen ziehen, während diese vor Freunde oder Angst kreischten. Diese beiden kleinen Nervensägen klebten ständig an ihr – sie hätte am liebsten geschrien.

»Ich mache mir bloß Sorgen wegen der Schule. Ich will wieder zurück. Margo hat sie ausgesucht, weil sie so gut ist, und ich glaube nicht, dass es hier auf der Insel gute Schulen gibt. Ich weiß einfach, dass ich bei dem Verständnistest besser war als Elizabeth, und zwar zum ersten Mal. Wir sind kurz vor Schuljahresende abgehauen, bevor wir die Ergebnisse zurückbekommen haben.«

Tom drehte sich um und schaute sie an, als wäre sie ihm fremd. Sie hatte häufig den Eindruck, dass Menschen sie seltsam fanden. »Schule ist nicht alles, das weißt du...«

»Für Margo aber schon. Sie hat immer gesagt, dass sie die beste Ausbildung für uns will, die man mit Geld kaufen kann. Damit wir nicht von einem Mann oder vom Geld eines Mannes abhängig sind.« Rachel machte sich sehr gerade, während sie sprach, und reckte ihr Kinn so nach vorn, wie sie es bei ihrer Mutter gesehen hatte.

»Du bist eine Mini-Margo, oder? Du musst deine Tante fragen, was geplant ist, ich weiß es nicht. Ich bin nur hier, damit deine Mutter nicht ... um deiner Mutter Gesellschaft zu leisten, wenn sie traurig ist. Du weißt, warum sie traurig ist, oder?«

»Klar – ich bin doch kein Baby mehr. Weil der ›nutzlose Wichser‹, der unser Vater war, uns alle verlassen hat.«

Tom ließ sich langsam am Küchentisch nieder, als schmerzten ihm die Knochen. »Ja, das stimmt.« Er lächelte sie an. »Aber am besten wiederholst du nicht alles, was du hörst, in Ordnung?«

»Ist ›Wichser‹ denn ein Schimpfwort?« Rachel notierte sich, was Margo als »schlaue Wörter« bezeichnete, damit sie diese in ihren Geschichten verwenden konnte. Bei allem, was um sie herum vor sich ging, dachte sie darüber nach, einen Roman über Männer und Frauen zu schreiben und wie die Liebe einen fast umbringen konnte.

»Ja, kann man so sagen. Wenn ich etwas weniger müde bin, erkläre ich es dir. Bringst du diesen Kaffee hoch zu Margo oder soll ich das machen?«

»Ich geh schon.« Rachel fiel nichts ein, was sie weniger gern getan hätte, aber sie wusste, dass es wichtig war, mutig zu sein. Das hatte Margo ihr so häufig eingebläut. Sie hatte viel Zeit damit verbracht, ihrer Mutter aus dem Weg zu gehen, und bekam Bauchschmerzen, wenn sie daran dachte, Margos Schlafzimmer betreten zu müssen. Die Vorhänge waren immer zugezogen, das Bett war ein Durcheinander aus Laken, Zeitungen und Taschentüchern. Es roch seltsam dort. Und Margo sah auch nicht so aus wie sonst. Ihr Gesicht war rund und aufgequollen, als wäre sie mit einer Fußballpumpe aufgeblasen worden.

Tom stand auf und stöhnte ein wenig. »Gutes Mädchen. Aber mein Kopf ... Es bringt mich um, dass ich deiner Mutter so viel Gesellschaft leisten muss.« Er sah Rachels ängstliches Gesicht. »Ich bin langsam einfach zu alt, um so lange wach zu bleiben. Wo bewahrt die Duchess ihre Kopfschmerztabletten auf?«

»In der Erste-Hilfe-Kiste in der Stiefelkammer. Es gibt einen Schlüssel, aber der steckt gerade im Schloss. Ich wollte ihn eigentlich wieder verstecken – am besten nehme ich auch ein paar mit, wenn ich Margo ihren Kaffee bringe.«

Tom salutierte ihr scherzhaft. »Man sieht direkt, wer hier das Sagen hat. Du machst das großartig, Kleine – du passt auf alle auf. Es wird nicht so bleiben, das weißt du.« Tom blickte sie seltsam an und ihr gefiel das nicht, es war nur okay, wenn er Witze machte und albern war. Sein Blick gab ihr das Gefühl, ihm leidzutun, was ihr brennende Augen und ein bebendes Kinn bescherte.

»Ich weiß. Aber es geht mir gut.« Sie biss sich auf die Lippe und dachte angestrengt darüber nach, wie sie das Thema wechseln könnte, um nicht zu weinen. »Aber du weißt doch, ich brauche ganz dringend ein paar neue Bücher. Alice und Olivia in der Schule meinten, es würde einen Wettbewerb geben und man müsste ein Buch pro Woche lesen.« Rachel spürte schon beim Gedanken an einen ganzen Stapel neuer Bücher ein aufgeregtes Flirren im Bauch. »Gehst du mit mir in die Bibliothek? Ich habe

Sam Oliver gefragt und er meinte, es gebe eine in Ryde. Margo ist mit uns jeden Freitag nach der Schule in London in die Kensington Library gegangen. Die ist riesig und es gibt Fensterplätze, an denen man sich verstecken kann. Dort habe ich *Bist du da, Gott? Ich bin's, Margaret* gelesen. Ich habe es Margo nie erzählt, weil sie es für Schund gehalten hätte. Sie findet es ja auch furchtbar, wenn ich *Sweet Valley High* lese...«

Tom unterbrach sie, weil er sich weit nach oben streckte und aussah wie ein Riese. »Sam Oliver also? Du hängst in letzter Zeit viel mit den Olivers rum.«

Rachel wusste, dass er sie neckte. Sie dachte an Sams Augen, die grün wie Meerglas waren. Sie merkte, wie ihre Wangen warm wurden. »Die haben ein tolles Segelboot.«

Tom lachte in sich hinein. »Das stimmt natürlich – und das ist eins der wichtigsten Dinge im Leben. Du bist ein kluges Kind. So, jetzt gehst du besser hoch zu Margo, sonst wird der Kaffee kalt.«

Rachel bemerkte, wie sich in ihrem Magen wieder etwas zusammenzog. »Soll ich es denn noch mal mit ein wenig Toast versuchen?«

»Schau einfach mal, wie sie reagiert. Frag sie, ob sie hungrig ist, wenn du oben bist.«

Rachel ging mit kleinen, widerwilligen Schritten die Treppe hinauf. Sie schmeckte Blut von ihrem Biss auf die Lippe. Das war zu einer schlechten Angewohnheit geworden, aber der Schmerz, immer auf dasselbe weiche Fleisch zu beißen, war manchmal eine Erleichterung, dabei fühlte sie sich lebendiger. Ein wenig Kaffee war auf die Untertasse geschwappt, sie hoffte, Margo würde es nicht bemerken. Es war so eine hübsche Tasse mit einem Eisvogel darauf, eine von Margos Lieblingstassen. Als Rachel schließlich am Treppenabsatz ankam, klopfte sie, so sanft sie konnte, für sie hörte es sich dennoch laut an.

»Tom, bist du das?«

Rachel wusste, dass Margo lieber Tom als sie sehen würde. Manchmal verschlimmerte der Anblick von Rachel ihre Trauer. Rachel stieß mit dem Fuß die Tür auf. »Nein, ich bin's, Ma, Rachel. Ich habe dir einen Kaffee und ein paar Kopfschmerztabletten mitgebracht.« Das Zimmer war dunkel, die Vorhänge zugezogen. »Soll ich die Gardinen für dich öffnen, Ma?«

»Nein. Nein, das will ich nicht.« Margos Stimme klang matt und kalt. »Stell einfach den Kaffee ab und lass mich in Ruhe bitte.«

Rachel versuchte, das Gesicht ihrer Mutter zu erkennen, sie vermisste es schmerzlich, aber alles, was sie von Margo entdeckte, war ein Knubbel unter einem Haufen Decken und einige dunkle Locken auf dem Kissen. Rachel verstand es nicht, weil draußen Sommer war. Sie wusste, dass sie gehen sollte, und zwar am besten schnell, ehe noch etwas Schreckliches passierte, aber sie wollte ihrer Mutter nah sein, versuchen, zu ihr durchzudringen und die Mutter aufzuspüren, die sie ihnen früher einmal gewesen war.

»Hast du gar keinen Hunger, Ma? Ich könnte dir etwas machen? Ein paar Toasts oder Eier? Ich bin inzwischen eine ganz gute Köchin.«

Die Laken raschelten und es ertönte ein Stöhnen. »Geh bitte.«

Rachel biss sich wieder fest auf die Lippen und machte kehrt, um das Zimmer zu verlassen.

Plötzlich sagte Margo wieder etwas. Sie klang neugierig. »Wie lange bin ich schon hier oben? Ich scheine die Zeit vergessen zu haben.«

»Seit vier Monaten. Seit wir in Sandcove sind. Du bist einfach ins Bett gegangen, nachdem wir hier angekommen sind. Du hast nicht einmal ausgepackt. Ich musste Alice dabei helfen. Wir haben immer noch nicht unser ganzes Zeug – ich will wissen, wann wir wieder zurückgehen.« Rachel musste es einfach aussprechen, obwohl sie wusste, dass Margo nichts davon hören wollte.

»Geh jetzt bitte und schick Tom hier hoch. Sei ein gutes Mädchen.«

Rachel hatte sich in ihr Zimmer oben im Haus verkrochen, Margos ehemaligem Kinderzimmer. Der Gedanke, dass dies jetzt womöglich für immer ihr Zimmer sein würde und nicht mehr das Zimmer in der Wohnung in London, das sie sich mit Imogen geteilt hatte, war seltsam. Früher war dieses Zimmer nur ein recht leeres Urlaubszimmer gewesen, das nach Urlaubsdingen gerochen hatte. Es war ein aufregendes Zimmer zum Übernachten gewesen, mit viel Licht am Morgen und Meerblick, und die Möwen vor dem Fenster waren so laut, dass man dachte, sie wären mit im Raum. Es war ein Zimmer, in dem man aufwachte und wusste, dass man einen ganzen freien Tag am Strand vor sich hatte und dass Margo Bootsausflüge und Picknicks organisieren und mit ihnen in die Spielhalle gehen würde. In dem Zimmer stand ein großer, alter holzgeschnitzter Schrank mit einem Schlüssel im Schloss, der Boden bestand aus Dielen, auf denen Teppiche lagen. Die Bilder an den Wänden waren alte Karten der Isle of Wight und

Schwarz-Weiß-Fotos von Jachten. Es war immer ein wenig körniger Sand auf dem Boden und im Bett und es gab altmodische Laken und eine Daunendecke, wohingegen sie in London Steppdecken hatten. Alice meinte, Kisten mit ihren Sachen wären aus London auf dem Weg und deswegen könnte sie bald schon wieder ihre eigene Bettdecke haben, wenn sie wollte. Sie sehnte sich nach ihren Büchern, nicht aber nach den Spielzeugen, weil sie sich dafür zu alt fühlte. Sie würde sie Imogen schenken.

Obwohl sich Sandcove jetzt anders anfühlte, weil es kein Ferienhaus mehr war, liebte sie ihr Zimmer. Sie konnte es nicht abschließen, hatte aber ein handgeschriebenes Schild an die Tür gehängt, auf dem »Kein Eintritt« stand, und Imogen musste klopfen, bevor sie reinkam. Sasha versuchte es erst gar nicht – sie war gerade mal vier und es gab zu viele Stufen. Sie hatte außerdem Angst vor der oberen Etage im Haus – allerdings fürchtete sich Sasha vor so gut wie allem. Manchmal tat sie Rachel leid, sie suchte immer noch »Dada« im Haus und da Margo das Schlafzimmer nicht mehr verließ, bekam sie nicht genug Umarmungen, das merkte man einfach. Rachel wollte nicht, dass es irgendjemand erfuhr, doch auch sie sehnte sich nach mehr Umarmungen, und manchmal, wenn Imogen neben ihr auf dem Bett saß und ihr vorlas, legte sie einen Arm um ihre Schwester und es war so schön und tröstlich. Imogen war meistens lieb und niedlich, nicht so wütend und genervt wie Rachel; sie nahm Rachels Hand, wenn niemand in der Nähe war. Sie kam auch zu ihrer großen Schwester, um sie zu fragen, ob sie ihr das Haar kämmen würde, das immer so verknotet war, weil Margo es nicht mehr bürstete. Margo war die Einzige *gewesen, die es entwirren konnte, ohne Imogen wehzutun. Rachel versuchte es wirklich angestrengt, doch Imogen zuckte zusammen, sagte aber nichts und war tapfer, was Rachel sehr traurig und sauer machte, auch wenn sie nicht wusste, weshalb.*

Rachel verbrachte viel Zeit damit, in ihr Tagebuch zu schreiben, wenn Imogen und Sasha bei Alice waren oder oben in ihrem Zimmer. Sie ließ ihre Tür einen Spalt geöffnet und hoffte, Margo würde nach ihr rufen, doch das geschah nie. Manchmal fühlte sich ihr Tagebuch wie ihr bester Freund an. Sie wünschte sich, sie hätte eins mit einem Schloss, aber Margo hatte nicht zugehört und ihr nur Kladden gekauft, in »die sie ihre Geschichtchen schreiben sollte«. Rachel fand Margo herablassend, ein neues Wort, das sie gern für die Erwachsenen in ihrem Umfeld benutzte. Die Notizbücher waren pink und sie mochte das Pink nicht, es war ihr zu mädchenhaft. Sie hatte fünf zusammen eingeschweißte bekommen, deswegen würde sie zumindest in absehbarer Zukunft immer etwas zum Hineinschreiben haben. Sie hatte Imogen eins abgegeben, weil sie ihr immer alles nachmachen wollte und es manchmal tröstlich war, wenn einen jemand nachahmte. Rachel saß mit der Daunendecke auf dem Bett, um sich die Zehen warm zu halten, und kritzelte drauflos.

Liebes Tagebuch,

IMOGEN, DAS LIEST DU BESSER AUF GAR KEINEN FALL!!!!!!!!!!! SONST MACHE ICH HACKFLEISCH AUS DIR.

Ich habe heute einen Brief an Daddy geschrieben. Wollte ihm nur sagen, dass ich ganz sicher beim Verständnistest auf jeden Fall die Beste war – wenn ich doch nur nach London fahren und es herausfinden könnte. Und dass Carol mir ein paar Kaubonbons als Belohnung gekauft hat, weil ich so gut auf Imogen und Sasha aufgepasst habe, als sie einkaufen war. Daddy mochte die grünen so gerne. Sasha hat geweint, weil ich ihr die roten nicht geben wollte, sie ist komisch. Ich weiß aber nicht, wie ich den Brief zu Daddy schicken kann, und ich kann nicht fragen. Ich würde so gerne wissen, wo Daddy ist. Er war manchmal ein bisschen ein Kack-Da, aber ich vermisse ihn trotzdem. Ich erinnere mich noch dran – es ist schon lange her –, als ich Jasmine eingeladen habe zu etwas, das Margo »Küchenabendessen« nennt, und Margo selbst gemachte Pommes und Burger gemacht hat, was lecker war (Margo ist die beste Köchin, besser als Jasmins Mum, obwohl die immer zu so Kochkursen geht und echt herablassend ist). Daddy meinte, er würde da sein und Jasmine eins seiner Gedichte vorlesen. Und er würde seine besonderen Banana-Splits machen. Aber er ist nicht nach Hause gekommen. Alles war trostlos, weil Margo sauer war und versucht hat, es sich nicht anmerken zu lassen, und ich habe mich wie ein Baby gefühlt, weil es mir etwas ausmachte und Jasmine das gemerkt hat und Sasha nur ständig »Da« gesagt und geschrien hat, deswegen war das der schlimmste Abend ALLER ZEITEN. Sie ist so ein Baby. Und Jasmine wollte nicht bleiben und Fernsehen schauen. Sie wollte einfach nur nach Hause. Am nächsten Morgen roch Daddy seltsam und hatte dieses kratzige Zeug am Kinn und sah aus, als hätte er nicht geschlafen. Er hat gesagt »Bitteeeee verzeih mir, Baby«. Das richtige schlaue Wort wäre »beschwatzen« gewesen. Ich musste ihm vergeben, Tagebuch, weil ich sehen konnte, dass Margo nicht mit ihm sprechen würde, und es war ganz allein meine Schuld, weil ich sauer war.

Ich wünschte, ich würde nicht so oft sauer werden, Tagebuch. Aber hier zu Hause ist es seltsam. Bei Jasmine zu Hause ist alles so normal. Dort sind ihre Mum und ihr Dad und ihr Dad ist immer da und sitzt in seinem besonderen Stuhl und sie essen viele Fischstäbchen. Und sie sind so leise und niemand stellt Fragen oder streitet oder macht das, was Margo als »lebhafte Diskussion« bezeichnet. Aber jetzt vermisse ich die lebhafte Diskussion trotzdem.

Ich höre jetzt besser auf, weil meine Schwestern bald nach Hause kommen. Alice lässt mich nicht gern zu lang allein mit Margo. Aber irgendwer muss bei ihr bleiben. Alle wirken so besorgt wegen ihr, ich weiß gar nicht, warum, weil sie einfach immer nur viel zu schlafen scheint. Eigentlich ist sie also nur faul und ich wünschte, irgendwer würde so mutig sein, ihr das mal zu sagen und ihr auch zu sagen, sie soll damit aufhören. Aber die ganzen Erwachsenen wirken so, als hätten sie Angst vor ihr. Bis bald.

Rachel xxx

Sie dachte gerade darüber nach, wo sie ihr Tagebuch so verstecken konnte, dass Imogen es nicht fand, als sie die Haustür hörte und Alice unten an der Treppe ihren Namen rief. Alice klang gestresst. Manchmal merkte man, dachte Rachel, dass Tante Alice mit dem schrecklichen Onkel Seb schon genug an der Backe hatte, dazu musste sie sich um die beiden kleinen Babys und jetzt auch noch um die drei Schwestern kümmern. Sie hatte deswegen eine neue Stirnfalte und mehr graue Haare bekommen. Entweder musste sie sich damit abfinden oder sich einen Besuch in Sally Fishers Friseursalon in Ryde gönnen.

»Ich mache uns Bacon-Sandwiches zum Mittagessen, Rachelmaus. Kommst du runter?«

Alice war tatsächlich dazu in der Lage, Bacon anbrennen zu lassen, deswegen ging Rachel widerwillig die drei Treppen hinunter, achtete darauf, ganz leise auf dem Absatz vor Margos Zimmer vorbeizugehen, wo ein knarzendes Dielenbrett lag. Sie müsste den Herd bewachen, andernfalls würden sie, Imogen und Sasha, verhungern – sie waren wirklich alle zu dünn. Wenn Carol doch nur mit einem ihrer Kuchen kommen würde, einem Zitronenkuchen, oder einem Bananenbrot. Sie könnte auch mit ihren Schwestern ins No. 47 gehen, einen Happen essen und hoffen, dass ein paar Oliver-Kids da sein würden; Sasha könnte die Katze jagen, Imogen im hinteren Raum Fernsehen gucken und sie selbst könnte mit Sam quatschen und vielleicht einen Iced Bun essen, wenn er nicht hinschaute. Ihr wäre es zu peinlich, das Ding vor seinen Augen zu essen, weil sie dabei gierig wirken oder ihr etwas von der Glasur an der Lippe kleben bleiben könnte. Vielleicht wäre fünf Minuten lang alles perfekt, bis Sasha sich langweilen und einen Wutanfall bekommen würde, und dann wäre alles schrecklich. Sie schämte sich allerdings, weil Jane ihnen immer alles umsonst gab; sie sollte Alice um ein Pfund bitten. Und sie erinnerte sich daran, dass sie Shampoo brauchten, es gab keins mehr. Das musste sie noch auf die Liste schreiben.

Sie stand in der Küchentür und schaute sich um, betrachtete den Rest, der von ihrer Familie noch übrig war, und seufzte tief; sie dachte, das würde sie lebensmüde wirken lassen, so wie die Heldinnen in ihren Büchern. Margo war definitiv lebensmüde, das hatte Rachel schon oft von anderen Leuten über ihre Mutter gehört.

»Darling, hast du es geschafft, Flaschen zu suchen, als wir unterwegs waren?«

Tante Alice sprach wieder leise. Auf Boden und Tisch türmten sich die Einkäufe. Sasha hatte ihren Schnuller im Mund, den Schnuller, den sie sich abgewöhnt hatte, als sie drei war, den sie aber nach Richards Verschwinden zurückhaben wollte, obwohl sie vier und groß für ihr Alter war. Und es sah lächerlich aus. Aber sie schrie Zeter und Mordio, wenn sie ihn nicht bekam, man kam einfach nicht dagegen an. Sie malte auf dem Fliesenboden, dicke Stifte rollten um sie herum. Sie blickte auf und lächelte Rachel so breit an, dass ihr der Schnuller aus dem Mund fiel und sie ihn hastig zurückstopfte, nachdem sie »Rake, Rake« *gesagt hatte. Imogen saß am Küchentisch und machte ein riesiges 1000-Teile-Weltraumpuzzle, sie war artig und ruhig. Niemand verstand, woher sie die Geduld für Puzzles nahm, aber das war ihr neues Hobby, sie meinte, ihr gefiele es, wie sich ein ordentliches Bild zusammenfügte.*

»Ja, ich habe eine Wodka- und eine Whiskyflasche im Wäschekorb gefunden. Ich habe sie in eine Kiste auf der Terrasse gestellt. Im Schuppen steht jetzt auch eine volle Kiste.«

Das Aufspüren von versteckten Flaschen war Rachels Aufgabe und sie war gut darin. Manchmal tat sie so, als wäre das ein Spiel zwischen Margo und ihr, wie Verstecken. Ein Spiel nur für sie beide. Anfangs hatte niemand verstanden, woher die Flaschen kamen, weil Margo nie das Haus verließ, doch dann hatte ausgerechnet Rachel ein wenig Detektivarbeit geleistet und herausgefunden, dass Männer die Flaschen mit nach Sandcove brachten. Tom nicht, Tom würde so etwas niemals tun. Er trank mit Margo, wenn sie ihn darum bat, brachte aber keine Flaschen mit. Jedoch gab es andere Männer, die Margo zu lieben und die zu denken schienen, dass es ihr ganz bald besser gehen würde und sie sie heiraten könnten. Es hatte eine Zeit »vor Richard« gegeben, also mussten es Männer sein, die sie seit Jahren im Blick gehabt hatten und hofften. Rachel fand es gruselig und meinte zu Imogen, sie fände alle ein bisschen doof. Und sie brachten Flaschen als Geschenke oder geschmuggelt in einem Pullover mit, weil Margo sie darum gebeten hatte. Rachel hasste sie alle und ließ sie manchmal nicht rein oder sagte, dass Margo nicht zu Hause wäre. Und häufig nahm sie ihnen die Flaschen direkt aus den Händen und murmelte etwas von »in den Keller« und die Flasche ward nie wieder gesehen. Alice nahm sämtliche Flaschen mit und Rachel wusste nicht, was sie mit ihnen machte.

»Gut gemacht, Liebes.« Alice kam und legte den Arm um Rachel, die kurz den Kopf an ihre Schulter lehnte und die Augen vor der Küche ohne Margo verschloss. Alice drückte sie an sich.

»Das ist wirklich schwer, ich weiß, aber du bist so stark und tapfer, Rachel O'Leary.«

So etwas sagte Alice nicht oft und Rachel blinzelte hoch und sah, dass ihre blauen Augen feucht waren.

»Du weißt ja, dass ihr, wenn es für euch einfacher ist, alle zu mir nach Swains Lodge kommen könnt. Nur für kurze Zeit vielleicht? Dann kann man sich vernünftig um euch kümmern, während Margo wieder gesund wird.«

Rachel löste sich von ihrer Tante. Sie konnte sehen, dass Imogen sie vom Küchentisch mit großen, ernsten Augen anblickte, um zu sehen, was sie sagen würde. Imogen und Rachel hatten bereits einen Pakt geschlossen, dass sie Margo niemals verlassen würden.

»Nichts für ungut, Tante Alice, aber du hast zwei kleine Babys, und Onkel Seb wäre noch grantiger, wenn wir da wären. Außerdem können wir Margo nicht allein in Sandcove lassen.« Rachel ging zu Imogen am Küchentisch, die zustimmend nickte.

Alice seufzte und schaute sie an. »Ich könnte Sasha mitnehmen, sie ist noch ein Baby. Ich habe Nanny Adams, die mir hilft.«

Alle blickten Sasha an, die auf dem Boden saß und im Augenblick zufrieden mit ihren Stiften malte. Kurz dachte Rachel darüber nach, ihre kleine Schwester wegzuschicken. Kein Aufstehen im Morgengrauen, keine Wutanfälle mehr, nur sie und Imogen, die aufeinander aufpassten, und Margo. Aber Sasha hatte – im Gegensatz zu Rachel und Imogen – keine Angst vor Margo. Manchmal fanden sie sie zusammengekuschelt in Margos Bett oder Sasha streckte Margo die Arme entgegen und wollte hochgehoben werden. Sie könnte Margo zum Lächeln bringen und der Gedanke an ihr Baby lockte Margo manchmal aus ihrem Zimmer, wobei sie auch nach den anderen schaute. Rachel wusste, dass es egoistische Gründe waren, sie wusste jedoch auch, dass ein Teil von ihr daran glaubte, was Margo ihnen so häufig gepredigt hatte: Sie waren Schwestern und sollten zusammenhalten.

»Sie muss in Margos Nähe sein. Eines Tages wird es Margo besser gehen und sie wird davon ausgehen, dass wir alle hier sind.« Rachel warf einen Blick auf Imogen, die sie herzerwärmend anlächelte, sodass Rachel es manchmal in Ordnung fand, die Älteste zu sein und zu wissen, dass sie gebraucht wurde.

»Okay, Mädels – machen wir alle das Beste aus der Situation. Carol schickt heute Dawn vorbei, die hier übernachtet, sie macht euch allen morgen Frühstück.«

Imogen hob verschüchtert den Blick von ihrem Puzzle. »Aber Dawn verbrennt immer die Toasts. Wir essen gern Rachels Pancakes, die sind fast so gut wie die von Margo.«

Alice lachte. »Ja, Dawn ist wirklich ein hoffnungsloser Fall, sie ist komplett unpraktisch. Man hat ihr im No. 47 wohl gesagt, dass sie nicht mehr zu kommen braucht, weil sie immer alles fallen gelassen hat. Komisch, dass sie Carols Tochter ist, aber zumindest wird sie nachts da sein, falls ihr etwas braucht.«

Imogen blickte ihre Tante flehentlich an. »Könntest du vielleicht ein paar Nächte hier schlafen und die Zwillinge mitbringen, so wie letztes Mal, damit wir sie sehen? Ich passe so gerne auf sie auf. Vielleicht, wenn Onkel Seb diese Woche in London ist.« Rachel schaute ihre Schwestern an und fragte sich, warum um alles in der Welt sie Babys so gerne mochte.

»Ja, das kann ich machen, wenn du das möchtest. Warum nennst du deine Mutter jetzt Margo? Das hast du doch noch nie gemacht.«

Rachel und Imogen schauten sich traurig an. Rachel

sprach für sie beide. »Weil – nun ... es klingt schlimm, aber sie Ma zu nennen fühlt sich nicht mehr richtig an. Sie ist gerade nicht unsere Mum. Es hat immer schon zwei Margos gegeben, eine davon ist Ma, nur unsere Ma, und die andere ist Margo, die allen anderen gehört oder in ihrer eigenen Welt lebt. Im Augenblick ist sie Margo – sie denkt nicht an uns.« Rachel ärgerte sich, so zu denken, und empfand Schuldgefühle, weil sie es ausgesprochen hatte.

Tante Alice schaute sie an, als verstünde sie es und als wüsste sie auch, dass Margo so ist. »Vergiss nicht, ich bin schon sehr lange ihre Schwester. Ich kenne beide Margos. Ich finde es sehr klug, wie du deine Gefühle in Worte fasst, Rachel, und das hat Margo dir beigebracht. Sie wird wiederkommen, deine Ma, das verspreche ich dir. Und sie denkt an dich und liebt dich. Sie sucht nur nach dem Rückweg.«

Tränen liefen Rachel über die Wangen und sie bemerkte, dass Imogen auch weinte. Alice legte die Arme um sie, zog beide fest an sich. Rachel schaute zu Boden und sah, dass Sasha zu ihnen aufblickte, sie hielt einen Buntstift in der Hand. Die letzte feste Umarmung schien eine Ewigkeit her zu sein und Rachel atmete den Duft von Alices Pullover ein – Toast und Waschpulver und Zigaretten. Sie spürte, wie große Schluchzer in ihr aufstiegen, die den Körper zum Erbeben brachten – sie ließ es geschehen.

Als Alice wieder weg war und sie auf Dawn warteten, kam Margo aus dem Zimmer. Rachel hatte gerade Sasha mit einem Glas Milch vor die Sesamstraße gesetzt und Imogen war oben und badete. Rachel hörte das Knarzen auf dem Treppenabsatz und trat aus der Küche, blickte hoch und entdeckte Margo über sich, schweigend und gespenstisch in einem langen hellen Morgenmantel. Als Rachel sie sah, machte sie sich Sorgen, dass sie sich die Treppe runterstürzen könnte, hinunter auf die Fliesen und wie eine Stoffpuppe vor ihren Füßen landen würde. Davor hatte sie immer Angst, weswegen sie, ohne darüber nachzudenken, zu Margo hinauflief – dabei immer zwei Stufen auf einmal nehmend – und den Arm zwischen ihre Mutter und das Geländer streckte.

»Ma?« Rachel schaute ihre Mutter an, die ins Leere starrte. Sie schien Rachel gar nicht zu bemerken. Diese spürte, wie ihre Wangen brannten und Wut in ihr aufflammte. »Mum, ich bin hier – ich bin's, Rachel. Alles in Ordnung mit dir?«

Margo drehte den Kopf langsam zu Rachel, die erkannte, dass ihre Mutter betrunken war. Sie hatten gedacht, Margo hätte die ganze Zeit geschlafen, aber sie hatte allein in ihrem Schlafzimmer getrunken. Als sie sprach, klang es langsam und zäh.

»Hallo Rachel, ist da unten alles in Ordnung?«

Rachel fragte sich, warum sie das sagte. Vermutlich lag es an ihrer Wut, daran, dass sie so sauer war, dass sie unbedingt irgendwie zu ihrer Mutter durchdringen wollte. Sie ging zu Margo, damit diese sich wieder auf den Treppenabsatz und weg von den Stufen bewegte. »Alles in Ordnung. Mum?«

Margo wirkte bei dem Wort erschrocken. Sie stolperte ein wenig, als Rachel sie weiter nach hinten schob. »Ich sollte runterkommen und für euch alle kochen. Ihr habt bestimmt Riesenhunger. Ich habe allerdings nicht die geringste Ahnung, wie spät es ist...«

»Mum, weißt du, wo Dad ist? Damit ich ihm schreiben kann? Ich habe einen Brief, den ich ihm schicken will.«

Margo sah plötzlich seltsam aus, als wäre etwas in ihr eingerastet. Ihr Blick wurde so wild wie der eines aufgeschreckten Pferdes und plötzlich trat sie nach vorn und schubste Rachel heftig, so als wäre sie im Weg. Ein Stoß gegen die Brust und Rachel stürzte nach hinten an die Wand, schlug sich Rücken und Kopf gehörig an. Sie fiel seitlich auf die Knie, war völlig schockiert, ihr Herz schlug wie verrückt.

»Mum, was machst du da? Ich bin's, Rachel, erkennst du mich nicht? Ich bin's doch nur. Was habe ich denn getan?« Rachel spürte, wie sie plötzlich in Schluchzen ausbrach, ihre Schultern zuckten, sie konnte es einfach nicht aufhalten.

Imogen tauchte auf dem Treppenabsatz über ihnen auf, war in ein Handtuch gewickelt und rief: »Rach, Rach, alles okay mit dir? Was ist passiert?«

Margo blickte hoch, sah Imogen und verzog das Gesicht, Tränen kullerten ihr über die Wangen. Sie blickte wieder zu Rachel, die am Boden lag, sah, was sie getan hatte. »Stell mir nie wieder Fragen zu diesem Mann. Nie, nie wieder. Er ist nicht dein Vater. Er ist weg und wird nie wiederkommen. Er ist für mich gestorben und sollte für euch alle auch gestorben sein.« Margo drehte sich um, ging wieder in ihr Schlafzimmer und knallte die Tür zu.

Die Zeit, bis sie Margo wiedersahen, fühlte sich sehr lang an, und das war seltsam, weil sie ja in Sandcove mit ihr zusammenwohnten. Rachel dachte, Sandcove hätte Margo und ihren Kummer mit Haut und Haaren verschluckt. Die Zeit verging schleppend. Sie waren verängstigt und einsam, fühlten sich als Last für die Menschen, die sich verlässlich um sie kümmerten, die kamen und gingen und beim Gehen auch ihr Lachen mitnahmen. Ein ganzer heißer Sommer breitete sich vor ihrem Fenster aus, auf der Helling, alles so nah, und dennoch hatte Rachel das Gefühl, sie könnte normale Menschen nicht mehr verstehen, mit ihren Booten und Eimern und der sonnenverbrannten Haut. Die Art und Weise, wie sie in den Wellen kreischten und den Wasserbällen nachjagten. Sie war muskatnussbraun geworden und gewachsen, sie brauchte neue Kleidung, aber sie ignorierte das alles, bis sie mit Sam Oliver zusammen war, sie seinen Blick auf ihre Beine bemerkte und dachte, ihre Shorts wären vielleicht zu kurz. Sie hasste es, an die verlorene Zeit zu denken. Der Sommer zog vorbei, dann war wieder Winter und Rachel machte sich immer mehr Sorgen wegen Weihnachten, ein Weihnachten ohne Mummy oder Daddy.

Dann, eines Morgens, stand Margo in der Küchentür und lächelte wie in einem unmöglichen Traum. Sie trug einen von Richards Bademänteln, in dem sie versank. Auf Rachel wirkte sie dünn und krank, aber auch wunderschön.

»Du bist runtergekommen.« Rachel hörte die Verwunderung in ihrer eigenen Stimme. Dieses Mal wusste sie, dass sie Da nicht erwähnen durfte, dass sie nichts Falsches sagen durfte. Sie sah, wie ihre Mutter sie alle nacheinander anblickte, als versuchte sie, in ihren Gesichtern etwas zu finden, was sie verloren hatte.

»Geht es euch allen gut?«

Rachel ging zu Margo und nahm beherzt ihre Hand,

führte sie zum Sessel beim Herd. Es war ein Sessel, auf den alle vier gemeinsam gepasst hatten, als sie noch kleiner waren; er war mit einem Stoff mit leuchtenden Papageien bezogen, die inzwischen verblasst waren. Rachel bemerkte, dass sich die Armlehnen langsam abnutzten, Fäden hatten sich gelöst. Es war ein Stuhl, in dem Richard häufig zur Frühstückszeit schlafend aufgefunden wurde, für Rachel jedoch war es Margos Sessel geblieben. Sie hatte alle Mädchen dort gestillt bis auf Sasha, die mit der Flasche gefüttert worden war, weil sie die Brust beharrlich verweigerte. Rachel dachte, dass das typisch für Sasha wäre, dass sie einfach anders sein musste. Auf Richards Schreibtisch standen gerahmte Fotos von Margo, die auf dem Stuhl saß und der Reihe nach alle Mädchen auf dem Schoß hielt. Dabei sah sie weich und zerzaust aus und strahlte in die Kamera – eine sanfte, kuschlige Version ihrer selbst.

»Ma, uns geht es gut. Setz dich, ich mache dir einen Kaffee.«

»Es ist so schön, euch alle zu sehen.«

Margo saß auf dem Stuhl und streckte die Arme aus. Sasha plapperte fröhlich drauflos, sagte immer wieder »Ma« und rannte zu Margo, die sie auf ihren Schoß zog und flüsterte: »Komm her, Baby.« Sie saß da, gurrte in Sashas Haar; Sasha beruhigte sich und wickelte sich eine Strähne von Margos Haar um ihre speckige Faust, als würde sie es nie wieder loslassen. Imogen war vorsichtig durch die Küche gegangen, als hätten sie Besuch von einem wilden Tier. Als sie Sasha in Sicherheit auf Margos Knie erblickte, schlich sie sich neben ihre Mutter und hockte sich auf die Armlehne des Stuhls. Rachel beobachtete sie, während Margo einen Arm um Imogens Taille legte. Rachel fühlte sich wie das fünfte Rad am Wagen und blickte unbeholfen zu ihnen hinüber. Sie waren immer nur zu dritt gewesen und jetzt gingen die Gleichungen einfach nicht mehr auf. Aus irgendeinem Grund wollte sie sich nicht mit ihnen auf den Sessel quetschen. Sie traute ihren Augen nicht. Sie dachte, es würde jeden Moment wieder Schreie und Tränen geben. Sie sorgte sich um ihre Schwestern, die so vertrauensselig wirkten. Sie waren doch noch Babys. Also drehte sie der Szenerie den Rücken zu und machte Kaffee. Sich nützlich machen, darin war sie gut, meinte Tante Alice – und vielleicht würde Margo das jetzt bemerken.

»Ihr seid so gute Mädels und habt aufeinander aufgepasst – so gute Schwestern.«

Rachel dachte, dass Margo keine Ahnung hatte, wovon sie sprach. Sie waren nicht gut gewesen. Sie waren sauer und traurig gewesen und hatten sich die meiste Zeit gestritten.

»Eure Mummy hat eine wirklich lange Pause gebraucht, ich habe so viel geschlafen. Jetzt geht es mir besser, das verspreche ich euch.«

Rachel blieb mit dem Rücken zu ihnen stehen. Sie wollte herausbrüllen, dass sie sich nicht nur ausgeruht hatte. Stattdessen rührte sie langsam den Kaffee und schenkte ihn in Margos Lieblingstasse ein, die sie auf die Untertasse stellte. Sie versuchte, das Zittern in ihrem Arm zu unterdrücken, als sie sie Margo hinhielt.

»Jetzt nicht, Rachel-Darling. Wie du siehst, habe ich die Hände voll.«

Rachel stellte die Tasse in Margos Reichweite auf die Walisische Kommode und schaute so ausdruckslos wie möglich. »Würdest du gern etwas frühstücken, Ma?«

Margo schüttelte den Kopf. »Nein danke, Liebes. Vielleicht später. Ich bin mir sicher, ich werde später Hunger bekommen.« Margo schien sich in der Küche umzuschauen, den Pfannkuchenteig in einer Schüssel zu bemerken, den fertig gedeckten Frühstückstisch. Sie blickte wieder zu Rachel und Rachel sah, dass sie neugierig wirkte und sie endlich anschaute.

»Hast du gekocht, Rachel? Wie ordentlich du alles gehalten hast. Ich bin beeindruckt.«

Imogen zog Margo am Ärmel. »Rachel ist unsere Lieblingsköchin. Sie ist besser als Alice! Und sie lässt nicht so viel anbrennen wie Dawn.«

Margos Lachen – wie Glockengeläut – brachte sie alle zum Lächeln. »Dawn ist wirklich nutzlos. Und Alice war nie sonderlich gut in der Küche. Das liegt daran, dass der fürchterliche Onkel Seb sie immer kritisiert und sie ihr Selbstvertrauen verloren hat.« Dieser Moment schien Margo in die echte Welt gezogen zu haben, ihre Welt der Menschen und Geschichten und Unterhaltungen. Sie stand auf, hielt dabei immer noch Sasha auf dem Arm und drehte sich zu Imogen. Ihre Stimme klang fast wieder wie früher. »Also würdest du Rachels Pfannkuchen empfehlen, Imi?«

Imogens graue Augen waren weit aufgerissen – welche Zauberei war hier am Werk? »Oh, ja. Die waren köstlich.«

»Na dann, Rach – Pfannkuchen für vier Personen bitte! Kommt, wir setzen uns alle an den Tisch und du kannst mir erzählen, was du gemacht hast, während unsere brillante Köchin uns Frühstück macht.«

Rachel merkte, wie ihr nervöse Blasen im Bauch umher-

blubberten, während sie die Pfannkuchen zubereitete. Sie mussten perfekt sein. Die besten Pfannkuchen, die sie jemals gemacht hatte. Sie wusste, dass es dumm war, aber ein kleiner Teil von ihr spürte, dass Margo in diesem Augenblick in der Küche in Sandcove zu ihnen zurückkommen könnte, wenn alles gut lief. Imogen schien es auch zu fühlen, weil sie so viel plapperte wie noch nie zuvor und Margo von dem absoluten Desaster erzählte: Toms Versuch, einen Kuchen mit ihnen zu backen. Margo hatte sich mit Sasha im Arm an den Küchentisch gesetzt und Sasha hockte immer noch artig und ruhig auf Margos Schoß. Sie hatte noch nicht einmal nach ihrem Schnuller gefragt, was an ein Wunder grenzte. Als Rachel die Teller austeilte und sich ihrer Mutter gegenübersetzte, lächelte Margo sie breit an. Rachel spürte die Wärme in ihrem Bauch.

»*Die sehen grandios aus, Liebes.*«

Rachel versuchte nicht, Sasha in ihren Kinderstuhl zu setzen; Margo behielt sie auf dem Schoß, fütterte abwechselnd sich und Sasha mit Pfannkuchen, einhändig, mit einer Gabel. Nach kurzer Zeit waren die beiden Teller vor Margo leer.

»*Ich wusste gar nicht, wie hungrig ich bin – köstlich.*« *Margo stand auf, hatte dabei immer noch Sasha auf dem Arm und holte sich ihren Kaffee von der Kommode.* »*Und, was kannst du inzwischen noch kochen?*«

Rachel wollte nicht wie eine Angeberin klingen, allerdings hatte Alice ihr einige Rezepte beigebracht und sie hatte sich auch Etliches aus Margos Kochbüchern angeeignet. »*So einiges – aber wir vermissen deine Kochkünste ganz schrecklich.*« *Rachel fragte sich, warum sie das gesagt hatte. Sie wollte nicht, dass Margo sich schlecht fühlte.*

Imogen sprang ein. »Sie kann wirklich gute Rühreier und Omelettes. Wir essen oft Sandwiches zum Mittag und suchen uns die Füllung aus. Wir haben neulich abends Spaghetti bolo und Würstchen im Teig gemacht, als Carol uns Würstchen vom Metzger Woodfords mitgebracht hat.«

»Es ist nicht schlimm, auf das stolz zu sein, was man erreicht hat, Rachel. Ihr Mädels seid auf verschiedene Weisen clever und ihr müsst euch darüber freuen und nicht damit hinterm Berg halten. Ist euch noch nicht aufgefallen, dass es Jungs nie schwerfällt anzugeben? Schaut euch Onkel Tom oder Onkel Seb an, die immer prahlen, dass sie etwas gut können, und dann stellt sich heraus, dass es jemand anderes viel besser kann...«

Imogen unterbrach Margo. »Wie damals, als du Onkel Tom bei dem Rennen um die Insel geschlagen hast?«

»Genau!« *Margo lächelte sie beide an.* »Aber mir ist auch aufgefallen, Imogen, wie loyal du deinen Schwestern gegenüber bist. Das ist auch etwas sehr Positives.«

Rachel, die die Reaktionen ihrer Mutter mit Argusaugen beobachtete, entdeckte einen Schatten, der über ihr Gesicht huschte. Rachels Magen zog sich zusammen.

»Es tut mir leid, dass es euch so schlecht ging, aber dadurch habt ihr gelernt, euch aufeinander zu verlassen, das sehe ich. Hoffentlich lernt ihr bald auch wieder, euch auf mich zu verlassen. Ich würde es euch nicht übel nehmen, wenn ihr mir jetzt nicht mehr sonderlich vertraut.«

In der Küche herrschte nervöse Stille. Rachel sah, dass Imogen sie erschrocken anblickte. Rachel wusste, dass sie etwas Kluges und Beruhigendes sagen musste. Wie eine Erwachsene. Sie griff über den Tisch und legte ihre Hand auf Margos. Sie bemerkte, dass ihre Finger inzwischen fast so lang waren wie die ihrer Mutter.

»Ma, wir brauchen dich wirklich. Wir haben dich so vermisst. Wir haben unser Bestes gegeben – und Carol und Alice und Tom auch. Sie waren alle so lieb und haben auch ihr Bestes gegeben. Aber wir brauchen dich zurück.«

Margo blickte auf Rachels Hand auf ihrer eigenen und legte dann vorsichtig ihre andere Hand auf Rachels. »Mein wundervolles großes Mädchen. Du bist so erwachsen geworden. Und ich habe so viel davon verpasst.« Rachel sah, wie in die strahlend blauen Augen ihrer Mutter Tränen stiegen – und dann tropfte eine auf den Holztisch. Als sie das sah, schien Margo sich zusammenzureißen, schüttelte ihr Haar und setzte sich aufrechter hin. Sie wischte sich das Gesicht mit dem Ärmel ihres Morgenmantels ab.

»Gibt es Post?«

Die Postfrage ängstigte Rachel immer und sie spürte, wie sich die Hoffnungslosigkeit ganz nach unten bis zu den Füßen ausbreitete. Sie wusste, dass Margo auf etwas vom Vater ihrer Kinder wartete. Aber es kam nie etwas von ihm, sie hatte jeden Tag geschaut. Sie hatte die Post außer Sichtweite geräumt. Widerwillig erhob sie sich, um sie zu holen. »Ich hole sie.« Rachel reichte ihrer Mutter die Umschläge, die alle an Mrs O'Leary adressiert waren, und beobachtete sie, während sie den Stapel ungeduldig durchsah und ihn dann so energisch auf den Tisch schmiss, dass alle zusammenzuckten.

»Zeit zum Anziehen, anschließend werde ich euch alle irgendwohin ausführen. Aber davor habe ich euch als Familie noch etwas Wichtiges mitzuteilen. Von diesem Tag

an werde ich wieder meinen Mädchennamen annehmen. Euer Vater hat uns verlassen, deswegen brauchen wir diesen Namen nicht mehr. Von nun an sind wir die Garnetts.«

Rachel dachte daran, wie peinlich das in der Schule werden würde. Ihre Mutter würde vermutlich die Sekretärin anrufen und sie bitten, den Namen überall zu ändern. Sie würde neue Namensaufkleber für ihre Uniformen brauchen, Margo fände das bestimmt schrecklich, weil sie nicht nähen konnte, und würde Carol bitten müssen, das zu übernehmen. Irgendwie würde sie all ihren Freunden erklären müssen, dass sie keinen Vater mehr hatte. Aber vielleicht würde sie gar nicht mehr in diese Schule zurückkehren, nicht nach London zurückkehren. Rachel sprach nichts davon laut aus. Stattdessen stand sie auf, stampfte mit dem Fuß auf und salutierte ihrer Mutter.

»Rachel Garnett meldet sich zum Dienst.«

Imogen stand schnell auf und machte Rachel nach. »Imogen Garnett meldet sich zum Dienst.«

Ihre Mutter stand ebenfalls auf und hatte Sasha immer noch auf dem Arm. »Margo und Sasha Garnett melden sich zum Dienst.« Und Margo drehte sich um und stampfte auf. »Abteilung kehrt! Links, zwo, drei, vier.« Sie marschierte aus der Küche und Imogen und Rachel folgten ihr mit einem hoffnungsvollen Lächeln im Gesicht.

24
Der Weg nach Hause

London

Sasha erklomm die weißen Stufen vor Rachels Londoner Haus und zögerte oben, drehte sich um, um die Straße zu betrachten. Es war neu für Rachel – sie versuchte zu verstehen, dass sie hier leben wollte, in diesem kleinen Reihenhaus, und nicht in Sandcove. Übereinandergestapelte Wohnungen, ein Auto neben das andere gepfercht. Einige dürre Bäumchen zwischen den Gehwegplatten und kein Horizont. Für einige Freunde von Rachel hieß die Gegend Notting Hill, Rachel jedoch bestand auf Genauigkeit, sie nannte sie »kurz vor der Goldhawk Road«. Nun wohnten alle drei Schwestern in Fußnähe zueinander. Und Jonnys Wohnung lag nur wenige Straßen entfernt. Sasha wusste, dass er schon in Sandcove war. Er hatte versprochen, dort auf sie zu warten.

Der Dezemberwind war beißend kalt, deswegen waren wenig Leute unterwegs, viele hatten die Stadt bereits in Richtung Sonne oder Skichalet verlassen. London war leer und grau. Sasha wünschte sich, sie könnte auch an einen exotischen Ort fliehen. Sie hatte diesem Besuch zu Hause gemeinsam mit ihren Schwestern zugestimmt, weil sie wusste, dass sie es früher oder später hinter sich bringen musste, und weil Jonny da sein würde. Aber sie fürchtete sich auch vor den gegenseitigen Vorwürfen. Sie war seit vergangenem Weihnachten nicht mehr daheim gewesen, hatte seit dem Drama am Boxing Day nicht mehr mit Margo gesprochen. Es waren immer noch alle sauer auf sie, sie hatte den Eindruck, dass sich das nie wieder ändern würde, weil sie Richard zurück in ihre Leben gebracht hatte. Sie klammerte sich an den Gedanken, dass es einen Moment geben könnte, in dem sie mit einem großen Drink neben Jonny am Feuer sitzen würde und alle von Weihnachten abgelenkt wären von Margos Selbstdarstellung, die aus Weihnachten ein echtes Garnett-Fest machen würde, voller Freude.

Rachels Schatten erschien hinter der Glasscheibe, die Tür wurde aufgerissen und dahinter stand ihre Schwester, wie immer voller Energie und Tatendrang. »Ich habe deine Füße von der Küche aus gesehen. Du stehst hier rum und gruselst dich bestimmt furchtbar. Imogen ist hier. Du frierst und siehst verloren aus.« Rachel umarmte Sasha im Flur und Sasha bemerkte, dass sie sich kurz entspannte. »Komm rein und staune! Nach Sandcove wirkt alles winzig, aber ich finde es gemütlich. Gabriel ist nicht hier – er ist mit den Kindern in Kew, Lichtinstallationen gucken.«

Rachel plauderte immer weiter, während Sasha ihr in die Küche im Untergeschoss folgte, die wie eine kleinere Version der Küche in Sandcove wirkte. Sasha hatte Rachel einige wenige Male seit dem Picknick in der Priory Bay gesehen; jedes Mal hatte sich Sasha entschuldigt und Rachel war beherrscht und höflich gewesen. Deswegen hatte Sasha heute nicht mit diesem herzlichen Empfang gerechnet, und sie spürte die Emotionen knapp unter der Oberfläche, während Rachel um sie herumscharwenzelte, sie am Küchentisch Platz nehmen ließ und ihr eine Tasse Tee reichte. Imogen, die in einer Küchenecke gestanden hatte, setzte sich jetzt neben Sasha und griff nach ihrer Hand.

»Alles in Ordnung mit dir? Du wirkst erschöpft.« Imogen schaute sie aus großen grauen Augen an. Sasha wusste, dass sie schrecklich aussah. Sie hatte Phil endlich gesagt, dass sie Weihnachten nicht gemeinsam feiern würden, und er hatte sie die ganze Nacht lang wach gehalten, ihr gedroht und sie dann angefleht. Ihr Pixiecut war rausgewachsen und sah nun formlos aus, mit spröden, gebleichten Spitzen. Sie konnte nichts essen und ihr Gesicht war eingefallen.

»Hatte eine schlimme Nacht – und ich kann Margo nicht gegenübertreten.«

»Wir sind ihr alle aus dem Weg gegangen. Deswegen auch die Vorladung.« Rachel schob einen Stapel ungeöffneter Weihnachtskarten zur Seite und nahm eine To-do-Liste in die Hand. »Sie wusste, dass ich zum ersten Mal Weihnachten hier feiern wollte – sie hätte uns einfach Kopien seines Briefes schicken können. Sie macht ein riesiges Theater daraus. Mit den Kindern zu Weihnachten irgendwo hinfahren ist schrecklich – ich war bis drei Uhr wach und habe die Geschenke für ihre Weihnachtsstrümpfe eingepackt.«

Sasha hatte die Geschenke vergessen und gehofft, es würde Rachel nicht auffallen. Bislang hatte sie Weihnachten ignoriert, hatte sich nicht um Deko gekümmert und ihre Mietwohnung war nicht geschmückt. Sie dachte an Phil in seinem Morgenmantel, der über den Tisch gebeugt saß und sich weigerte, Auf Wiedersehen zu sagen oder wenigstens, sich nach ihr umzudrehen. Alles an ihm widerte sie jetzt an, die Art und Weise, wie er sich gehen ließ, sich nicht wusch und die Wohnung nicht verließ, wie er sich drohend über ihr aufbaute, sein Gesicht war immer rot und wütend. Seine Ausbrüche verängstigten sie, die Wutanfälle, dass er mit Sachen warf. Sie war immer auf der Hut, fragte sich, ob er ihr eines Tages Gegenstände an den Kopf werfen oder die Fäuste gegen sie erheben würde. Aber schlimmer noch war die konstante Kritik, die ihr Energie und Selbstvertrauen raubte. Sie wusste, Jonny dachte, sie bräuchte zu lange, um ihr Leben zu ändern, um ihre Ehe zu beenden. Er wollte, dass sie einen dramatischen Abgang hinlegte, im Schutz der Nacht floh. Aber sie wollte nicht, dass ihre Beziehung mit Jonny so anfing, sie wollte, dass es ein Neuanfang war, als Gleichberechtigte, die wussten, worauf sie sich einließen. Zumindest hatte sie Phil inzwischen langsam klargemacht, dass ihre Ehe am Ende• war, und hatte das Ganze mit dieser Reise ohne ihn besiegelt. Jedes Mal, wenn sie von ihm getrennt war, fragte sie sich, wie sie es je wieder mit ihm in einem Raum aushalten sollte. Sasha zog sich wieder in die Küchenecke zurück und schaute sich in Rachels Küche um, die mit Lichtern geschmückt war, und in einer Ecke lagen die leuchtenden Girlanden der Kinder auf einem Haufen. Rachel sah, dass Sasha sie beide anschaute.

»Sie wollten die mit zu Granny nehmen, für ihr Zimmer in Sandcove. Ich bin so hart genervt. Lizzie redet die ganze Zeit davon, wie sehr sie Sandcove vermisst, und jetzt müssen wir zur schlimmstmöglichen Zeit dorthin zurückkehren. Ich wollte, dass sie sich an London gewöhnen – an ihr neues Leben...«

Sasha unterbrach sie, für Rachels familiäre Probleme reichte ihre Geduld nicht. »Warum haben wir uns nicht geweigert?«

Imogen schüttelte den Kopf. »Sie trauert um ihn. Wir können sie nicht einfach im Stich lassen.«

Sasha wusste, dass sie reden musste, sie hatte niemanden zum Reden gehabt. »Ich bin zur Beerdigung gegangen, als Einzige von uns. Das war ziemlich scheiße.«

Imogens Augen wurden runder. »Ich habe es einfach nicht geschafft. Warum hast du mich nicht angerufen und gefragt, ob ich mitkomme?«

»Phil wollte mich nicht begleiten. Er hat immer gesagt, ich solle mich nicht mit Richard rumschlagen. Er hat es furchtbar gefunden, dass ich ihn besucht habe, als er im Sterben lag, und meinte, ich wäre bei meiner Rückkehr hysterisch gewesen. Er hat nicht verstanden, warum ich so sehr um einen Mann trauere, den ich kaum gekannt habe.«

Rachel stellte sich an Sashas andere Seite. »Es war so tapfer von dir, dass du allein dorthin gegangen bist.« Rachel schob einen Teller mit Jaffa Cakes vor Sasha. Sasha betrachtete ihn und lächelte zum ersten Mal.

»Ich liebe Jaffa Cakes.«

»Deswegen habe ich sie auch gekauft, Dummchen.«

Es entstand eine Pause, während Imogen und Rachel Sasha dabei beobachteten, wie sie erst einen Jaffa Cake aß und dann noch einen. Sasha hatte das Gefühl, sie könnte den ganzen Teller aufessen, während ihre Schwestern sie beobachteten, es war so tröstlich, in die Schokolade zu beißen. Sie sah, dass Rachel sich aufsetzte, die Schultern nach hinten reckte und zu sprechen begann.

»Ich will ehrlich sein – ich war richtig sauer auf dich. Uns auf diese Weise wieder mit Richard zu konfrontieren – ich wollte nie wieder etwas mit ihm zu tun haben.« Rachel warf einen Blick auf Imogen. »Ich werde nicht für Imogen sprechen. Es war grausam, du hast Margo wehgetan – diese schreckliche Szene, betrunken am Strand. Wo warst du die ganze Zeit? Wie sollen wir das alles verstehen, wenn du nicht mit uns sprichst?«

Sasha starrte vor sich hin, dann trank sie in kleinen Schlucken ihren Tee, ließ sich davon den Gaumen verbrennen. Sie wusste, dass Rachel recht hatte, sie hatte alle im Stich gelassen und jetzt war auch noch ihr Vater tot und ihr Herz in winzige Stücke zerbrochen.

»Ich weiß, ich habe es verkackt.«

»Aber mein Gott – natürlich wäre ich mit dir zur Beerdigung gekommen, wenn du mich gefragt hättest.«

Sasha blickte rasch zu Rachel, ihre Kehle war wie zugeschnürt. »Wirklich?«

Imogen legte ihre Hand auf Sashas. »Ich auch. Ich hätte es schön gefunden, wenn du mich gefragt hättest. Wir lieben dich. Wir wollen das alles verstehen.«

»Du brauchst ein Taschentuch.« Rachel wühlte sich durch ihre Handtasche, die an der Lehne eines Küchenstuhls hing, und gab Sasha eins. »Du musst nicht alles allein machen. Wir sind Schwestern – das hat eine Bedeutung. Wir haben alle dasselbe durchgemacht – wir haben als Kinder ein Trauma erlitten. Niemand auf der Welt weiß, wie das war, außer uns.«

»Ich habe mir jemanden zum Reden gesucht. Einen Therapeuten.« Rachel und Sasha drehten sich überrascht zu Imogen um. »Ich weiß – schwer zu glauben. Ich und der Versuch, über meine Gefühle zu sprechen – ich fand schon die Vorstellung schrecklich. Er meinte, wir hätten eine posttraumatische Belastungsstörung. Unser Alkivater ist abgehauen, unsere Mutter konnte nicht auf uns aufpassen.« Sasha drückte Imogens Hand fester. Sie hatte vorher nicht gedacht, dass sie alle gemeinsam ein Kindheitstrauma erlebt hatten. Sasha dachte immer, sie wäre als Einzige anders, könnte die Dinge nicht so hinnehmen wie ihre Schwestern, wäre die Einzige, die einen Vater gebraucht hätte.

Rachel wandte sich wieder an Sasha. »Du musst mit Margo sprechen. Du musst versuchen, ihre Sicht der Dinge nachzuvollziehen. Ihr beiden sprecht nie miteinander.«

Sasha ließ den Kopf nach unten fallen und legte sich die Hände aufs Gesicht. »Sie liebt mich nicht – warum sollte ich das tun? Ich sollte das Baby sein, das die Beziehung kittet, das uns alle wieder zusammenbringt. Richard ist trotzdem abgehauen. Ich hätte alles besser machen sollen – stattdessen habe ich alles verschlimmert. Jedes Mal, wenn sie mich jetzt anschaut, weiß ich, dass sie das denkt: Ich habe den Mann, den sie geliebt hat, wahnsinnig gemacht.«

»Gott, Sasha – so hast du dich die ganze Zeit über gefühlt?«

Sasha blickte Imogen an und nickte. »Ja, die ganze Zeit.«

Rachels Stimme klang fest, als sie endlich etwas sagte. »Sie liebt uns alle. Auf unterschiedliche Weise. Aber sie liebt uns – sie will, dass es uns besser geht, dass wir alles haben, was sie nie gehabt hat. Ein glückliches Familienleben – eine gute Ehe.«

Imogen nickte. »Manchmal kommt es falsch rüber, zum Beispiel, wenn sie den Kontrollfreak raushängen lässt. Sie liebt dich aber sehr – ich war immer so neidisch auf dich, weil du das Baby bist.«

»Als Margo wirklich krank war, habe ich nicht erlaubt,

dass du weggenommen wirst. Alice wollte, dass du eine Weile bei ihr lebst. Ich wollte uns alle zusammenhalten. Du warst diejenige, nach der Margo geschaut hat – ihr Baby.«

Sasha starrte Rachel an. »An diese Zeit erinnere ich mich nicht.«

»Ich erinnere mich für uns alle daran.«

Sasha schaute ihre älteren Schwestern an und hatte das Gefühl, ihr Herz würde ganz weit. Ihre Brust zerbarst fast vor Liebe, als sie daran dachte, wie Rachel ihnen allen geholfen hatte. »Ich wünschte, ich könnte mich an etwas davon erinnern. Danke – dafür, dass du auf uns aufgepasst hast. Das habe ich noch nie gesagt.«

Dann war es sehr ruhig in der Küche. Nur der Kühlschrank brummte und der Wasserhahn tropfte. Imogen und Sasha blickten beide zu Rachel, die sie anlächelte, stark und selbstsicher in ihrem eigenen Zuhause, die ihr Leben wieder in die Hand genommen hatte.

»Wir sind die Garnett-Girls, ein Team! Jetzt müssen wir das Auto packen und losfahren. Sasha, wo sind deine Geschenke?«

Sasha grinste plötzlich, fühlte sich wieder wie die freche kleine Schwester. »Ich bin noch nicht zum Einkaufen gekommen. Margo wird mich umbringen.«

»Ich nehme euch morgen mit nach Ryde und wir kaufen schnell ein paar Kleinigkeiten. Ihr wisst doch, wie wichtig Margo Weihnachten ist.« Rachel stand auf. »Wir können im Auto weiterreden. Ich will wissen, wie die Beerdigung und Williams Chemo war. Und auch, was aus dir und Rowan Melrose geworden ist...«

Als sie alle aufstanden und die Stühle auf den Küchenfliesen quietschten, schaute Sasha eine nach der anderen an und runzelte die Stirn. »Rowan Melrose, die aus Anna Karenina? Die Blonde, die keine gute Brünette abgegeben hat?«

Rachels Lachen erklang plötzlich und laut, vertrieb sämtliche Traurigkeit aus der Küche. »Sasha weiß das noch nicht? Grandios!«

Später im Auto fühlte sich Sasha wieder wie ein Kind, genoss die Gemütlichkeit mit ihrer Extradecke und dem Kissen auf dem Rücksitz. Es war dunkel mit Ausnahme der aufblitzenden Scheinwerfer entgegenkommender Wagen, das sanfte Murmeln der Stimmen ihrer Schwestern lullte sie ein. Nur sie drei, gemeinsam und sicher auf dem Weg nach Sandcove. Die Strecke war ihnen vertraut, an einem Freitagabend von London auf die Insel fahren, eine Reise aus einer unbeschwerteren Zeit. Sasha war froh, dass Rachel gerade die Verantwortung für ihr Leben übernahm, war froh, dass sie im Auto ganz unbeobachtet reden konnten. Sie merkte, wie sie sich öffnete, wieder vernünftig mit ihren Schwestern redete, so wie früher.

»Mit der Chemo ist er inzwischen fertig. Ich habe versucht, für ihn da zu sein – als rein platonische Freundin; das war schwerer, als ich gedacht hatte.«

Sasha dachte an alles, was Imogen durchgemacht hatte, und daran, dass sie keinen Schritt auf sie zugegangen war. »Warum?«

»Ich dachte, eine Freundschaft würde uns leichtfallen, aber das stimmt nicht. Ich fühle mich wie eine Betrügerin – als würde ich in einem Theaterstück mitspielen. Ich wollte ihm Gesellschaft leisten, ihn ein wenig aufheitern. Aber jedes Mal hatte ich das Gefühl, ich würde ihn eher runterziehen, ihn an unsere gescheiterte Beziehung erinnern und daran, dass er wirklich allein war. Er war allerdings enorm tapfer.«

Sasha konnte Imogens Gesicht im dunklen Auto nicht sehen, hörte jedoch, wie ausdruckslos ihre Stimme klang. »Du hörst dich so traurig an.«

»Ich dachte, wenn ich endlich aktiv werde, würde sich das Leben ganz großartig verändern. Dann kam der Tiefpunkt – alles fühlte sich so grau an. Einsam. Selbst Margo schien letztendlich gar nicht überrascht, als ich ihr erzählt hatte, wir würden nicht heiraten. Sie hat kaum etwas dazu gesagt.«

»Genauso wie damals, als ich Dad aufgespürt habe – ich dachte, einen Vater zu haben würde alles verändern, dann könnte ich mich entspannen und wüsste, wer ich bin. Aber ich war danach nur noch verwirrter als vorher. Er hat Margo immer noch geliebt...«

Rachel unterbrach Sasha. »Aber wie beschissen ist diese Liebe bitte? Er hat sie und uns verlassen – und hatte eine geheime Familie?« Alle im Auto schwiegen. »Tut mir leid, aber jetzt mal ganz ehrlich! Am meisten hat er den Alk geliebt. Ich verstehe immer noch nicht, warum ihr beide ihn besuchen musstet.«

Sasha blickte sich abrupt zu Rachel um. »Wie meinst du das?« Sie beugte sich nach vorn und versuchte, Imogens Gesicht zu sehen. »Was erzählt sie da, Imi? Hast du ihn besucht?«

»Vielen lieben Dank, Rachel.«

»Früher oder später wäre es rausgekommen. Du weißt, dass du es Margo nicht verheimlichen kannst. Du bist ein totaler Feigling.«

»Ich will gerade noch nicht darüber reden, Sasha. Schau mal, da ist der Tunnel – Halbzeit.«

Im Auto wurde es wieder ruhig. Sasha dachte an Margo, wie fröhlich sie plötzlich geklungen hatte, als sie vor einem Jahrzehnt zum ersten Mal durch den neuen Tunnel gefahren waren. Wie begeistert sie gewesen war, dass man nun schneller von London nach Portsmouth kommen würde. Sasha erinnerte sich plötzlich an Margos Hand voller Ringe mit dunkel lackierten Nägeln, die gestikulierten. Sie blickte auf Imogens Hinterkopf und fragte sich, woran sie dachte. Sie mussten über Richard reden, und zwar nur sie, zu zweit.

»Können wir morgen am Strand spazieren gehen, Imi? Bei *No. 47* frühstücken?«

»Und ich bin nicht eingeladen?« Rachel klang nun sanfter.

»Nein«, ertönten die Stimmen von Sasha und Imogen wie aus einem Mund.

Rachel seufzte übertrieben. »Okay, dann schließt mich halt aus eurem Daddy-Fanklub aus. Eine Sache habt ihr aber nicht bedacht.«

Sasha richtete sich auf und wickelte sich aus der Decke, sie wusste, dass sie bald schon den Solent sehen würden. Das Gewässer, das ihr Weg nach Hause war. »Was denn?«

»Wie können wir uns denn so sicher sein, dass Margo Richard nicht besucht hat?«

Sasha versuchte, sich Margo neben diesem Bett vorzustellen, von der anderen Ehefrau aufmerksam mit Tee versorgt. Margo in diesem kleinen, engen Haus, das nach Bacon und schalem Zigarettenrauch roch, wo die Heizung bollerte und einem Katzen um die Beine strichen. Sie lehnte sich nach vorn zwischen die Sitze, um näher bei ihren Schwestern zu sein, berührte Imogen an der Schulter, damit sie sich umdrehte und sie anblickte. Imogen sah traurig aus und Sasha wusste in diesem Moment, dass auch Imogen nachts wach lag und das Bild von dem zusammengeschrumpften Mann nicht aus dem Kopf bekam, der so ruhig dalag.

»Gott, ich hoffe nicht. Es wäre besser, wenn sie ihn weiterhin als betrunkenen Dichter in Erinnerung behalten würde, der sie angehimmelt, aber ihr Leben zerstört hat. Ich hoffe, sie hat ihn nicht sterben sehen.«

»Ich auch«, sagte Imogen.

Auf dem Oberdeck der Fähre drängten sich die drei Frauen aneinander, während der Wind ihnen durch die Haare peitschte. Sasha schaute ihre Schwestern an und wusste, dass sie sich die Haare wachsen lassen würde, damit sie wieder zusammenpassten. Sie beobachteten, wie die Sonne den Himmel beim Untergehen rot färbte, atmeten die Meeresluft ein, während die Insel langsam näher kam. Diese Fährüberfahrt hatte immer etwas Tröstliches; sie war sehr vertraut und fühlte sich zugleich immer nach Urlaub an. Die Zeit auf dem Meer war wie eine Verschnaufpause vom Leben. Die Menschen waren fröhlich und Kinder rannten in den Spielbereich und wieder hinaus. Es gab immer viele Hunde, die sich anbellten, die Meeresluft machte sie nervös. Sasha wusste, dass sie der Insel alle unterschiedlich gegenüberstanden, doch in dem Moment war ihr klar, dass sie sie alle als Zuhause empfanden.

»Wann wirst du mir von Rowan Melrose erzählen? Bist du jetzt eine Lesbe?« Sasha kniff Imogen in den Arm, um sie herum drehten sich Köpfe nach ihnen um, während Rachel laut lachte und den Kopf in den Nacken warf.

Imogen rempelte Sasha mit dem Ellbogen. »Warum sagst du so etwas?«

»Ich habe mich das immer schon gefragt. Du hast dich scheinbar nie sonderlich für Jungs interessiert – nicht so wie Rachel und ich. Rachel vor allem.«

»Ach komm.« Rachel drehte sich gespielt entrüstet um. »So viele Freunde hatte ich auch wieder nicht.«

»Ja, genau – du hast auf der Insel ein Herz nach dem anderen gebrochen, meistens in den Familien, in denen Margo früher schon ihr Unwesen getrieben hatte. Ich wollte auch so gerne Herzen brechen.«

Imogen schaute Sasha an, sie klang ungeduldig. »Jetzt hör aber auf. Egal wo du auch gehst und stehst, es drehen sich Köpfe nach dir um. Margo reibt es uns ja immer unter die Nase: Du bist die Schönheit der Familie.«

»Aber das ist doch gar nicht so wichtig. Sex-Appeal – Selbstvertrauen, Style, wissen, wer man ist –, das alles zählt doch viel mehr.«

»Aber das hast du doch alles, du Idiotin ... Unglaublich, dass du mich die ganzen Jahre für eine Lesbe gehalten hast. Warum hast du denn nichts gesagt?«

»Bist du denn eine?«

Imogen hielt kurz inne. »Ich weiß es nicht.«

Rachel unterbrach sie. »Wir sollten leiser sprechen – dieser Mann da vorne lauscht und bekommt wahrscheinlich gerade einen Ständer.«

Sie folgten alle Rachels Blick zu einem Mann auf einer Bank in der Nähe und brachen dann in Gelächter aus. Sasha fühlte sich leichter, als wäre etwas von der Anspannung ihres Lebens von ihr abgefallen, je weiter sie sich von Phil wegbewegte. Sie sah den Turm der Kirche von Ryde näher kommen, entdeckte das verheißungsvolle, wilde Grün der Insel, das sie immer überraschte.

»Wie hat Rowan reagiert, als du sie verlassen hast? Sie war ja eine ziemliche Dramaqueen – noch schlimmer als Margo.« Die Lautsprecherdurchsage unterbrach sie: Sie liefen in Fishbourne ein. Rachel stand auf und blickte auf Imogen hinab, sie wartete auf eine Antwort.

»Sie hat es dem Rest des Ensembles erzählt, meinte, ich hätte sie schlecht behandelt, sie benutzt. Sie schreibt mir immer noch ständig; ruft mich an, wenn sie betrunken oder high ist.«

»Booty Calls.« Sasha streckte Imogen eine Hand entgegen, um sie auf die Füße zu ziehen.

»Mein Leben mit ihr war so glamourös. Der ganze Sommer hat sich wie ein Traum angefühlt. Mein Leben wird nie wieder so aufregend sein.«

»Das liegt nur daran, dass du mal aus deiner Höhle herausgekrochen bist. Du wirst jemand anderen kennenlernen. Und wir können Wetten darauf abschließen, ob es ein Mann oder eine Frau sein wird.«

Sasha lächelte über Rachels Neckereien. Menschen und Hunde wuselten um sie herum und bewegten sich Richtung Ausgang. »Weiß Margo schon davon?«

»Es gibt viel, das Margo nicht weiß! Kommt schon, ihr beiden...«

Sasha folgte ihren Schwestern zur Treppe und dachte an den letzten Blick, den sie beim Verlassen der Küche auf Margo geworfen hatte, die ihr den Rücken zugewandt hatte. Imogen war stehen geblieben und hatte sie betrachtet.

»Ich habe Angst, sie zu sehen – dieser Brief. Das ganze verdammte Drama.«

Imogen nickte. »Ich weiß – aber wir halten zusammen.« Und die beiden beeilten sich, versuchten, zu Rachel aufzuschließen.

25
Negroni Time

Isle of Wight

Margo durchwühlte die Tiefkühltruhe und brummelte dabei. Unglaublich, dass sie vergessen hatte, Eis zu machen. Ihre wichtigste Regel bei Partys lautete: Es muss genug Eis da sein. Sie fand nur Alices komische hausgemachte Suppen. Alice aß zu jedem Mittagessen Suppe, sie saß dabei mit der Zeitung am Küchentisch, was Margo verrückt machte. Sie vermisste das gemeinsame Kochen mit Gabriel; Alice lehnte exotische Nahrung ab und auch alles, das zu mächtig sein könnte, weil sie ständig auf ihr Gewicht achtete. Arme Alice, dachte Margo, sie kann wirklich nicht so viel essen, wahrscheinlich sollte sie versuchen, weniger zu trinken.

»Alice! Wo ist das verdammte Eis?«

Alice tauchte in der Tür auf. Margo wusste, dass sie im Flur gelauert hatte und so tat, als wollte sie dort die Gäste begrüßen. In Wahrheit ging sie Small Talk gern aus dem Weg. Sie mochte Partys nicht so sehr wie Margo. Margo schob sie immer in die verschiedenen Zimmer und versuchte, sie in Gespräche zu verwickeln. Das war schon in ihrer Kindheit so gewesen.

»Hätte ich welches machen sollen?« Alice schienen die Regeln in Sandcove immer zu erstaunen.

Margo stand auf und legte eine Hand auf ihren unteren Rücken. Dieser gesamte Bereich hatte angefangen, sich immer mal wieder zu beschweren, und Margo tat ihr Bestes, um es zu ignorieren. Warum gab etwas, das so lange einwandfrei funktioniert hatte, plötzlich den Geist auf? »Der Tiefkühler ist voll mit deiner Suppe. Selbst wenn ich das Eis nicht vergessen hätte, hätte ich keinen Platz dafür gehabt.«

»Soll ich ein neues Gerät kaufen – vielleicht eine Gefriertruhe? – als Ersatz für das kaputte aus dem Hauswirtschaftsraum?«

»Ist es nicht ein bisschen komisch, dass zwei so alte Ladys wie wir zwei Tiefkühler brauchen?«

Jonny tauchte in der Tür auf, er trug immer noch seine Stadtkleidung, die Krawatte hatte er salopp gelockert. »Gabe ist am Apparat.«

»Ich nehme es hier an. Denk dran, den anderen Hörer aufzulegen, Jonny.«

Jonny salutierte und zwinkerte Alice zu. »Komm schon, Alice – komm ins Wohnzimmer und unterhalte dich mit mir. Wann sind die Mädels hier? Leo langweilt schon wieder alle mit seinen Bootsgeschichten.« Alice folgte ihm gehorsam.

Margo nahm den Hörer zur Hand. Es war das alte Bakelittelefon, das bereits in ihrer Kindheit in Sandcove gestanden hatte. Es erinnerte sie an ihre geheimen Telefonate mit Richard. »Sind die Mädchen schon aufgebrochen?«

»Sie sollten in einer Stunde bei dir sein.« Während Gabriel sprach, hörte Margo das Klicken, als Jonny das andere Telefon auflegte. Sie lächelte in sich hinein und dachte, er hätte bestimmt liebend gern gelauscht. Gabriel klang angespannt. »Du hast die Party einfach weiterlaufen lassen? War das denn richtig?«

Gleich nachdem die Feier begonnen hatte, wünschte

Margo sich, sie wäre zu Ende; sie wusste, dass das alles falsch war. Richards Leiche war erst seit ein paar Tagen unter der Erde. Sie hatte sich gefragt, ob sie aus dieser Party einen Leichenschmaus machen könnte. Aber könnte sie das? Auf ihn anstoßen, vor allen anderen? Alle hier hatten ihn gekannt und geliebt. Sie dachte, ihr würde dabei die Stimme versagen. »Wie meinst du das?« Ihre Stimme klang stählern, sie wollte nicht, dass Gabriel ihre Selbstzweifel hörte. Ihre Beziehung zu Gabriel hatte sich seit der Rothaarigen verändert. Margo fand es schwer, seiner Sicht der Dinge zu glauben, ihm abzunehmen, dass er das Mädchen nicht irgendwie verführt hatte. Sie sorgte sich, dass Rachels Vertrauen in Gabriel naiv war.

»Du weißt schon, was ich meine. Die Mädchen haben den Vater verloren, den sie gerade erst gefunden haben. Du hast sie nach Hause geholt, um das Testament vorzulesen, und als sie die Tür öffnen, platzen sie mitten in eine Sandcove-Party.«

Margo wickelte sich die Schnur um den Finger, so, wie sie es auch als Mädchen getan hatte bei den ganzen langen Telefonaten. Worüber hatten sie und Richard so ewig gesprochen? Wenn sie sich doch nur an diese Gespräche zurückerinnern könnte – warum hatte sie sie nicht aufgenommen? Im Augenblick hasste sie Gabriel und seine Selbstgefälligkeit. Sie hasste die Tatsache, dass er nicht bei ihr in der Küche war und Eis und Cocktails machte. Sie wusste, dass sie defensiv klang. »Es ist eine Tradition. Ich feiere immer am Zweiundzwanzigsten eine Party.« Einmal hatte Richard die Feier auf den Dreiundzwanzigsten verlegt, was Weihnachten für sie ruiniert hatte. Sie hatten keine Zeit gehabt, sich zu erholen, die gut gelaunten Eltern zu sein, die die Mädchen erwarteten. Richard hatte einfach immer übertrieben.

»Ich glaube, dieses Jahr hättest du mit den Traditionen brechen und einfach für die Mädels da sein können.«

»Ich weiß, wie ich für meine Mädchen da sein muss. Konzentriere du dich einfach darauf, für Rachel da zu sein.« Die gegenseitige Feindseligkeit knisterte in der Leitung. Margo wusste, dass sie nicht ganz fair zu Gabriel war, er hatte alles getan, worum Rachel ihn gebeten hatte: Er hatte aufgehört, das Mädchen zu therapieren, er hatte zugestimmt, es nie wieder zu sehen oder mit ihm zu sprechen. Er hatte sich von Rachel davon überzeugen lassen, wieder zurück nach London zu ziehen. Sie hörte die Traurigkeit in seiner Stimme und ihr wurde klar, dass sie ihn vermisste.

»Ich habe nichts falsch gemacht, Margo. Rachel glaubt mir, warum schaffst du es nicht?«

Margo rammte mit einem ihrer langen roten Nägel die Wählscheibe des Telefons. Sie schloss kurz die Augen und spürte eine Welle von Müdigkeit. Es war nicht fair, Gabriel für ein Geheimnis zu verurteilen, wo sie doch selbst so viele gehütet hatte. »Ich freue mich darauf, dich morgen zu sehen.«

Als Margos Töchter später ankamen, stand sie allein am Wohnzimmerfenster. Die Party war in vollem Gange, klebrige Negroni-Gläser standen überall herum. Margo hatte das Gefühl, das Stadium wäre erreicht, in dem alles seinen Lauf nahm, ohne dass sie etwas dazu beitragen musste. Tom spielte schlecht Klavier, eine Gruppe um ihn herum sang. Holzrauch vom Feuer hing in der Luft und die Beleuchtung war schummrig, abgesehen von einem extravaganten Weihnachtsbaum, der in einer Zimmerecke funkelte. Zu viele Menschen hatten sich auf das lange Sofa gequetscht, ein geschwätziger Abendchor, dessen Mitglieder sich aneinanderlehnten, fasziniert voneinander waren, so wie sich Menschen nach zu vielen Drinks nun einmal verhielten. Alice lief immer wieder mit Tellern voller Kanapees umher, die kaum angerührt wurden. Margo hatte die Vorhänge noch nicht zugezogen, sie stand Wache und wartete auf ihre Mädchen. Und dann sah sie die drei, wie sie ihre Koffer die Promenade entlangrollten. Sie gingen nebeneinander, schauten fröhlich drein und Margo sah, dass es keine Spannung zwischen ihnen gab und sie wieder vereint wirkten. Sie hatte gehofft, dass die gemeinsame Fahrt dazu führen würde. Solange sie sich nicht gegen sie zusammenschlossen. Sie war überwältigt von dem Anblick der drei, die endlich hier in Sandcove angekommen waren. Die Garnett-Girls.

Sie öffnete die Tür, während Rachel die Treppe hinaufstürmte, ihren Koffer hatte sie auf dem Absatz stehen lassen. »Hallo!«, rief Margo, etwas Besseres fiel ihr gerade nicht ein. Sie war selten schüchtern, tatsächlich hasste sie Schüchternheit, empfand sie als eine Form von Faulheit. Jetzt jedoch verspürte sie dieses Gefühl ihrer ältesten Tochter gegenüber, die sie so anschaute wie eine Mutter ihr ungezogenes Kind. »Ich hole einen der Jungs, die sollen sich um das Gepäck kümmern – lasst es einfach stehen.«

Rachel küsste Margo auf die Wange, dann sah Margo, wie sie ihr elegant fallendes Kleid betrachtete und ihre Bernsteinperlen. Rachels Stimme klang eher amüsiert als wütend. »Ja, natürlich – heute ist der Zweiundzwanzigste. Wir gehen besser hoch und ziehen uns um.«

Imogen hatte bei Margos Anblick aufgehört, mit Sasha zu reden, nahm zwei Stufen auf einmal und warf sich in Margos Arme. »Ma.«

Margo drückte sie fest an sich. Imogen fühlte sich knochiger an, ihr Haar war so lang, als hätte sie einfach aufgehört, es schneiden zu lassen. Margo verkniff sich einen Kommentar dazu. Sie suchte nach Sasha, die immer noch zögernd unten auf der Treppe stand. »Geh rein, Darling.« Sie flüsterte in Imogens Haar, das so roch wie immer, nach nasser Erde und Äpfeln. Margo atmete den Duft tief ein, spürte Imogens Wangen, die sich wie der weichste Samt an ihre drückten, erinnerte sich daran, dass sie schon als Kind immer solche Umarmungen verteilt hatte, sie so fest wie möglich an sich gedrückt hatte. »Hol Jonny wegen der Koffer – lass mich bitte kurz mit Sasha allein.«

Imogen tat, wie ihr geheißen, ging ins Haus und lächelte Sasha über die Schulter hinweg kurz an. Margo erkannte an diesem Blick, dass sich die Loyalität zwischen den Schwestern verändert hatte, dass irgendetwas Sasha und Imogen wieder zusammengebracht hatte. Sie ging die Stufen zu Sasha hinab. Margo erkannte den Schmerz auf Sashas Gesicht, die Trauer um den Vater. Sie und die Tochter trauerten beide. Sie griff nach Sashas schlaffer Hand, hielt sie fest, blickte in die Augen, die Richards Augen waren.

Margo hatte Schwierigkeiten, die richtigen Worte zu finden. »Wir sollten nie wieder so viel Zeit verstreichen lassen.«

»Aber du warst so böse auf mich.« Sasha klang wie ein Kind.

»Ich war so wütend – so zornig. Ich wollte nachvollziehen können, warum du es getan hast. Aber du bist am nächsten Morgen so früh abgehauen, noch ehe wir reden konnten – du bist schon wieder weggelaufen.«

Sasha zuckte die Schultern, schaute weg, blickte nach oben ins Haus. Jonny stand da, er hatte den Auftrag für die Koffer erhalten. Er stand einfach da und beobachtete Sasha, die lächelte. Margo folgte ihrem Blick.

»Steh da nicht so rum! Hol die Koffer.«

»Wer bin ich denn, ein Sklave der Garnetts?« Jonny starrte Sasha immer noch an.

Sasha spürte, wie sich Wärme über Brust, Hals und Wangen ausbreitete. Um es zu überspielen, entgegnete sie: »Ganz nach oben, oberste Etage, Sklave!« Sie drehte sich wieder zu ihrer Mutter und hoffte, dass diese ihr Erröten nicht bemerkt hatte. »Phil hat sich so bloßgestellt gefühlt, er hat alles schrecklich gefunden. Er wollte einfach nur weg.«

»Phil hasst das Familienleben, viele Menschen, die laut reden, das war schon immer so. Vielleicht ist in seiner Kindheit etwas vorgefallen...«

Sashas Gesicht leuchtete wieder rot auf und sie nahm ihre Hand weg. »Er hat es so schrecklich gefunden, weil du ihm nie das Gefühl gegeben hast, zur Familie zu gehören. Weil du ihn nie so wie Gabriel behandelt hast. Er und ich sind von Anfang an nur Bürger zweiter Klasse gewesen.«

Margo erschöpfte der Gedanke an all die Schichten Schmerz, durch die sie sich mit Sasha wühlen müsste, all die Jahre, die sie aufarbeiten mussten. Sie unterdrückte ihre Ungeduld, ihr Verlangen nach noch einem Drink. »Phil wollte nie Teil dieser Familie sein. Er hasst dieses Haus. Du kannst deine Schwestern fragen, wenn du mich unfair findest. Wir hatten alle das Gefühl, dass er dich von uns fernhalten wollte.«

Sasha blickte Margo entgeistert an. Margo trat näher zu ihrer Tochter, die in der Abendluft zitterte. »Dir ist kalt. Warum trägst du nie einen Mantel?«

Sasha ignorierte ihre Mutter. »Er wollte nicht, dass ich Richard besuche.«

»Vielleicht, um dich zu beschützen? Es ist nicht schön, jemandem dabei zuzusehen, wie er an Krebs stirbt. Ich erinnere mich daran, wie ich nach Hause gefahren bin, um meine Mutter zu besuchen, die in diesem Haus im Sterben lag. Ich wollte nicht kommen – aber ich habe es meinem Vater zuliebe getan. Ich fand es unbegreiflich, dass es sich bei dieser winzigen Person in dem riesigen Bett um dieselbe Frau handelte, die so lange meine Feindin gewesen war.«

Margo spürte, dass Sasha sie plötzlich anders anschaute. Sie wusste, was Sasha sie fragen wollte.

»Imogen hat ihn auch besucht.«

In dem Moment verstand Margo, was Sasha und Imogen vereint hatte: der Anblick an Richards Sterbebett. Imogen hatte bestimmt Angst gehabt, es ihr zu erzählen. »Ist alles in Ordnung mit ihr?«

Sasha schüttelte den Kopf. »Keiner von uns geht es gerade gut. Warst du auch bei ihm?«

Margo schaute sie an, zeigte Sasha ihr unverfälschtes Gesicht, ließ sie ihren Schmerz sehen. »Ja. Letztendlich habe ich ihn besucht. Ich musste einfach hin. Jetzt verfolgt es mich – und ich glaube, das werde ich nie mehr los. Aber wir haben einige Dinge geklärt. Schwer zu fassen, dass ich mich verabschiedet habe.« Margos Stimme brach und Sasha stiegen vor lauter Mitleid Tränen in die Augen. Sasha griff nach Margos Hand. Margo ließ es zu und hielt sie fest. Sie war so verdammt müde, aber so froh, dass sie es ausgesprochen hatte. Alice hatte sie es noch nicht erzählt.

»Oh Ma.« Sashas Lippe bebte.

»Ich habe gesehen, dass dir deine Schwestern vergeben haben – und ich vergebe dir auch. Ich habe inzwischen verstanden, dass so etwas passieren musste. Ich habe euch mit zu viel Schweigen alleingelassen. Euch blieb nichts anderes übrig, als diese Lücken mit dem zu füllen, was ihr von einem Vater gebraucht hättet. Du warst immer auf der Suche nach einem Vater, der alles besser machen könnte.«

»Du bist nicht mehr sauer auf mich? Weil ich ihn wieder in dein Leben geholt habe?«

»Ich bin traurig, nicht wütend. Ich trage viel Schuld, habe etliche falsche Entscheidungen getroffen. Ich freue mich so sehr, dass du wieder zu Hause bist.«

Sasha seufzte und legte den Kopf auf Margos Schulter. »Ich habe immer so getan, als würde ich es zu Hause furchtbar finden, aber heute musste ich hier sein.«

Margo schaute an der Fassade von Sandcove hinauf, einladende Lichterketten flackerten an den Fenstern. »Ich fand es so oft schrecklich, hier zu wohnen – aber ich bin immer wieder zurückgekehrt, weil es mein Zuhause ist. Manchmal ist die Vorstellung von Heimat wichtiger als alles andere.«

»Ich habe Phil verlassen.«

»Das sehe ich. Willst du darüber reden?«

»Eigentlich nicht, nicht jetzt. Ich hätte gerne einen großen Drink. Ich will feiern. Gibt es Negronis?«

»Es gibt immer Negronis. Aber übertreib es bitte nicht.«

»Darf ich mich nicht betrinken? Das würde ich wirklich gerne – ohne dass Phil es mir verbietet.«

Margo erkannte an dem Funkeln in den Augen die alte Sasha wieder. »Bitte keine riesigen Dramen, davon wird sich Weihnachten sonst nicht mehr erholen.«

»Darf ich mir ein Oberteil leihen? Ich habe nichts Festliches eingepackt.«

Rachel rief sie aus der offenen Tür. Margo wusste, dass sie nach ihnen schaute und darauf achtete, dass sie sich nicht stritten. »Wir müssen die Haustür schließen, das Feuer verträgt den Zug nicht.«

»Du kannst dir etwas leihen – geh und schau dich in meinem Zimmer um.«

Oben auf der Treppe blickte Rachel Margo an. »Alles okay?«

»Sollte nicht ich dich das fragen?«

»Ich muss mit dir über etwas sprechen, wenn wir uns kurz zurückziehen können. Es geht um Jack Walker.«

Margo blickte zu Boden. »Es ist okay, es ist alles Geschichte. Eine weitere schlechte Entscheidung von mir. Woher wusstest du davon?«

»Carol hat ihn aus deinem Haus kommen sehen – ich habe dich gedeckt. Er ist Angeklagter in einem Kindesunterhaltsfall, an dem ich gearbeitet habe. Ich habe weder Imogen noch Sasha etwas davon erzählt.«

Sie blickten sich kurz an. »Vielen Dank.«

»Wir brauchen dich für die Negronis. Alice kann das nicht. Und wie kann es sein, dass es kein Eis gibt?«

»Das würde ich auch gern wissen.«

Margo folgte den Mädchen nach oben, drückte sich auf dem Absatz auf der dritten Etage herum und schwebte zwischen den beiden Schlafzimmertüren hin und her. Sie lauschte dem Geplapper und gab Ratschläge, wenn sie darum gebeten wurde. Sie reichte Sasha ein Seidenoberteil, moosgrün mit Glockenärmeln, und wurde mit einem glücklichen Gesicht belohnt.

»Das hier liebe ich! Darf ich Grandmas Silberglocken dazu tragen?«

Sie waren wie die Elstern. Margo sah zu, wie sie ihr Schmuckkästchen plünderten, sie waren wieder Teenager. Imogen, die früher so ein Wildfang gewesen war, hatte sich in eine Frau mit eigenem Stil verwandelt. Margo bemerkte ihre feine Spitzenunterwäsche, während sie in die enge Lederhose schlüpfte und sich dazu ein weißes T-Shirt im Piratenstil anzog.

»Gutgütiger, Imi, diese Unterwäsche ist aber ganz schön sexy.«

Sie lachten alle und Imogen errötete. Ohne ihre Männer waren sie alle wieder in kindliche Muster zurückgefallen. Margo erinnerte sich an einen Sommer, den die Mädchen – die noch Teenagerinnen waren – alle in Sandcove verbringen wollten. Sogar Rachel, die sonst immer mit einer Freundin verreiste, war nach Hause gekommen; die drei waren überall im Rudel aufgeschlagen und hatten Margo manchmal erlaubt, die Vierte im Bunde zu sein. Sie hatte sich so darüber gefreut, dass sie ihnen die Herrschaft im Haus überlassen hatte und ihre Regeln verwarf. Die einzige Zeit, die sie noch für sich hatte, war morgens; sie backte und kochte in ihrer Küche bis zum Mittag, wartete darauf, dass das Haus erwachte. Der Duft nach Bacon lockte die Mädchen irgendwann hinunter, sie trugen ihre Uniformen, bestehend aus winzigen Pyjamashorts und Unterhemdchen. Alle drei hatten Rapunzelhaar, das sie manchmal hoch oben auf dem Kopf zusammengebunden trugen – und endlos lange Beine. Ihre sorglose Schönheit und die seidige Haut waren überwältigend. Margo hatte sie vor der ungewollten Aufmerksamkeit ihrer männlichen Freunde beschützt. Die Schwestern waren der Meinung gewesen, sie hätten im Hinterhof erfolgreich geheim geraucht und Margo hätte es nicht gemerkt, die Jungs von der Insel waren bei ihnen ein und aus gegangen, Bierflaschen lagen im Müll, aber sie hatte alles mitbekommen, hatte alles hingenommen. Solange die Mädchen nur nachts in Sandcove in ihren Betten lagen, Arme und Beine unter der Decke ausgestreckt, die tiefen Atemzüge bis in ihr Schlafzimmer dringend.

Margo stand da und sah, dass Rachel dunklen Lippenstift auftrug. »Erinnerst du dich noch an den Sommer, als ihr alle hier gewesen seid, als Teenagerinnen? Es war so heiß.«

Rachel drehte sich um und schaute sie an. »Ja. Ich hatte gerade mein erstes Jahr an der Uni hinter mir und kurz davor Gabe kennengelernt.«

»Ich war so froh, dass ihr nach Hause gekommen seid. Es war so eine schöne Zeit.«

»Ja – es war der perfekte Sommer. All unsere Freunde waren so eifersüchtig auf unsere coole Mum.« Sasha drehte sich um und lächelte ihre Mutter an. Margo spürte, dass sie strahlte. Imogen kam und stellte sich neben sie, hakte sich bei ihr ein, sah übermütig aus.

»Rach, du hattest doch eine Affäre mit diesem Oliver-Jungen.«

Rachel grinste sie über die Schulter hinweg an. »Erzähl das aber bitte auf keinen Fall Gabriel.«

Sasha drängte sich vorbei und drehte sich kokett mitten im Zimmer.

»Und, was meint ihr?«

Margo hob die Augenbrauen beim Anblick ihres jüngsten Kindes. »Wir sind alle erleichtert, dass du dich zum Haarekämmen durchringen konntest.«

Sasha grinste. »Ich hatte zum ersten Mal Lust, mir wieder die Haare zu kämmen. Ich erinnere mich an diesen Sommer. Rachel hatte auch noch ein anderes Techtelmechtel – mit dem Jungen, der einen Ferienjob bei *No. 47* hatte, wie hieß er noch gleich?«

»Joe.« Margo erinnerte sich daran, dass sie ihn einmal schlafend auf dem Sofa gefunden hatte, verlassen von Rachel, die ins Bett gegangen war. Sie bemerkte, dass alle sie anschauten, und lächelte. »Ich habe alles mitbekommen in diesem Sommer. Einfach alles.«

Das Getöse der Feier drang zu ihnen hinauf und Sasha hüpfte aus dem Zimmer. »Kommt schon, ihr Lieben. Negroni-Time!«

Es war eine legendäre Feier. Die Dorfbewohner erinnerten sich daran, dass die drei schönen Garnett-Schwestern plötzlich auftauchten und den Raum zum Strahlen brachten. Margo lief umher, platzend vor Stolz; die Negronis gingen nicht zur Neige, die Nachbarn karrten Eis heran. Um Mitternacht tobte Sandcove, die Ausgelassenheit der Garnett-Girls hatte auf alle abgefärbt. Jonny und Sasha machten einen langen, gemütlichen Spaziergang nach Seaview und zurück, um die DJ-Decks abzuholen, die er immer hinten im Auto lagerte. Tom und Leo schoben das lange Sofa aus dem Weg, obwohl noch Leute darauf saßen. Margo rollte die Teppiche zurück, dimmte die Lichter und bald schon tanzten alle wie wild. Das Feuer erlosch langsam, während die Fenster beschlugen. Die Gäste zogen sich aus. Alison lag in Toms Armen, barfuß, und hatte alles ausgezogen bis auf das Unterkleid, das sie unter ihrem Samtkleid getragen hatte. Jane und Dawn sprangen wie Teenager auf und ab, mit den Armen in der Luft. Jonny tanzte sich immer näher an Sasha heran. Rachel wirbelte umher und wiegte sich, verloren in ihrer eigenen Welt. Die Nichttänzer gingen in die Küche, wo Margo inmitten des Gewühls dicht aneinandergedrängter Körper in Aufmerksamkeit schwelgte. Sie riss die Hintertür auf, damit die Leute in der kalten Nachtluft rauchen konnten. Die Zwillinge und ihre Freunde zitterten auf der Hintertreppe beim Kiffen und hofften, ihre Mutter würde es nicht bemerken. Margo dachte traurig an Richard und wie grandios er diese Party gefunden hätte. Sie hatte den richtigen Moment für einen Toast auf ihn verpasst, aber sie erkannte auch, dass ihre Mädchen noch ein wenig länger unbeschwert sein wollten. Bald schon würden sie nur zu viert sein und morgen würden sie den Brief lesen.

Später entdeckte Alice Margo, die schon wieder am Kühlschrank lehnte. »Zeit, die Negroni-Produktion zu stoppen, die Eisvorräte sind wieder aufgebraucht.« Margo schaute auf die Küchenuhr. »Ich gehe nicht um zwei Uhr morgens zu den Goughs.«

»Sasha hatte definitiv genug Drinks. Sie liegt mit Jonny verschlungen auf dem Sofa.«

»Das habe ich gesehen – und Jonny sieht darüber sehr glücklich aus.«

»Ich habe mich immer schon gefragt, was das mit Sasha und Jonny ist. Zwischen den beiden herrscht eine mächtige Anziehung, das war schon immer so.«

Margo schaute Alice überrascht an. »Jonny ist aber nur ein Meister im Flirten – sie sollte ihn nicht ernst nehmen.«

»Ich glaube, wenn es eine Frau gibt, für die er alles aufgibt, dann für Sasha.«

»Aber Sasha ist verheiratet...«

»Unglücklich verheiratet.«

Margo fand, dass Alice sehr aufmerksam Dinge wahrnahm, die ihr selbst entgingen – oder vor denen sie die Augen verschloss. Sie bemerkte, dass der Gedanke an eine Beziehung zwischen Sasha und Jonny sie nicht abschreckte. Es war an der Zeit, dass sie aufhörte, mit Jonny zu flirten, nur um sich jung zu fühlen. Zeit, damit aufzuhören, ihren Töchtern Ratschläge in Liebesdingen zu geben, weil es doch mit jedem Tag deutlicher wurde, dass sie selbst schlechte Entscheidungen für sich und die Kinder getroffen hatte. »Wenn man alle Oberflächlichkeiten beiseitelässt, hat er das beste Herz – und sie auch. Ich werde versuchen, mit ihr darüber zu sprechen – und ihr zuhören.«

»Gut. Hast du meine beiden gesehen, rauchen sie mit Leo und Tom Gras? Ich kann mich nicht dazu aufraffen, etwas dazu zu sagen. Ich gehe einfach ins Bett, wenn das in Ordnung ist?«

Margo schaute ihre Schwester an, die immer noch so adrett und hübsch aussah wie zu Beginn des Abends. »Ich bin so sentimental. Das ist der Alkohol...«

»Und Richard.«

»Und Richard...«

»Und weil die Mädchen hier sind.«

Margo schnaufte. »Das alles. Aber ich muss auch sagen, dass ich unsere neue Lebensform gut finde. Ich weiß nicht, ob ich dir das schon einmal gesagt habe.«

»Nein, hast du nicht. Mir gefällt es auch«

»Sandcove hätte immer schon zur Hälfte dir gehören sollen.«

Alice schaute Margo dankbar an. »Du bist betrunken. Das ist der einzig mögliche Grund, warum du so nett bist. Mir ist eine Idee gekommen.«

»Und zwar?« Margo richtete sich neugierig auf.

»Ich denke, wir sollten Imogen bitten, eine Zeit lang hier zu wohnen. Nur für einige Monate – während sie wieder auf die Beine kommt. Ich glaube, sie ist ein wenig verloren und einsam. Ich weiß nicht, ob sie uns wirklich schon alles erzählt hat, was ihr dieses Jahr widerfahren ist.«

Margo betrachtete staunend ihre Schwester. Alice sollte man nicht unterschätzen. »Ich glaube, du hast recht. Und sie schreibt gerade an einem neuen Stück – ich kann ihr helfen. Natürlich nur, wenn sie will...«

»Du musst versuchen, dich nicht in ihr Leben einzumischen.«

»Ich weiß. Die arme Imi, sie scheint traurig wegen sich und William zu sein. Und dieser Rowan Melrose. Da ist etwas passiert.«

»Was mit Sex zu tun hat.«

Margo versuchte, nicht schockiert auszusehen. »Etwas mit Sex? Mon Dieu!«

»Es ist nicht einfach, der eigenen Mutter so etwas zu erzählen, selbst wenn sie so ist wie du. Klar, ich weiß es nicht ganz sicher, aber...«

»Sogar ich weiß, dass das bedeutet: Du bist dir sehr wohl sicher. Wie kommt es, dass mir das alles entgangen ist?«

»Du warst zu sehr damit beschäftigt, Rowan als Rivalin zu betrachten.«

Margo spürte, dass sie Kopfweh bekam. Die Negronis forderten ihren Tribut. »Meine Töchter haben damit aufgehört, mir Dinge zu erzählen, wann ist das passiert? Ich wusste mal alles über sie. Ich vermute, ich kann ihnen ihre Geheimniskrämerei nicht übel nehmen.«

»Sie erzählen dir manche Dinge nicht, weil sie dich nicht enttäuschen wollen – sie haben Angst, deinen Ansprüchen nicht gerecht zu werden.«

»Mein Neujahrsvorsatz wird es sein, Erwartungen aufzugeben – sie sind ohnehin nie wahr geworden. Ich glaube, ich gehe auch ins Bett. Ich stehle mich einfach wortlos davon, bevor Tom mit den Tequilashots anfängt. Morgen lesen wir den Brief.« Sie blickte Alice auf der Suche nach Mitgefühl an.

»Das wird schon in Ordnung sein, weil du ihn besucht hast.«

Margo konnte nicht verhindern, dass ihr der Mund offen stehen blieb, als sie ihre Schwester anschaute. »Woher weißt du, dass ich ihn gesehen habe? Das habe ich dir nicht erzählt. Du hast mir geraten, ich soll nicht hingehen.«

»Ich weiß, dass du ihn gesehen hast, weil du trauriger bist als jemals zuvor. Ich habe dir geraten, nicht zu gehen, weil ich weiß, dass du gern das Gegenteil von dem machst, was man dir sagt. Aber du musstest zu ihm.« Alice lächelte Margo an – ein wenig süffisant, fand Margo.

»Wie hat Dad dich immer genannt? Alice die Allwissende?«

»*Meine kleine Weise*. Damit ich mich besser fühle, weil ich nicht so aufregend und dramatisch bin wie du. Er war mir so ein liebevoller Vater.«

»Und er hat versucht, das auch für mich zu sein, aber ich habe es ihm nie erlaubt. Ich freu mich, dass er dich hatte.«

»Warum hat er dir das Haus vermacht? Das habe ich mich immer gefragt – ich wollte wissen, warum er es nicht mir gegeben hat. Das hat mir wehgetan.«

Die beiden Schwestern blickten einander an. Sie hatten nie darüber gesprochen und dennoch hatte es Margo zu dem Entschluss gebracht, Alice die Hälfte von Sandcove zu überschreiben, sodass das Haus offiziell ihnen beiden gehörte. »Ich glaube, er wusste ziemlich genau, dass Richard ein hoffnungsloser Fall war – dass ich etwas brauchen würde, eine Sicherheit. Er wusste, dass du vernünftig sein und eine gute Partie machen würdest.«

»Wobei er da falschlag, weil ich ein Schwein geheiratet habe.«

»Alice! Du redest doch sonst nie schlecht über Seb.«

»Diese Ehrlichkeit kommt vom Negroni. Wir sind langsam zu alt, um nicht offen miteinander zu sprechen.«

Margo nickte zustimmend. »Das sollte unser neues Motto sein. Offen reden. Keine Geheimnisse mehr. Dieser Brief von Richard kommt zu spät. Warum hat er mir nicht geschrieben und es mir erklärt, als es passiert ist – stattdessen hat er mich die ganze Zeit über im Dunkeln gelassen, mich jahrelang vergeblich warten lassen?« Margo spürte wieder diesen Schmerz. Sie musste schlafen und vergessen.

Alices Stimme klang fest. »Für die Mädchen ist es

noch nicht zu spät. Also, dass sie es verstehen.« Sie führte Margo aus der Küche zur Treppe. »Ich räume auf und mache morgen früh Frühstück, außerdem versuche ich, alle noch übrigen Partygäste rauszukehren, ehe du aufwachst. Schlaf einfach aus.«

Margo küsste ihre Schwester auf die Wange, als sie auf dem Treppenabsatz vor ihrem Schlafzimmer ankamen.

»Ich weiß nicht, was ich ohne dich machen würde.«

»Hast du ein Glück, dass du es nicht herausfinden musst.«

26
Frieden gefunden

Als Rachel am nächsten Morgen aufwachte, war ihr kalt; die Patchworkdecke war vom Bett gerutscht. Es gab keinen Gabriel, der sich um sie schlang. In der ganzen Zeit, in der sie zusammen waren, hatten sie fast nie getrennt geschlafen. Sie lag ganz ruhig da und hatte Angst, den Kopf zu bewegen, falls das Wummern dann schlimmer werden sollte. Ihr Mund war trocken und klebrig von den Shots, die sie in den frühen Morgenstunden hinuntergestürzt hatte. Sie hatte ihr Haar auf eine Art offen getragen, wie sie es seit den Kindern nicht mehr getan hatte. Sie hatte getanzt und getanzt – einmal sogar auf dem Küchentisch – und sie hatte die Joints der Zwillinge geraucht, und Zigaretten, und mit allen geflirtet. Sie war fast schon beeindruckt von sich. Auch gab es keine Kinder, um die man sich am nächsten Morgen kümmern musste, nur Margo und ihre Schwestern – und diesen Brief, der über allem schwebte. Sie nahm das Handy vom Nachttisch und entdeckte zwei Nachrichten von Gabriel, die ihr durchgegangen waren. *Wie ist die Party?* Und eine ganze Weile später hatte er *Feierst du noch??* geschrieben. Er war anhänglicher als früher und sie wusste, dass es an dem Phantom der Rothaarigen lag, das noch manchmal zwischen ihnen herumgeisterte. Er hatte es außer Kontrolle geraten lassen, hatte es ihr nicht gesagt, als es an der Zeit gewesen wäre, hatte es vor ihr geheim gehalten. Das hatte das Machtgleichgewicht zwischen ihnen verändert und Rachel hatte sich das zunutze gemacht, um Gabriel zu einem Umzug nach London zu überreden.

»Hilf mir.«

Rachel drehte sich langsam um und lachte Sasha an. Ihr Gesicht tauchte aus den Laken auf einem Ausziehbett auf, das in einer Ecke von Rachels altem Zimmer aufgestellt worden war. Tante Alice schlief nun in Sashas Zimmer – zusammen mit den Zwillingen, falls die überhaupt ins Bett gegangen waren. Rachel war sich sicher, dass Sandcove voller schlafender Menschen war. Sasha stöhnte.

»O Gott, ich *hasse* Negronis.«

»Du meinst eher, dass du sie zu sehr magst, Suffkopf. Hast du Jonny unter den Laken versteckt?«

Sasha verbarg ihr Gesicht wieder. »Fuck. Habe ich mich echt so schlecht benommen? Sag es mir. Hat Margo es gesehen?«

Rachel lachte wieder, merkte dann aber, dass es ihren Kopf zum Pulsieren brachte. »Alle haben es gesehen. Du warst nicht gerade dezent. Muss junge Liebe schön sein, ihr habt euch ganz schön abgeknutscht. Mach dir keinen Kopf – es war eine großartige Party, alle haben sich danebenbenommen. Ich fand es schön, Zeit mit dir zu verbringen. Normalerweise klebt Phil wie eine Klette an dir und ich komme gar nicht zum Zug.«

Sasha stützte sich auf einen Ellbogen und blickte Rachel an. Sie runzelte die Stirn. »Seitdem ich ihn kennengelernt habe, hat er mich nicht mal eine Minute in Ruhe gelassen. Mein Therapeut sagt, er wäre eine Art Vaterersatz und ich verwechsele seinen Kontrollzwang mit Liebe.«

»Moment mal, welcher Therapeut?«

»Ich habe mir Hilfe geholt. Ich habe Gabe nach ein paar Kontakten gefragt.«

Rachel dachte nicht darüber nach, es rutschte einfach aus ihr raus: »Noch etwas, das er mir vorenthalten hat.«

»Wie meinst du das? Ich habe ihn gebeten, es niemandem zu erzählen, Gabriel hat Geheimnisse vor dir?«

»Ach, nicht so schlimm.«

Sasha lehnte sich aus dem Bett, um die Kissen aufzuheben, die sie nachts auf den Boden geworfen hatte. Sie schob sie sich hinter den Kopf und setzte sich ein wenig auf. »Jedes Mal, wenn ich mich bewege, wird mir kotzübel. Red weiter.« Die alten Heizkörper sprangen an und gluckerten direkt. »Irgendwer ist wach, wahrscheinlich Alice. Sie sollte uns ganz schnell Tee und Toast ans Bett bringen. Erinnerst du dich daran, dass Margo früher sonntags immer diese riesigen Brunches gemacht hat? Ihre Kartoffelrösti? Gott, ich sterbe vor Hunger – ich habe gestern Abend nichts gegessen.«

»Hast du wohl – du hast Margo gegen elf gebeten, dir ein Schinkenbrot zu machen. Mir hätte sie gesagt, ich soll es selbst machen.«

»Du hast hier gewohnt. Ist das seltsam?«

Rachel hatte daran gedacht, dass Margo gestern die Tür geöffnet hatte. Ihr ganzes Leben lang hatte Margo ihr in Sandcove die Tür geöffnet; sie oben auf dem Treppenabsatz zu sehen hieß nach Hause kommen. Es fühlte sich so an, als wäre alles wieder so, wie es sein sollte. »Ich wollte Sandcove niemals besitzen. Ich wollte, dass es mein Elternhaus bleibt, es so, wie es ist, in Erinnerung behalten – wollte einen Ort haben, an den ich zurückkehren kann.«

»Ich wollte Sandcove auch so sehen, aber ich habe so viel Zeit damit verbracht, dagegen anzukämpfen, es als etwas zu betrachten, das Dad vertrieben hat.«

Rachel drehte sich überrascht zu Sasha um, ihr war nicht klar gewesen, dass sie sich auch so fühlte. »Ich erinnere mich, dass ich genau dasselbe über Sandcove gedacht habe. Dass Margo und Sandcove eine Art gebündelte Kraft waren, die Richard ausschloss. Er wollte in den langen Sommerferien nie herkommen. Er hat es gehasst, von seinen Leuten in Soho getrennt zu werden. Margo wusste, dass es hier ungefährlicher für ihn war. Jetzt wird mir klar, dass sie versucht hat, ihn am Leben zu erhalten.«

»Ich wünschte, ich könnte mich an die Zeit erinnern, als wir alle noch zusammen waren.«

Rachel hatte noch einige glückliche Erinnerungen. Es waren normale Kindheitserinnerungen. Richard war gern mit ihr in Museen und Galerien gegangen. Sie wusste noch, dass sie seine Hand hielt, während sie im Natural History Museum hoch zum Blauwal blickte. Er hatte sie anschließend auf einen riesigen Burger eingeladen. Sie wusste noch, dass sie auf dem Weg nach draußen ein paar Pfefferminzpastillen aus einer Schüssel mitgenommen hatte – die waren in ihrer Manteltasche ganz pelzig geworden. Sie erinnerte sich daran, wie er ihr peinlich war, weil er so laut und irisch war, weil er so witzige Wörter benutzte. Er war eine so komische Mischung. Er liebte Partys und Krach, aber er liebte es auch zu lernen. Er liebte lateinische Pflanzennamen. Er und Margo waren sich in dieser Hinsicht ähnlich.

»Ich erinnere mich daran, als ich einmal mit den beiden im Victoria and Albert Museum war und ihnen durch diese riesige Halle mit den ganzen Skulpturen gefolgt bin. Sie hielten sich an den Händen und ich habe versucht, mit ihnen Schritt zu halten. Die schiere Größe des Museums schüchterte mich ein wenig ein. Sie redeten und redeten.« Rachel schaute zu Sasha, die ihr gespannt zuhörte. Sie fühlte sich schlecht, weil sie Sasha und Imogen von ihren Erinnerungen erzählte, die ihnen – im Gegensatz zu ihr – so wichtig waren. Es wirkte nicht fair, dass sie ihre eigenen Erinnerungen ablehnte, während die Schwestern sie so begierig aufsaugten. »Aber du hast neuere Erinnerungen. Ich nicht.«

Sashas Gesichtsausdruck veränderte sich. »Ich habe ihn sterben sehen und das hat alles andere verdrängt.«

Rachel versuchte, sich vorzustellen, wie es gewesen sein musste, schaffte es aber weder, das Gesicht ihres Vaters zu sehen, noch, seine Stimme zu hören. Im Haus herrschte Stille. Rachel dachte daran, wie seltsam es war, dass sie nicht mehr hier wohnte, sie hier nicht mehr hinunterging und den Tag begann, Bacon auf den Grill legte, Tom wach rüttelte. Es lagen nur noch wenige Stunden ohne Verpflichtungen vor ihr. Sie wusste, dass ihr Zeit mit Sasha geschenkt wurde. Der Kater hatte ihre Zunge gelöst.

Sasha stieg aus dem Bett, ein altes Wham-T-Shirt bedeckte kaum ihren Hintern. Sie öffnete die Vorhänge zum Garten und den Hügeln hinter Sandcove. Am Himmel war nur ein Lichtstreifen zu erkennen, die alten Schiebefenster waren beschlagen. Vor dem Fenster stand ein Gerüst.

»Da steht ein Gerüst? Erzähl mir nicht, dass tatsächlich endlich mal renoviert wird? Das grenzt an ein Weihnachtswunder!« Sasha nahm einen Bademantel von der Türrückseite und zog ihn an. Er war ihr zu kurz – sie sah aus wie ein französischer Filmstar, mit ihrem verschmierten Kajal, den verwuschelten blonden Haaren und den langen Beinen. »Sie sollten mit Doppelverglasung anfangen. Es ist immer so verdammt kalt hier.«

Rachel wusste, dass Alice Margo dazu drängte, sich zu kümmern. Alice hatte noch Geld übrig von ihrer Erbschaft und wollte es in Sandcove investieren, weil Margo inzwischen das Richtige getan und sie beide als Eigentümerinnen hatte eintragen lassen. Sie wollte, dass das Haus nicht zerfiel, damit sie es an die nächste Generation weitergeben konnten. »Alice wird Sandcove retten. Diese Frau ist eine Heilige. Unglaublich, dass du immer noch dein Wham-T-Shirt hast. Ich erinnere mich noch daran, dass ich dich zu dem Konzert mitgenommen habe, ich habe Margo dazu überredet, uns gehen zu lassen...«

»Ich konnte danach vor lauter Geschrei nicht mehr sprechen.« Sasha lächelte bei der Erinnerung. »Du wolltest mir etwas über Gabriel erzählen? Bitte sag nicht, dass eure Beziehung auch den Bach runtergeht? Das würde ich nicht verkraften.«

Rachel drehte sich zu ihrer Schwester, zog die Knie hoch und die Decke darüber. Sasha ging wieder ins Bett. »Er hatte eine Patientin, ein junges Mädchen. Sie ist zu uns nach Hause gekommen, um mir zu erzählen, dass sie Gabriel liebt, dass ich sie zusammen sein lassen sollte. Ich hatte schon eine Weile das Gefühl, dass irgendetwas nicht stimmte, dass er mir etwas verheimlichte.«

Sasha starrte zurück. »Was hat Gabe gesagt? War das Mädchen völlig durchgeknallt?«

»Ich glaube, sie war ein bisschen neben der Spur.«

»Dann ist also alles in Ordnung? Er hat nicht mit ihr geschlafen, mit der Verrückten?«

»Es war für mich schon eine größere Sache – er hätte es mir erzählen sollen, als sie angefangen hat, ihm Nachrichten zu schreiben und ihn anzurufen. Es tut mir immer noch ganz schön weh, dass er es vor mir geheim gehalten hat, versucht hat, allein damit fertigzuwerden. Und als ich herausgefunden habe, was es mit Richards Verschwinden auf sich hatte, von seiner Zweitfamilie erfuhr – wodurch mir klar wurde, was für ein schamloser Lügner er war –, hat das dazu geführt, dass ich mein Vertrauen in Gabriel hinterfrage, bin ich vielleicht einfach dumm? Ich befürchte, eine naive Idiotin zu sein. Manchmal denke ich, Margo hält mich für eine, obwohl sie in der letzten Zeit wirklich seltsam diplomatisch ist, weshalb sie nichts gesagt hat.« Rachel merkte, dass ihre Stimme bebte. »Woher soll ich denn wissen, dass er keine Grenzen überschritten hat? Er schwört, dass dem nicht so ist, aber...«

»Komm schon – hier geht es um dich und Gabe, meine Güte. Er schaut dich so an, als wärst du sein Lebensinhalt. Schon fast ekelerregend. Er hat einen kleinen Fehler gemacht, na und? Das verkraftest du schon. Als ich euch beide bei Imogens Verlobungsfeier tanzen gesehen habe, wusste ich, dass Phil in mir niemals diese Gefühle hervorgerufen hat.«

»Ich weiß. Ich vertraue ihm immer noch und ich würde nie etwas tun, was meine Familie in die Brüche gehen lassen könnte. Ich weiß, was eine kaputte Familie den Kindern antut.«

Sasha nickte. »Wir wurden so oft verletzt...«

»Margo flickt uns wieder zusammen.« Rachel sah ihre Mutter vor sich, wie sie am Abend zuvor gewesen war, so glücklich und stolz, dass alle Töchter in Sandcove waren.

Sie war ihnen von Zimmer zu Zimmer gefolgt und hatte nach ihnen geschaut, sie verwöhnt. Rachel spürte, dass Margo sich seit ihrem Abschied von Richard verändert hatte. Margo hatte es geschafft, gestern Abend nichts Wertendes zu sagen, sie hatte nur zugehört, als sie über ihre Leben gesprochen hatten.

»Ich werde aufhören müssen, Margo für alles die Schuld zu geben. Aber dann verliere ich meine gesamte *Raison d'Être*.«

Rachel blickte ihre Schwester gespielt streng an, was ihre Laune verbesserte. »Ja, das stimmt wohl. Und wann sprechen wir mal über dich?«

Sashas Blick glitt zu Boden. Ihr Haar glich einem Heiligenschein, sie sah aus wie ein gefallener Engel. »Zwischen Phil und mir läuft es schon lange nicht mehr gut. Es fällt mir schwer, das zuzugeben. In dieser Familie ist es verdammt hart, an etwas zu scheitern.«

»Und was machst du jetzt?« Rachel beobachtete Sasha, die an der Haut ihrer Handfläche knibbelte, eine nervöse Angewohnheit seit ihrer Kindheit.

»Ich habe ihn gebeten, dieses Weihnachten zu seinen Eltern zu fahren. Ich habe ihm gesagt, ich glaube, das mit uns funktioniert nicht; er hat es nicht gut aufgenommen. Ich hatte Angst vor ihm. Er wird so wütend – er schmeißt mit Gegenständen.« Sasha legte das Kinn auf die Knie und schloss die Augen. »Er lässt mich nie in Ruhe. Er will ständig wissen, wo ich bin. Ich habe das schlimmste Jahr meines Lebens hinter mir, weil er so misstrauisch war, als hätte er geahnt, was passieren würde. Das hat sein Verhalten nur noch verschlimmert. Ich weiß nicht, wie ich die endgültige Trennung schaffen soll, ob ich stark genug bin.«

Rachel hätte sich gern neben Sasha gesetzt, aber sie wusste, dass dies den Redefluss wahrscheinlich unterbrochen hätte. »Es tut mir leid, Liebes. Ich wünschte, du hättest mich angerufen.«

»Ich habe das Gefühl, dass alle so weit weg sind. Ich weiß, dass es typisch für mich ist, ich tue das, was ich am besten kann: Dinge verkacken, alle vergraulen. Mein Verhalten in der Sache mit Richard, die ganzen Lügen. Phil wollte nicht, dass ich noch jemanden in meinem Leben habe – er hat mir erzählt, dass ihr mich alle nicht mögen würdet, dass ich das schwarze Schaf wäre. Er hat meine Angst verstärkt, Margo würde mich nicht lieben. Er meinte, das läge daran, dass ich so aussehe wie Richard, sie würde meinen Anblick nicht ertragen.«

»Gott, ich könnte ihn umbringen! Er hat Gaslighting mit dir betrieben. Wenn du ihm sagst, dass du gehst, kann ich da sein. Ich kann mit Gabriel draußen warten und mit Jonny. Oder bei dir in der Wohnung sein – was für dich am besten ist. Wir sollten vorher deine Sachen aus der Wohnung räumen. Kein Wunder, dass du dachtest, du würdest unbedingt einen Vater brauchen, wenn Phil dir erzählt hat, dass wir dich alle nicht mögen. Ich habe ihn von Anfang an gehasst.«

Plötzlich lachten sie gemeinsam über die Leidenschaft in Rachels Stimme.

»Und was ist mit Jonny?« Rachel bemerkte, wie ihre Schwester, die normalerweise entweder cool oder wütend war, errötete wie ein Schulmädchen.

»Er wartet ganz geduldig auf mich. Hältst du mich für verrückt?«

Rachel dachte an das, was sie am Abend zuvor gesehen hatte. Lange hatte es so gewirkt, als wären Sasha und Jonny einander zu viel. Jetzt war ganz klar, dass jeder andere zu wenig für sie gewesen wäre. »Gott, nein. Ich liebe Jonny. Da ist so viel Stärke und Loyalität. Ihr habt beide eine Vergangenheit, ihr werdet beide mehr als bereit sein. Du kannst ihm zeigen, dass er nicht mehr um die Anerkennung seines Vaters kämpfen muss, um endlich sein eigenes Leben zu führen.«

Alice rief die Treppe hinauf: »Bacon ist auf dem Grill. Kaffee in der Tasse.«

»Wir sollten runtergehen und helfen, sonst wird Alice etwas anbrennen lassen. Hoffentlich haben wir einen dieser Kater, die besser und nicht schlimmer werden.« Rachel stand langsam auf und blickte sich nach Klamotten um, die sie sich überziehen könnte. »Ich hoffe, Margo weint nicht wegen des Briefs. Ist dir aufgefallen, wie oft sie gestern Abend von Richard erzählt hat, lauter Kleinigkeiten?«

»Wie sie seinen Namen immer wieder erwähnt hat. Das ist so seltsam, nach all diesen Jahren des Schweigens.«

»Sie war betrunken, aber ich denke auch, es liegt daran, dass nun alles gesagt ist, wir es alle wissen. Es ist, als hätte sie sich nun wieder zusammengesetzt. Die junge Margo, ihre Erinnerungen.«

Sasha berührte Rachel am Arm. »Glaubst du, dass dieser Brief alles erklärt? Das mit der anderen Familie? Ich habe versucht, danach zu fragen, habe mich aber nicht getraut – er war so schwach. Er wirkte so traurig und reumütig, ein wenig verzweifelt und schuldbewusst, um ehrlich zu sein.«

»Wahrscheinlich ist es einfach genau so, wie Margo am Strand gesagt hat: Die Liebe lässt einen seltsame Dinge tun.

Ich weiß nicht, ob wir das Ganze jemals wirklich verstehen werden. Wir müssen vielleicht akzeptieren, dass wir einige Familiengeheimnisse nie aufdecken werden.«

Sasha blickte auf ihre nackten Füße. »Vielleicht war er nur einer dieser traurigen Männer, die nicht mit einer stärkeren Frau zusammen sein können.«

»Das habe ich auch schon gedacht. Und kann eine Sechzehnjährige vernünftig derart weitreichende Entscheidungen treffen?« Rachel dachte an die junge Margo, wie leidenschaftlich und wild sie gewesen sein musste. Wie sie ihr Leben in die eigenen Hände genommen hatte, der Liebe wegen. Es mag vielleicht unvernünftig gewesen sein, aber auch mutig. Rachel reichte Sasha eine Haarbürste und schaute ihr beim Ausbürsten zu. Margo kommentierte Schlamperei beim Frühstück, sogar wenn man einen Kater hatte. Rachel sah, wie der Schalk im Gesicht ihrer Schwester aufblitzte.

»Was denn?«

»Es ist fies von mir, ich weiß, aber ich will wirklich dabei sein, wenn Imi Margo erzählt, dass sie lesbisch ist.«

Rachel lachte. »O Gott, ja, ich auch!«

Es war früher Abend, als sie sich am Esszimmertisch versammelten. Sie hatten den Morgen gemütlich verbracht und Leo, Tom und Alison waren gerade erst aufgebrochen. Das Frühstück hatte den ganzen Tag gedauert, Alice hatte geduldig am Herd gestanden und Bacon, Eier und Toast zubereitet sowie Kaffee und Tee eingeschenkt. Die Menschen kamen und gingen zu unterschiedlichen Zeiten. Wie immer wurden brillante Unterhaltungen geführt, weswegen Rachel am Küchentisch sitzen geblieben war und alles nur genossen hatte. Es fühlte sich eher wie Heiligabend an, aber wie einer für Erwachsene. Sogar Margo trug ihren roten Morgenmantel aus Seide, obwohl alle sie damit aufzogen, wie glamourös er aussah. Sie hatte ihn auf einer Reise mit Richard nach Hongkong gekauft. Rachel erinnerte sich daran, dass sie die Kinder bei Alice gelassen hatten und die zwei Wochen quälend langsam vergangen waren. Sie hatte die Eltern gemeinsam mit Alice vom Flughafen abgeholt; die beiden waren wie Filmstars Hand in Hand durch das Gate gegangen, Margo mit einer dunklen Sonnenbrille und Richard braun gebrannt im weißen Leinenjackett. Alice hatte Rachel nach vorn schieben müssen, damit sie sie begrüßte. Rachel hatte das Gefühl gehabt, sie wären zu schön, um zu ihr zu gehören.

Inzwischen waren alle anderen weg und Sandcove gehörte wieder ihnen. Nach der Party wirkte alles so ruhig. Nur die Möwen und das Klappern der Fenster waren zu hören. Alice ruhte sich endlich mit einem Buch im Bett aus, sie hatte die Zwillinge kurzerhand zu ihrem Vater geschickt. Die Schwestern und Margo versammelten sich im festlich geschmückten Esszimmer. Margo zündete Kerzen an und holte den weihnachtlichen Weinkühler. Es gab vier Kristallcoupes und eine Flasche hervorragenden Dom Pérignon. Sie schenkte jedes Glas feierlich ein. »Ein Schlückchen gegen den Kater.« Sie brachte jeglichen Protest zum Verstummen. »Wir müssen es tun. Wir müssen auf ihn anstoßen.« Rachel fand es wieder seltsam, dass Margo so offen über Richard sprach – nach all den Jahren des Schweigens. Rachel war die Einzige, die ihren Vater vor dem Tod nicht besucht hatte. Mit dieser Entscheidung würde sie bis an ihr Lebensende leben müssen, damit, dass dies sie vom

Rest der Familie trennte. Sie verstand nicht, warum sie weniger neugierig auf Richard war, warum sie so viel leichter ohne ihn zurechtkam – sie war doch die Tochter, die sich noch an ein Zusammenleben mit ihm erinnerte. Gabriel hatte ihr erklärt, dass alle Menschen unterschiedlich auf Traumata reagierten. Aber es beunruhigte sie, dass ihre Schwestern und sogar Margo einen Abschluss finden wollten, sie jedoch nicht.

Margo blickte auf die Papiere auf dem Tisch vor sich. »Also – Richard hat euch allen testamentarisch etwas vermacht. Schmuck von seiner Mutter, den er für euch aufbewahrt hat. Sie hatte fantastischen Schmuck – sie war so reich wie Krösus. Sie war allerdings auch gemein, sie hat uns nie geholfen, wenn wir es gebraucht hätten, auch dann nicht, nachdem er schon weg war ... Und da ist ein Brief für euch. Ich will ihn nicht vorlesen, aber er wollte, dass ich höre, was er geschrieben hat.«

Rachel sprach schnell. »Ich sollte den Brief nicht vorlesen. Ich habe Richard nicht besucht. Ich würde mich wie eine Betrügerin fühlen.«

Es entstand eine Pause. Die Porträts an der Wand blickten sie missbilligend an. Sie durften sich jetzt nicht streiten. Rachel wusste, dass sie den erwarteten Lauf der Dinge durcheinanderbrachte. Es waren immer sie und Margo gewesen, die Briefe lasen, Drinks einschenkten und das Kommando übernahmen. Rachel blickte Sasha an. Ihr Haar umrahmte nun weich ihr Gesicht, das im Kerzenlicht ganz sanft aussah.

»Sasha, das ist nicht als Angriff gemeint, aber du bist diejenige, die Richard wieder hat auftauchen lassen. Imogen und Margo hätten ihn vor seinem Tod womöglich nicht besucht, wenn du ihn nicht aufgespürt hättest. Ohne dich gäbe es diesen Brief womöglich gar nicht. Du hast ihn am besten kennengelernt – du solltest den Brief vorlesen.«

Sasha nickte Rachel zu und schob langsam eine Hand in Richtung Margo über den Tisch, sie klang resigniert. »Prima, das mache ich. Aber schimpft nicht mit mir, wenn ich weine.«

Imogen rückte ihren Stuhl ein wenig näher zu Sasha und streichelte ihr beruhigend über den Arm. »Gib ihn mir, wenn du es nicht schaffst.«

Langsam faltete Sasha mehrere handbeschriebene Seiten auseinander. »Gott, es ist ein wenig dunkel hier drin, Margo.«

Schweigend schob Margo eine Kerze näher zu Sasha.

Sasha räusperte sich. »Ich fange dann mal an.«

> *Meine Mädels. Ich weiß, ihr seid keine Mädels mehr. Aber so habe ich euch immer genannt. Wenn ich nicht zu Hause war, habe ich Margo angerufen und gefragt: »Wie geht es meinen Mädels? Wenn ich dann wieder durch die Tür kam, habe ich gerufen: »Wo sind meine Mädels?« Ich habe nicht mehr das Recht auf das Wort »meine«, aber ich liege im Sterben. Deswegen bitte ich inständig um eure Nachsicht.*

Sasha hielt inne. Rachel spürte die Unmittelbarkeit der Stimme, die Vertrautheit glich einem Tritt in die Eingeweide. Ihr Vater war ihr wieder erschienen. Sie blickte Margo an, deren Kopf gebeugt war, ihr Haar bildete einen schützenden Rahmen um ihr Gesicht.

Es ist schwer, irgendwo anzufangen, wenn es so viel gibt, wofür man sich entschuldigen muss wie ich. Lange Zeit haben mich die ganzen Geschichten, die ich hätte erzählen sollen, überfordert. Ich habe versucht, es Sasha und Imogen persönlich zu sagen, aber dich habe ich nicht gesehen, Rachel. Ich weiß, warum du nicht kommen konntest. Du warst diejenige, die am meisten mitbekommen hat und die sich am meisten um deine Ma kümmern musste. Ohne dich hätte niemand die Wochen und Monate nach meinem Weggang überstanden. Ich war egoistisch und habe mich auf dich verlassen, Rachel, mich auf deine Stärke verlassen. Ich wusste, dass du allen helfen würdest, diese Zeit zu überstehen. Aber Herrgott noch mal, es tut mir so leid, dass ich dir das angetan habe – du warst doch noch ein Kind.

Sasha hielt wieder inne und Rachel schaute zu ihrer Mutter, spürte Margos Blick auf sich. Sie sah Margo nicken. Rachel schluckte, sie konnte nichts sagen.

Ich war Alkoholiker, ich werde immer Alkoholiker sein und ich konnte euch allen kein Vater sein. Sogar vor meinem Verschwinden musste Margo alles allein machen und wusste nie, wann ich auftauchen oder wie besoffen ich sein würde. Ich habe gesehen, dass es sie zermürbte. Das fröhliche, sorglose Mädchen, in das ich mich verliebt hatte, verschwand vor meinen Augen. Jedes Mal, wenn ich euch alle im Stich gelassen habe, jedes Mal, wenn ich auf Sauftour gegangen bin, habe ich mich weiter von euch entfernt. Ich habe mich gehasst. So war es nicht immer gewesen. Eure Mutter und ich waren früher verrückt nacheinander. Sie war noch so jung, als sie ihre Familie verlassen hat, um mit mir wegzulaufen. Ich habe mich wie der glücklichste Mann auf der ganzen Welt gefühlt. Wir brauchten nichts außer uns. Wir reisten, wir lachten und wir schrieben und trafen verrückte Menschen. Wir hatten jeden Abend Spaß. Ich konnte eurer Ma beim Tanzen und Singen zuschauen, sie umarmen. Es war die beste Zeit meines Lebens. Margo glaubte an meine Gedichte und meine Gedichte handelten immer von ihr, sie bildete das Fundament, auf ihr baute alles auf. Ihr wisst alle, wie inspirierend eure Mutter ist, wie sie alles um sich herum zum Strahlen bringt und wie hoch ihre Standards sind. Ich wollte einfach ihr Bild von mir erfüllen. Aber ich hatte immer das Gefühl, nicht zu genügen. Eine Weile dachte ich, ich könnte diese Angst überwinden. Doch dann holte sie mich wieder ein und ich merkte, wie mein Saufdruck wuchs und mich wieder einmal überwältigte. Margo versuchte, mit mir darüber zu reden, doch ich war ein stolzer Narr. Ich tat so, als hätte der Alkohol keine Macht über mich. Ihr seht schon, ich wusste die ganze Zeit über, dass sie stärker war als ich.

Ihr alle seid so geliebt und gewollt gewesen und ich habe gesehen, wie Margo euch alle der Reihe nach mit Liebe überschüttet hat. Sie wurde das, was ihre Berufung war – eine Mutter. Es fiel ihr ganz leicht. Ich schäme mich, es zuzugeben, aber ich habe mich ausgegrenzt gefühlt, ungebraucht, und ich hatte den Eindruck, Margo wäre für mich verloren. Sie und ich hatten euch gemeinsam geplant, sie hat mir immer gesagt, dass sie eine große Familie will. Sommer in Sandcove am Strand, euch allen das Schwimmen beibringen. Ich hatte ihr immer wieder versichert, dass ich das auch unbedingt wollte. Margo wollte, dass ich da war, aber ich war es so häufig nicht, wir haben uns die ganze Zeit über gestritten. Sie war wie eine Löwin, wenn sie dachte, ich hätte euch verletzt. Obwohl ich ein kompletter Idiot war, hat Margo immer versucht, mich an allem teilhaben zu lassen. Sie hat mich nie aufgegeben.

Ich weiß nicht, was ich euch über meine andere Familie erzählen soll – oder wie ich es erklären soll. Ich glaube, als Symptom meiner Krankheit habe ich mir eingeredet, dass ihr mich nicht braucht, dass ich zu Hause alle unglücklich und traurig mache. Ich habe mir eingeredet, Margos Erwartungen seien unrealistisch und dann, dass sie mich aufgegeben hätte. Dass sie mich nicht mehr liebte. Und dann habe ich eines Abends Adriana in einem Pub getroffen, sie war gelassen und friedlich und konnte gut zuhören. Sie sah den Mann, der ich inzwischen war, den gebrochenen Mann. Sie kannte den Jungen nicht, der ich gewesen war, den vielversprechenden Poeten oder den Liebhaber, der hoffte, er würde der beste Ehemann und Vater der Welt sein. Sie hörte mir zu und wollte mir helfen. Es war gar nicht die Schuld eurer Mutter. Es war meine Krankheit, die mir das Gefühl gab, ich wäre nicht gut genug für euch alle, und die in mir den Wunsch nach einem Leben aufkommen ließ, wo ich einfach als ein Niemand glücklich werden konnte. Unser erstes Baby, Cara, war ein Unfall und wurde nur zwei Tage vor Sasha geboren. Ich habe auf Cara getrunken in *der Nacht, bevor du auf die Welt gekommen bist, Sasha. Das war nicht gerade meine Sternstunde, als ich auf der Station ankam, um dich zum ersten Mal zu sehen, und noch betrunken war, weil ich auf deine Halbschwester getrunken habe, von der du nicht einmal wusstest. Ich war am Boden, aber ich konnte sie nicht auch noch verlassen. Adriana und Cara fühlten sich wie die Gelegenheit für eine zweite Chance an, weswegen ich mich dafür entschied, aus euren Leben zu verschwinden. Ich habe mir eingeredet, ein klarer Cut wäre das Beste für euch alle.*

Es verging kein einziger Tag, an dem ich nicht das Gefühl hatte, ich hätte eine falsche Entscheidung getroffen, oder an dem ich nicht an euch gedacht hätte. Ich habe mir die Orte vorgestellt, an denen ihr sein könntet, die Dinge, die ihr vielleicht macht. In meinen Gedanken wart ihr das Beste von mir, mein junges Ich, so voller Träume und Hoffnungen. Aber ich musste überleben. Ich fing an, zu Treffen der Anonymen Alkoholiker zu gehen, ich habe mit dem Trinken aufgehört und der Nebel lichtete sich langsam. Aber das Wissen, dass ich ein Versager war, war immer da, dass ich eine Familie und die Frau, die ich liebte, verlassen hatte. Ich lebte in diesen vergangenen zwanzig Jahren keinen einzigen Tag unbeschwert oder sorgenfrei. Keinen einzigen Tag ohne dunkle Gedanken oder Schuldgefühle, manchmal dachte ich, ich hätte nicht das Recht zu leben. Dieser Krebs fühlt sich so an, als hätten mich der ganze Stress und die Angst und der Selbsthass eingeholt. Adriana meinte, so soll ich nicht denken, aber ich tue es.

Ich bin so froh, dass du mich rechtzeitig aufgespürt hast, Sasha, damit ich dir diese Dinge sagen konnte.

Irgendwo in Sandcove liegen die Gedichte, die ich für Margo geschrieben habe, die Briefe, die ich ihr geschrieben habe, als unsere Eltern uns voneinander fernhielten. Darin findet ihr den Mann, der ich einmal war. Sie sprechen zu euch auf eine Weise, wie ich es nicht mehr kann, und helfen euch vielleicht zu verstehen, warum Margo ausgerechnet mich liebte. Trotz allem verspüre ich immer noch großes Glück, dass sie mich auserwählt hat.

Rachel hörte, wie Sashas Stimme brach. Imogen war blass wie der Tod. Margo lehnte sich vom Tisch zurück, als wollte sie aus dem Zimmer rennen.

Wenn ich euch einen Rat geben darf: Strebt nicht nach dem Unmöglichen. Werdet euch über das klar, was ihr wollt, und verfolgt eure Ziele, aber denkt nicht immer, das Gras wäre auf der anderen Seite grüner. Manchmal ist es tröstlich, sein Leben anzunehmen und zu realisieren, dass es das Leben ist, das ihr euch ausgesucht habt. Nicht jeder auf der Welt muss wichtig sein. Wenn man stirbt, wird einem klar, dass der Zauber in den alltäglichen Dingen liegt, die man für selbstverständlich hält. Und die Tatsache, dass man nie wieder die Zeit haben wird, sie für selbstverständlich zu halten, ist furchtbar. Schaut nach eurer Ma, passt gegenseitig auf euch auf und erlaubt ihr, nach euch zu schauen. Ihr hattet immer schon eine enge Bindung, und was ich euch angetan habe, wird euch noch enger zusammengeschweißt haben. Margo wird immer Eigentümerin von Sandcove bleiben, wohin ihr zurückkehren könnt, den Ort, an dem ihr versteht, woher ihr stammt. Ich wollte in Sandcove Frieden finden, dem Ort auf der Welt, der so sehr von Margo geprägt ist, aber ich hatte immer das Gefühl, ich verdiene nicht, dorthin zu gehören. Ihr alle könnt dorthin gehören. Und bitte, seid euch sicher, dass ich euch alle geliebt habe, ihr habt nie etwas falsch gemacht. Alle Schuld liegt bei mir. Love, euer Da.

Die lange Stille steckte voller Gefühle. Rachel beobachtete, wie ihre Mutter einen großen Schluck Champagner trank, den Stuhl zurückschob und aufstand. Sie hatte nicht geweint, doch Rachel erinnerte sich daran, dass Margos Gesicht so ausgesehen hatte, als Richard abgehauen war; sie hatte Angst wie das zehnjährige Kind, das sie einmal gewesen war. Angst, dass sie ihre Mutter noch einmal verlieren würden.

Margo reckte das Glas in die Höhe. »Auf Richard.« Überrascht standen sie alle auf und griffen nach den unberührten Gläsern. »Auf euren Vater und den Mann, den ich geliebt habe. Gott sei Dank hast du jetzt deinen Frieden gefunden.« Margo trank ihr Glas aus, und Rachel und ihre Schwestern nahmen alle einen großen Schluck und sagten wie aus einem Mund: »Auf Da!«

Rachel ging zu Margo. »Sollen wir zusammen Abendessen machen? Ich habe einen Kater und schon wieder einen Bärenhunger, ich weiß nicht, wie es bei den anderen aussieht. Gabe und die Kids werden bald hier sein.«

Margo blickte Rachel an, als hätte sie sie gerade erst wahrgenommen, als wäre sie ihnen eine Weile verloren gegangen. Sie schüttelte die Locken und richtete sich gerade auf. Dann lächelte sie ein Lächeln, das die Geister aus dem

Raum vertrieb. »Gute Idee, Liebes. Ich dachte an einen Pie. Mit meiner speziellen Zwiebelsoße. Und vielleicht hausgemachte Pommes frites.«

»Das reicht, Ma, das reicht.«

EPILOG
Nie genug Worte

Zwischen ihnen war es so still und ruhig, das hatte sie nicht erwartet. Ihre Wut war verflogen, dafür war im Angesicht des Todes kein Platz. Sie waren bloß zwei Menschen, die sich einmal geliebt und gemeinsam drei Töchter hatten. Jetzt wirkte das alles wie das Leben zweier Schauspieler in einem Theaterstück, mit vielen unnötigen Irrungen und Wirrungen. In diesem kleinen Raum, wo Richard lag, mit getrübten Augen und hohlen Wangen, konnte Margo sich nicht dran erinnern, wie es so weit hatte kommen können. Warum hatten sie sich so fest aneinandergeklammert und dann so gewaltsam weggeschubst?

»Erzähl mir von ihnen.«

Sie musste sich nicht bremsen. Sie konnte mit sämtlichen Erfolgen prahlen. Und so sprach sie, wobei sie ihre Hände mit den leuchtenden Nägeln und den vielen Ringen, die sonst immer in Bewegung waren, manchmal auf seiner reglosen Hand ablegte. Seine Haut war ganz dünn, die Venen traten um die Infusionsnadel hervor.

»Das hört sich so an, als wärst du mittendrin.« Er lächelte ein wenig, während er das sagte, sein Kopf lag unbequem verdreht auf dem Kissen, während er sie betrachtete. Es war nur noch der Schatten des Lächelns, an das sie sich erinnerte. Sie erwiderte es.

»Ich weiß nicht, ob ihnen das immer so recht ist. Aber damals, als du gegangen bist, war es wirklich schlimm, ich

bin vor ihnen abgetaucht. Sie wären mir fast weggenommen worden. Wenn Alice nicht gewesen wäre und Tom ... Wusstest du, dass ich versucht habe, mich umzubringen?«
Sie ließ den Satz zwischen ihnen in der Luft hängen. Er schüttelte ganz leicht den Kopf auf dem Kissen. »Dafür schäme ich mich so sehr. Ich glaube, deswegen versuche ich immer, die verlorene Zeit wiedergutzumachen. Wegen der ganzen Zeit, in der ich es einfach nicht geschafft habe, mich um sie zu kümmern. Während sie unten waren und auf ihre Mummy gewartet haben. Jetzt kümmere ich mich zu viel, mische mich zu sehr ein.«

»Aber du hast es geschafft, M. Du hast alles überlebt.« Er sagte es, so nachdrücklich er konnte, dann schloss er die Augen. Die Schwester kam herein.

»Erschöpfe ich ihn?«

Die Schwester lächelte sie an. »Mag sein. Aber so wach habe ich ihn schon lange nicht mehr erlebt, er ist mit weniger Morphin ausgekommen als sonst. Er will mit Ihnen reden.«

Margo wusste nicht, wie sie das Zimmer verlassen, endgültig Abschied nehmen sollte. Während sie sah, wie sich seine Brust langsam hob und senkte, ließ sie den Tränen freien Lauf. Sie dachte an die Zeit, als sie noch jünger waren, als sie glücklich waren, als die Zukunft so voller Hoffnung war. Dann spürte sie wieder, dass er sie anblickte, und wischte sich die Tränen weg.

»Warum bist du gekommen?«

»Ich wusste, es würde wehtun, aber es würde noch mehr wehtun, am Ende nicht zu kommen. Ich wollte es mit meinen Mädels teilen können, wenn es ihnen ein Bedürfnis wäre.«

»Sind sie glücklich? Meine Mädels? Haben sie Typen? Sasha ist eine Naturgewalt, so wie du, aber meine Güte, sie ist voller Wut.«

»Ich habe noch viel zu tun, um mit ihr wieder ins Reine zu kommen. Ich wünschte mir, du hättest Rachel gesehen. Ich wäre gerne ein wenig mehr wie sie, sie ist sich selbst treu. Und Imogen. Sie ist die Einzige, die will, dass ich sie bemuttere.«

»Sei keine Närrin – sie wollen alle, dass du ihre Ma bist, das war schon immer so. Für mich war da nicht viel Platz.«

»Du bist abgehauen!«

»Ich weiß – es ist schwer, sich daran zu erinnern, was zuerst da war: das Gefühl, ein Außenseiter zu sein oder sich selbst zu einem zu machen.«

Es entstand eine Pause, während Margo sah, dass Richard kurz abdriftete und die Augen schloss. Sie sprach erst weiter, als er sie wieder öffnete. »Sie haben Probleme mit der Liebe, so wie jeder Probleme mit der Liebe hat. Nach dem, was mit dir passiert ist, wollte ich bodenständige Ehemänner für sie, Männer, die sie beschützen.«

»Und sie wollten das Gegenteil? Das, was wir hatten? Leidenschaft und Freundschaft – eine Muse?«

»War ich das für dich? Eine Muse?« Sie klang wieder wie eine Teenagerin, die nach seiner Bestätigung lechzte.

»Ja, das warst du. Du warst alles.«

Sie schauten sich reglos an, bis Richard wieder die Augen schloss. Sie sah, dass er seinen Morphinknopf drückte. Dieses Mal dauerte es länger, bis er die Augen wieder öffnete.

»Glaubst du, dieses ganze Gerede von unserer Liebe, die unter einem unglücklichen Stern stand, war Unsinn? Dass wir füreinander bestimmt waren? Vielleicht lagen wir damit einfach daneben.«

»Wir hatten zehn gute Jahre. Großartige Jahre – erinnerst du dich daran? Das ist mehr, als viele andere haben.«

Margo blickte zurück, auf die Zeit, bevor die ganzen Probleme anfingen. »Ja, das hatten wir – daran muss ich mich festhalten. Die anderen Sachen muss ich loslassen.«

»Ich verstehe einfach nicht, dass du niemanden mehr kennengelernt hast. Die schönste Frau, die ich je gesehen habe.«

»Niemanden, der zu mir gepasst hätte.« Margo dachte an all die Männer, die versucht hatten, ihr zweiter Ehemann zu werden. »Vielleicht hätte ich einen Kompromiss eingehen sollen. Darin scheine ich nicht so gut zu sein.«

»Das könntest du immer noch. Du bist so eine tolle Frau.«

Sie schüttelte sanft den Kopf und verwarf die Idee. »War dein zweites Leben so, wie du es dir gewünscht hast?«

Als er antwortete, klang er schwach: »Wir hatten ein Leben mit Liebe und Spaß, eben ein gewöhnliches Familienleben. Adriana ist liebenswürdig, die Kinder sind großartig. Aber jeden Tag nüchtern zu bleiben ist harte Arbeit. Und mit den Geistern zu leben war nie einfach. Ich habe die ganze Zeit über an dich gedacht. So zu scheitern, alle im Stich zu lassen – all das, was ich angerichtet hatte. Ich weiß, es lag an der Krankheit ... und jetzt hat es mich wieder eingeholt...«

Er sprach nun immer langsamer und war sichtbar müde – und Margo wusste, dass es bald keine Fragen mehr geben würde. »Sasha meinte, du wärst Lehrer geworden. Was ist aus deinen Gedichten geworden? Ich habe immer danach Ausschau gehalten und Buchläden durchforstet. Ich hatte gehofft, du würdest etwas schreiben. Etwas, das mir helfen würde zu verstehen. Warum ich nicht gut genug gewesen war...« Ihre Stimme zitterte, als sie an diese verlorenen Jahre dachte.

Seine trüben meerfarbenen Augen blickten in ihre und er griff nach ihrer Hand. Sie fühlte sich so leicht an wie eine Feder. »Du warst gut genug. Ich war nicht gut genug. Ich konnte nicht mehr schreiben, nachdem ich dich verlassen hatte. Die Worte waren einfach weg, es gab nie genug Worte – oder nie die richtigen.«

Als ihm die Augenlider schwer wurden, lächelte sie ihn an, ein Lächeln voll von der Liebe, die sie jemals für ihn verspürt hatte. Sie flüsterte: »Du wirst immer mein Poet bleiben.«

Sachte stellte sie ein Foto der drei Mädchen in einem silbernen Rahmen vor sein Bett. Sie waren am Priory Bay Beach, hatten die Arme umeinandergelegt, die Gesichter voller Sommersprossen. Wenn man genau hinschaute, sah man in einer Ecke des Bildes einen Fuß von Richard, der im Sand lag und seinen Rausch ausschlief. Hinter den Schwestern befand sich eine riesige Sandstadt, mit Türmen und einer Flagge, und die Mädchen lächelten breit und hoffnungsvoll. Er würde es beim Aufwachen sehen.

Danksagung

Ich würde gerne James du Cann danken, meinem ersten Leser, der meinte: »Das hier ist etwas Besonderes.« Geduldig machte er Anmerkungen zu einem frühen Manuskript von *Die Garnett Girls* und sprach stundenlang mit mir über die Figuren, gab mir Ratschläge, wie ich tiefer in ihre Geschichten eintauchen könnte, und spornte mich an, härter daran zu arbeiten. Er hilft mir dabei, mich darauf zu fokussieren, besser zu schreiben, seine unaufgeregten Tipps während der aufwühlenden Zeit meiner Buchveröffentlichung erden mich. Er ist derjenige, der das Familienleben aufrechterhält, wenn ich bei Festivals und Events bin. Dafür – und auch für alles andere – bin ich sehr dankbar.

Meine zweite Leserin, Becky Hunter, war eine riesige Unterstützung. Sie trägt einen sehr weisen Kopf auf jungen Schultern. Eine außerordentlich wertvolle Zuhörerin beim Thema Schreiben und den Unsicherheiten – außerdem rede ich mit niemandem lieber über genauere Details des Plots, bei ihren Büchern genauso wie bei meinen. Diese Freundschaft beweist, dass ein Altersunterschied von zwanzig Jahren egal ist.

Ich darf mit meiner Agentin Cathryn Summerhayes, die zudem meine Freundin und einfach eine Naturgewalt ist, zusammenarbeiten. Sie hat mich aus der Badewanne angerufen, um mir mitzuteilen, dass sie mich und *Die Garnett Girls* vertreten wollte. Das war ein Glückstag, weil wir jetzt viel miteinander unternehmen. Wenn man sagt, sie weiß, was sie tut, ist das eine Untertreibung. Vielen Dank auch für die mächtige Curtis-Brown-Familie und insbesondere die äußerst effizienten Frauen Jess Molloy und Lisa Babalis, die *Die Garnett Girls* aufpoliert haben. Und auch tausend Dank an Jenn Joel, eine Agenten-Göttin, die dabei geholfen hat, Lucia Macro zu finden, um die *Garnett Girls* in den USA zu veröffentlichen.

Ich hatte viel über das grandiose Team von HQ gehört: über ihre Loyalität, Leidenschaft und Ambition für ihre Autorinnen und Autoren; und alles hat sich bewahrheitet! Meine Lektorin, Kate Mills, hat mich mit ihrer Liebe zu den *Garnett Girls* wirklich umgehauen. Sie war stets an meiner Seite, hat mich behutsam angeleitet und ich vertraue ihr vorbehaltlos in allen Dingen. Die geschäftsführende Herausgeberin Lisa Milton ist eine grandiose Verbündete und bringt jeden Raum zum Leuchten. Die Lektorin Becky Jamieson war sehr effizient und hilfreich. Dawn Burnett, die sich um das Marketing für *Die Garnett Girls* kümmert, ist eine grandiose Quelle besonnener Weisheit und herzlicher Lacher und hat ein grandioses kreatives Auge. Das Vertriebsteam ist traumhaft, danke an Anna Derkacz, George Green, Harriet Williams und Ange Thomson. Ich würde jede Gelegenheit beim Schopf ergreifen, mit euch Cocktails zu trinken. Es ist schon lange ein Running Gag, dass alle, die sich um meine PR kümmern, enorm viel »Spaß« mit mir haben würden. Glücklicherweise bin ich in den Händen eines superdynamischen PR-Teams, dem ich absolut vertraue. Danke an Sophie Calder, Lucy Richardson und Sian Baldwin. Wenn ihr mal ein Mittagessen von Charlie Redmayne bekommen könnt: Lasst euch das nicht entgehen!

Ich bin in einer Familie mit vielen Geschichten über Fehden, Liebe und alte Häuser aufgewachsen und mein Vater, Alan, ist ein grandioser Geschichtenerzähler. Er und meine Mutter, Amber, haben alles dafür getan, meine Liebe zu Büchern, zum Lesen und zu Geschichten zu fördern, haben mich, meine Schwester Chloe und meinen Bruder Thomas mit in Theaterstücke und Opern genommen und auch auf Pilgerreisen zu Häusern von Schriftstellerinnen und Schriftstellern. Mein Vater hat sogar erlaubt, dass ich seine Folio-Editions der Klassiker ausleihe. Er hat mir beigebracht, Bücher zu respektieren und zu lieben, und ist lange wach geblieben, wenn ich Hilfe bei einem Essay brauchte. Danke an euch, M und D, für alles, was ihr getan habt, und für alle Geschichten. In dieser Geschichte geht es um Liebe unter Schwestern und Chloe ist der Mensch in meinem Leben, den ich anrufe, wenn ich in Schwierigkeiten stecke. Thomas, der auch Geschichten und alte Filme liebt, ist derjenige, mit dem ich am liebsten *The Philadelphia Story* schaue.

Ich habe das große Glück, Teil eines alten Freundeskreises zu sein, der »Urban Family« – wir ziehen verrückte Geschichten und Spaß nahezu magisch an oder sind selbst die Auslöser dafür. Diese Leute sind die Ersten, die mich ermahnen, mit der Angeberei aufzuhören – feuern mich aber auch bedingungslos an. Ich hoffe, in dem Roman findet sich wenigstens ein Hauch ihres Geistes und Glamours. Danke, UF.

Die Garnett Girls sind zum größten Teil ein Lockdown-Roman. Ich war zu Hause eingesperrt und konnte mich dank des Buches auf die Isle of Wight mit den wunderschönen Stränden flüchten, die mein Happy Place ist. Ich hoffe, dass sich in den *Garnett Girls* meine Liebe zu der Insel widerspiegelt, und danke euch, liebe Freunde und Nachbarn aus Bembridge, dass ihr uns ein Gefühl von Willkommensein gegeben habt, als wir unser geliebtes Hausboot für den Urlaub gekauft haben.

Ich habe bisher jede Minute meiner Karriere als Schriftstellerin geliebt, die Autorinnen und Autoren, mit denen ich zusammengearbeitet habe, die Journalistinnen und Journalisten sowie Buchbloggerinnen und Buchblogger. Es gibt eine Gruppe von inspirierenden Frauen und Männern, die bei Headline im Laufe der Jahre in meinem Team gearbeitet haben – sie wissen, wen ich meine – und die mir eine Freude waren und immer eine Freude sein werden; ein Hoch auf die Groucho-Terrasse! Ich bin so dankbar, dass ich Teil der Buchbranche sein darf; mit Autorinnen und Autoren und Büchern zu arbeiten ist etwas, das ich nie als selbstverständlich betrachten werde. Die Unterstützung, die ich von allen erfahren habe, als ich mich auf die andere Seite begeben habe, war unglaublich großzügig. Danke, Buchbranche.

Und zuletzt danke an Sonny und Daisy. Ihr seid beide gleichermaßen großartig. Alles, was ich tue, tue ich für euch und ich liebe euch beide bis zum Mond und wieder zurück.